21 世纪普通高等教育基础课规划教材

大 学 物 理 实 验

主　编　胡　林　余克俭

副主编　唐延林　刘大卫　刘　毅

参　编　陈　平　黄英才　稽守勤

　　　　　姜加梅　孔维姝　李玉金

　　　　　劳令耳　孙琨懿　邰贵江

　　　　　汤　燕　许　锋　许家时

　　　　　曾庆丰　张　鹏

U0132781

机 械 工 业 出 版 社

本书根据教育部高等学校非物理类专业物理基础课程教学指导分委员会颁布的《大学物理实验课程教学基本要求》，并结合贵州大学物理实验课程建设的实际经验编写而成。本书注重强化实验基本技能、基本方法和物理实验思想的训练，注重培养和提高学生的科学实验素质，重点突出能力培养和创新意识的训练。本书在编排上力求突出时代特色，采取由浅入深、循序渐进的方式编排实验内容，力求做到实验原理简明扼要，实验方法清晰合理，数据处理要求规范。全书包括绪论、测量误差和实验数据处理、物理实验的基本方法、基础性实验、综合及研究性实验和附录等内容，分层次收录了54个实验，其中基础性实验31个（按力学、热学、电磁学、光学顺序排列）、综合及研究性实验（含近代物理实验）23个。

　　本书为高等院校理、工、农、林等各专业大学物理实验课程的教学用书，也可供相关专业选用。

图书在版编目（CIP）数据

大学物理实验/胡林，余克俭主编. —北京：机械工业出版社，2009.1
ISBN 978-7-111-25790-5

Ⅰ. 大… Ⅱ.①胡…②余… Ⅲ. 物理学－实验－高等学校－教材
Ⅳ.04-33

中国版本图书馆 CIP 数据核字（2008）第 200623 号

机械工业出版社（北京市百万庄大街22号　邮政编码100037）
策划编辑：李永联　责任编辑：李永联　陈心中
版式设计：霍永明　责任校对：李秋荣
封面设计：马精明　责任印制：乔　宇
北京机工印刷厂印刷（兴文装订厂装订）
2009 年 1 月第 1 版第 1 次印刷
184mm×260mm ·18 印张·446 千字
标准书号：ISBN 978-7-111-25790-5
定价：29.00 元

前　言

　　面对我国高等教育从精英教育发展为大众教育的现状，教育部自 2000 年以来，连续发布了一系列关于加强高校本科教学、提高教学质量的若干意见，特别是 2007 年的教高【2007】1、2 号文件，将全面提高教学质量、实施高校教学改革工程提高到十分重要的地位。

　　精英教育过渡为大众教育，最重要的是教学质量。而教学质量的保证又受限于区域经济和文化教育的背景。我校经历多校合并重组后，大学物理实验课程短期内仍旧在原有各校区实验仪器和设备装置基础上开展教学，需要逐步向规范化、特色化、科学化的目标迈进。为此，必须对学校合并后各校区使用的物理实验课教材进行整合。

　　本书就是以原贵州大学《普通物理实验》和《近代物理实验》、原贵州工业大学《大学物理实验》、原贵州农学院《大学物理实验》为基础，以教育部《大学物理实验课程教学基本要求》为指导，吸取各校区物理实验教材之所长整合编写而成的。

　　本书除绪论外分三篇共九章。绪论着重阐述物理实验课的地位和对人才科学素质培养方面的作用，以及学习物理实验的一般方法。第 1 篇阐述测量误差与常用实验方法，介绍测量误差与实验数据处理的基本知识。在误差估算中引进"不确定度"的概念，但做了必要的简化处理，使之既能让学生逐步学会用不确定度对直接测量和间接测量的结果进行评估，又使物理实验教学跟上当前误差理论研究和应用的发展趋势。同时，本篇简单介绍了几种常用的实验方法。第 2 篇为基础性物理实验内容，主要面对非物理专业的理、工、农、林类各专业学生开设，其中力学、热学 10 个实验，电学、磁学 12 个实验，光学 9 个实验，供各专业选用。第 3 篇为综合性、研究性实验，主要面对物理专业和需要加强实验技能训练的理、工科各专业开设，其中力学、热学实验 3 个，电学、磁学实验 8 个，光学实验 4 个，近代物理实验 8 个。

　　为了使学生在实验知识、实验方法、实验技能和误差与数据处理各方面能够得到由浅入深、由易到难、由简到繁、循序渐进的系统训练，达到培养学生进行科学实验的能力，提高科学实验素养的目的，基础性实验写得比较细致、具体，给出了有关的数据记录表格、数据处理要求以及误差计算和结果表示，以便于学生参考学习。在综合性、研究性实验中，重点突出实验原理和思路，将一些细节问题留给学生去思考和探索，以利于学生的创新意识、创新精神和创新能力的培养。

　　本书由胡林、余克俭担任主编，唐延林、刘大卫、刘毅担任副主编。参加本书编写的有（按汉语拼音字母排序）：陈平、胡林、黄英才、稽守勤、姜加梅、孔维姝、李玉金、劳令耳、刘大卫、刘毅、孙琨懿、邰贵江、汤燕、唐延林、许锋、许家时、余克俭、曾庆丰、张鹏等，特别是劳令耳、黄英才两位老教授，对本书的编写工作给予了很大的支持，在此深表感谢。

　　本书的出版凝聚了前期教材作者的智慧和后期整合编者的辛苦。限于时间仓促，加上编写者的经验和水平有限，书中难免有欠妥和不足之处，恳请读者不吝指正。

编者

2008 年 10 月

目　　录

绪　　论

0.1　物理实验概述

0.1.1　物理实验在物理学中的地位

　　人类要认识自然规律，首先要观察自然现象。用人为的方法有控制地再现自然现象而加以仔细观察和探索，这一过程就是实验。从物理学发展的历史来看，最初靠的是一些定性的观察和实验来总结规律，而后，出现了少数定量的实验。随着人们对客观世界认识的不断深入，实验才逐渐重要起来。直到 17 世纪，伽利略用实验否定了占统治地位的亚里斯多德"力是速度的原因"的论断，并首创实验、物理思维和数学三结合的科学方法，这"标志着物理学的真正开端"。

　　物理学作为一门系统的定量的学科，它的基础是实验，因此，物理学是一门实验科学。无论是物理学理论的建立、物理定律的发现，还是对物理新理论的检验，都离不开实验。伽利略从实验中发现了惯性定律；杨振宁、李政道提出了至少在基本粒子弱相互作用的领域内宇称不守恒理论，而这只有当吴健雄作出验证实验后，才被同行学者承认，从而获得了1957 年诺贝尔物理学奖；麦克斯韦在 1865 年就预言电磁波存在，直到 20 年后（1888 年）赫兹作出电磁波实验后，他的理论才被人们公认。因此我们说，实验是理论的源泉，实验是检验理论的手段和裁判，实验又是理论付诸应用的桥梁。热核聚变可以产生巨大的能量，在能源紧张的今天十分令人注目。然而，这种能量截止目前还不能有控制地被人们利用。要想利用它，还要经过许多艰苦的实验。实验是理论转化为应用的必由之路。

　　物理学的研究工作有实验的方法和理论的方法，实验的方法是以实验结果为依据，归纳出一定的规律；理论研究的方法，虽然不进行实验，但是研究课题的提出及其结论的检验，也必须通过物理实验。从物理学的整个发展历程来看，物理实验和物理理论是相互促进、相得益彰的，不能因为理论具有指导意义而轻视实验，也不能因为没有实验就没有理论就不要理论。物理实验与物理理论的差异不是轻重不同，而是研究任务的不同和研究方法的不同。在当今计算机技术十分发达的情况下，计算也是一种重要的研究方法。

0.1.2　物理实验的发展

　　物理实验的发展在很大程度上受到技术发展的制约。实验虽然可以给技术打开出路，但实验需要技术提供条件，工业革命促进了技术发展，技术的发展才使实验有了很大的提高，直到 20 世纪，才逐渐形成了实验物理这一独立的体系。

　　早期的物理实验，不论是力、热、电、光，都用机械装置进行，并用机械的方法测量。如测长度用尺，测重用杠杆，测温利用热胀冷缩，测力用金箔的张角……这些机械的测量方法是一切实验的基础。机械装置也是一切实验的基础，"机械的方法"构成实验物理的一大支柱。19 世纪以来，电磁技术迅速发展，实验手段有了新的提高，使测量日趋迅速化、实时化。之后，电子技术发展又使测量自动化。电子技术和电测技术形成实验物理的又一支柱，20 世纪 60 年代激光问世，古老的光学技术焕发了青春，使测量精度一下子提高了几个数量级。与此同时，计算技术和计算工具都有了长足发展。至此，实验物理学成了以机、电、光、算为一体的完整的学科体系。

0.1.3　大学物理实验在大学教育中的地位和任务

科学技术越进步，科学实验就显得越重要。任何一种新技术、新材料、新工艺、新产品都必须通过实验才能获得。早期的实验多属于"发现型"，实验较为简单，现在的实验则多属于"创造型"。例如新材料，天然存在的材料差不多都已被"发现"出来。

现在要求按人的需要"创造"新材料，对实验的要求不但很高，而且很严、很精。对于一个工程技术人员来说，没有过硬的实验本领，要想创新是很不容易的，甚至是不可能的，因而在大学的教学中一再强调要加强实验能力的培养。

物理实验是研究最基本、最普遍物质运动形态的手段，所以物理实验的方法、手段和理论是所有实验中最基本、最普通的方法、手段和理论。物理实验的特点在于它具有普遍性——力、热、光、电样样都有，基本性——它是一切实验的基本，适用性——适用于一切领域。把高、精、尖的实验拆成"零件"，绝大部分是常用的、常见的物理实验。做物理实验的能力是其他实验的基础。对于一个本科大学生来说，不论任何专业，物理实验能力的培养必不可少。

大学物理实验课的任务就是对大学生在物理实验的基本理论、基本方法、基本手段上进行比较系统地全面训练。

0.1.4　大学物理实验课的目的

大学物理实验不仅是一门独立的实验课程，更重要的是它本身有一套实验知识、方法、习惯和技能，要掌握好这套实验知识、方法、习惯和技能，需要由浅入深、由简到繁地加以培养和锻炼，使学生在低年级就打下良好的基础。

大学物理实验的目的是：

（1）通过观察、测量和分析，加强对物理概念和理论的认识。

（2）学习物理实验的基本知识、基本方法。培养基本的实验技能，要做好一个实验，除了要了解有关的理论外，还必须能运用恰当的实验方法，合理地选取符合实验要求的仪器，懂得怎样装配、调整及正确操作这些仪器和装置，在取得必要的数据之后，能从中得出切合实际的结论，并能分析、判断实验结果的可靠程序和存在的问题。

（3）培养严肃认真、实事求是的科学态度和工作作风，以及爱护国家财产、遵守纪律的优良品德。

物理实验课虽然是在教师指导下的学习环节，但在实验过程中，学生的活动有较大的独立性，我们应以一个研究者的态度去使用调整仪器，进行实验观测和分析，探讨最佳的实验方案，从中积累经验、锻炼技巧和机智，这将为以后独立地设计实验方案，选择并使用新仪器设备和解决新的实验课题打下一定的基础。

0.2　物理实验课的过程

物理实验课的过程分三个步骤：（1）准备（包括实验内容预习，仪器功能、指标及操作步骤预习）；（2）观测与记录；（3）数据的整理与分析。

0.2.1　实验前的准备（预习）

实验前的准备是保证实验顺利进行，并能在实验课规定的有限时间内，较好地完成本次实验的重要步骤。

（1）理论准备：从实验指导书和有关参考书籍中充分了解实验内容的理论依据和条件，明确本次实验的目的与要求。

（2）实验仪器的准备：从实验指导书籍中了解所用仪器的工作原理、工作条件和操作规程及维护要点；了解实验室为何选用这样的装置和仪表，还有否其他的实验装置可用，并作好填写仪器规格的准备。

（3）观测的准备：清楚实验步骤和注意事项，对本次实验将测量的物理量设计记录表格，该表格既要便于记录，又要便于整理数据（该表格在进入实验室后放在实验桌上，以便老师检查）。

0.2.2　实验的观测与记录

实验的观测与记录原始数据及观测到的现象，是整个实验的中心内容，是训练独立工作、判断和分析问题等实验技能的重要环节。

（1）进入实验室后，第一件事是核对实验器材，记下主要仪器的规格和编号，并了解仪器或装置各部分的构造和作用。

（2）动手安装或调整仪器，使之满足测量时的正常工作条件（如水平、铅直、光照、工作电压等）。

（3）观测，在明确了实验目的和测量内容、步骤，并能正确使用仪器之后，方可进行正式观测，观测时要精神集中，尽量排除外界的干扰（也要注意不影响别人）。要认真、忠实地按测量中有效数字的记录原则记录实验数据。

（4）记录。实验记录是以后计算与分析问题的依据，是实际工作中的宝贵资料。记录就是如实地记录各观测数据、测试条件（室温、零差、内阻等）以及观测到的现象。记录要简单整洁、清楚，使自己和别人都能看懂记录的内容，数据一定要记在表格中，用有效数字表示，发现异常数据，应重新测量。

0.2.3　数据的整理与实验报告

实验过程中要随时分析整理数据，测量结束后，要尽快整理好数据，计算结果并绘出必要的图线。有条件的实验室可以用计算机处理数据，尽可能在实验课上完成数据整理工作。

实验报告力求简单明了，用语确切，字迹清楚。

实验报告应包括：实验项目名称、实验目的、原理摘要、仪器及规格、简图、实际操作步骤、记录表格、数据整理及结论（被测量的数值及误差、图线及经验公式），回答本实验项目中提出的问题及误差分析（指出影响本次实验的主要因素，提出消除或减少误差的方法及设想）。

第1篇　测量误差　常用实验方法

第1章　测量不确定度与数据处理

物理实验的任务，除了要定性地观察实验中所发生的物理现象之外，还要对具体的物理量进行测量。由于测量条件的非理想性，测量总是有误差的，而测量结果便表现为一定范围内的不确定性。因此，一个完整的测量结果应当包括被测量的数值和单位，还应包括对测量结果的可信赖程度的评定，这就是测量不确定度理论的主要内容。

1.1　测量与误差

1.1.1　测量

测量就是借助一定的仪器、量具将待测的物理量与选定的标准量进行比较的过程。测量结果包括数值和单位两部分，单位即选定的标准量，数值则是被测量与标准量之比值。

测量分为直接测量和间接测量。

1.1.1.1　直接测量

直接测量是用仪器或量具直接得到待测量的数值。例如用米尺测量长度、用秒表测量时间、用电表测量电流、电压等。直接测量又分为单次测量和多次测量。

1. 单次测量　只测量一次的测量称为单次测量，主要用于测量精度要求不高的场合，或测量条件变化迅速、难于进行多次测量的场合，或测量过程带来的误差远大于仪器最大允差的场合。

2. 多次测量　测量次数超过一次的测量称为多次测量，这是物理实验中最常见的情形。按测量条件划分，多次测量又分为等精度测量和非等精度测量。

等精度测量　在同等条件下重复多次的测量称为等精度测量。在等精度测量过程中，测量方法、仪器、环境、操作人员等条件都相同，测量结果的可靠性和精度完全相同。

非等精度测量　在不同的测量条件下进行的多次测量，称为非等精度测量。非等精度测量主要用于比较不同的测量条件对测量结果的影响，多见于高精度测量的场合。

1.1.1.2　间接测量

间接测量是通过一个或几个直接测量的量，根据已知的函数关系计算出待测物理量的值。例如用单摆法测重力加速度、用伏安法测电阻等。

1.1.2　测量误差

由于测量条件的非理想性，物理量的测量值与其真值（真值表示物理量的客观数值）

之间总是存在一定的差异。测量误差定义为测量值与真值之差，即

$$\delta = x - a \tag{1-1}$$

其中 x 为测量值，a 为物理量的真值。δ 的量纲与测量值的量纲相同。δ 表示了测量值偏离真值的绝对数值，又称为绝对误差。有时也用绝对误差与真值的百分比来表示测量误差，即

$$E_r = \frac{\delta}{a} \times 100\% \tag{1-2}$$

E_r 称为相对误差。显然，E_r 是一个量纲为 1 的量。

由误差的定义可以看出，测量值的真值不可能得到。因此，如何寻求待测物理量的最佳测量值（最佳值），以及如何估计最佳值的可信程度（不确定度）就成为测量不确定度理论的首要任务。

测量误差按其产生的条件可分为系统误差、随机误差和过失误差三类。

1.1.2.1　系统误差

对同一物理量进行多次等精度测量，误差的大小、正负都是恒定的，或按一定的规律变化的，此类误差称为系统误差。系统误差的重要特征就是它具有某种确定性。

系统误差又可分为可定系统误差和未定系统误差。

可定系统误差　在测量中，其大小和正负可以确定的误差称为可定系统误差。例如测量仪器和仪表的零位不准、采用伏安法测电阻时电流表和电压表的内阻因素等，它们就使得测量结果中引入了可定系统误差。在测量中应消除可定系统误差，例如实验前应校准仪器仪表的零位，或记下仪器仪表的初读数，引入修正值等（称为已定系统误差），在测量结果中予以扣除。

未定系统误差　由仪器、仪表的最大允差引起的误差称为未定系统误差。仪器的最大允差又称为仪器误差限，用 $\Delta_{仪}$ 表示，它是指由于仪器的精度或级别的限制，在正常使用的情况下仪器有可能产生的最大误差。测量中，我们可以确定此项误差的大小范围，即误差取值于 $[-\Delta_{仪}, \Delta_{仪}]$ 这个区间的概率为 1，但不能确定误差的大小和正负。未定系统误差给测量结果带来了一个不确定的范围，它们构成了测量不确定度的一类重要分量。按照测量不确定度理论，可将未定系统误差合成到测量结果的不确定度之中。

产生系统误差的原因有如下几个：

（1）仪器：由仪器本身具有的缺陷（如磨损、老化、校正不完善）或使用不当等原因将引起误差，例如天平不等臂、刻度不均匀、磁电系仪表的磁场减弱等。对于此类情况，应对仪器进行重新校正或更新。另一类情况为仪器在非标准条件下使用，例如仪器的放置方式不适当或不正确等。对于此类情况，实验中应力求避免。

（2）测量原理、测量方法的近似性：测量公式本身的近似性或测量条件无法完全满足理论公式所要求的条件将产生误差。例如，单摆周期公式 $T = 2\pi\sqrt{l/g}$ 的成立条件是摆角趋于零，而测量中不可能满足这个条件，这就在测量结果中不可避免地存在系统误差。又如伏安法测电阻实验中，实际的电流表内阻不可能为零，电压表内阻不可能为无穷大，这都会给测量结果带来系统误差。

（3）环境因素：由于仪器所处的环境条件（如温度、湿度、压力等）产生了确定的偏离将引起误差，例如规定在 20℃ 使用的标准电池在 30℃ 条件下使用等。

（4）操作人员的因素：操作者的心理或生理特点差异也将会造成误差，例如在对准读

数标志时总是偏左或偏右，掐表计时总是超前或滞后等。

系统误差经常是一些实验主要的误差来源，而依靠多次测量一般不能发现或消除系统误差。因此，实验者应不断总结经验，掌握各种因素引起的系统误差的规律，以采取相应的措施提高实验水平。在实验前进行理论分析，考察测量公式成立的前提是否完备、分析仪器的使用条件是否正常，在可能的情况下尝试用不同的实验仪器、不同的实验方法、不同的测量条件和操作人员进行实验，对比实验结果，以发现系统误差。对一些可定系统误差，可以采用特定的测量方法来消除。例如可采用替代法：在相同的测量条件下，用已知量（可变的标准量）替代待测量，调节已知量使替代前后产生的测量状态完全相同，则已知量的大小即为待测量值。显然，这一方法应用了一个非常朴素的思想：如果一个物理量（已知量）与另一个物理量（待测量）在相同的测量条件下引起的效果完全相同，则二者必相等。还可采用交换法：交换待测物的位置，使仪器可能的系统误差对两次测量的影响相互抵消，以消除系统误差。例如在天平上交换待测物与砝码的位置，若两次测量待测物的质量分别为 m' 和 m''，则待测物的质量为 $m = \sqrt{m'm''}$，用此方法可以消除天平的不等臂系统误差。此外还有异号法、零示法、半周期法等，这些可在以后具体的实验中逐渐接触到。

1.1.2.2　随机误差

在对同一物理量的多次测量中，误差的大小、正负起伏不定，呈现出随机事件的特征。在物理实验中，当测量次数比较多时，随机误差大多遵从正态分布。正态分布的分布曲线如图 1-1 所示，其分布函数为

$$f(\delta) = \frac{1}{\sqrt{2\pi}\sigma} e^{-\frac{\delta^2}{2\sigma^2}} \qquad (1-3)$$

（1）正态分布特性：式（1-3）中的 σ 称为标准差，它是分布函数的特征量。按照概率理论，误差 δ 出现在区间（$-\infty$，∞）为必然事件，因此有 $P = \int_{-\infty}^{\infty} f(\delta)\mathrm{d}\delta = 1$，即曲线与横轴所围的面积恒为 1。根据式（1-3）可知 $f(0) = \frac{1}{\sqrt{2\pi}\sigma}$，这表明 σ 越小，

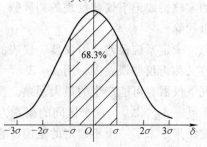

图 1-1　随机误差的正态分布

$f(0)$ 就越大，要保持曲线与横轴所围面积不变，则曲线必越尖锐，反之越平坦。因此，标准差 σ 小，说明测量列的离散性小，重复测量的结果相互接近，测量的精度高，误差小。反之，如果标准差 σ 较大，则误差分布的范围变宽，测量列的离散性大，测量的精度降低，误差大。标准差 σ 的大小反映了测量值的集中程度，也反映了随机误差的大小。

按照概率理论，误差在区间 $[-\sigma, \sigma]$ 出现的概率 $P = \int_{-\sigma}^{\sigma} f(\delta)\mathrm{d}\delta = 0.683$，区间 $[-\sigma, \sigma]$ 称为置信区间，P 称为置信概率。按照同样的方法可算出误差在区间 $[-2\sigma, 2\sigma]$、$[-3\sigma, 3\sigma]$ 出现的概率分别为 0.954 和 0.997，即置信区间越大，相应的置信概率就越高。

随机误差的正态分布具有四个重要特性：①单峰性。小误差多而集中，在 $\delta = 0$ 处形成一个峰值，这表明物理量的测量值大多出现在其真值附近。②对称性。绝对值相同的误差出现的概率相同。③有界性。绝对值大的误差出现的概率很小，$\pm 3\sigma$ 为误差界限。换句话说，

基本认为误差值在区间 $[-3\sigma, 3\sigma]$ 之内。④抵偿性。当测量次数 $n \to \infty$ 时 $\bar{\delta} = \frac{1}{n}\sum\limits_{i=1}^{n}\delta_i \to 0$，因此通常采用多次测量取平均值的方法，以减小随机误差的影响。

（2）最佳测量值、测量列的标准差：设对物理量 x 进行了多次等精度的测量，得到测量列 x_1、x_2、$\cdots$、x_n。由于是等精度测量，因此可认为这 n 个测量值具有相同的标准差 σ。概率理论表明：当系统误差不存在时，测量列的算术平均值 $\bar{x}$ 为被测物理量 x 的真值的最佳估计（即 $\bar{x}$ 为 x 的最佳测量值）。$\bar{x}$ 定义为

$$\bar{x} = \frac{1}{n}\sum_{i=1}^{n}x_i \tag{1-4}$$

对于有限次的测量（测量次数为 n，测量列为 x_1、x_2、$\cdots$、x_n），定义

$$S_x = \sqrt{\frac{1}{n-1}\sum_{i=1}^{n}(x_i - \bar{x})^2} \tag{1-5}$$

为测量列的贝塞尔标准偏差（S_x 亦简称为标准差），其中（$x_i - \bar{x}$）称为偏差或残差。根据概率理论，S_x 为标准差 σ 的估计量，S_x 和 σ 一样，它们都反映了测量列的离散程度。

（3）平均值的标准差：严格的正态分布只适用于无限多次测量的情形，而实际的测量总是有限次的，因而人们关心的往往不是测量列的分布特性，而是测量结果（即算术平均值 $\bar{x}$）的分布特性。根据概率理论，$\bar{x}$ 亦为统计量，遵从正态分布，其标准差为

$$S_{\bar{x}} = \frac{1}{\sqrt{n}}S_x = \sqrt{\frac{1}{n(n-1)}\sum_{i=1}^{n}(x_i - \bar{x})^2} \tag{1-6}$$

标准差 $S_{\bar{x}}$ 的意义是：算术平均值 $\bar{x}$ 出现在区间 $[\bar{x} - S_{\bar{x}}, \bar{x} + S_{\bar{x}}]$ 内的概率为 0.683，出现在区间 $[\bar{x} - 2S_{\bar{x}}, \bar{x} + 2S_{\bar{x}}]$ 内的概率为 0.954，出现在区间 $[\bar{x} - 3S_{\bar{x}}, \bar{x} + 3S_{\bar{x}}]$ 内的概率为 0.997。由此可见，由于随机误差的存在，导致了待测物理量 x 的测量结果 $\bar{x}$ 有一个不确定的范围，$S_{\bar{x}}$ 就反映了这个范围的大小，从而反映了测量误差的大小。我们把 $S_{\bar{x}}$ 称为平均值的一倍标准差，它构成了测量不确定度的另一类重要分量。

（4）有限次测量的 t 因子：对于有限次的测量，实际的随机误差的分布为 t 分布，这种分布的分布曲线与正态分布曲线相似，只是略微平坦（注意：严格的正态分布只适用于无限多次测量的情形）。对有限次测量的结果，要保持同样的置信概率，就要扩大置信区间。扩大置信区间的方法是将式（1-6）中的标准差 $S_{\bar{x}}$ 乘上一个大于 1 的因子 t，即

$$S'_{\bar{x}} = tS_{\bar{x}} = t\sqrt{\frac{1}{n(n-1)}\sum_{i=1}^{n}(x_i - \bar{x})^2} \tag{1-7}$$

因子 t 与测量次数和所选的置信概率有关，表 1-1 给出了置信概率 $P = 0.683$ 时的 t 因子。从表 1-1 可以看出，当测量次数 $n \geq 6$ 时，$t \approx 1$，这时可取 $S'_{\bar{x}} \approx S_{\bar{x}} = \sqrt{\frac{1}{n(n-1)}\sum_{i=1}^{n}(x_i - \bar{x})^2}$。

表 1-1　t 因子与测量次数的关系（置信概率 $P = 0.683$）

n	3	4	5	6	7	8	9	10	15	20	∞
t	1.32	1.20	1.14	1.11	1.09	1.08	1.07	1.06	1.04	1.03	1

1.1.2.3　过失误差

过失误差是由于操作者不正确地使用仪器或由于观察错误、错读错记，或实验条件发生

突发性变化而产生的，它会明显地歪曲客观现象，在数据处理过程中应予以剔除。根据随机误差的有界性，绝对值很大的误差出现的概率是很小的，随机误差出现在区间 $[-3\sigma, 3\sigma]$ 的概率为 0.997，相当于在 1000 次测量中，随机误差超过 $\pm 3\sigma$ 的次数仅有 3 次左右，在一般的十几次测量中几乎不可能出现。基于此，可将多次重复测量的实验数据中那些与平均值的偏差大于 $\pm 3\sigma$ 的数据予以剔除，这称之为剔除异常数据的"3σ"准则，该准则适用于多次测量且误差分布为正态分布的情形。

1.2　测量不确定度与测量结果表示

1.2.1　不确定度的定义

不确定度是由于测量误差的存在而造成的对被测量值不能确定的程度。测量值用 x 表示，最佳测量值用 $\bar{x}$ 表示 ⊖，不确定度用 u （uncertainty）表示。在消除了可修正的可定系统误差之后，不确定度可分为两部分，一部分是由统计方法估算的 A 类分量 u_A，另一部分是由非统计方法估算的 B 类分量 u_B，总的测量不确定度 u 由 u_A 和 u_B 的"方和根"公式合成，即

$$u = \sqrt{u_A^2 + u_B^2} \tag{1-8}$$

而测量结果为

$$x = \bar{x} \pm u \tag{1-9}$$

也就是说，对于一个被测的物理量，其最终的测量结果有一个范围，该范围的大小为测量不确定度的两倍。

应当指出：在不确定度合成公式（1-9）中，u、u_A、u_B 均有确定的概率意义，只有具有相同置信概率的不确定度分量才能合成，置信概率不同的不确定度分量的合成没有意义。我们约定：在本书中若无特别声明，置信概率取为 $P = 0.683$，此时置信概率可不必标出。

1.2.2　不确定度的两类分量

1.2.2.1　A 类分量

A 类分量 u_A 是对随机误差的统计处理，为平均值的一倍标准差，即

$$u_A = t \sqrt{\frac{1}{n(n-1)} \sum_{i=1}^{n} (x_i - \bar{x})^2} \tag{1-10}$$

式中 $\bar{x}$ 由式（1-4）确定。当 u_A 的置信概率 $P = 0.683$ 时，称为 A 类标准不确定度。

1.2.2.2　B 类分量

B 类分量 u_B 是由非统计方法估算的误差分量。u_B 大致分为两种情况，一种是由测量仪器的误差限 $\Delta_仪$ 和该误差的分布来决定的，另一种是根据实验条件进行合理估算得到的（一般由实验室给出）。下面给出第一种情况下的计算方法。

根据定义，仪器误差限 $\Delta_仪$ 是测量仪器可能产生的最大误差，即误差取值于 $[-\Delta_仪,$

⊖　这里的最佳测量值与由式（1-4）定义的算术平均值略有不同，它考虑了测量时的系统误差，详见本节下文。

$\Delta_{仪}$] 这个区间的概率为 1。将 $\Delta_{仪}$ 除以一个大于 1 的常数 C 后换算成与一倍标准差具有相同置信概率的不确定度分量 u_B，即

$$u_B = \frac{\Delta_{仪}}{C} \tag{1-11}$$

常数 C 称为置信系数，与 $\Delta_{仪}$ 的误差分布和所选定的置信概率有关。当 u_B 的置信概率 $P = 0.683$ 时，称为 B 类标准不确定度。

实验仪器不同，$\Delta_{仪}$ 的误差分布也不同。在物理实验中，常见的 $\Delta_{仪}$ 的误差分布是正态分布和均匀分布。当置信概率 $P = 0.683$ 时，对正态分布，$C = 3$；对均匀分布，$C = 1.46^{\ominus}$。

表 1-2 给出了实验室常用的部分仪器的误差分布类型。

表 1-2　部分仪器的误差分布类型

仪器名称	千分尺	游标卡尺	米尺	物理天平	秒表	电表	电阻箱
误差分布类型	正态分布	均匀分布	正态分布	正态分布	近似均匀分布	近似均匀分布	近似均匀分布

1.2.3　测量仪器误差限的获得

测量仪器的误差限 $\Delta_{仪}$ 一般由三种方法获得：

（1）由仪器说明书、计量标准给出，或由特定的测量条件进行合理估计。

（2）由特定的公式计算，例如电表、电阻箱、电桥等都有具体的计算方法。

（3）根据仪器的最小分度值（即仪器的最小测量单位）进行估计。

下面给出实验室常用的部分仪器的误差限。

千分尺（螺旋测微计）：一级千分尺，测量范围 0～100mm，$\Delta_{仪} = 0.004$mm。

游标卡尺：$\Delta_{仪} = $ 分度值。例如 50 分度的游标卡尺，$\Delta_{仪} = 0.02$mm。

米尺：$\Delta_{仪} = $ 分度值/2 $= 0.5$mm（米尺的分度值为 1mm）。

物理天平：$\Delta_{仪} = $ 天平感量。例如七级物理天平，$\Delta_{仪} = 0.05$g。

秒表：一般秒表的精度可达 0.01s，但考虑到操作者启、停秒表时有一定的反应时间，通常取 $\Delta_{仪} = 0.2$s。

电表：$\Delta_{仪} = N_m \times K\%$，$N_m$ 为电表量程，K 为电表级别。

1.2.4　测量结果的表示

1.2.4.1　单次直接测量

测量值　　　　　　　　x_1

不确定度　　　　　　　$u_A = 0$　　　　$u_B = \frac{\Delta_{仪}}{C}$

总不确定度　　　　　　$u = u_B$

最佳测量值　　　　　　$\bar{x} = x_1 - \Delta_{系}$（$\Delta_{系}$ 为已定系统误差）

$\ominus$　这里以 $\Delta_{仪}$ 的误差分布为正态分布的情形来说明置信系数 C 的由来。我们知道，$\Delta_{仪}$ 取值于 $[-\Delta_{仪}, \Delta_{仪}]$ 这个区间的概率为 1，对遵从正态分布的随机变量，它在 $[-3\sigma, 3\sigma]$ 区间出现的概率为 0.997，这个概率已非常接近于 1，它说明，如果测量仪器的误差是正态分布的随机变量，则 $\Delta_{仪}$ 就相当于该随机变量的 3σ，因此将 $\Delta_{仪}$ 除以 3 就应该是它的一倍标准差。

测量结果　　　　　　　　　$x = \bar{x} \pm u$

1.2.4.2　多次直接测量

测量值　　　　　　　　　x_1，x_2，$\cdots$，x_n

测量平均值　　　　　　　$\bar{x}' = \dfrac{1}{n} \sum\limits_{i=1}^{n} x_i$

不确定度　　　　　　　　$u_A = S'_{\bar{x}}$　　　$u_B = \dfrac{\Delta_{仪}}{C}$

总不确定度　　　　　　　$u = \sqrt{{u_A}^2 + {u_B}^2}$

最佳测量值　　　　　　　$\bar{x} = \bar{x}' - \Delta_{系}$

测量结果　　　　　　　　$x = \bar{x} \pm u$

1.2.4.3　间接测量

间接测量的误差是由直接测量的误差传递而来的，其不确定度取决于直接测量结果的不确定度和测量公式的具体形式。

设间接测量量 $w = f(x, y, z, \cdots)$，其中 x、y、z、$\cdots$为相互独立的直接测量量，其最佳值 $\bar{x}$、$\bar{y}$、$\bar{z}$、$\cdots$以及不确定度 u_x、u_y、u_z、$\cdots$均为已知。间接测量的最佳值为

$$\bar{w} = f(\bar{x}, \bar{y}, \bar{z}, \cdots) \tag{1-12}$$

以测量公式的形式划分，间接测量的不确定度有两种情形：

（1）当测量公式以和差形式为主时，直接取函数 $w = f(x, y, z, \cdots)$ 的微分，即

$$dw = \frac{\partial f}{\partial x}dx + \frac{\partial f}{\partial y}dy + \frac{\partial f}{\partial z}dz + \cdots$$

以不确定度 u_x、u_y、u_z、$\cdots$代替上式中的微分 dx、dy、dz、$\cdots$，并且在上式右端取各不确定度分量的"方和根"，得到不确定度为

$$u_w = \sqrt{\left(\frac{\partial f}{\partial x}\right)^2 {u_x}^2 + \left(\frac{\partial f}{\partial y}\right)^2 {u_y}^2 + \left(\frac{\partial f}{\partial z}\right)^2 {u_z}^2 + \cdots} \tag{1-13}$$

（2）当测量公式以乘积或指数形式为主时，先取对数，再取函数的微分，即

$$\ln w = \ln f(x, y, z, \cdots)$$

$$\frac{dw}{w} = \frac{\partial \ln f}{\partial x}dx + \frac{\partial \ln f}{\partial y}dy + \frac{\partial \ln f}{\partial z}dz + \cdots$$

仍以不确定度代替上式中的微分，并在上式右端取各不确定度分量的"方和根"，得到

$$\frac{u_w}{w} = \sqrt{\left(\frac{\partial \ln f}{\partial x}\right)^2 {u_x}^2 + \left(\frac{\partial \ln f}{\partial y}\right)^2 {u_y}^2 + \left(\frac{\partial \ln f}{\partial z}\right)^2 {u_z}^2 + \cdots} \tag{1-14}$$

而不确定度

$$u_w = \bar{w}\left(\frac{u_w}{w}\right) \tag{1-15}$$

式（1-13）和式（1-14）称为不确定度传递公式，两式中的系数 $\partial f / \partial x$、$\partial f / \partial y$、$\partial f / \partial z$、$\cdots$和 $\partial \ln f / \partial x$、$\partial \ln f / \partial y$、$\partial \ln f / \partial z$、$\cdots$称为传递系数，它们也可能是自变量 x、y、z、$\cdots$的函数，计算时要代入自变量最佳值 $\bar{x}$、$\bar{y}$、$\bar{z}$、$\cdots$。

表 1-3 给出了部分常用函数的不确定度传递公式。

间接测量的测量结果为　　　　　　　　$w = \bar{w} \pm u_w \tag{1-16}$

表 1-3　部分常用函数的不确定度传递公式

函数	不确定度传递公式	函数	不确定度传递公式
$w = x \pm y \pm z$	$u_w = \sqrt{u_x{}^2 + u_y{}^2 + u_z{}^2}$	$w = x^k$（k 为常数）	$u_w = kx^{k-1}u_x$
$w = xy$　或　$w = \dfrac{x}{y}$	$u_w = \sqrt{y^2 u_x{}^2 + x^2 u_y{}^2}$	$w = \ln x$	$u_w = \dfrac{u_x}{x}$
$w = kx$（k 为常数）	$u_w = ku_x$	$w = \sin x$	$u_w = |\cos x|u_x$

1.2.4.4　相对真值

有时，待测物理量有理论值或公认值，或有用精度等级高一个量级以上的仪器进行校正得到的测定值。也可用这些理论值或公认值或测定值来代替真值（这些值称为相对真值），用测量值与相对真值的相对误差来对测量结果进行评价，即

$$E_r = \frac{\bar{x} - x_0}{x_0} \times 100\% \tag{1-17}$$

式中，E_r 为相对误差；$\bar{x}$ 为最佳测量值；x_0 为相对真值。

例 1-1　用量程为 1.5V、级别为 0.5 的电压表单次测量某一电压 $U = 1.434$V，设电压表零位已校准，试表示测量结果。

【解】　电压 U 为单次测量，$u_A = 0$，故只需考虑 B 类分量 u_B。

$$\Delta_仪 = U_m \times K\% = 1.5 \times 0.5\% \text{V} = 0.0075\text{V}$$

$$u = u_B = \frac{\Delta_仪}{C} = \frac{\Delta_仪}{1.46} = 0.00514\text{V} = 0.005\text{V}\quad（电压表仪器误差为均匀分布，C = 1.46）$$

最佳测量值　　　　　$\bar{U} = U - \Delta_系 = 1.434\text{V}$（电压表零位已校准，$\Delta_系 = 0$）

测量结果　　　　　　$U = \bar{U} \pm u = (1.434 \pm 0.005)$ V

例 1-2　用一级千分尺测量钢珠直径 d，测量数据为（单位：mm）：8.452，8.450，8.449，8.453，8.456，8.453。
已知千分尺的仪器误差限 $\Delta_仪 = 0.004$mm，服从正态分布，初读数为 -0.016mm，试表示测量结果。

【解】　　测量平均值　　　$\bar{d}' = \frac{1}{6}\sum_{i=1}^{n} d_i = 8.452\text{mm}$

最佳测量值　$\bar{d} = \bar{d}' - \Delta_系 = [8.452 - (-0.016)]$ mm $= 8.468$mm

计算不确定度的 A 类分量：

测量列的标准差　　$S_d = \sqrt{\frac{1}{6-1}\sum_{i=1}^{n}(d_i - \bar{d}')^2} = 0.00248\text{mm}$

平均值的标准差　　$S_{\bar{d}} = \frac{1}{\sqrt{n}}S_d = 0.00101\text{mm}$

A 类标准不确定度　$u_A = S_{\bar{d}}' = tS_{\bar{d}} \approx S_{\bar{d}} = 0.00101\text{mm}$（当测量次数 $n \geqslant 6$ 时，$t \approx 1$）

计算不确定度的 B 类分量：

B 类标准不确定度　$u_B = \frac{\Delta_仪}{C} = \frac{\Delta_仪}{3} = 0.00133\text{mm}$（千分尺的仪器误差为正态分布，$C = 3$）

总不确定度　　　　$u = \sqrt{u_A{}^2 + u_B{}^2} = \sqrt{0.00101^2 + 0.00133^2}\text{mm} = 0.00167\text{mm} \approx 0.002$ （mm）

$$d = \bar{d} \pm u = (8.468 \pm 0.002)\ \text{mm}$$

例 1-3　试求两测量函数的不确定度传递公式：（1）$w = 2x + 3y - 4z$；（2）$w = \dfrac{3x^2}{y^3 z^4}$。

【解】　（1）对函数 $w = 2x + 3y - 4z$ 求微分，得到

$$dw = 2dx + 3dy - 4dz$$

再由式（1-13）得到不确定度为

$$u_w = \sqrt{2^2 u_x{}^2 + 3^2 u_y{}^2 + (-4)^2 u_z{}^2} = \sqrt{4u_x{}^2 + 9u_y{}^2 + 16u_z{}^2}$$

（2）对函数 $w = \dfrac{3x^2}{y^3 z^4}$ 取对数并取微分，得到

$$\ln w = \ln 3 + 2\ln x - 3\ln y - 4\ln z, \qquad \frac{dw}{w} = \frac{2}{x}dx - \frac{3}{y}dy - \frac{4}{z}dz$$

由式（1-14）得到

$$\frac{u_w}{w} = \sqrt{\left(\frac{2}{\bar{x}}\right)^2 u_x{}^2 + \left(\frac{3}{\bar{y}}\right)^2 u_y{}^2 + \left(\frac{4}{\bar{z}}\right)^2 u_z{}^2} = \sqrt{\frac{4}{\bar{x}^2}u_x{}^2 + \frac{9}{\bar{y}^2}u_y{}^2 + \frac{16}{\bar{z}^2}u_z{}^2}$$

再由式（1-15）得到不确定度为

$$u_w = \bar{w}\left(\frac{u_w}{w}\right)$$

例 1-4　用自组单臂电桥（又称惠斯登电桥）测电阻，已知待测电阻 $R_x = \dfrac{R_1 R_3}{R_2}$，设

$$R_1 = (156.2 \pm 0.8)\Omega, \qquad R_2 = (121.8 \pm 0.8)\Omega, \qquad R_3 = (76.2 \pm 0.8)\Omega$$

试进行数据处理并完整表示出测量结果。

【解】　由式（1-12）得待测电阻的最佳值为

$$\bar{R}_x = \frac{\bar{R}_1 \bar{R}_3}{\bar{R}_2} = \frac{156.2 \times 76.2}{121.8}\Omega = 97.7\Omega$$

而由式（1-14）得

$$\frac{u_{R_x}}{R_x} = \sqrt{\left(\frac{1}{\bar{R}_1}\right)^2 u_{R_1}{}^2 + \left(\frac{1}{\bar{R}_2}\right)^2 u_{R_2}{}^2 + \left(\frac{1}{\bar{R}_3}\right)^2 u_{R_3}{}^2} = 0.011$$

再由式（1-15）并由上式得待测电阻的不确定度为

$$u_{R_x} = \bar{R}_x\left(\frac{u_{R_x}}{R_x}\right) = \bar{R}_x \times 0.011 = 1\Omega$$

按照测量结果的有效数字末位与不确定度对齐的原则（见 1-3 节），测量结果为

$$R_x = (98 \pm 1)\ \Omega$$

1.3　有效数字

有效数字是指从仪器上读出的，或根据合理的运算规则得到的，能够客观有效地反映待测物理量的数值大小的数字，它不仅反映待测量的大小，也能反映所用仪器和测量结果的精度，因此，它和一般的单纯的数字有很大区别。

1.3.1　有效数字的定义

假设用最小分度值为 0.1cm 的米尺来测量一根铜棒的长度，如果测量值为 12.38cm，那么在"12.38"这个数字中，"12.3"是直接从米尺的刻度上读出的，是准确数字，而最后一位"8"是估读的，称为存疑数字。存疑数字虽然不确切，但它仍然提供了关于待测量的大小的有价值的信息，所以，它与前面几位数字一样同为有效数字。再如，测量某电阻的阻值时，最后算出阻值 $R = 89.2361\Omega$，不确定度 $u_R = 0.5\Omega$。从不确定度的数值可以看出，误差发生在小数点后面第一位，阻值 R 中第三位数字"2"已经不准确了，因此它后面的三位数字"361"已无保留的必要，电阻值 R 的测量结果应表示为 $R = 89.2 \pm 0.5\Omega$。由此可见，无论是直接读出的还是经过计算的测量值，其最后一位都是存疑数字，这最后一位一般也就是误差所在的位。我们把包含准确数字和最后一位存疑数字的数称为有效数字。

有效数字的位数：从左边第一个非零数字到右端最后一位的所有数字的个数。例如：

0.006	一位有效数字
123	三位有效数字
0.01230	四位有效数字
0.010230	五位有效数字

在进行单位换算时，有效数字的位数不变。例如：

$$0.0450\text{m} = 4.50\text{cm} = 45.0\text{mm}。$$

1.3.2　有效数字的应用

在直接测量中，数据要记录到仪器最小刻度的下一位，即估读位。例如，用最小刻度为 0.01mm 的千分尺测量时，数据要记录到 0.01mm 的下一位，即小数点后的第三位。如果仪器指示值为整刻度，也要进行估读。例如用最小刻度为 1mA 的电流表测量时，指针恰好指示 80mA，这时应记录为 80.0mA。

本书约定：在数据处理中，最后的不确定度或绝对误差只取一位有效数字，相对误差取两位有效数字。为避免计算时中间过程的舍入带来的附加误差，计算的中间过程对于有效数字的位数可以多保留一至二位。

最后测量结果最佳值的有效数字末位与不确定度或绝对误差对齐。例如：

$$R = 89.2361 \pm 0.5\Omega（错误）\qquad R = 89.2 \pm 0.5\Omega（正确）$$

1.3.3　有效数字的修约

修约，简单地说就是去掉数据中的多余位数，使之符合"由误差决定有效数字"的原则。本书采用"四舍六入五凑偶修约法"，即：尾数小于 5 则舍；大于 5 则入；等于 5 时，末位凑为偶数。例如，将以下计算值修约为三位有效数字：

计算值 0.123502	修约结果 0.124
计算值 0.123499	修约结果 0.123
计算值 0.1235	修约结果 0.124
计算值 0.1265	修约结果 0.126

1.3.4　有效数字的运算

实验中，使用不同的仪器测得的直接测量量，得到的有效数字的位数一般也不相同。计算间接测量值时，结果应该取几位？用计算器处理，结果会有很多位。这要求我们学会正确的取舍方法。下面分两种情况讨论：

（1）当参与运算的直接测量量的不确定度已知时，按照不确定度传递公式，计算出间接测量量 w 的不确定度 u_w，u_w 只取一位有效数字，最佳值 $\bar{w}$ 的有效数字末位与 u_w 对齐。

（2）当参与运算的直接测量量的不确定度未知时，按如下方法处理：

加减运算：计算结果的有效数字末位取到参与运算的各分量中欠准的最大位。例如：

$$321.\underline{2} + 8.7\underline{4} - 7.40\underline{6} = 322.\underline{5}$$

乘除运算：计算结果的有效数字位数和参与运算的各分量中有效数字位数最少者相同。例如：

$$23.2\underline{5} \times 1.2\underline{3} = 28.\underline{6}$$

$$55.8\underline{6} \div 1.4\underline{3} = 39.\underline{1}$$

具体计算时可直接用计算器进行，只要对最后结果正确保留即可。

函数运算：对于乘方、开方运算，结果的有效数字位数一般与底数的有效数字位数相同。例如：

$$\sqrt{28.3\underline{2}} = 5.32\underline{2}$$

对于指数、对数和三角函数，其有效位数可由改变量决定。例如，计算 lg1.200 时，可先分别计算 lg1.200 和 lg1.201，得到

$$\text{lg}1.200 = 0.079\,\underline{181246} \qquad\qquad \text{lg}1.201 = 0.079\,\underline{543007}$$

由此看到，自变量的末位改变 1，函数值在小数点后第四位发生变化，第四位应为存疑位，因此 lg1.200 = 0.0792，最后一位"2"是存疑数字。

在有效数字的计算中，常数 π、e 以及乘子（如 $\sqrt{2}$、$\frac{1}{2}$ 等），其有效数字的位数可认为是无限的，运算中一般取和参与运算的各分量中有效数字位数最多者相同或多取一位。当所得结果很大时，一般应采用科学记数法。

1.4　实验数据处理的常用方法

实验数据处理是科学实验不可分割的一部分，实验数据处理的常用方法有列表法、作图法、逐差法和最小二乘法等。

1.4.1　列表法

列表法就是将记录的数据和处理过程以表格的形式表示出来，这是实验数据处理的最基本的工作。列表有以下四方面的要求：

（1）标明表格名称。

（2）在表格的各行或各列的标题栏内标明物理量的名称、符号和单位，公因子和幂要写在标题栏内，不能在表格中重复写出。

（3）表格应简单明了、层次分明，有关量之间的关系脉络清晰，易于分析处理。

（4）表格中的数据必须反映测量结果的有效数字。

1.4.2　作图法

作图法将物理量之间的关系在坐标纸上以曲线形式表示出来，具有简单、直观的特点。

1.4.2.1　作图法的优点

（1）形象直观地反映物理量之间的关系，根据曲线变化趋势可帮助建立经验公式。

（2）不必知道函数关系，可以直接由图线求斜率、截距、微分（切线）、积分（面积）、极值，或通过内插、外推、渐进线等方法求出某些物理量的数值。

（3）描绘光滑曲线（拟合）实质上是对数据取平均，可以减小随机误差，拟合后的数据精度会更高。

1.4.2.2　作图方法与规则

1. 选纸

作图必须用坐标纸，常用的坐标纸有直角坐标纸、对数坐标纸、极坐标纸等。大学物理实验中最常用的是直角坐标纸。

2. 定轴

根据测量值的范围和有效数字合理选择坐标纸的大小和坐标轴的比例，以自变量为横轴，因变量为纵轴，以粗实线标出横轴和纵轴，并写出物理量的符号和单位。

3. 标点、连线

根据实验数据，用"＋"、"×"、"⊙"、"△"、"□"等符号标出数据点并将各个数据点连接成一条曲线。对线性关系用直尺连接，对非线性关系用曲线板连接。由于实验数据具有一定的误差，因此作出的曲线不一定通过每个数据点，而应当使所有的数据点在曲线两侧均匀分布。若有个别的数据点偏离曲线较远，则应对这些数据点重新进行审核，决定是否取舍。

作仪表的校正曲线时，各数据点用折线连接。

4. 遵循"等精度作图原则"作图

所谓等精度作图原则，是指数据中的可靠数字在图中应当是精确的，即坐标纸中的最小格对应可靠数字最后一位的一个单位，估读位在坐标纸上仍为估读位，以保证坐标纸上的数据精度不低于测量值的数据精度。

此外，作图时还应合理选择坐标轴的比例。最小坐标值不必都从零开始，以使作出的曲线大致均匀分布于图上，美观、匀称。切忌作出的曲线偏于一隅。

5. 写上图名、作者、日期

作图完毕后，在图上醒目的空白位置写上图名、作者、日期，有时还可附上简单说明或实验条件等。

1.4.2.3　根据拟合曲线求出待测物理量

根据拟合曲线求待测物理量也就是采用图解法求出待测物理量，从而得到反映物理量之间的函数关系的经验方程。最常见的是求拟合直线的斜率和截距，说明如下（设直线方程为 $y = ax + b$）：

1. 求斜率

在直线上选取两点 A 和 B，这两点应当在实验数据范围内且相隔较远（一般不取实验点），按正确的有效数字读出两点坐标：$A(x_1, y_1)$ 和 $B(x_2, y_2)$，由下式可求出斜率

$$a = \frac{y_2 - y_1}{x_2 - x_1} \qquad (1-18)$$

2. 求截距

如果曲线横坐标的起点为零，则直线的截距可在图上直接读出。如果横坐标的起点不为零，则可按下式计算截距

$$b = \frac{x_2 y_1 - x_1 y_2}{x_2 - x_1} \qquad (1-19)$$

3. 将 a、b 代入方程 $y = ax + b$ 中即得到经验公式

当实验数据为非线性关系时，在某些情况下可通过变量替换使之变成线性关系，这一方法称为"曲线改直"。曲线改直后不仅容易作图，而且可以通过求斜率和截距的方法得到所需要的物理量，所以曲线改直的应用十分广泛，但要注意改直前后的数据精度是不同的。

曲线改直的示例如下：

$y = ax^2 + b$，a、b 为常量，令 $x^2 = u$，可变换为 $y = au + b$，作直线 $y \sim u$，斜率为 a，截距为 b。

$y = ab^x$，a、b 为常量，两边取对数，可变换为 $\lg y = \lg a + (\lg b) x$，作直线 $\lg y \sim x$，斜率为 $\lg b$，截距为 $\lg a$。

$y = ax^b$，a、b 为常量，两边取对数，可变换为 $\lg y = \lg a + (\lg x) b$，作直线 $\lg y \sim \lg x$，斜率为 b，截距为 $\lg a$。

$y = \dfrac{x}{ax + b}$，a、b 为常量，可变换为 $\dfrac{1}{y} = a + b \dfrac{1}{x}$，作直线 $\dfrac{1}{y} \sim \dfrac{1}{x}$，斜率为 b，截距为 a。

1.4.3 最小二乘法 线性拟合

用作图法对一组实验数据进行直线拟合时，作图连线具有一定的主观性，所得的结果不可能是唯一的，因此，作图法是一种比较粗略的数据处理方法。用最小二乘法进行直线拟合则可以避免上述缺点。最小二乘法的原理是：对一组等精度实验数据，拟合数据所得的最佳估计值与测量值的差的平方和为最小。

1.4.3.1 直线拟合方程

设自变量 x 和因变量 y 的一组实验数据为

$$x_1, \ x_2, \ \cdots, \ x_n$$
$$y_1, \ y_2, \ \cdots, \ y_n$$

如果自变量 x 和因变量 y 为线性关系，即

$$y = ax + b \qquad (1-20)$$

则只要确定了 a、b，就可以确定自变量 x 和因变量 y 的函数关系。

把 x 的测量值 x_1、x_2、$\cdots$、x_n 代入式 (1-20) 可得到一组 y 值：y'_1、y'_2、$\cdots$、y'_n，这组 y 值称为 y 的估计值（预测值）。显然，由于测量总是有误差，因此 y'_1、y'_2、$\cdots$、y'_n 与 y_1、y_2、$\cdots$、y_n 不会完全相同。若以 ε_i 表示 y'_i 与 y_i 之间的差值，则有

$$\varepsilon_i = y_i - y'_i = y_i - (ax_i + b) \qquad (i = 1, 2, \cdots, n) \qquad (1-21)$$

故由上式可将诸差值 ε_i 的平方和写成

$$E = \sum_{i=1}^{n} \varepsilon_i^2 = \sum_{i=1}^{n} [y_i - (ax_i + b)]^2 \qquad (1-22)$$

按照最小二乘法原理，式（1-22）中的参数 a、b 的取值应使 E 为最小值。根据高等数学关于函数取极值的条件，式（1-22）可得

$$\frac{\partial E}{\partial a} = -2\sum_{i=1}^{n}(y_i - ax_i - b)x_i = 0, \qquad \frac{\partial E}{\partial b} = -2\sum_{i=1}^{n}(y_i - ax_i - b) = 0 \qquad (1\text{-}23)$$

将上式中的 $\frac{\partial E}{\partial a}$ 和 $\frac{\partial E}{\partial b}$ 分别对 a、b 求偏导数（具体过程和结果均从略），根据二元函数取极值的条件可知式（1-22）中的 E 确为极小值。

由式（1-23）可得（注意：$\sum_{i=1}^{n} b = b\sum_{i=1}^{n} 1 = bn$ ）

$$\sum_{i=1}^{n} x_i y_i - a\sum_{i=1}^{n} x_i^2 - b\sum_{i=1}^{n} x_i = 0, \qquad \sum_{i=1}^{n} y_i - a\sum_{i=1}^{n} x_i - bn = 0 \qquad (1\text{-}24)$$

将式（1-24）中的两式除以实验数据的个数 n，并且令

$$\bar{x} = \frac{1}{n}\sum_{i=1}^{n} x_i, \qquad \bar{y} = \frac{1}{n}\sum_{i=1}^{n} y_i, \qquad \overline{x^2} = \frac{1}{n}\sum_{i=1}^{n} x_i^2, \qquad \overline{xy} = \frac{1}{n}\sum_{i=1}^{n} x_i y_i \qquad (1\text{-}25)$$

则式（1-24）化为

$$\overline{xy} - a\,\overline{x^2} - b\bar{x} = 0, \qquad \bar{y} - a\bar{x} - b = 0 \qquad (1\text{-}26)$$

故由式（1-26）可解得

$$a = \frac{\overline{xy} - \bar{x}\bar{y}}{\overline{x^2} - \bar{x}^2}, \qquad b = \bar{y} - a\bar{x} \qquad (1\text{-}27)$$

式中 $\bar{x}$、$\bar{y}$、$\overline{x^2}$、$\overline{xy}$ 分别为 x、y、x^2、xy 的平均值，由式（1-25）确定。

1.4.3.2　相关系数

相关系数 r 是衡量自变量 x 和因变量 y 的一组实验数据 x_1、x_2、$\cdots$、x_n 和 y_1、y_2、$\cdots$、y_n 之间的线性相关程度的统计参量，其定义为

$$r = \frac{\overline{xy} - \bar{x}\bar{y}}{\sqrt{(\overline{x^2} - \bar{x}^2)\,(\overline{y^2} - \bar{y}^2)}} \qquad (1\text{-}28)$$

可以证明（证明从略）：相关系数 r 的绝对值 $|r| \leqslant 1$。$r > 0$ 为正相关，表明因变量 y 是自变量 x 的增函数；$r < 0$ 为负相关，表明 y 是 x 的减函数。$|r|$ 越接近于 1，表明因变量 y 和自变量 x 的线性关系越显著，即对 y 与 x 的线性关系的假定越可靠。反之，$|r|$ 越接近于 0，则表明 y 和 x 的线性关系越不显著，即对 y 与 x 的线性关系的假定不成立，不能用线性模型拟合。但并不否定 y 与 x 之间存在其他的函数关系，可考虑其他的模型进行拟合。

表 1-4 给出了几个相关系数 r 的临界值，只要实际计算的相关系数 r 大于表中的临界值，即可认为变量间的线性关系成立。

表 1-4　相关系数 r 的临界值（n 为数据个数）

n	r	n	r	n	r
3	1.000	9	0.798	15	0.641
4	0.990	10	0.765	16	0.623
5	0.959	11	0.735	17	0.606
6	0.917	12	0.708	18	0.590
7	0.874	13	0.684	19	0.575
8	0.834	14	0.661	20	0.561

1.4.4 逐差法

1.4.4.1 逐差法的适用条件

逐差法的适用条件有两个：

（1）y 是 x 的多项式函数，即

$$y = a_0 + a_1 x + a_2 x^2 + \cdots + a_n x^n \tag{1-29}$$

（2）自变量 x 为等间距变化，即 x 的每个改变量 δx 都相等，δx 即为间距。

1.4.4.2 逐差方法

逐差方法有两种：逐项逐差和隔项逐差。

1. 逐项逐差

把所测的数据 y_1、y_2、$\cdots$、y_n 逐项相减，表示自变量改变一个 δx（一个间距）时因变量 y 的改变量，其作用为检查数据，验证多项式。

2. 隔项逐差

把所测的 $2m$ 个数据 y_1、y_2、$\cdots$、y_{2m} 分为两组，两组中数据对应相减，即

$$(\delta y)_i = y_{i+m} - y_i \qquad (i = 1, 2, \cdots, m)$$

表示自变量改变 m 个 δx（m 个间距）时因变量 y 的改变量。若所测数据 y_1、y_2、$\cdots$、y_n 为奇数个，则可去掉中间数据再作隔项逐差。

设 y 是 x 的一次函数：

$$y = a_0 + a_1 x \tag{1-30}$$

作隔项逐差时，注意对应于 $(\delta y)_i$，自变量的改变为 $m(\delta x)$，有

$$(\delta y)_i = a_1 m (\delta x) \tag{1-31}$$

若已求出 m 个隔项逐差 $(\delta y)_1$、$(\delta y)_2$、$\cdots$、$(\delta y)_m$，代入式（1-31）可得到 m 个 a_1，其平均值为

$$\bar{a}_1 = \frac{1}{m} \frac{\overline{(\delta y)_i}}{(\delta x)} \tag{1-32}$$

$\bar{a}_1$ 即为斜率的最佳值。将 $\bar{a}_1$ 代入式（1-30），可得到 m 个 a_0，其平均值为

$$\bar{a}_0 = \bar{y} - \bar{a}_1 \bar{x} \tag{1-33}$$

$\bar{a}_0$ 即为截距的最佳值。

1.4.4.3 逐差法的优点

使用逐差法可充分利用测量数据，增大数据间隔。详见例 1-5。

例 1-5 测弹簧的劲度系数，数据如下：

F/N	2.00	4.00	6.00	8.00	10.00	12.00	14.00
y/cm	17.0	21.1	23.1	27.0	29.1	32.1	36.2

试用逐差法求弹簧的劲度系数 k 和弹簧的原始长度 y_0。

【解】 逐差法的计算过程大致可分两步。

（1）分组，作隔项逐差。例 1-5 中的数据为奇数个：y_1、y_2、y_3、y_4、y_5、y_6、y_7，去掉中间项 y_4，将数据分为两组：

第一组：y_1，y_2，y_3；　　　第二组：y_5，y_6，y_7

作隔项逐差

$$(\delta y)_1 = y_5 - y_1 = 12.10 \ , \ (\delta y)_2 = y_6 - y_2 = 12.05 \ , \ (\delta y)_3 = y_7 - y_3 = 12.05$$

平均值为

$$\overline{(\delta y)} = 12.07 \ （\mathrm{cm}）$$

（2）求斜率和截距。三个隔项逐差均表示自变量 F 改变 4 个 δF（即增加 8N 的力）时因变量 y 的改变量，由式（1-32），有

$$\bar{a}_1 = \overline{\left(\frac{1}{k}\right)} = \frac{1}{4}\frac{(\delta y)}{(\delta x)} = \frac{1}{4} \times \frac{12.07}{2.00} = 1.51 \ （\mathrm{cm/N}）$$

因此弹簧的劲度系数为

$$k = \frac{1}{1.51} = 0.662 \ （\mathrm{N/cm}）$$

由式（1-33），弹簧的原始长度为

$$y_0 = \bar{a}_0 = \bar{y} - \bar{a}_1 \bar{x} = \bar{y} - \bar{a}_1 \bar{F} = 14.0 \ （\mathrm{cm}）$$

练 习 题

1. 将下列两个物理量进行单位换算，并用科学记数法正确表达其换算结果。

（1）$m = （312.670 \pm 0.002）\mathrm{kg}$ 换算成 g 和 mg。

（2）$t = （17.9 \pm 0.1）\mathrm{s}$ 换算成 min。

2. 有甲、乙、丙三人共同用千分尺测量一圆球的直径。在算出直径的最佳值和不确定度后，各人所表达的测量结果分别是：甲：$（1.2802 \pm 0.002）\mathrm{cm}$；乙：$（1.280 \pm 0.002）\mathrm{cm}$；丙：$（1.28 \pm 0.002）\mathrm{cm}$。问哪一个人表示得正确？另两人错在什么地方？

3. 按照误差理论和有效数字运算规则改正以下错误：

（1）$N = （10.8000 \pm 0.2）\mathrm{cm}$ 　　 $q = （1.61243 \pm 0.28765）\times 10^{-19}\mathrm{C}$

　　　$L = （28000 \pm 8000）\mathrm{mm}$ 　　 $E = （1.93 \times 10^{11} \pm 6.79 \times 10^9）\mathrm{N/m^2}$

（2）有人说 0.2870 有五位有效数字，有人说只有三位，请纠正并说明理由。

（3）有人说 0.0008g 比 8.0g 测得准确，试纠正并说明理由。

（4）$28\mathrm{cm} = 280\mathrm{mm}$

（5）$0.0221 \times 0.0221 = 0.00048841$

（6）$\dfrac{400 \times 1500}{12.60 - 11.6} = 600000$

4. 利用有效数字简算规则计算下列各式的结果：

（1）$107.50 - 2.5$ 　　（2）$237.5 \div 0.10$ 　　（3）$\dfrac{100.0 \times （5.6 + 4.412）}{（78.00 - 77.0）\times 10.000} + 110.0$ 　　（4）$\ln 24.3$

5. 试推导下列函数关系的误差传递公式

（1）$w = 2x + 3y - 4z$ 　　　（2）$g = 4\pi^2 \dfrac{L}{T^2}$ 　　　（3）$f = \dfrac{uv}{u+v}$

（4）$f = \dfrac{u^2 - v^2}{4u}$ 　　　（5）$n = \dfrac{\sin\theta}{\sin\phi}$

6. 某物体质量的测量值为：42.125，42.116，42.121，42.124，42.126，42.122（g）。试求其算术平均值和标准偏差，并正确表达出测量结果。设仪器误差限 $\Delta_仪 = 0.005\mathrm{g}$，为正态分布。

7. 用 50 分度的游标卡尺测得一正方形金属板的边长为：2.002，2.000，2.004，1.998，1.996（cm）。试分别求正方形金属板周长和面积的平均值和不确定度，并正确表达出测量结果。

8. 在测量固体比热实验中，放入量热器的固体的起始温度是 $t_1 =$（99.5 ± 0.1）℃。固体放入水中后，温度逐渐下降，当达到平衡时，$t_2 =$（26.2 ± 0.1）℃，试求温度降低值 $\Delta t = t_2 - t_1$ 的测量结果。

9. 设匀加速直线运动中，速度 v 随时间 t 的变化是：

t/s	25.5	35.5	46.3	58.2	67.8	78.6
$v/$（cm/s）	3.16	4.57	5.52	6.71	8.18	9.30

试用作图法求解加速度 a。

10. 下面是用伏安法测电阻得到的一组数据：

I/mA	0.00	1.00	2.00	3.00	4.00	5.00
U/V	0.00	0.62	1.23	1.81	2.40	2.98

试用逐差法求出电阻 R 的测量结果（测量时所用电流表为量程 5mA 的 0.5 级表，所用电压表为量程 3V 的 0.5 级表）。

11. 根据第 9 题中的数据，用最小二乘法求加速度 a，并计算相关系数 r。

第 2 章 常用实验方法

2.1 比较法

比较法是物理量测量中最普遍、最基本的测量方法。它是将被测量与标准量具进行比较而得到测量值的。比较法可分为直接比较和间接比较两类。替代法、置换法实际上也属于比较法，它们的特点是异时比较。

2.1.1 直接比较法

直接比较是将被测量与同类物理量的标准量具直接进行比较，因此要求制成相应的供比较用的标准量具，如直尺、砝码等，它们被赋予标准量值，供比较使用。

有些物理量难以制成标准量具，因而先制成与标准量值相关的仪器，再用它们与待测量进行比较，例如温度计、电表等。

有时，光有标准量具还不够，还必须配置一定的比较系统，才能实现被测量与标准量之间的比较。例如，仅有砝码还不能测质量，要借助于天平；仅有标准电池还不能测电压，要由比较电阻等附属装置组成电位差计，这些装置就是比较系统。

这种情况下，常常采用平衡、补偿或零示测量来进行直接比较。在利用天平称物体质量时，用的是平衡测量。利用天平这一仪器，使待测量和砝码进行比较，当天平平衡时两者质量相等。其测量结果的准确度受到天平本身灵敏度的制约，只能接近砝码的精度。在单臂电桥实验中，对测量未知电阻而言用的是平衡测量，而作为表征电桥是否平衡使用的是检流计零示法。在电位差计实验中，测量电源电动势的原理是用补偿法测量的典型，将在后文专门介绍，它也是以检流计示零后而获得测量结果的。零示测量的最突出优点是测量的精度高低与示零仪器的灵敏度密切相关，而对于仪器而言，欲得一高精度的电流计是困难的，但高灵敏度的检流计却容易实现。故常常利用零示法来实现较高精度的测量。

必须指出，欲有效地运用直接比较法应考虑以下两个问题：

(1) 创造条件使待测量与标准量能直接对比。

(2) 无法直接对比时，则视其能否用零示法予以比较。此时只要注意选择灵敏度足够高的示零仪器即可。

2.1.2 间接比较法

这是在测量中应用得更为普遍的比较法。因为多数物理量无法通过直接比较而测出，往往需要利用物理量之间的函数关系制成相应的仪器来简化测量过程。

例如电流表，它是利用通电线圈在磁场中受到的电磁力矩与游丝的扭力矩平衡时，电流的大小与电流表指针的偏转量之间有一定的对应关系而制成的，因此可以用电流表指针的偏转量间接比较出电路中的电流。

2.1.3　替代法

有时我们利用被测量与标准量对某一物理过程具有等效的作用，而用标准量替代被测量，从而提高测量的准确度。

例如用伏安法测未知电阻阻值，可以先读出未知电阻两端的电压值及流经它的电流值，再用标准电阻箱替代未知电阻，改变电阻箱的阻值，使其两端的电压值及流经它的电流值与前面相同，此时，未知电阻的阻值即与电阻箱所示的值相等。

2.2　放大法

测量中，有时由于被测量太小，以致无法被实验者或仪表直接感觉和反应，那么可以先通过某种途径将被测量放大，然后再进行测量。常用的放大方法有三种。

2.2.1　机械放大法

它是利用机械部件之间的几何关系将物理量在测量过程中加以放大，从而提高测量仪器的分辨率的。

例如游标卡尺，利用游标原理进行放大；螺旋测微计、读数显微镜和迈克耳孙干涉仪中都用到了螺旋放大的原理；百分表中则通过齿轮齿条的传动，实现了放大。以上这些例子都属于机械放大。

2.2.2　电磁放大法

在电磁学物理量的测量中，如果被测量很小，常常通过电子电路放大后再进行测量。在非电量的点测量中，由于转换出来的电学量往往很微弱，这种方法几乎成为科技人员的惯用方法，并加以深入的研究。

例如对于微弱电流，除了可以用灵敏电流计测量外，也常用微电流放大器将其放大后再测量；光电倍增管利用电场加速电子以及电子的二次发射，实现光电流的放大。这些方法中都用到了电磁放大。

2.2.3　光学放大法

光学放大在物理实验中以及许多仪器中都得到了广泛的应用。

例如利用光杠杆测微小的长度变化；利用镜尺法测量微小的角度；利用放大镜、望远镜、显微镜等光学仪器放大视角等。

2.3　补偿法

补偿法在实验中常被使用，它的定义如下：某系统受某种作用产生效应 A，受另一种作用产生效应 B，如果由于效应 B 的存在而使效应 A 显示不出来，就叫做 B 对 A 进行了补偿。补偿法大多用在补偿法测量和补偿法消除系统误差两个方面。

2.3.1　补偿法测量

设某系统中 A 效应的量值为被测量对象，但由于它不能直接测量或不易测准，就用人为方法制造出一个 B 效应对 A 效应进行补偿，然后用测量 B 效应量值的方法求出 A 效应的量值。制造 B 效应的原则是 B 效应的量值应该是已知的或易于测准的。

完整的补偿测量系统由待测装置、补偿装置和指零装置组成。待测装置产生待测效应，要求待测量尽量稳定，便于补偿；补偿装置产生补偿效应，要求补偿量值准确达到设计的精度，测量装置可将待测量与补偿量联系起来进行比较；指零装置是一个比较系统，它将显示出待测量与补偿量比较的结果。比较方法除了上面所述的零示法外，还有差示法。零示法对应于完全补偿，差示法对应于不完全补偿。

电位差计是测量电动势和电位差的主要仪器之一。由于应用了补偿原理和比较法，测量准确度大为提高。用电压表无法测量电源的电动势，如图 2-1 所示，它测的是电源的端电压 U（$U = \varepsilon_x - IR_i$，R_i 为电源的内阻，I 为流过电源的电流）。仅在 $I = 0$ 时，端电压 U 才等于电源电动势 ε_x。但是只要电压表与电源一连接，I 就不可能为零，故 $U \neq \varepsilon_x$。电位差计的基本原理如图 2-2 所示。设 ε_0 为一连续可调的标准电源电动势，而 ε_x 为待测电动势。若调节 ε_0，使检流计 G 指零，此时回路中电流 $I = 0$，则有 $\varepsilon_x = \varepsilon_0$。$\varepsilon_0$ 产生的效应与 ε_x 产生的效应相补偿。

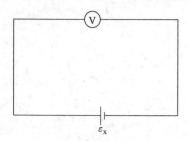

图 2-1　用电压表测电源电压

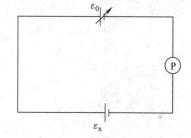

图 2-2　电位差计的基本原理

2.3.2　用补偿法消除系统误差

用补偿法还可以修正系统误差。测量中，往往由于存在某些因素导致产生系统误差，而又无法排除，此时可以想办法制造另一种因素去补偿这种因素的影响，使这种因素的影响消失或减弱，这就是用补偿法修正系统误差。例如在电路里常使用廉价的炭膜电阻和金属膜电阻，这两种电阻的温度系数都很大，只要环境温度发生变化，它们的阻值就会产生较大的变化，影响电路的稳定性。但是金属膜电阻的温度系数为正，炭膜电阻的温度系数为负，若适当地将它们搭配串联在电路里，就可以使电路不受温度变化的影响。又如，在电子电路里常配置各种补偿电路来减小电路的某种浮动；在光学实验中为防止由于光学器件的引入而影响光程差，在光路里常人为地适当配置光学补偿器来抵消这种影响，迈克耳孙干涉仪中的补偿板即是典型的一例。

2.4　平衡法

将被测量置于测量系统中，调节测量系统中有关参量，使测量系统达到平衡后，将被测量与该系统中一个或多个标准量进行比较的方法称为平衡法。指示测量系统是否达到平衡的仪器称为平衡指示器。

天平测量质量、单臂电桥测量中值电阻、双臂电桥测量低值电阻、万用电桥测量电容、电感等都为平衡测量。

平衡测量法的特点是以平衡指示器指零作为测量系统平衡的判据，所以也称为"零示法"。由于平衡指示器的灵敏度可以做得很高，比较用的"标准量"（如砝码、标准电阻等）精度很高，所以可以进行高精度的比较测量。如物理天平测量的不确定度在几十毫克，分析天平的测量不确定度更小，比一般杆秤测量质量要精确得多。又如单臂电桥测量中值电阻的相对测量不确定度为 0.1%，甚至更小，比电表类仪器测量电阻的相对测量不确定度（百分之几）要小得多。

平衡测量法的主要测量条件是测量系统稳定。测量系统稳定包括"平衡状态"的稳定、比较用的"标准量"的稳定以及被测量的稳定。如单臂电桥测量中值电阻时，如果电路中的电流过大，可能使标准电阻、被测电阻阻值由于"自升温"而发生变化，将"平衡状态"破坏，产生较大的测量不确定度。还要指出的是，由平衡概念引发出的平衡测量法已发展到非平衡测量，如用非平衡电桥测温度。非平衡测量法在自动化、遥感、遥测等测量中的应用非常广泛。

第2篇 基础性实验

第3章 力学和热学实验

实验1 长度和密度测量

【实验目的】

（1）掌握物理天平、游标卡尺、螺旋测微器的正确使用方法。

（2）学习正确使用比重瓶的方法。

（3）掌握用流体静力称衡法和比重瓶法测定形状不规则的固体和液体密度的原理。

（4）测定不规则固体和液体的密度。

【实验原理】

1. 规则物体密度的测定

若物体质量为 m、体积为 V、密度为 ρ，则按密度定义有

$$\rho = \frac{m}{V} \tag{S1-1}$$

当待测物体是一直径为 d、高度为 h 的圆柱体时，公式变为

$$\rho = \frac{4m}{\pi d^2 h} \tag{S1-2}$$

只要测出圆柱体的质量 m、外径 d 和高度 h，代入公式（S1-2）就可算出该圆柱体的密度 ρ。

2. 流体静力称衡法

按照阿基米德定律，浸在液体中的物体要受到向上的浮力。其大小等于物体所排开的液体的重量。如果将物体分别浸在空气和水里称衡，得到物体的重量为 W_1 和 W_2，则物体在水中受到的浮力为 $W_1 - W_2$，它应等于物体全部浸入水中时所排开的水的重量，即 $W_1 - W_2 = \rho_0 g V$（其中 ρ_0 为水的密度，g 为重力加速度，V 为物体的体积）。考虑到 $W_1 = \rho g V$（ρ 为物体的密度）消去 V、g 后得

$$\frac{\rho}{\rho_0} = \frac{W_1}{W_1 - W_2}$$

即

$$\rho = \frac{W_1}{W_1 - W_2} \rho_0 \tag{S1-3}$$

如果将上述物体再浸在密度为 ρ' 的待测液体中，称量此物体的重量为 W_3，则物体在待

测液体中受到的浮力为 $W_1 - W_3$，考虑到 $W_1 - W_2 = \rho_0 gV$，得待测液体的密度为

$$\rho' = \frac{W_1 - W_3}{W_1 - W_2}\rho_0 \tag{S1-4}$$

3. 比重瓶法

实验所用的比重瓶如后面的图 S1-8 所示。在比重瓶注满液体后，当用中间有毛细管的玻璃塞子塞住时，多余的液体就从毛细管溢出，这样瓶内盛有的液体的体积就是固定的。

如要测量液体的密度，可先称出比重瓶的质量 m_0，然后分两次将温度相同的（室温）待测液体和纯水注满比重瓶，称出纯水和比重瓶的总质量 m_1 以及待测液体和比重瓶的总质量 m_2。于是，同体积的纯水和待测液体的质量分别为 $m_1 - m_0$ 与 $m_2 - m_0$，通过计算可得待测液体的密度

$$\rho' = \frac{m_2 - m_0}{m_1 - m_0}\rho_0 \tag{S1-5}$$

要是用比重瓶法来测量不溶于水的小块固体（其大小应保证能放入比重瓶内）的密度 ρ，可依次称出小块固体的质量 m_3、盛满纯水后比重瓶和纯水的总质量 m_1 以及装满纯水的瓶内投入小块固体后的总质量 m_4。显然，被小块固体排出比重瓶的水的质量是 $m_1 + m_3 - m_4$，排出水的体积就是质量为 m_3 的小块固体的体积。所以，小块固体的密度为

$$\rho = \frac{m_3}{m_1 + m_3 - m_4}\rho_0 \tag{S1-6}$$

【实验仪器】

1. 物理天平（附砝码）；2. 外径千分尺；3. 游标卡尺；4. 玻璃烧杯；5. 待测物体（铝块、石蜡、待测液）；6. 细线、水、吸水纸；7. 温度计。

【装置介绍】

1. 游标卡尺

游标卡尺由尺身与游标（又称副尺）两部分构成，如图 S1-1 所示。尺身上按米尺刻度（1 分格的长度是 1 毫米），并与量爪 A、C 联成一体，游标上有 n 个（10 个、20 个或 50 个）分格并与量爪 B、D 联成一体，按 $n = 10, 20, 50$，分别称为 10 分、20 分、50 分游标卡尺。游标紧贴着尺身可自由滑动，用它来读出主尺上小于最小分度的数值。两量爪 A、B 用来卡住被测物的厚度或外径，C、D 用来测量被测物的内径，尾尺 E 用来测量槽的深度。G 是固定游标在尺身上位置的螺钉，用于防止读数时游标移位。

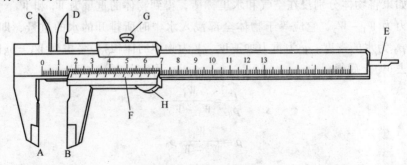

图 S1-1 游标卡尺的结构

下面以 20 分游标卡尺为例介绍游标卡尺的读数原理。由图 S1-2 看出，游标上 $n(n=20)$ 个分格的总长与尺身上 $\gamma n-1$ 个分格的总长相等，$\gamma=1$ 或 2，称为游标系数，以 a 表示尺身上 1 个分格的长度，b 表示游标上 1 个分格的长度，则有

$$nb=(n-1)a \quad 或 \quad nb=(2n-1)a$$

对第一种情况，如图 S1-2a 所示，尺身与游标上每个分格的差值定义为游标的分度值 δ，即

$$\delta=2a-b=2a-\left(\frac{2n-1}{n}\right)a=\frac{a}{n}=0.05\,\text{mm}$$

对第二种情况，如图 S1-2b 所示，尺身上 2 个分格与游标上每个分格的差值定义为游标的分度值 δ，即

$$\delta=a-b=a-\left(\frac{n-1}{n}\right)a=\frac{a}{n}=0.05\,\text{mm}$$

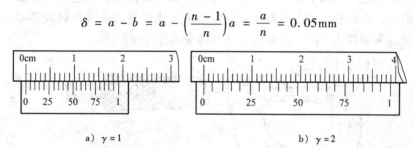

a) $\gamma=1$　　　　　　　　　　　b) $\gamma=2$

图 S1-2　游标卡尺的分度值

由上可见，虽然游标系数不同，游标卡尺的结构就不同，但游标的分度值却是一样的，均由 $\delta=\dfrac{a}{n}$ 计算。下面介绍游标卡尺的读数方法。

图 S1-2a 是量爪 A、B 或 C、D 合拢时的情况，游标上的 "0" 线与尺身上的 "0" 线对齐，而游标上的第一、第二、第三……根刻线则分别在尺身上的第一、第二、第三……根刻线左边的 0.05mm、0.10mm、0.15mm……处，容易看出，当量爪 A、B 之间依次放入厚度为 0.05mm、0.10mm、0.15mm…… 的物体时，与 B 相连的游标将向右移动 0.05mm、0.10mm、0.15mm……，游标上的第一、第二、第三……根刻线将分别与尺身上的第一、第二、第三……根刻线重合，由此可得游标卡尺的读数方法：（1）毫米以上数据由尺身读出，由游标 "0" 线左边最近的刻度线读出毫米整数；（2）毫米以下数据由游标读出，若游标上第 n 根刻线与尺身上某根刻线重合，则毫米以下读数为 $n\cdot\delta$，δ 为游标的分度值。

如图 S1-3 所示的读数为 $L=16.00+5\times0.05=16.25\,\text{mm}$。

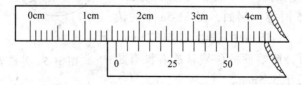

图 S1-3　游标卡尺的读数

与任何物理测量仪器一样，游标卡尺也存在仪器误差。它的仪器误差一般规定等于其分度值。

使用游标卡尺之前，应注意尺身上的 "0" 线与游标上的 "0" 线是否对齐，若不对齐，则应记下其初始读数。

游标卡尺是最常用的精密量具，使用时应注意维护。推游标时不要用力过大，测量中不要随意触弄刀口和钳口，用完后应立即放回盒内，不许随便放在桌上，更不许放在潮湿的地方。只有这样。才能保持它的准确度，延长其使用期限。

2. 外径千分尺

外径千分尺，也称螺旋测微计。它是比游标卡尺更精密的仪器，在实验室中常用它来测小球的直径、金属丝的直径和薄板的厚度等，其准确度至少可达 0.01mm。

外径千分尺的主要部分是弓形尺架、固定测砧、测微螺旋（图 S1-4），它由一根精密的测微螺杆和固定套管（其螺距是 0.5mm）组成，测微螺杆的后端还带一个具有 50 个分度的微分筒。当微分筒相对于固定套管转过一周时，测微螺杆就会在固定套管内沿轴线方向前进或后退 0.5mm。同理，当微分筒转过一个分度时，测微螺杆就会前进或后退 0.5/50mm（即0.01mm），因此，从微分筒转过的刻度就可以准确地读出测微螺杆沿轴线移动的微小长度。测微螺杆移动的毫米数，可由固定套管上刻有的毫米分度标尺读出。

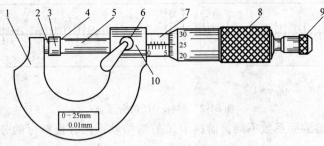

图 S1-4　外径千分尺

1—尺架　2—固定测砧　3—待测物体　4—测量面　5—测微螺杆

6—锁紧装置　7—固定套管　8—微分筒　9—棘轮　10—螺母套管

测量物体尺寸时，应先将测微螺杆退开，把待测物体放在测砧与测微螺杆之间，然后轻轻转动测力装置棘轮，使测杆和测砧的测量面刚好与物体接触，这时在固定套管的标尺上和微分筒上的读数就是待测物体的长度。读数时，应从标尺上读整数部分（读到半毫米），从微分筒上读毫米以下部分（估计到最小分度的十分之一即 1/1000mm），然后两者相加。由于测微螺杆的螺距是 0.5mm，因此，在 1mm 的范围内，微分筒上的同一读数要出现两次，对应的测量值不同，正如一天是 24 小时，而钟表的周期是 12 小时，同一指示值对应的时间不同，可能是凌晨 3 时，也可能是下午 15 时等。例如，图 S1-5a 中的读数是 5.375mm，而图 S1-5b 中的读数是 5.875mm。二者的差别就在于微分筒端面的位置，前者没有超过 5.5mm 而后者超过了 5.5mm。

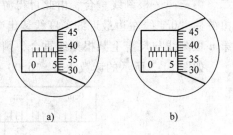

图 S1-5　外径千分尺的读数方法

外径千分尺是精密测量仪器，使用时必须注意下列各项：

（1）测量前应记录零点读数。零点读数（即初读数）是当测砧与测微螺杆刚好接触时，标尺和微分筒上的读数。标尺读数是以微分筒边为准线的，微分筒读数是以标尺中线为准线的。若微分筒 0 线和标尺中线重合，则初读数为零，如图 S1-6a 所示。微分筒 0 线指在套管标尺中线以上时，初读数为负值，测量时，测出的读数应减去这一零点读数（实际上是加上这个数）后才是被测长度的测量值，如图 S1-6b 所示，初读数为 - 0.015mm。微分筒 0 线指在套管标尺中线以下时，初读数为正值，在测量时要减去这个正的初读数如图 S1-6c 所示，初读数为 + 0.005mm。

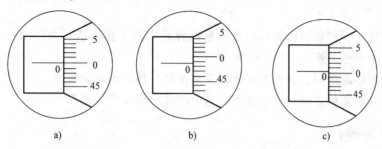

图 S1-6　外径千分尺的零差（初读数）

（2）测量面和被测物体间的接触压力应当很小且大小一定。因此旋转鼓轮当测量面将接触被测物体时，必须使用棘轮转动，当缓缓旋进时若听到棘轮发出"喀、喀"的两声，此时表示测量面已经接触被测物，则不能再旋进螺杆，可以扳动锁紧装置的板杆固定螺杆进行读数。

（3）测量完毕，应使测量面间留出一点间隙，以避免因热胀或因初学者由于搞不清鼓轮转动方向和螺旋进退的关系而损坏精密的螺纹。

实验室中常见的一级外径千分尺的仪器误差为 $\Delta = 0.004mm$。

3. 物理天平

物理天平是常用的测量物体质量的仪器，其外形如图 S1-7 所示。主要部件是横梁 1，其上装有三个刀口（用玛瑙或合金钢制造），主刀口 14 置于支柱上，两侧刀口 6 各悬挂一个秤盘，整个天平横梁是一个等臂杠杆，横梁下面固定一个指针 5，当横梁摆动时，指针尖端就在支柱下方的标尺 9 前摆动，制动旋钮 11 可以使横梁上升或下降。横梁下降时，支柱 10 上的制动架就会把它托住，以避免磨损刀口，横梁两端的两个平衡螺母 2 是天平空载时调节平衡用的。横梁上装有游码 4，用于 1 克以下的称衡。支柱左边的托盘 7 可以托住不被称衡的物体。底座上装有水平调节螺钉 12，以调节天平放置水平，底座有指示水平的水准仪 13。

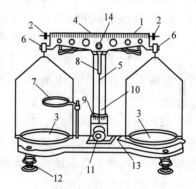

图 S1-7　物理天平

1—横梁　2—平衡螺母　3—称盘

4—游码　5—指针　6—两侧刀口

7—托盘　8—配重　9—标尺　10—支柱

11—制动旋钮　12—底座螺钉

13—水准仪　14—主刀口

物理天平的规格由以下两个参量来表示。

（1）感量：是指天平平衡时，为使指针偏转一分格所加载砝码的质量。感量的倒数为天平的灵敏度，感量越小，天平的灵敏度越高。感量一般也指天平的最大误差。

（2）称量：是允许称衡的最大质量。

使用物理天平时应当注意以下几点：

（1）调水平。使用前，应调节天平底脚螺钉，使水准仪的水泡移到中心以保证支柱铅直。

（2）调等臂。要调准零点，即先将游码移到横梁左端零线上，空载时调节制动旋钮 11 支起横梁，观察指针是否停在中央。如不在中央，可以调节平衡螺母，使指针指向中央或左右摆动格数相等（调节平衡螺母时应先将横梁制动，即放下横梁，使横梁搁在制动架上）。

（3）称物体时，被称物体放在左盘，砝码放在右盘，并应放在盘的中央。加减砝码和移动游码，都必须使用摄子，严禁用手。

（4）取放物体和砝码、移动游码或调节平衡时，都应将横梁制动，以免损坏刀口。

（5）称衡完毕要检查横梁是否放下、盒中的砝码和摄子是否齐全。

【实验内容及步骤】

1. 测定规则物体的密度（待测物：铅块）

（1）检查、调整物理天平，使底板水平，立柱铅直，指针指在标尺零点。

（2）测出铅块的质量 m。

（3）分别用螺旋测微器和游标卡尺测出铅块的长度 a、b 和高 h。

（4）计算铅块的密度（用有效数据规则计算）。

2. 用流体静力称衡法测物体的密度

（1）按照物理天平的使用方法，称出物体在空气中的重量 W_1。

（2）把盛有大半杯水的杯子放在天平左边的托盘上，然后将用细线挂在天平左边小钩上的物体全部浸入水中（注意不要让物体接触杯子），称出物体在水中的重量 W_2。

（3）查出室温下纯水的密度 ρ_0，算出物体的密度。

3. 用比重瓶法测量小块固体的密度（用分析天平）

（1）将比重瓶（图 S1-8）注满纯水，塞上塞子，擦去溢出的水（注意：瓶内不能有残留的水泡），这时水面恰好达到毛细管顶部。用物理天平称出比重瓶和纯水的总质量 m_1。

（2）将小块固体洗净、烘干，然后称出其质量 m_3。

（3）将小块固体投入盛有纯水的比重瓶内，重复步骤（1），称出比重瓶、瓶内的纯水和小块固体的总质量 m_4。

（4）算出固体的密度。

图 S1-8　比重瓶

4. 用比重瓶法测液体的密度（用分析天平）

（1）洗净、烘干比重瓶（注意瓶内外都要干燥），称出其质量 m_0。

（2）称出纯水和比重瓶的总质量 m_1。

（3）拭净、烘干比重瓶，再装满待测液体；称出待测液体和比重瓶的总质量 m_2。

（4）由式（S1-5）计算待测液体的密度。

【数据处理】

现将实验内容 1 所用的数据记录表格列在下面，供参考。其余实验内容请根据具体情况自己拟定。

（1）测量圆柱体的直径、高（多次测量），数据记入表 S1-1。

仪器：游标卡尺　　　分度值：_____　　　仪器误差：_____　　　零差：_____

仪器：螺旋测微计　　　分度值：_____　　仪器误差：_____　　零差：_____

表 S1-1　测量圆柱体的直径、高

内容 次数	1	2	3	4	5	6	平均值 $\bar{d}$、$\bar{h}$	标准偏差 S_d、S_h	测量结果 $\bar{N} \pm u$
圆柱体直径 d/mm									
圆柱体高 h/mm									

（2）测量球体的直径（多次测量），数据记入表 S1-2。

表 S1-2　测量球体的直径

内容 次数	1	2	3	4	5	6	平均值 $\bar{d}$	标准偏差 S_d	测量结果 $\bar{N} \pm u$
小球直径 d/mm									

（3）用物理天平测物体的质量（一次测量）。

仪器：物理天平　型号：_____　　　分度值：_____　　仪器误差：_____

（4）依次计算 σ_d、σ_h、$\bar{V}$、σ_V、ρ、σ_ρ 各量的值（要求计算过程）。

（5）正确表示出 d、h、V、M、ρ 的测量结果。

【思考与讨论】

（1）游标卡尺测量长度时如何读数？游标本身有无估读数？

（2）试扼要地说明为什么圆柱体的高要用游标卡尺测量，半径要用螺旋测微计测量？若用普通米尺测量这两个量，测得的黄铜密度的结果表达式有何不同？

（3）若求一批用同一物质做成的、体积相等的微小球粒的直径，采用本实验所述的哪一法可以得到比较准确的结果呢？

（4）假如待测固体能溶于水，但不溶于某种液体 A，现欲用比重瓶法测定该固体的密度，请给测量的原理和大致步骤。

【附表】

表 S1-3　水在不同温度时的密度

t℃	密度 ρ（g/cm³）	t℃	密度 ρ（g/cm³）	t℃	密度 ρ（g/cm³）
0	0.99987	12	0.99952	24	0.99733
1	0.99993	13	0.99940	25	0.99707
2	0.99997	14	0.99927	26	0.99681
3	0.99999	15	0.99913	27	0.99654
4	1.00000	16	0.99897	28	0.99626
5	0.99999	17	0.99880	29	0.99597
6	0.99997	18	0.99862	30	0.99568
7	0.99993	19	0.99843	31	0.99537
8	0.99988	20	0.99823	32	0.99505
9	0.99981	21	0.99802	33	0.99472
10	0.99973	22	0.99780	34	0.99440
11	0.99963	23	0.99757	35	0.99406

实验 2　用单摆测定重力加速度

【实验目的】

（1）学会用单摆测定当地的重力加速度。

（2）正确熟练使用秒表。

【实验器材】

1. 球心开有小孔的小金属球；2. 长度大于 1m 的细尼龙线；3. 铁夹；4. 铁架台；5. 游标卡尺；6. 米尺；7. 秒表；数字毫秒计。

【实验原理】

把一个金属小球拴在一根细长的线上（见图 S2-1），如果细线的质量比小球质量小得多，而球的直径又比细线的长度小得多，则可看成是一个不计质量的细线系住一个质点，使它在重力作用下摆动，这样的装置就是单摆。

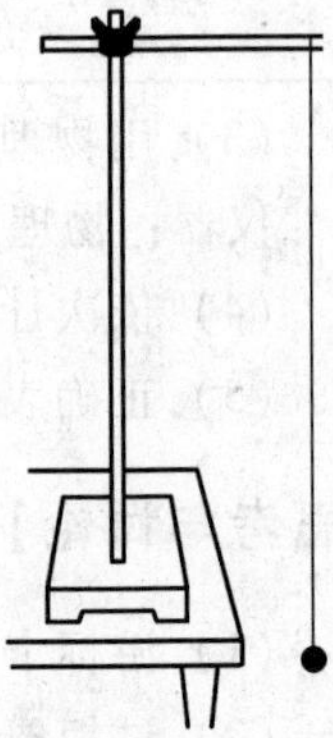

单摆往返摆动一次所需的时间称为单摆的周期。可以证明，当摆幅很小时，单摆周期 T 满足下面公式

$$T = 2\pi\sqrt{\frac{l}{g}} \qquad \text{(S2-1)}$$

图 S2-1　单摆装置示意图

式中，l 是单摆的摆长，就是从悬点到小球质心的距离；g 是重力加速度。因而，单摆周期只与摆动长和重力加速度有关。如果我们测出单摆的摆长和周期，就可以算出重力加速度 g。这是粗略测量重力加速度的一个简便的方法。

【仪器介绍】

机械秒表是一种常用的测时仪器，又可称"机械停表"，由暂停按钮、发条柄头、分针等组成。它是利用摆的等时性控制指针转动而计时的。在它的正面是一个大表盘，上方有小表盘（图 S2-2）。秒针沿大表盘转动，分针沿小表盘转动。分针和秒针所指的时间和就是所测的时间间隔。在表的正上方有一表把，上有一按钮。用大拇指按下按钮，秒表开始计时；再按下按钮，秒表停止走动，进行读数；再按一次，秒表回零，准备下一次计时。（注意：使用这类秒表一定要完成这一程序后才能进行下一次计时。这类表不能在按停后又重新开动秒表连续计时。为了解决这一问题，有的秒表在表把左侧装有一按钮，当表走动时将此按钮向上推，表停走；向下推，即继续累计计时。）

秒表的精度一般在 $0.1 \sim 0.2\text{s}$，计时误差主要是开表、停表不准造成的。不同型号的秒表，分针和秒针旋转一周所计的时间可能不同，使用时要注意。

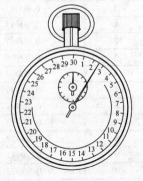

图 S2-2　机械秒表

1. 秒表的读数

本实验所用的秒表中央的大表针每走动一周为 30s，其读数应看 15 分小记录面上表针所指示的位置；如果小表针停在黑色节段上，应该读出中央大秒针读数，如果小表针停在红色节段上，应读上中央大秒针所指示的红色数字 31、32 等，直至 59，再加上小面上的分钟读数。电子秒表以表面之示数直接读数。"V"前的数为整秒数，"V"后的为小数。

2. 使用秒表的注意事项

（1）检查零点是否正确，如不准，应记下其读数，并对实验数据作修正。

（2）实验中切勿摔碰，以免震坏秒表。

3. 秒表的校准

如果秒表不准，会给测量带来系统误差。例如秒表太快，测出周期一定偏大。为减小系统误差，在测量前，要校准秒表。我们用一个数字毫秒计作为标准计时器来校准秒表，例如秒表走了 614.80s 时，标准计数器——数字毫秒计的读数是 613.67s，则校准系数

$$c = \frac{613.67}{614.80} \tag{S2-2}$$

因此，将实验测得的周期乘以系数，才是真正的周期。

【实验内容】

1. 测定摆长

如图 S2-3 所示，取摆长为 100cm 左右，先用米尺测量悬点 O 到小球最低点 A 的距离 l'（测三次），再用游标卡尺测小球直径 d（测三次），则摆长 l 可由计算得到：

$$l = l' - \frac{d}{2} \text{（cm）}$$

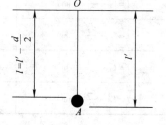

图 S2-3　测定摆长示意图

被测量 \ 次数	1	2	3	平均值	测量结果
l'/cm					
$d/2/\text{cm}$					
l/cm					

2. 校准秒表

以数字毫秒计作标准，校准停表，重复一次，求得校准系数。

测量次数	1	2	平均值	测量结果
标准计时器读数 t_s/s				
待校准表读数 t/s				
校准系数 $C = t_s/t$				

3. 测量单摆周期

使单摆摆动的摆幅较小，不超过 5°，测量摆动 50 次所需要的时间 $50T'$，测量三次，求平均值，再经校准，得到校准后的周期。

在测量周期时，选择摆球通过最低位置时计时（为什么？）。为了避免视差，在标尺中央放一个有竖直刻线的平面反射镜，每当摆线、刻线在镜中的像三者重合时计时。

测量次数	1	2	3	平均值	测量结果
$50T'$					

4. 数据处理

（1）由式（S2-1）计算 g，并计算出偶然误差

$$g = \frac{4\pi^2 l}{T^2} = \frac{4\pi^2 l}{(CT)^2} = \frac{4\pi^2 l}{C^2\left(\dfrac{5UT'}{50}\right)^2} = \frac{\pi^2 l}{C^2(50T')^2} \times 10^4 \qquad (S2\text{-}3)$$

（2）改变摆长 l，测出在不同摆长的单摆周期 T，测 5 个点，作 l–T^2 图，如果图是直线，说明什么？并由直线的斜率求出 g，试比较用两种方法求得的 g。

$l = l' - \dfrac{d}{2}$（cm）	$50T$（s）	T（s）	T^2（s）^{2}
$l = l'_1 - \dfrac{d_1}{2}$（cm）			
$l = l'_2 - \dfrac{d_2}{2}$（cm）			
$l = l'_3 - \dfrac{d_3}{2}$（cm）			
$l = l'_4 - \dfrac{d_4}{2}$（cm）			
$l = l'_5 - \dfrac{d_5}{2}$（cm）			

测量结果：

实验 3　刚体转动惯量的测定

【实验目的】

（1）观察刚体转动惯量随其质量、质量分布及转动轴线不同发生的变化。

（2）用实验的方法检验刚体的转动定律及平行轴定理。

（3）熟悉秒表的使用及维护方法。

（4）用作图法处理数据。

【实验内容一　用塔轮仪测转动惯量】

转动惯量是描述刚体转动惯性大小的物理量，是研究和描述刚体转动规律的一个重要物理量，它不仅取决于刚体的总质量，而且与刚体的形状、质量分布以及转轴位置有关。对于质量分布均匀、具有规则几何形状的刚体，可以通过数学方法计算出它绕给定转动轴的转动惯量。对于质量分布不均匀、没有规则几何形状的刚体，用数学方法计算其转动惯量是相当困难的，通常要用实验的方法来测定其转动惯量。因此，学会用实验的方法测定刚体的转动惯量具有重要的实际意义。

实验上测定刚体的转动惯量，一般都是使刚体以某一形式运动，通过描述这种运动的特定物理量与转动惯量的关系来间接地测定刚体的转动惯量。测定转动惯量的实验方法较多，如拉伸法、扭摆法、三线摆法等。

根据刚体转动定律，刚体绕固定轴转动时，有

$$\sum M = I\beta \tag{S3-1}$$

其中，$\sum M$ 是刚体所受的合外力矩；I 是刚体对固定轴的转动惯量，在本实验的塔轮仪系统（图 S3-1）中，它是塔轮系统（包括 A、B、B' 以及两个 m_0）相对于塔轮转轴 OO' 的转动惯量；β 为角加速度。在实验装置中，刚体所受的外力矩为绳子给予的力矩 $T \cdot r$ 和摩擦力矩 M_μ；T 为绳子的张力，与转轴 OO' 相垂直；r 为塔轮的绕线半径。当略去滑轮及绳子的质量以及滑轮轴上的摩擦力，并认为绳子长度不变时，重物 m 以匀加速度 a 下落，则有

$$T = m(g - a) \tag{S3-2}$$

式（S3-2）中 g 为重力加速度（下同）。当砝码 m 由静止开始下落高度 h 所用时间为 t 时，则 $h = \dfrac{1}{2}at^2$。

又因 $a = r\beta$ 由以上关系式得

$$m(g - a)r - M_\mu = I\frac{2h}{rt^2} \tag{S3-3}$$

在实验过程中，保持 $a \ll g$，则有

$$mgr - M_\mu \approx I\frac{2h}{rt^2} \tag{S3-4}$$

通常 $M_\mu \ll mgr$，为讨论方便可略去 M_μ，则有

$$mgr \approx I\frac{2h}{rt^2} \tag{S3-5}$$

显然式（S3-5）是转动定律应用于本实验过程的结果，它反映了在转动定律成立的条件下，实验变量 m、r、I、h、r、t 应该满足式（S3-5）的关系。可见，本实验过程是一个多变量物理过程。那么，如何判断本实验过程中转动定律成立，并测量出相应刚体的转动惯量呢？

按照多变量物理过程的研究方法，下面就几种具体情况进行讨论：

（1）在式（S3-3）中，若保持 r、h 及 I 不变（即实验装置 B、B' 上的圆柱体 m_0 位置不改变），改变砝码的质量 m，测出砝码下落高度 h 的时间 t，（S3-5）式可改写为

$$m = \frac{2hI}{gr^2} \frac{1}{t^2} = k_1 \frac{1}{t^2} \tag{S3-6}$$

其中 $k_1 = \dfrac{2hI}{gr^2}$。由于实验中 r、h、I 保持不变，故 k_1 恒定，即有 m 与 t^2 成反比。

若实验测得一系列 m 和 t，在直角坐标纸上作 $m \sim \dfrac{1}{t^2}$ 图线，如得一直线，则说明实验过程中转动定律成立。再由图解法求出 $m \sim \dfrac{1}{t^2}$ 直线的斜率 k_1，便可求得转动惯量 I。

（2）如果保持 h、m 及 I 不变，改变 r，式（S3-5）可改写为

$$r = \sqrt{\frac{2Ih}{mg}} \cdot \frac{1}{t} = k_2 \cdot \frac{1}{t} \tag{S3-7}$$

其中，$k_2 = \sqrt{\dfrac{2Ih}{mg}}$ 在实验中保持恒定，即有 r 与 t 成反比。若实验测得一系列 r 与 t，在直角坐标纸上画出 $r \sim \dfrac{1}{t}$ 图线为一条直线，说明实验过程转动定律是成立的。由图解法求出该直线的斜率 k_2，可求出转动惯量 I。

（3）设 I_0 为 A、B、B' 绕转轴 OO' 轴的转动惯量，I_{oc} 为圆柱体 $m_0 - m_0$ 绕在竖直方向通过其质心的转动轴的转动惯量，在水平方向 $m_0 - m_0$ 的质心与 OO' 轴的距离为 x。根据刚体转动惯量的定义和平行轴定理，整个塔轮系统绕 OO' 轴的转动惯量为

$$I = I_0 + I_{oc} + 2m_0 x^2 \qquad\qquad (S3\text{-}8)$$

将上式代入式（S3-5）有

$$t^2 = \frac{4m_0 h}{mgr^2}x^2 + \frac{2h(I_0 + I_{oc})}{mgr^2} \qquad\qquad (S3\text{-}9)$$

在忽略摩擦力矩的情况下，记 $k_3 = \dfrac{4m_0 h}{mgr^2}$ 和 $c = \dfrac{2h\,(I_0 + I_{oc})}{mgr^2}$ 得

$$t^2 = k_3 x^2 + c \qquad\qquad (S3\text{-}10)$$

由式（S3-9）可知，如果实验中保持 h、r、m、m_0 不变，k_3 和 c 恒定，t^2 与 x^2 成正比。即，实验测得 t 和对应的 x 之后，在直角坐标纸上作出 $t^2 \sim x^2$ 图像若为一条直线，就证明转动惯量的平行轴定理成立。

【仪器描述】

如图 S3-1 所示，A 是一个具有不同半径的塔轮，两边对称的伸出两根有等分刻度的均匀细柱 B 和 B'，B 和 B' 上各有一个可移动的圆柱形重物 m_0 和 m_0'。它们一起组成一个可以围绕定轴 OO' 转动的刚体。塔轮上绕一细线通过滑轮 C 与砝码 m 相连，当 m 下降时，通过细线对刚体系统施加外力矩。滑轮 C 的支架可以借固定螺钉 D 而升降，以保

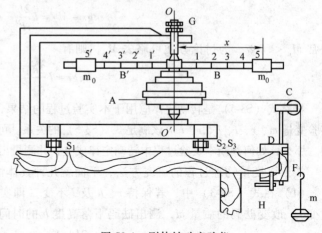

图 S3-1　刚体转动实验仪

证当细线处于塔轮的不同转动半径时都可以保持与转动轴相垂直，滑转台架 E 上有一个标记 F，是用来判断砝码起始位置的。H 是固定台架的螺旋扳手，取下塔轮，换上铅直准钉，通过底脚螺钉 S_1、S_2、S_3 可以调节 OO' 垂直。调好 OO' 轴线垂直后，再换上塔轮，转动合适后，用固定螺钉 G 固定。计时用停表。

实验仪器：

1. 刚体转动实验装置；2. 停表；3. 砝码（及砝码钩）；4. 线；5. 米尺；6. 游标卡尺；7. 旋具；8. 物理天平（附砝码）。

操作步骤：

（1）调节实验装置，取下塔轮，换上铅直准钉，调 OO' 与地面垂直。装上塔轮，尽量减

少摩擦，用固定螺钉固定，并在实验过程中维持摩擦力不变，保持绳子与 OO' 垂直，绕线尽量排密。

（2）选塔轮的绕线半径 $r = 2.500 \text{cm}$，将 m_0 放于位置（5，5'），将 m 从一固定高度由静止开始下落，改变 m，每次增加 5.00g 砝码，到 $m = 35.00 \text{g}$ 为止，用停表测 t，三次平均，将结果作图，得出必要的结论，并求出转动惯量。

（3）将 m_0 放在（5，5'）位置，维持 $m = 20.00 \text{g}$，分别取 $r = 1.000 \text{cm}$，1.500cm，2.000cm，3.000cm，测 t。将结果作图，并求出转动惯量。

（4）维持 $m = 10.00 \text{g}$、$r = 2.500 \text{cm}$，对称地改变 m_0 位置，令其与 OO' 轴相距为 x_1、x_2、x_3、x_4、x_5，分别测出 t，观测转动惯量与质量分布的关系，并通过作图检验平行轴定理。

（5）维持 $m = 10.00 \text{g}$、$r = 2.500 \text{cm}$，改变 m_0 位置，令其位于（3，3'）、（2，4'）、（1，5'），分别测出 t，观测转动惯量与轴线的关系，并检验平行轴定理（m_0 用物理天平测出）。

（6）将 m_0 换成铝的，维持其他条件不变，测 t，观测转动惯量与质量的关系。

（7）在（2）、（3）、（4）中，选定不同的 r、m_0 位置或 m 进行实验。

数据处理：

（1）验证转动定理数据

测量条件：塔轮的绕线半径 $r = 2.500 \text{cm}$；m_0 处于（5，5'）位置。

砝码下落高度 $h =$ （　　　　）cm　　　　$\Delta_{\text{仪}}$（秒表）$=$

t/s \ m/g	10.00	15.00	20.00	25.00	30.00	35.00
t_1						
t_2						
t_3						
$\bar{t}$						
标准偏差						
$\dfrac{1}{t^2}$ (s)						

测量条件：$m = 20.00 \text{g}$，　　　　铁柱 m_0 处于（5，5'）位置

砝码下落高度 $h =$ （　　　　）cm　　　　$\Delta_{\text{仪}}$（秒表）$=$

t/s \ r/cm	1.00	1.50	2.00	2.50	3.00
t_1					
t_2					
t_3					
$\bar{t}$					
标准偏差					
$\dfrac{1}{t^2}$ (s)					

$K_1 =$ 　　　　　　　　$I_1 =$

$K_2 =$ 　　　　　　　　$I_2 =$

比较 I_1 和 I_2，分析 I_1 和 I_2 为什么会不相同？哪种方法求得的的转动惯量 I 较准确？为

什么？

(2) 验证平行轴定理数据

测量条件：砝码质量 $m = 30.00\text{g}$　　　　塔轮的绕线半径 $r = 2.500\text{cm}$

　　　　　　砝码下落高度 $h = ($　　　$) \text{cm}$　　$\Delta_{\text{仪}}$（游标尺）$= 0.02\text{mm}$

m_0 距转轴距离 x/cm					
x^2/cm^2					
t_1/s					
t_2/s					
t_3/s					
$\bar{t}/\text{s}$					
标准偏差					
$\bar{t}^2/\text{s}^2$					

结论：

测量条件：铁柱 $m_0 = ($　　　$)$；　　　　砝码质量 $m = 10.00\text{g}$

　　　　　　塔轮的绕线半径 $r = 2.500\text{cm}$　　砝码下落高度 $h = ($　　$) \text{cm}$

m_0 位置 ＼ t/s	t_1	t_2	t_3	$\bar{t}$	标准偏差	t^{-2}/s^2	d/cm
3, 3′							
2, 4′							
1, 5′							

结论：

注意事项：

(1) 调节 OO' 轴垂直时，铅直线准钉必须悬空，即不准与转动惯量仪底摩擦接触，上塔轮后，不可将 G 旋得过紧，也不可太松。

(2) 细线应与 OO' 轴相垂直，并与所绕塔轮圆周相切。

(3) 改变绕线半径后，应旋动 H 和 D 移动台架 E 和升降滑轮 C 以保证"注意事项"2。

(4) 将 m_0 固定在 B、B′ 上时，应用旋具将 m_0 上的小螺钉旋入 B、B′ 上的刻度槽内。

(5) 不论任何情况，t 必须测量三次取平均值。

(6) 请自备坐标纸。

思考题：

(1) 实验中如何保证 $g \gg a$？由于作了这一近似，会对结果产生什么影响？

(2) 实验中 r、m、h 太小对实验会有什么影响？

(3) 实验中，如何随时判断所测数据是否合理？

(4) 设计并测出小铁柱 m_0 在（1，5′）位置对 OO' 轴的转动惯量。

【实验内容二　用扭摆法测转动惯量】

扭摆的构造如图 S3-2 所示。在垂直轴 1 上装有一根薄片状的螺旋弹簧 2，用以产生恢复力矩。在轴的上方可以装上各种待测物体。垂直轴与支座间装有轴承，以降低摩擦力矩。3 为水平仪，用来调整仪器转轴成铅直。将物体在水平面内转过 θ 角，在弹簧的恢复力矩作用下，物体就开始绕垂直轴作往返扭转运动。根据虎克定律，弹簧受扭转而产生的恢复力矩 M 与所转过的角度 θ 成正比，即

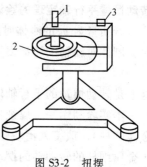

图 S3-2　扭摆

$$M = -k\theta \tag{S3-11}$$

式中，k 为弹簧的劲度系数，根据转动定律

$$M = I\beta$$

式中，I 为物体绕转轴的转动惯量；β 为角加速度。由上式得

$$\beta = \frac{M}{I} \tag{S3-12}$$

令 $\omega^2 = \dfrac{k}{I}$，忽略轴承的摩擦阻力矩，由（S3-11）、（S3-12）得

$$\beta = \frac{\mathrm{d}^2\theta}{\mathrm{d}t^2} = -\frac{k}{I}\theta = -\omega^2\theta$$

上述微分方程表示扭摆运动具有角谐振动的特性，即角加速度 β 与角位移 θ 成正比，并且方向相反。此微分方程的解为

$$\theta = A\cos(\omega t + \varphi)$$

式中，A 为谐振动的角振幅，θ 为角位移，φ 为初相位角，ω 为角频率。此谐振动的周期为

$$T = \frac{2\pi}{\omega} = 2\pi\sqrt{\frac{I}{k}} \tag{S3-13}$$

由式（S3-13）可知，只要实验测得物体扭摆的摆动周期 T，并在 I 和 k 中任何一个量已知时，即可计算出另一个量。

本实验利用测量一个形状规则物体（圆柱体）在扭摆上的摆动周期来测量弹簧 k 值。圆柱体的转动惯量 I_1' 可根据它的质量和几何尺寸用理论公式直接计算得到，从而可算出本仪器弹簧的 k 值。因圆柱是放在金属载物盘上测量，须考虑载物盘的转动惯量 $I_{盘}$，所以有

$$k = 4\pi^2\frac{I_1'}{T_1^2 - T_{盘}^2} \qquad 和 \qquad I_{盘} = \frac{I_1' T_{盘}^2}{T_1^2 - T_{盘}^2} \tag{S3-14}$$

式中 $T_{盘}$ 和 T_1 分别为只有金属载物盘和载有圆柱体时测出的摆动周期。

若要测定其他形状物体的转动惯量，只需将待测物体安放在本仪器顶部的载物盘或夹具上，测定其摆动周期，利用式（S3-13）即可算出该物体绕转动轴的转动惯量，但应扣除载物盘或夹具的转动惯量。即

$$I = \frac{kT^2}{4\pi^2} - I_{盘} \qquad 或 \qquad I = \frac{kT^2}{4\pi^2} - I_{夹具} \tag{S3-15}$$

转动惯量平行轴定理的验证

若质量为 m 的刚体对过质心轴 C 的转动惯量为 I_c，可以证明，当转轴平行移动距离 x 时，刚体对新轴的转动惯量将变为

$$I_x = I_c + mx^2$$

这就是转动惯量的平行轴定理。

本实验利用一金属细杆，在其两侧对称放置两个尺寸和质量相同的滑块（带同轴孔的金属圆柱）。改变两滑块距金属细杆中心的距离 x，可测出相应的、过金属细杆中心、垂直于金属细杆的转动轴的摆动周期 T。由式（S3-13）和平行轴定理，有

$$T^2 = \frac{4\pi^2 (2m)}{k} x^2 + \frac{4\pi^2}{k} (I_4 + I_5) \qquad\qquad （S3\text{-}16）$$

式中，$2m$ 为两滑块质量；I_4 为金属细杆（包括夹具）绕过其中心的垂直转轴的转动惯量；I_5 为两滑块绕过其中心的垂直转轴的转动惯量。

由式（S3-16）可见，摆动周期的平方 T^2 与两滑块质心距金属细杆中心的距离的平方 x^2 成正比。令 $y = T^2$，$w = x^2$，$a = 4\pi^2 (2m) / k$，$b = 4\pi^2 (I_4 + I_5) / k$，有 $y = aw + b$。对实验数据作最小二乘法函数拟合，若线性关系成立，则可验证平行轴定理。

实验仪器：

1. TH-1 型转动惯量测试仪；2. 待测刚体；3. 物理天平；4. 游标卡尺等。

TH-1 型转动惯量测试仪：

转动惯量测试仪由主机和光电传感器两部分组成。主机采用新型的单片机作控制系统，用于测量物体转动或摆动的周期。能自动记录、存贮多组实验数据并能计算多组实验数据的平均值。光电传感器主要由红外发射管和接收管组成，将光信号转换为脉冲电信号，送入主机工作。因人眼无法直接观察仪器工作是否正常，所以可用遮光物体往返遮挡光电探头发射光束通路，检查计时器是否开始计数和到预定周期数时是否停止计数。为防止过强光线对光探头的影响，光电探头不能置放在强光下，实验时可采用窗帘遮光，确保计时准确。TH-1 型转动惯量测试仪面板如图 S3-3 所示，使用方法为：

（1）开机：打开电源开关，摆动指示灯亮。显示"P1 ----"（参量指示为 P1、数据显示为 ----）。若情况异常（死机），可按复位键，即可恢复正常。

（2）功能选择：按"功能"键，可以选择摆动、转动两种功能（开机默认状态为"摆动"）。

（3）置数：按"置数"键，显示"n =10"（默认周期数）。按"上调/下调"键，周期数依次增加/减少 1（周期数设

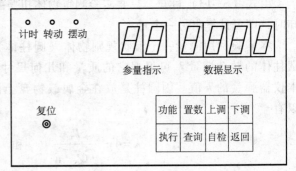

图 S3-3　TH-1 型转动惯量测试仪面板

置范围 1~20），再按"置数"键确认，显示"F1 end"或"F2 end"。周期数 一旦预置完毕，除复位和再次置数外，其他操作均不改变预置的周期数。

（4）执行（以扭摆为例）：将刚体水平旋转约 90°后，让其自由摆动。按"执行"键，仪器显示"P1 000.0"。当被测物体上的挡光杆第一次通过光电门时开始计时，同时状态指

示的计时灯点亮。随着刚体的摆动，仪器开始连续计时，直到周期数等于设定值时，停止计时，计时灯熄灭，此时仪器显示第一次测量的总时间。重复上述步骤，可进行多次测量。本机设定重复测量的最多次数为 5 次，即（P1，P2，…，P5）。

执行键还具有修改功能。例如要修改第三组数据，可连续按执行键直到出现"P3 000.0"后，重新测量第三组数据。

（5）查询：按"查询"键，可知各次测量的周期值 C1，C2，…，C5 及它们的平均值 CA。以及当前的周期数 n。若显示"NO"，表示没有数据。

（6）自检：按"自检"键，仪器应依次显示"n = N − 1"，"2n = N − 1"，"SC GOOD"，并自动复位到"P1 ----"，表示仪器工作正常。

（7）返回：按"返回"键，系统将无条件地回到最初状态，清除当前状态的所有执行数据，但预置周期数不改变。

（8）复位：按"复位"键，实验所得数据全部清除，所有参量恢复初始时的默认值。

测量内容及操作步骤：

1. 测量弹簧的劲度系数 k 和金属载物盘的转动惯量 $I_盘$

（1）用游标卡尺测量圆柱体的外径 D_1（测 6 次，在圆柱两头不同位置各测 3 次）；用物理天平测量其质量 m_1（1 次测量）。

（2）调整扭摆基座底脚螺钉，使水平仪气泡居中。

（3）装上金属载物盘，并调整光电探头的位置使载物盘上的挡光杆处于其缺口中央且能遮住发射、接收红外光线的小孔。用转动惯量测试仪测定摆动周期 $T_盘$。（设定周期数 n = 20，测 5 次）

（4）将塑料圆柱体垂直放在载物盘上，测定摆动周期 T_1。（设定周期数 n = 10，测 5 次）

2. 测量金属圆筒、塑料圆球和金属细杆的转动惯量 I_2、I_3、I_4

（1）测量金属圆筒的外、内径 $D_外$、$D_内$（测 6 次）和质量 m_2（1 次）。塑料圆球、金属细杆的几何尺寸和质量及支架、夹具的转动惯量由实验室给出。

（2）用金属圆筒替换塑料圆柱体，测定摆动周期 T_2。（n = 10，测 3 次）

（3）卸下金属载物盘，装上塑料圆球，测定摆动周期 T_3。（n = 10，测 3 次）

（4）卸下塑料圆球，装上金属细杆（金属细杆中心必须与转轴重合），测定摆动周期 T_4。（n = 10，测 3 次）

3. 验证转动惯量平行轴定理

将金属滑块对称放置在金属细杆两侧（滑块上的固定螺钉应落入细杆两边的凹槽内），依次改变滑块质心离转轴的距离分别为 5.00、10.00、15.00、20.00 和 25.00cm，测定相应的摆动周期 T（n = 10，1 次测量）。称量金属滑块的质量 $2m$（1 次测量）。

数据处理：

（1）由圆柱体的外径 D_1 和质量 m_1 计算其转动惯量 I'_1，并由式（S3-14）计算弹簧的劲度系数 k 和载物盘的转动惯量 $I_盘$。计算 I'_1、k 和 $I_盘$ 的不确定度，并表达测量结果。

（2）由式（S3-15）计算金属圆筒、塑料圆球和金属细杆的转动惯量 I_2、I_3、I_4，并与由几何尺寸和质量计算出的转动惯量 I'_2、I'_3、I'_4 作比较，计算相对误差。

（3）对测量内容 3 的实验数据作最小二乘法线性拟合。由相关系数 r 判断是否验证了转动惯量的平行轴定理。由系数 a 计算弹簧的劲度系数 k，并与实验内容 1 得到的实验结果相比较，计算相对误差。

1. 圆柱等待测物的几何尺寸和质量

$$\Delta_仪（游标尺）= 0.02\text{mm} \qquad \Delta_仪（天平）= 0.02\text{g}$$

	次数 被测量	1	2	3	4	5	平均值	标准偏差
圆柱	直径 D_1/cm							
	质量 m_1/g							
金属圆筒	外径 $D_外$/cm							
	内径 $D_内$/cm							
	质量 m_2/g							
两滑块的质量 $2m(\text{g})$								
圆球的直径 $D_3 = (12.408 \pm 0.006)\,\text{cm}$				圆球的质量 $m_3 = (921.7 \pm 0.4)\,\text{g}$				
细杆的长度 $L_4 = (60.8 \pm 0.1)\,\text{cm}$				细杆的质量 $m_4 = (133.6 \pm 0.3)\,\text{g}$				
圆球支架转动惯量 $I_支架 = (0.187 \pm 0.006) \times 10^{-4}\,\text{kg} \cdot \text{m}^2$								
细杆夹具转动惯量 $I_夹具 = (0.321 \pm 0.006) \times 10^{-4}\,\text{kg} \cdot \text{m}^2$								

实验结果：

2. 摆动周期/s

$$\Delta_仪（转动惯量测试仪）= 0.001\text{s}$$

次数	1	2	3	4	5	平均值	标准偏差
载物盘 $T_盘$/s							
圆柱 T_1/s							
金属圆筒 T_2/s							
圆球 T_3/s							
金属细杆 T_4/s							

实验结果：

3. 验证平行轴定理

距转轴的距离 x/cm	5.00	10.00	15.00	20.00	25.00
摆动周期 T/s					
x^2/cm^2					
T^2/s^2					

实验结果：

注意事项：

（1）扭摆机座应保持水平。

（2）在安装金属载物盘或待测物体时，其支架必须全部套入扭摆主轴，并将止动螺母（在垂直轴上）旋紧，否则扭摆不能正常工作。

（3）光电探头宜放置在挡光杆的平衡位置处，且挡光杆不能和它相接触。

（4）由于弹簧的劲度系数 k 不是固定常数，它与摆角略有关系，摆角在 90° 左右时基本相同，在小角度时变小。因此，为了降低实验时由于摆动角度变化过大带来的系统误差，在测量各种物体的摆动周期时，摆角不宜过小，摆幅也不宜变化过大。

（5）为保证测量精度，应先让扭摆自由摆动，然后再按动转动惯量测试仪的"执行"键进行计时。

实验 4　液体表面张力系数测定

【实验目的】

（1）掌握用焦利氏秤法测定液体表面张力系数的实验原理。
（2）学会使用焦利氏秤。
（3）测定焦利氏弹簧的劲度系数。
（4）对表面张力系数测量误差进行分析。

【实验器材】

1. 焦利氏秤（附附件）；2. 砝码；3. 温度计（50 ℃）；4. 酒精灯；5. 烧杯（250ml）；6. 游标卡尺；7. 金属镊子；8. 水、酒精、火柴。

【实验原理】

液体的张力都具有收缩的趋势，有如紧张的弹性薄膜。从微观的角度看，液体的表面是具有一定厚度的薄层，称作表面层。由于表面层的分子与液体内分子受力情况不同（液体内每个分子所受的合外力为零，而表面层分子所受合外力不为零，该合力垂直于表面并指向液体内部），所以，表面层出现了张力，这种张力就叫表面张力。表面张力的大小用表面张力系数 α 来描述。因此，对液体表面张力系数的测定，可以为分析液体表面的分子分布及结构提供帮助。

如果在液体表面想象一条直线段 L，那么，表面张力就表现为线段两边的的液面会以一定的拉力 F_u 相互作用，此拉力方向垂直于线段，大小与此线段的长度 L 成正比，即

$$F_u = \alpha L \tag{S4-1}$$

其中，α 为液体表面张力系数，国际制中单位为牛顿/米，记为 $\mathrm{N \cdot m^{-1}}$，显然，它的物理意义是表示单位长度线段两测液面相互作用的力，表面张力系数 α 与液体的种类、纯度、温度和它上方的气体成分有关，实验表明，液体的温度越高，α 值就越小，所含杂质就越多，α 值也越小。只要各种条件保持一定，α 就是一个常数。

测定液体表面张力系数，一般用焦利氏称法，也可以用扭称法和毛细管法，本实验采用焦利氏称法。

将表面洁净的"⊓"形丝浸入盛有液体的烧杯中，"⊓"形丝的中间挂在弹簧称上，

使"┌┐"形丝的 AB 边恰好处于液面位置时，弹簧的位置定为平衡位置。而后将盛有待测液的烧杯慢慢移下，由于表面张力的作用，"┌┐"形丝便提起液体的薄膜，同时弹簧被拉长，通过弹簧伸长量的大小，可以测出液体的表面张力。

当液体表面薄膜破裂时，"┌┐"形丝的受力情况如图 S4-1 所示。

（1）弹簧的弹力

$$F = -k\Delta L \qquad (S4\text{-}2)$$

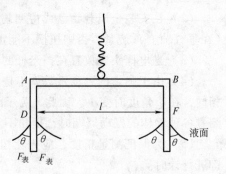

图 S4-1　"┌┐"形丝受力情况

式中，k 为弹簧的劲度系数；ΔL 为弹簧的伸长量；"−"号表示该力的方向与弹簧的伸长方向相反。

（2）重力

$$G = mg + m'g \qquad (S4\text{-}3)$$

其中，m 为"┌┐"形丝的质量；m' 为液体薄膜的质量。由于本实验是以挂好"┌┐"形丝时将弹簧的位置定为平衡位置，所以重力 mg 对弹簧从平衡位置伸长 ΔL 没有贡献，而 m' 又很小，该力 $m'g = 0$，故可忽视。

（3）表面张力

对侵润液体而言，"┌┐"形丝附近的液面在薄膜被拉破时呈现图 S4-1 中 D、E 之形状。角 θ 称为接触角，当缓缓拉出"┌┐"形丝时，接触角逐渐减小且趋于零，因此，垂直向下由式（S4-1）有

$$F_{表} = 2\alpha(l + d) \qquad (S4\text{-}4)$$

其中，$F_{表}$ 为表面张力；α 为表面张力系数；l 为"┌┐"形丝的边长，d 为它的宽度，由于 $l \gg d$，所以一般将 d 忽略去，即

$$F_{表} = 2\alpha l \qquad (S4\text{-}5)$$

（4）大气压在"┌┐"形丝顶部的作用力为 $p_0 \cdot ld$，方向向上，大气压在水面对"┌┐"形丝底部的作用力为 $p_0 \cdot ld$，方向向下，二者相互抵消。

由上面分析可知，"┌┐"形丝在液体薄膜刚刚破裂时，只受到向上的弹力作用和向下的张力作用，且二力平衡，即

$$F = F_{表} \qquad (S4\text{-}6)$$

将式（S4-2）、式（S4-5）代入式（S4-6），得

$$\alpha = \frac{k\Delta L}{2l} \qquad (S4\text{-}7)$$

只要测得 k、ΔL、l 各量，α 即可求得。

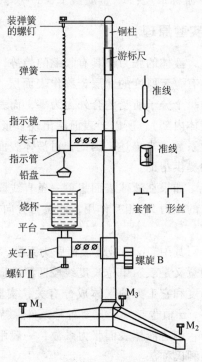

图 S4-2　焦利氏秤

【仪器描述】

焦利氏秤的结构如图 S4-2 所示，在仪器的底脚有三个螺钉 M_1、M_2、M_3，可调节竖立在中央的套管与水平面垂直，套管顶端装有 0.1 毫米刻度的游标，套管内装有毫米刻度的铜柱，游标与铜柱上的刻度配合读数，套管下端的旋钮 B 可以调节铜柱在管内升降以便进行测量。仪器上的弹簧是仪器专用弹簧（可以装卸），套夹是固定指示管（刻有准线的玻璃管）的，指示镜（刻有准线的小镜）挂在弹簧下端且通过指示管。平台是放置待测液的烧杯用的，它下面的螺旋 II 可调节平衡台上下移动。

【实验步骤】

1. 测定所用的弹簧的劲度系数 k

（1）如图 S4-2 所示，将弹簧、指示管、指示镜、铝盘安装在焦利氏秤上（指示管透明面向外）。

（2）调节 M_1、M_2、M_3，使指示镜居于指示管中间（竖直调节），且应是指示镜面向外。

（3）旋动旋钮 B，使指示镜之刻度线与指示管之刻度线重合，若出现线段中间部分重合两端不重合的现象，说明套管两端不垂直，应再调节 M_1、M_2、M_3，这样反复几次便可将焦利氏称调节铅直，记下游标卡尺示数 s。

（4）在铅盘内分别加入 1、2、3、4、5g 砝码，调节螺旋 B 使指示镜与指示管之准线重合，并记下对应的游标卡尺示数 s_1、s_2、s_3、s_4、s_5；然后递减砝码质量，再分别记下 5、4、3、2、1g 时，对应的游标卡尺示数 s_1'、s_2'、s_3'、s_4'、s_5'，求平均值 $\overline{s_i} = (s_i' + s_i)/2$，数据填入表 S4-1 中。再用分组逐差法求 $\overline{\Delta L}$，根据 $F = -k\overline{\Delta L}$，求 $\overline{k}$。（将砝码、铝盘取下放回盒内）

表 S4-1　用逐差法求弹簧劲度系数 k

砝码质量/mg	弹簧位移 s/mm		平均值 $\overline{s}$/mm	伸长量 ΔL/mm（每 3g 伸长）
	s	s'		
0				$\Delta L_1 = \overline{s_3} - \overline{s_0}$
1				$\Delta L_2 = \overline{s_4} - \overline{s_1}$
2				$\Delta L_3 = \overline{s_5} - \overline{s_2}$
3				$\overline{\Delta L} = \sum\limits_{i=1}^{3} \dfrac{\overline{\Delta L_i}}{3}$
4				
5				

$$\delta_{\overline{\Delta L}} = \qquad k = \frac{F}{\overline{\Delta L}} = \qquad \Delta k =$$

测量结果：
$$k \pm \Delta k =$$

2. 测定水的表面张力系数

（1）将少许酒精倒在杯内，用镊子将"冂"形丝夹入烧杯中，泡洗干净后在酒精灯下烘干，然后将其挂于指示镜下端。

（2）把平台移动到适当位置，再把盛有大半杯水的烧杯放在平台上。调节螺钉 B，使"⊓"形丝全部浸入水中，然后 B、Ⅱ螺钉配合调节，使得指示镜准线与指示管准线重合，同时，"⊓"形丝的 AB 边恰与水平齐，记下游标卡尺示数 L_0。

（3）同时慢慢旋动 B、Ⅱ螺钉使铜柱上升，平台下降，从而缓缓将"⊓"形丝提出水面，此时必须使二准线始终保持重合，直至被"⊓"形丝拉起的薄膜破裂为止，记下此时游标卡尺上的示数 L，测量 5 次，求 $\Delta L = \bar{L} - \bar{L_0}$。

（4）用游标卡尺测量 l，用温度计测量水温 $t\,℃$，然后将 $\bar{k}$、$\overline{\Delta L}$、l 之值代入式（S4-7），即可求得水在 t（℃）时之 α 值。

3. 测定酒精的表面张力系数

将盛有大半杯酒精的烧杯置于平台上重复上述步骤 5 次。

［数据记录］　请自己设计表格。

【注意事项】

（1）注意游标卡尺的读数，切不可读错。

（2）调节时必须动作轻、慢，拉起薄膜时应特别注意两手的配合，务必使指示镜与指示管之准线始终保持重合，在正式实验前可练习几次。

（3）测量"⊓"形丝边长时，切不可用力，以防"⊓"形丝变形。

（4）酒精灯用后立即盖上，切不可用口吹，不可用酒精灯直接到另一个酒精灯上点火。

（5）酒精不宜过早倒出，测量完毕应将酒精到入瓶内。

【思考题】

（1）如果"⊓"形丝不洁净会给测量带来什么影响？测得的 α 值按我们推倒的公式计算是偏大还是偏小？为什么？

（2）试从式（S4-7）分析实验误差，进而确定哪个量在测量中必须十分注意。

实验 5　液体黏度的测定

【实验目的】

1. 用落针法测液体的黏度。
2. 研究液体黏度在不同温度下的变化规律。

【仪器及材料】

1. PH-Ⅳ型变温黏度器；2. 落针；3. 变温式落针黏度计（由本体、落针、霍尔传感器、单片机计时器和控温系统五部分组成）。实验仪器如图 S5-1 所示。

1. 黏度计本体

黏度计本体部分是由有机玻璃管制成的内外两个圆筒，仪器竖直固定在水平机座上，如图 S5-2 所示。管长 550mm，内筒内直径 40mm，外筒直径 60mm。内筒盛待测液体，内外筒之间注水，进行水浴加热。机座上固定一块高 600mm 的铝合金板，距底 240mm 处安装霍尔传感器。容器旁竖立一根直杆，杆上套有一永久磁铁制成的取针装置。容器顶部有一永久性磁铁制成的投针装置。

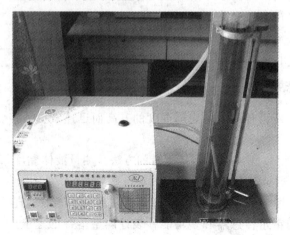

图 S5-1　实验仪器实图

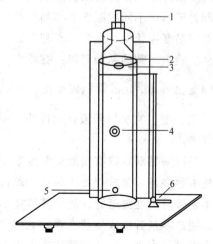

图 S5-2　黏度计本体图

1—投针装置　2—温度探头　3—出水口
4—霍尔传感器　5—入水口　6—提针装置

2. 落针

如图 S5-3 所示，落针是有机玻璃制成的中空细长圆柱体，总长 L 为 185mm，外半径 $R_2 = 3.5$mm，直径 d 为 5.7mm，有效密度为 ρ。下端为圆球状，上端圆台状。内部装有永久磁铁，异名磁极相对，同名磁极间的距离为 170mm。落针体积 7080mm^3，其质量为 16.6g（备用针为 11.6g）。它的内部可放不同数量的铅条来改变落针的有效密度。

3. 霍尔传感器

它是灵敏度极高的开关型霍尔传感器，输出信号通过屏蔽电缆、航空插头接到单片机。每当磁铁经过霍尔传感器时，传感器即输出一脉冲，同时由 LED（发光二极管）指示。这种传感器的优越性在于可用于非透明液体的测量。

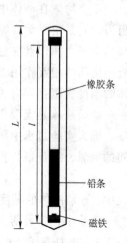

橡胶条

铅条

磁铁

图 S5-3　落针图

4. 单片机计时器

SD-A 型多功能毫秒计用以计时和处理数据，硬件采用 MCS-51 微处理器。霍尔传感器产生的脉冲经整形后由单片机输入，由计时器完成两次脉冲时间的计时，接收参数的输入，并将结果显示出来。

5. 控温系统

控温系统由水泵、加热装置及控温装置组成。当需要水浴加热时，微型水泵运转，水流自黏度计本体的底部流入，自顶部流出，形成水循环加热，形通过控温装置的调节，达到预定温度。温度指示的精度为 0.5 度。

【实验原理及内容】

在流动的液体中，各流体层的流速不同，则在相互接触的两个流体层之间的接触面上，形成一对阻碍两流体层相对运动的等值而反向的摩擦力，流速较慢的流体层给相邻流速较快的流体层一个使之减速的力，而该力的反作用力又给流速较慢的流体层一个使之加速的力，这一对摩擦力称内摩擦力或黏滞阻力，流体的这种性质称为黏滞性。不同流体具有不同的黏度，同种流体在不同的温度下其黏度的变化也很大。

测定黏度在化学、医学、水利工程、材料科学、机械工业和国防建设中有着重要意义。

从实验中得到的黏滞定律：黏滞力 f 的大小与所取流体层的面积 ΔS 和流体层之间的速度空间变化率 $\mathrm{d}u/\mathrm{d}r$ 的乘积成正比，即 $F = \eta \Delta S \dfrac{\mathrm{d}u}{\mathrm{d}r}$。

其中 η 为黏度，它决定于液体的性质和温度，对液体而言，它随温度的升高而迅速减少。η 的国际单位：$\mathrm{Pa \cdot s}$。

但是根据黏滞定律直接测量黏度难度很大，一般都采用间接测量的方法。测量液体黏度的方法有很多种，如常用的落球法、落针法、转叶法。

本实验是用变温落针计测量液体在不同温度下的黏度。中空长圆落针在待测液体中垂直下落，通过测量针的收尾速度确定黏度。采用霍尔传感器和多功能秒表计测量落针的速度，并将黏度显示出来。对待测液体进行水浴加热，通过温控装置，达到预定的温度。巧妙的取针和提针装置，使测量过程极为简单。本实验既适用于牛顿液体，又适于非牛顿液体，还可测定液体密度。

一个物体在液体中运动时，将受到与运动方向相反的摩擦阻力的作用，这种力即为黏滞阻力。它是由黏附在物体表面的液层与邻近的液层相对运动速度不同而引起的，其微观机理都是分子之间以及在分子运动过程中形成的分子团之间的相互作用力。不同的液体这种不同液层之间的相互作用力大小是不相同的。所以黏滞阻力除与液体的分子性质有关外，还与液体的温度、压强等有关。

如果液体是无限广延的，且液体的黏性又较大，落针的半径很小，适当调节落针的密度，那么实验过程中所产生的涡流可忽略不计。则此时附着在落针表面的液体与周围液体之间的黏滞力满足斯托克斯定律：

$$F = 6\pi\eta rv \tag{S5-1}$$

式中，η 是液体的黏度；r 是落针的半径；v 是落针的运动速度。

实验中，落针落入黏性液体（如蓖麻油）中后，它受到三个力的作用：重力 P（竖直向下）、浮力 N（竖直向上）、黏滞力 F（竖直向上）。其中只有黏滞力随落针的速度增大而增大。开始时做加速运动，当下落速度达到一定值时，这三个力的矢量和为零，从而由牛顿运动定律可知落针将以某一速度作匀速直线运动，此速度称为收尾速度。设向下方向为坐标轴正向，则运动方程为

$$P - F_{\mathrm{N}} - F = 0$$

即

$$\rho g V - \sigma g V - 6\pi\eta v = 0 \tag{S5-2}$$

由此解得

$$\eta = \frac{\rho g V - \sigma g V}{6\pi rv} \tag{S5-3}$$

式中，ρ 为落针的密度；σ 是液体密度；g 为本地的重力加速度。

式（S5-2）忽略油的上表面和筒底的影响，又假定落针沿圆筒中心轴竖直下落时近似成

立。实验中落针在管中下落，管的深度和直径有限，不符合斯托克斯定律的"无限广延"的假设，另外有时须考虑湍流的影响，其判据雷诺系数与落针的线半径、速度有关，速度越大湍流效应越大。故要对上式进行修订。

实验应用公式为

$$\eta = \frac{gR^2t}{2L}(\rho - \sigma)\left(1 + \frac{2}{3L_r}\right)\left(\ln\frac{R_1}{R_2} - \frac{R_1^2 - R_2^2}{R_1^2 + R_2^2}\right) \tag{S5-4}$$

其中，g 为本地的重力加速度；R_1 为容器内筒半径；R_2 为落针外半径；L 为两磁铁同名磁极的间距；t 为落针两磁铁经过传感器的时间；$L_r = \dfrac{L - 2R_2}{2R_2}$。

【操作步骤】

（1）将仪器放在平整的桌面上，将待测液体注满容器，用底脚螺母调节平台水平，即圆筒容器竖直。

（2）将仪器本体的橡皮管连接到温控系统上。下面的橡皮管连接到温控系统后面板上的出水孔，再将上面的橡皮管连回水孔。水箱中注水，经检查确认没渗漏后，将仪器、机身和桌面擦干，将黏度计本体的霍尔传感器和温度传感器的连线连到相应的插座上，再将仪器接到 220V 交流电源上。

（3）接通电源，仪器显示此时液压油的初温。

（4）按计时器的复位键，显示"PH2"，（此时霍尔传感器的 LED 灯应亮）表示毫秒计进入复位状态。

（5）将投针装置的磁铁拉起。按"2"显示"H"，"L"表示毫秒计进入计时待命状态。稍待片刻，让针落下，液晶显示时间（单位：毫秒），按 A 键将提示修改参数，第一次显示落针的有效密度（2260kg/m³）、第二次显示蓖麻油的有效密度（950kg/m³）（其他液体根据实验指导教师的提示修改）、第三次按 A 键显示该设定参数下的液体黏度，记下相应数据。

（6）用取针装置将针提起，重复测量。

（7）控制器按钮调到需要的温度，按下温控开关，启动水泵。在水浴加热过程中红色指示灯亮，到达设定温度后红色指示灯变为绿灯，表示正在保温。由于热惯性，需待一段时间后，才能达到热平衡，记下此时液体的温度。重复 4、5 步。

（8）依次设置不同的温度，多次测量。

（9）用列表法和作图法处理数据。

【数据记录及处理】

$t/℃$								
$\eta/\text{Pa}\cdot\text{s}$								

实验结果与误差分析：

【注意事项】

（1）调节螺母使机座水平。应让针沿圆筒中心轴线保持竖直下落。

（2）用取针装置将针拉起悬挂后，应稍待片刻，再将针投下，进行测量。

（3）提起磁性拉杆，应让针下落一定距离后再轻轻放下。

（4）应让针沿圆筒中心轴线保持竖直下落。

（5）均需小心操作，以免损坏仪器。

（6）加热液体不能超过 50℃。

（7）温度间隔不能太大，一般 2～3℃ 左右。

（8）要注意修改参数。

（9）接通电源前，将温度设置低于室温，一般为 0℃。

（10）取针后，再使毫秒计处于待计时状态。

（11）达到保温状态后，须等待一段时间（约 3 分钟左右）再进行实验。

【思考题】

（1）分析造成不确定的原因有哪些？它们各属于哪类不确定度？可否改进？

（2）如果落针过程中，针未保持竖直状态，针头或针属偏向霍尔控头，结果将如何变化？

实验 6　用气垫导轨测速度和加速度

【实验目的】

（1）学习气垫导轨的调整和数字毫秒计的使用。

（2）练习测量滑块在导轨上运动的瞬时速度。

（3）测量滑决在导轨上一段距离内运动的平均加速度。

（4）测量当地的重力加速度。

【实验仪器】

1. 气垫导轨（包括附件）；2. 滑块；3. 数字毫秒计；4. 气源；5. 游标卡尺。

【仪器介绍】

在力学实验中，由于摩擦的存在，使很多力学实验结果的误差很大，甚至使有些实验无法进行。采用气垫装置（如气垫导轨、气桌等），可使这一问题得到基本解决，从而能对这些力学现象和过程进行较为准确的研究。利用气垫导轨可精确地进行速度、加速度的测定；可验证牛顿运动定律及动量守恒和机械能守恒定律；可研究碰撞和简谐振动等。

气垫导轨是一种力学实验装置，它利用气源将压缩空气打入导轨型腔，再由导轨表面上的小孔喷出气流，在导轨与滑块之间形成很薄的气膜，将滑块浮起。这样，滑块在导轨表面作直线运动时，仅仅只受到很小的空气粘滞力和周围空气阻力，滑块的运动几乎"无摩擦"，极大地减小了以往在力学实验中由于摩擦力的影响而出现的较大误差，使实验结果更接近理论值。

1. 气垫导轨和检测原理介绍

（1）气垫原理：气垫导轨实验装置如图 S6-1 所示。导轨是一根非常平直的三角形管体，长 1.5m，两侧有许多气孔。从导轨的一端通进压缩空气，空气便从气孔排出，在导轨与滑块之间形成一层很薄的空气层，使滑块"漂浮"在导轨上，作接近于无摩擦的运动。导轨的末端为一气滑轮，空气从滑轮喷出，在滑轮与涤纶带之间形成气垫，可使涤纶带作无"摩擦"的滑动。导轨下有三个调节螺钉，用来调节导轨的水平度。每条导轨配有三个滑块，用来研究运动规律。每个滑块上有两条挡光片（凹形挡光框），滑块在气垫上运动时，挡光片对光电门进行档光，每挡光一次光电转换电路便产生一个电脉冲讯号，去控制计时门的开和关（即计时的开始和停止）。

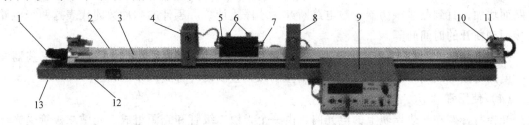

图 S6-1 气垫导轨实验装置

1—进气口 2—导轨 3—标尺 4—光电门 5—滑块 6—挡光片

7—弹簧 8—光电门 9—数字毫秒计 10—弹簧 11—气滑轮 12—底座 13—底座调节螺钉

（2）结构：主要部分由导轨、支撑梁、滑块、光电门、发射架座组成。

导轨——采用三角形空心截面铝合金材料，全长为 1580mm，两个轨面互为直角，并经精细加工，具有较高的平直度和表面光洁度。每个轨面上均匀分布着直径 0.6mm 的小孔，在导轨的两端加上端盖形成气腔，其中一个端盖是进气接头，上有进气接套，三通进气管，另一端设置气垫滑轮（备有砝码盘和涤纶薄膜带）。在一侧轨面下部贴有一条刻度标尺，其上刻有确定滑块运动距离的读数。在另一侧轨面下部可以粘贴火花记录纸。

滑块——滑块的截面形状较复杂，采用了专门铝合金材料。其下部截面呈"人"字形，是与导轨互相吻合的滑行板。它的两个工作表面也经过精细加工，平整光滑。这是形成稳定"气膜"的必要条件。其上部呈"工"字形，为了减轻滑块的重量，中间复板较薄，上下矩形箱备有螺孔，用来固定各种附件。顶部有挡光片和挡光片固定座，两端都有碰撞弹簧以及用来固定谐振弹簧的拉耳，配重块可通过载重杆固定在滑块的两侧。

发射架座——用螺钉固定于导轨两端，其上有橡皮筋发射架，滑块可在两发射架座之间往返运动；还有用来架设火花合金丝的绝缘板和绝缘板架，为了使合金丝始终处于紧张状态，在它的两端与绝缘板之间各接入拉伸弹簧连接在两发射架之间。在阻尼振动实验时，可将磁块用玻璃胶纸粘结在滑块滑行板的两侧上。

电光门——用薄钢板弯成的跨架结构，在其上装有光源和光敏二级管、标尺指针等。利用光敏二极管受光照和不光照的电位变化产生脉冲信号来控制数字毫秒计工作。

（3）使用注意事项

1）轨面和滑块必须保持平整、光洁，在使用时防止碰伤轨面。要避免在导轨上加压重物，以免引起导轨变形。

2）使用气垫导轨前，用棉纱蘸酒精擦拭轨面和滑块的工作面，不应留有灰尘和污垢，并检查气孔是否全部畅通，如发现某些气孔堵塞时，报告实验教师，可用钢丝进行疏通。

3）切忌在气轨不通气、滑块与轨面直接接触的情况下，来回推动滑块，这样会使轨面和滑块工作面擦坏，影响气膜的形成。滑块的几何精度要求较高，注意轻拿轻放，绝对不允许随意抛掷。

4）使用完毕，应将导轨上的滑块取下，按规定放入附件盒内保存。然后关闭气源、电源，用塑料套盖好气垫，以免沾染灰尘。

5）气源只准断续使用，连续送气 40min 后，必须断电间歇 30min，否则会损坏。

接通晶体振荡器与计时线路后，由晶体振荡器输出的计数脉冲送到计数电路进行计数，所显示的脉冲累计数随着脉冲送到计数电路进行计数，所显示的脉冲累计数随着脉冲的进入电路而增加，直到晶体振荡器计数电路断开，才停止计数。累计的脉冲数即代表这两个电路由接通到断开的时间间隔。

控制电路的作用相当于一个开关，一般可用电脉冲（控制脉冲）来控制晶体振荡器与计时电路的接通或断开。控制脉冲可采用控制和光控制两种方式产生。

（4）使用和调节方法

光控时，架在气垫导轨上的电光门，由一个光敏二级管和光源组成。光敏二极管受光照时电阻较小，当光线被挡住而不受光照时电阻很大。由于这个电阻的突变，从而使光电开关电路产生一个控制脉冲。第一个脉冲开始计时（相当于接通晶体振荡器与计时显示电路），则第二个脉冲即停止计时（相当于断开晶体振荡器与计时显示电路），数字显示管上的读数即为两次挡光的时间间隔。光控分为两挡，S_1 挡的记录时间为遮光时间，即光敏二极管不受光照时开始计时，光敏二极管受光照时停止计时。S_1 挡记录的时间为两次遮光的时间间隔，即光敏二极管第一次遮光开始计时，第二次遮光停止计时。

每一次测量时间后，都必须"清零"，即将计数显示屏上的数字清洗掉，准备进行下一次测量。"清零"的方法有两种，自动和手动。一般使用光控时都采用自动清零。从测量结束到自动"清零"这段时间，可由面板上的"复位延迟"调节。

面板上，时间信号选择开关的使用，可根据计时距离的大小，从有效数字角度出发，选择 0.1ms 挡、1ms 挡、10ms 挡，它们分别显示出数的最小一位是 0.1ms、1ms、10ms。

当需显示的读数在 0～99.99s 时，将选择开关置于 10ms 挡；当需显示的读数在 0～9.999s 时，将选择开关置于 1ms 挡；当需显示的读数在 0～0.9999s 时，将选择开关置于 0.1ms 挡。

2. 数字毫秒计

数字毫秒计是一种利用标准脉冲信号通过数字记数器记时的仪器。图 S6-2 是一种具有基本计时功能的数字毫秒计。

数字毫秒计的使用方法是：先根据实验需要将控制开关 3 置于"光控"或"机控"。如用光控，先将两个外接的光电门信号输入线（四芯插头）插入仪器 4 孔，再根据计时方式将开关 3 拨至"S1"或"S2"（有的数字毫秒计为"A"和"B"，S1 同 A，S2 同 B）。当计时方式置 S1 时，数码管 1 显示光电门一次挡光的时间，置 S2 时，显示光电门两次挡光的时间间隔（即光电门被挡光一次计数器开始计时，再挡一次光时停止计时）。如用机控，需先把机械触点的引线插头（二芯）插入仪器 2 孔，当两触点接触计数器开始计时，断开停止计时，数码管显示两触点的接触时间。每次计时完毕后，需使数字清"0"。仪器设置了两种清"0"方式，一是手动清零按钮 6，将开关 7 置于"手动"，则数字显示后，实验者记录下来，按一下按钮 6，数字马上清零；二是将开关 7 置于"自动"，再把延时旋钮 8（即数字显示后的延迟时间）定好，显示数字经过延时后，自动清零。时基选择键 10 共四档，单位是 ms，旋到那个档，显示的数字乘该键的倍率即是计时的时间。在选择时应根据计时的长短，使数码显示屏有四位有效数字。

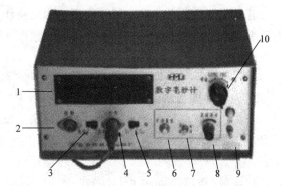

图 S6-2　数字毫秒计

1—数码显示屏　2—"机控"二芯插座

3—"机控"、"光控"选择开关

4—"光控"四芯插口，连接两个光电门

5—"S1"、"S2"计时功能选择开关

6—手动清"0"钮　7—手动、自动清"0"方式

选择开关　8—延时旋钮，调整清"0"延迟时间

9—电源开关　10—时基脉冲选频按键

目前，在气垫导轨实验中，还常配套使用电脑计时、计数、测速仪，这种仪器采用单片机处理器，程序化控制，可广泛用于各种计时、计数、测速实验中。除具有计时功能外，还可输入响应的长度值，具有将所测时间直接转换为速度和加速度的特殊功能。在实验中光电门数量可达 4门。

【实验原理】

1. 速度测量

如图 S6-3 所示，在滑块上装上一个如图 S6-4 所示的挡光片 S6-2，当滑块经过光电门时，挡光片边沿 A 和 C 两次挡光，经光电门传给数字毫秒计两个电信号，若毫秒计"计数预置开关"被拨到 2，则毫秒计上的示数即为滑块位移 Δx 所经历的时间 Δt，因此，滑块通过光电门的平均速度为

$$\bar{v} = \frac{\Delta x}{\Delta t} \tag{S6-1}$$

若 Δx 足够小，则测出的 $\bar{v}$ 可当作滑块通过光电门时的瞬时速度。

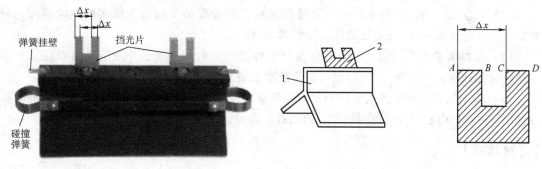

图 S6-3　滑块及凹形框挡光片

图 S6-4　滑块

1—滑块　2—挡光片

若滑块作匀速直线运动，则将光电门设置在导轨上不同位置时测出的速度均应相同，这也是调整导轨水平所采用的原理。

2. 加速度的测量

若滑块沿导轨方向受一恒力作用，则它将作匀加速运动。在气轨中段相距为 S 的两处设置两个光电门，测出滑块通过两光电门的速度 v_1 和 v_2，可求出滑块的加速度为

$$a = \frac{v_2^2 - v_1^2}{2S} \tag{S6-2}$$

3. 重力加速度的测量

若在导轨一端下面加上厚度为 d 的垫块，使导轨有一个倾斜角 α，则滑块将沿斜面加速下滑，其加速度

$$a = g\sin\alpha \tag{S6-3}$$

在 α 很小时有 $\sin\alpha \approx d/l$，因此

$$g = \frac{a}{d}l \tag{S6-4}$$

【操作步骤】

（1）安装好气垫导轨、光电门和数字毫秒计，并将导轨调整水平。

（2）测量滑块速度。

给滑块一个初始力 F（注意：力 F 不能过大，并且必须与导轨平行），分别记下滑块通过两个光电门的时间 Δt_1 与 Δt_2，重复测量 5 次。测出挡光片 A、C 沿之间的距离 Δx。

（3）加速度和重力加速度的测量。

在导轨下端加上一标准垫块，使导轨呈倾斜状态，将滑块从一固定位置静止释放，分别测出挡光片通过两光电门的时间 Δt_1、Δt_2。重复 3 次。

（4）换用不同高度的垫块，重复步骤 3。

【数据处理】

（1）实验室给出数据：

本地重力加速度 g =　　　　　　　　　　　　气垫两脚间距 l =

垫块厚度 d_1 =　　　　　　　　　　　　　　d_2 =

（2）在实验内容 2 中取滑块一次通过两光电门的速度的平均值为该次的运动速度，分别求出 5 次的运动速度。（自己设计实验数据表格）

（3）根据实验内容 3 的记录数据求出滑块各次运动的加速度，并分别算出对应同一厚度垫块时加速度的平均值。（自己设计实验数据表格）

（4）由上面算出的加速度 a 以及对应的垫块厚度 d 和气垫两脚间距 l，求出本地的重力加速度 g，取平均后与公认值相比较，给出百分误差。

【注意事项】

（1）参阅实验 1 中气垫导轨的使用注意事项。

（2）滑块在气垫上滑行的速度不宜过快，以免发生意外。

【思考与讨论】

（1）本实验要注意些什么？

（2）在调节气轨水平时，如何由 Δt_1、Δt_2 来判断气垫两端的高低？

（3）实验原理中 $v = \Delta x / \Delta t$ 的物理含义是什么？

（4）从测量误差分析，挡光片 A、C 边沿间的距离 Δx 是否越小越好？为什么？

（5）比较两种测加速度的方法。哪种测量方法好？各有哪些优缺点？

实验 7　弹性碰撞和完全非弹性碰撞

【实验目的】

（1）进一步熟悉气垫导轨和数字毫秒计的使用方法。

（2）观察碰撞现象。

（3）验证碰撞过程中动量守恒定律。

【预习要求】

（1）复习气垫导轨和数字毫秒计的使用方法。

（2）复习动量守恒定律。

（3）自拟两个数据记录表格。

【实验原理】

如果一个系统所受的合外力为零，则该系统总动量保持不变。这一结论称为动量守恒定律。本实验研究两滑块在气垫导轨上作水平方向上的对心碰撞。可以近似认为两滑块组成的系统在水平方向上所受合外力为零，故系统在水平方向上的动量是守恒的。

如图 S7-1 所示，设两滑块的质量分别为 m_1、m_2，碰撞前它们的速度分别为 v_{10}、v_{20}，碰撞后的速度分别为 v_1、v_2，由动量守恒定律可得

$$m_1 v_{10} + m_2 v_{20} = m_1 v_1 + m_2 v_2 \tag{S7-1}$$

下面分两种情形讨论碰撞过程。

1. 弹性碰撞

若系统在碰撞后，各物体恢复原样，且它们的内部状态（如温度）也不发生变化，那么这种碰撞称之为弹性碰撞。作弹性碰撞时，系统不但动量守恒，动能也守恒。在两滑块的相碰端装上缓冲弹簧，当两滑块相碰后，缓冲弹簧发生形变后又恢复原样，这样就实现了弹性碰撞。由动能守恒定律得

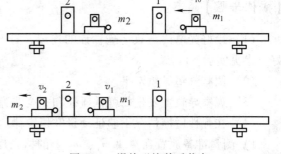

图 S7-1　滑块碰撞前后状态

$$\frac{1}{2} m_1 v_{10}^2 + \frac{1}{2} m_2 v_{20}^2 = \frac{1}{2} m_1 v_1^2 + \frac{1}{2} m_2 v_2^2 \tag{S7-2}$$

（1）若两滑块质量相等，且碰撞前 m_2 静止，即 $m_1 = m_2$、$v_{20} = 0$。把此条件代入式（S7-1）和式（S7-2），可解得

$$v_1 = 0 \qquad v_2 = v_{10}$$

这结论说明，碰撞后 m_1 静止，m_2 以 m_1 原来的速度前进，或者说两滑块交换了速度。

（2）两滑块质量不相等，碰撞前 m_2 仍静止，即把 $v_{20} = 0$ 代入式（S7-1）和式（S7-2），可解得

$$v_1 = \frac{m_1 - m_2}{m_1 + m_2} v_{10} \qquad v_2 = \frac{2m_1}{m_1 + m_2} v_{10}$$

2. 完全非弹性碰撞

若两滑块碰撞后粘合在一起，以同一速度运动，这种碰撞称之为完全非弹性碰撞。在这种碰撞过程中，物体的内部状态发生了改变，即系统的内能发生了改变，故该过程中系统的动量守恒，而动能是不守恒的。在两滑块的碰撞端装上尼龙搭扣，就可以实现完全非弹性碰撞。这时有

$$m_1 v_{10} + m_2 v_{20} = (m_1 + m_2) v$$

设碰撞前 m_2 静止，即 $v_{20} = 0$，则

$$v = \frac{m_1}{m_1 + m_2} v_{10}$$

当 $m_1 = m_2$ 时，有

$$v = \frac{1}{2} v_{10}$$

实验中，只要测出滑块碰撞前后的速度、称出滑块的质量，即可验证动量守恒定律。

【实验仪器】

1. 气垫导轨；2. 滑块（两端分别装有弹簧片与尼龙搭扣）；3. 数字毫秒计；4. 光电门；5. 气源；6. 天平；7. 游标卡尺等。

【实验装置或仪器介绍】　参见实验 6。

【操作步骤】

（1）接好光电门与数字毫秒计的连线，打开数字毫秒计电源开关，把数字毫秒计调整好（参见实验 6）。

（2）调整气垫导轨水平。

（3）观察导轨上发生的弹性碰撞和完全非弹性碰撞现象。

（4）在弹性碰撞情况下验证动量守恒定律。

1）测量准备放置在滑块 m_1、m_2 上的挡光片 A、C 沿间的距离 Δx_1、Δx_2。

2）用天平称出两滑块连同挡光片的质量 m_1、m_2。用加粘橡皮泥的方法，使 $m_1 = m_2$。将两质量相等的滑块，轻放在导轨上，将一滑块放在两光电门之间并令其静止（例如 $v_{20} = 0$），另一滑块（m_1）从气垫导轨的一端轻轻地推向滑块 m_2。记录下滑块碰撞前通过光电门 1 的时间 Δt_{10} 和滑块 m_2 碰撞后经过光电门 2 的时间 Δt_2，共作五次。将所测得数据记入自行拟定的表格内。

3）在滑块 m_1 上加一个重块（约 50g，使得 $m_1 > m_2$，重复步骤 1），记录下滑块 m_1 碰

撞前通过光电门 1 的时间 Δt_{10}，及碰撞后 m_2、m_1 先后通过光电门 2 的时间 Δt_2 和 Δt_1（滑块 m_2 经过光电门 2 运动到气轨一端时，应使之静止，否则会影响到 Δt_1 的测量），共作五次。将所测得数据记入自行拟定的表格内。

（5）在完全非弹性碰撞情况下验证动量守恒定律。

1）将两质量完全相等的滑块（$m_1 = m_2$）相碰端都装上尼龙搭扣，重复步骤（4）1），记录下 m_1 碰撞前通过光电门 1 的时间 Δt_{10}，m_1、m_2 碰撞后通过光电门 2 的时间 Δt_2，共作五次。

2）在滑块上加一个重块（约 50g），使得 $m_1 > m_2$ 重复步骤（4）1），记录下 m_1 碰撞前通过光电门 1 的时间 Δt_{10}，m_1、m_2 碰撞后通过光电门 2 的时间 Δt_2，共作五次。

（6）实验完毕，先取下滑块、然后关闭电源、气源等。

【数据处理】

1. 弹性碰撞的验证

根据实验操作步骤（4）所测得的 Δt_i 和 Δx_i 算出 v_i，验证体系碰撞前后动量和动能是否守恒。分析产生误差的原因。

2. 完全非弹性碰撞的验证

根据实验操作步骤（5）所测数据算出 v_i，验证系统碰撞前后动量是否守恒，并分析误差产生的原因。

【注意事项】

（1）阅读实验 6 中的注意事项。

（2）要使碰撞为对心碰撞，即碰撞前后滑块无左右晃动现象。

（3）要及时测得滑块在碰撞前后的速度，因此两光电门安放的位置应尽量靠近碰撞点（但不可到达碰撞点，否则有可能测得碰撞过程中的速度）。

实验 8　用混合法测量金属比热

【实验目的】

（1）学习使用混合法测金属比热。

（2）进一步巩固热学基本概念及温度测量方法。

【实验器材】

1. 量热器（附搅拌器）；2. 固有加热筒；3. 电炉；4. 烧杯（两只）；5. 温度计（0 ~ 100℃、1℃ 1 支，0 ~ 50℃、1/10℃ 1 支，0 ~ 50℃、1℃ 1 支）；6. 物理天平；7. 漏斗；8. 冰（共用）；9. 待测金属。

【实验原理】

物体的比热是指组成该物体的物质其单位质量（1g）温度升高或降低 1℃ 时所吸收或放

出热量。它不仅因物质不同而异，而且同一物质的比热也因温度不同而异。在同一范围内，同一物质的比热相差较小，可视为一定。

所谓混合法，就是将几种温度不同的物体混合，这样，其中高温物体放出热量温度降低，低温物体吸收高温物体放出的热量温度升高，最后达到所有物体温度相同——即热平衡。根据热平衡方程便可看求出待测物体的比热。

本实验是将质量为 m_0、温度为 t_2 的金属块，投入盛有质量为 m、温度为 t_1 的冷水的量热器中，则金属块的温度下降，而冷水、量热器内筒、搅拌器及温度计等的温度升高，最后达到平衡状态，设此时的温度为 T_1，而量热器内筒、搅拌器及温度计（浸在水中的部分）的水当量为 W，金属及水的比热分别为 c，c_1 那么，

金属块放出的热量为 $\qquad m_0 c(t_2 - T)$

冷水吸收的热量为 $mc_1(T - t_1) = m(T - t_1)$ $(c_1 = 1\text{Cal/g} \cdot ℃)$

量热器、温度计、搅拌器等吸收的热量为 $W(T - t_1)$，由热平衡方程

$$Q_放 = Q_吸$$

有 $\qquad m_0 c(t_2 - T) = m(T - t_1) + W(T - t_1) \qquad$ (S8-1)

解得 $\qquad c = \dfrac{(m + W)(T - t_1)}{m_0(t_2 - T)} \qquad$ (S8-2)

只要测得 m、m_0、t_1、t_2、T、W 各量，c 就可由（S8-2）式计算出来。m、m_0、t_1、t_2、T 都可以直接测出，只有水当量 W 需要采用混合法间接测出，方法如下：

先在量热器内筒中盛入质量为 m_1（基本上与 m 相同，以保证温度计浸入部分相同）、温度为 t_1 的水，将搅拌器、温度计都插入量热器内筒中，然后将质量为 m_2、温度为 t_2 的热水注入量热器内筒，搅拌混合之终温设为 t，由热平衡方程得

$$m_2(t_2 - t) = (m_1 + W)(t - t_1) \qquad (S8-3)$$

$$W = \dfrac{m_2(t_2 - t)}{t - t_1} - m_1 \qquad (S8-4)$$

【操作步骤】

（1）用天平称量带测金属块的质量 m_0。

（2）将内筒下端口背向固体加热器开口处，封闭筒的出口，把金属块放入内筒。

（3）将插有温度计（100℃、1℃）的软水塞塞进加热器的筒内（注意塞紧），使温度计球部恰好与待测金属接触，将约 400ml 开水从固体加热器上方的加水孔（注意出气孔）倒入，旋上开孔木塞，把固体加热器放在电炉上（注意开口在外），插上电源加热。

（4）用天平称出量热器内筒及搅拌器的共同质量 m'，再加入恰能淹没待测物体之冷水，称出量热器内筒、搅拌器和冷水的总质量 $m_总$，则冷水质量 $m = m_总 - m'$。

（5）如图 S8-1 之左方所示装好量热器，盖好绝热盖，温度计球部应置于水深一半处。搅拌冷水，观察温度计上的示数，若水温高于室温，则将量热器放在冷藏瓶内降温。当温度低于室温 1℃ 时，即将量热器取出继续搅拌并观察温度计示数的变化。加入待测金属前应保持冷水温度低于室温 1℃ 左右。

（6）观察固体加热器中温度计示数变化，当温度计所示温度不再上升后约 20 分钟，记下温度 t_2，此时即待测金属之初温，同时记录量热器内筒里冷水的初温 t_1，作好接金属入筒

之准备。

（7）握住加热器内筒之塞子，将量热器移进，揭开绝热盖的时候转动内筒，使灼热的待测金属迅速进入量热器的勺型搅拌器中（此时应特别注意，不要打断温度计），然后立即移开量热器并盖好绝热盖，不断搅拌，同时注意观察温度计示数变化，当温度不再升高（开始下降）时，记下冷水与待测金属达到热平衡的温度 T。

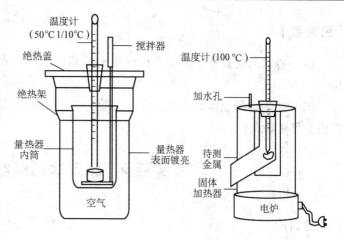

图 S8-1　量热器

（8）测出量热器内筒、搅拌器和温度计的水当量 W。

（9）上述实验做三次取平均值。

【注意事项】

1. 测量温度时的注意事项

（1）测量金属在加热器中的初温时，温度计必须与待测金属接触，但插入时动作要轻，不能碰断温度计。

（2）待测金属投入量热器测量平衡之温度时，必须不断地搅拌待温度不再上升且开始下降时记下温度读数作为量热器内冷水与待测金属之终温。因此在该过程中，必须注意观察温度计示数的变化情况。

（3）温度计读数应尽量准确，读数时眼睛应与水银（酒精）面保持平行。

2. 减少散热损失

在推广公式（S8-2）时，我们假设待测金属放出的热量全部被冷水、量热器内筒、搅拌器和温度计所吸收，而事实并非如此。如果量热器的温度高于周围空间的温度，量热器的一部分热量通过传导、对流和辐射等方式将传给周围物体；如果量热器温度比周围温度低，量热器则从周围得到热量，温度差越大，热量交换量就越多，误差就越大。为了减少误差，应该在实验前用冰降低量热器的温度，使它低于室温；若低于室温的读数恰好等于它的终温高于室温的度数，那么，量热器在实验前半段时间里由外界得到的热量就与后半段时间向外发散的热量抵消。本实验初温只需比室温低 1℃ 即可。

3. 量热器内冷水的温度应为投入待测金属前一瞬时之温度。转动加热器内筒时应迅速而小心地将待测金属投入量热器，既要减少热量散失，又不使冷水溅出。将量热器移近固体加热器时，才将绝热盖打开，此时应注意将搅拌器、温度计同时提起以防加入待测金属时打断温度计和盖不上绝热盖。

4. 量热器除投入被加热的待测金属时靠近电炉外，其余任何时候都必须远离热源。

5. 拿放固体加热器时，只能执筒身，不能执橡胶管，加热后的固体加热器温度较高，要移动时需用湿毛巾包着，以防烫伤。

【思考题】

（1）冷水的初温高于室温，C 值变大还是变小？冷水的初温低于室温，C 值的情况怎样？

（2）加热待测金属的方法，除本实验的方法之外还可用哪些方法加热？本实验所用的方法有何优缺点？

实验 9　测定冰的熔解热

【实验目的】

（1）测定冰的熔解热。

（2）了解热学实验中的基本问题——热量计量和计温。

（3）学会一种粗略修正散热的方法。

【实验器材】

1. 量热器（附搅拌器 c_1、$c_2 = 0.215\text{Cal/g} \cdot ℃$）；2. 温度计 $0 \sim 50.0℃$ 一支；3. 量筒（$0 \sim 20\text{ml}$）；4. 烧杯；5. 物理天平；6. 电炉。

【实验原理】

在一定压强下晶体开始溶解的温度，称为该晶体在此压强下的熔点，一克质量的某晶体溶解成同温度的液体所吸收的热量，称作该晶体的熔解潜热，亦称熔解热，以 L 表示。本实验用混合量热法来测量冰的熔解热，它的基本做法是：把待测系统 A 和一个已知其热容量的系统 B 混合起来，并设法使它们形成一个与外界没有热传递的孤立系统 C。这样 A（或 B）所放出的热量全部为 B（或 A）所吸收。已知热容量的系统在实验过程中所传递的热量 $\theta = C_s \Delta T$，那么，待测系统所传递的热量也就知道了。保证系统为孤立系统，是混合量热法所要求的基本条件。

温度是热学中的一个基本物理量，一个系统的温度，只有在系统处于平衡态时才有意义，测量温度时必须使系统与温度计间达到热平衡，只有这样测得的温度才确实反映物体的真实温度。

若有质量为 $m_冰$（g）温度为 T_1（℃）的冰（设在实验环境下熔点为 T_0（℃）），与质量为 m（g）温度为 T_2（℃）的水混合，冰全部溶解为水后的平衡温度 T_3（℃）。设量热器内筒和搅拌器的质量分别为 m_1、m_2，比热分别为 c_1、c_2，温度计的热容为 δm，冰的比热为 $0.43\text{cal/g} \cdot ℃$（$-40 \sim 0℃$）。那么，在实验系统为孤立系统（即与外界无物质交换和热量交换）时有

$$0.43 m_冰 (T_0 - T_1) + m_冰 L + m_冰 (T_3 - T_0) = (mc + m_1 c_1 + m_2 c_2 + \delta m)(T_2 - T_3)$$

$$(\text{S9-1})$$

取水的比热 $c = 1\text{cal/g} \cdot ℃$。在实验室条件下，冰的温度可认为是 $0℃$，冰的熔点也可以认为

是 0℃，即 $T_1 = T_0 = 0℃$，所以冰的熔解热为

$$L = \left[\frac{1}{m_{冰}} (mc + m_1 c_1 + m_2 c_2 + \delta m)(T_2 - T_3) - T_3 \right] \tag{S9-2}$$

从式（S9-2）可见，热量器内筒、搅拌器和温度计的热容的效果相当于水的质量增加（$m_1 c_1 + m_2 c_2 + \delta m$）。我们把

$$W = m_1 c_1 + m_2 c_2 + \delta m \tag{S9-3}$$

叫做量热器内筒、搅拌器、温度计的水当量。因为 $c = 1 \text{cal/g} \cdot ℃$，故它们的热容在数值上亦为 W，于是有

$$L = \left[\frac{1}{m_{冰}} (m + W)(T_2 - T_3) - T_3 \right] \tag{S9-4}$$

温度计的热容 δm 在实验中可采用下面方法计算确定。如果我们使用的是水银温度计，温度计由玻璃管和水银制成，已知玻璃的比热 $c' = 0.19 \text{cal/g} \cdot ℃$，密度 $\rho' = 2.5 \text{g/cm}^3$；水银的比热 $c'' = 0.033 \text{cal/g} \cdot ℃$，密度为 $\rho'' = 13.6 \text{g/cm}^3$。因而 1g/cm^3 玻璃和水银的热容分别为

$$\delta m' = c' \rho' = 0.19 \times 2.5 = 0.47 \ (\text{cal}/℃)$$
$$\delta m'' = c'' \rho'' = 0.033 \times 13.6 = 0.45 \ (\text{cal}/℃) \tag{S9-5}$$

其平均值，得 1g/cm^3 水银温度计的热容量为

$$\delta m''' = 0.46 \text{cal}/℃ \tag{S9-6}$$

故通常计算水银温度计的热容量时，只需求得侵入液体的体积 V，然后在乘以 0.46，即

$$\delta m = \delta m''' V = 0.46 V \text{cal}/℃ \tag{S9-7}$$

则

$$W = (m_1 c_1 + m_2 c_2 + 0.46 V) \tag{S9-8}$$

将求得的 W 代入式（S9-4），便可求得 L。V 的单位应为 cm^3。

本实验的基本条件是保证系统为孤立系统，即要求系统与环境绝热。一般来说，系统与环境是不可能绝热的，因此，在精密测量时应作散失或吸收热量的修正，本实验介绍一种粗略修正散热的方法。

当系统的温度高于环境温度时，它要向环境散热，根据牛顿冷却定律，当温度差不大时散热速度与温差成正比，即

$$\frac{\Delta q}{\Delta t} = K(T - \theta) \tag{S9-9}$$

式中，Δq 是系统散失的热量；Δt 是时间；K 是一个常数，称为散热系数，与系统表面积成正比，并随表面的热辐射本身而变；T、θ 分别是我们考虑的系统与环境的温度；$\Delta q/\Delta t$ 称为散热速率，代表单位时间内系统散失的热量。

由式（S9-9）可知，当 $T > \theta$ 时，$\Delta q/\Delta t > 0$，系统向环境散热；当 $T < \theta$，$\Delta q/\Delta t < 0$，系统从环境吸热。我们可以选取系统的初温 $T_2 > \theta$，终温 $T_3 < \theta$，只要适当选取 T_2、T_3 就可使整个实验过程中系统与环境的热量传递前后彼此抵消。那么，怎样选取 T_2、T_3 呢？实验过程中的具体情况是，在刚投如冰时，水温高，冰的有效面积大，溶解快，系统温度 T 降低较快，在 T-t 图中曲线较陡；随着水温度逐渐降低，冰块又逐渐减少，冰溶解变慢，系统温度 T 降低较慢，在 T-t 图中曲线较平缓，如图 S9-1 所示。由（S9-9）式得

$$\Delta q = K(T - \theta) \Delta t \tag{S9-10}$$

若 $\Delta t \to 0$，那么 $\Delta q \to 0$，则式（S9-10）改写为

$$dq = K(T - \theta)\,dt \qquad\qquad (S9-11)$$

在实验过程中，即系统温度从 T_2 变为 T_3 这段时间内系统散热为

$$q = \int_{t_2}^{t_3} K(T - \theta)\,dt \qquad (S9-12)$$

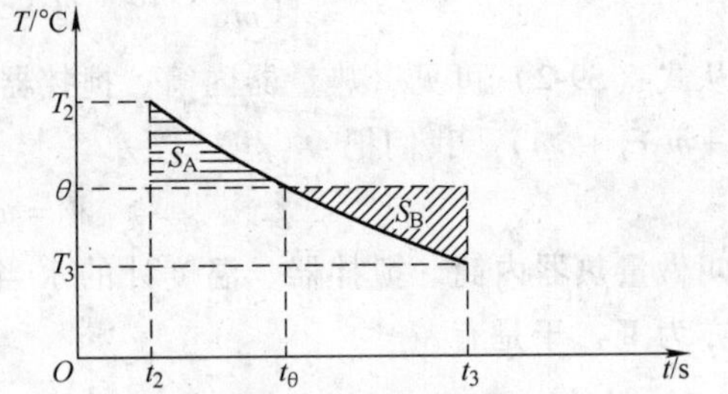

设系统温度由 T_2 变为室温 θ 时，时间则为 t_2 至 t_θ，那么上式可改写为

$$q = K\Big[\int_{t_2}^{t_\theta}(T - \theta)\,dt + \int_{t_\theta}^{t_3}(T - \theta)\,dt\Big]$$
$$(S9-13)$$

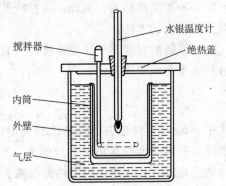

图 S9-1　$T\text{-}t$ 图

显然，前一项 $(T - \theta) > 0$，相当于系统散热；后一项 $(T - \theta) < 0$，相当于系统吸热，图 S9-1 中面积 $S_A = \int_{t_2}^{t_\theta}(T - \theta)\,dt$，面积 $S_B = \int_{t_\theta}^{t_3}(T - \theta)\,dt$。由此可见，面积 S_A 与系统向外散失的热量成正比；面积 S_B 与系统由外界吸收的热量成正比。即

$$q_{散} = K S_A$$
$$q_{吸} = K S_B \qquad\qquad (S9-14)$$

因此，只要使 S_A、S_B 近似相等，系统对外界吸热和散热就基本抵消。要使 $S_A \approx S_B$ 必须使 $|T_2 - \theta| > |T_3 - \theta|$，究竟 T_2 和 T_3 取多少，或者 $|T_2 - \theta| : |T_3 - \theta|$ 应取多少，只有在实验中根据具体情况选定。

【仪器描述】

热传递的方式有三种，即传导、对流和辐射。要保证实验系统为孤立系统，就必须使实验系统与环境间的传导、对流、辐射都尽量减小，量热器在相当程度上满足这些要求。

本实验所用的量热器如图 S9-2 所示，它主要由一个半径较小的铜制内筒和一个较大的铜制外筒组成，通常是放有水、温度计、搅拌器和带测物体的内筒放在外筒内组成实验系统。内筒、水、温度计及搅拌器的热容量可以算出，因此用混合法就可以进行量热实验。

由于内筒置于绝热架上，外筒又用绝热盖盖上，因此空气与外界对流很少，而空气是热的不良导体，所以，内、外筒间传导的热量便可以减到很小；内筒的外壁都电镀得十分光亮，于是因辐射而产生的热量传递也可以减小。这样实验系统就近似于一个孤立系统。

图 S9-2　量热器

【操作步骤】

（1）称出量热器内筒和搅拌器的质量 m_1、m_2。

（2）在量热器内筒盛入比室温 θ 高 $10 \sim 20℃$ 的水，水的体积约为三分之二筒，称出内筒、搅拌器和水的总质量 $m_总$，则水的质量为

$$m_水 = m_总 - (m_1 + m_2) \qquad (S9\text{-}15)$$

（3）将量热器内筒装进外筒，并放入搅拌器和量程为 $0 \sim 50.00℃$ 的温度计，盖好绝热盖，作好投入冰块的准备。

（4）取一块透明、清洁的冰，用干净毛巾擦干，轻而缓慢地搅拌内筒里的水，记下温度计示数 T_2，揭开绝热盖，迅速而准确地将冰块轻轻投入内筒（不可使水溅出），同时开始计时（这时 $t_2 = 0$；若早已开始计时，那么投水的时刻为 t_2）。

（5）不断轻轻地搅拌量热器中的水，注意观察温度下降情况，且每隔 15 秒钟记一次温度计读数，中间不得间隔，直至温度计示数不再下降为止，记下最低的平衡温度 T_3。

（6）以横轴代表时间、纵轴代表温度，在坐标纸上作出如图 S9-1 的 $T\text{-}t$ 图，计算 S_A、S_B。若 $S_A \approx S_B$，可继续进行实验，若 $S_A \neq S_B$，则必须重复上述步骤，直至 $S_A \approx S_B$ 为止。

（7）取出内筒，称出内筒、搅拌器和冰水的质量 m_3，则投入冰块的质量为

$$m_冰 = m_3 - m_1 \qquad (S9\text{-}16)$$

（8）用量筒盛入一定量的水，将温度计浸入水中（必须与在量热器中浸入水的长度相等），求得浸入液体中温度计的体积 V，求出 δm。

（9）将各量代入式（S9-4）求出 L。

【注意事项】

（1）正式实验前应反复练习温度计读数，以免读错。

（2）投入冰块时，实验者与同实验者必须配合默契，动作迅速而轻，不要使水溅出。

（3）自始自终必须不断地、缓慢地搅拌，以使温度计读数确实代表所要测量的系统温度。

（4）温度计放置于液体中央，不要接触筒底和冰块。温度计容易折断，在插入、投冰及使用过程中应小心，否则既损坏温度计，又造成水银污染。

（5）从投入冰块的时刻开始，开始每隔 15s 读记一次温度计之示数，若其中有一次未读出也必须留下空格，等再隔 15s 又读。既未读出温度计示数，又不知中间经过多少时间，则该次实验重作。

（6）若第一次实验后，从 $T\text{-}t$ 图中标出 $S_A \neq S_B$，那么，应重新选择 T_2 后再作。T_2 比第一次高或是比第一次低，应视 $S_A > S_B$ 或是 $S_A < S_B$ 而确定。需注意的是水和冰的质量应该尽量不变。

【思考题】

（1）混合量热法必须保证什么条件？本实验是如何从仪器、实验安排和操作等方面来力求保证这些实验条件的？

（2）回答下列问题：

1）水的初温 T_2 选得太高、太低有什么不好？

2）系统的终温 T_3 是由什么来决定的？T_2 太高、太低有什么不好？

3）量热器内筒里装的水的多少对实验有无影响？过多、过少的后果如何？

4）冰的质量选多少为好？过多、过少对实验有什么影响？为什么要用清洁的冰？而且投入前要用毛巾擦干？

（3）当 $S_A \neq S_B$ 需重作实验时，重新选取初温 T_2 后，是否需要同时改变水的质量和冰的质量？

（4）怎样根据前一次结果选取后一次的初温？

实验 10　空气比热容比的测定

【实验目的】

（1）用绝热膨胀法测定空气的比热容比。

（2）观测热力学过程中状态变化及基本物理规律。

（3）学习气体压力传感器和电流型集成温度传感器的原理及使用方法。

【仪器及材料】

1. 储气瓶；2. 温度传感器；3. 稳压电源；4. 直流电阻器；5. 数字电压表；6. 压力传感器；7. 胶粘剂等。

【实验仪器简介】

1. 电流型集成温度传感器 AD590

电流型集成温度传感器 AD590 是一个新型半导体温度传感器，温度测量灵敏度高，线性好，测温范围为 –50℃ 至 150℃。AD950 接 6V 直流电源后组成一个稳流源，它的测温灵敏度为 $1\mu A/℃$，若串接 $5k\Omega$ 电阻后，可产生 $5mV/℃$ 的信号电压，接 $0 \sim 2V$ 量程四位半数字电压表，可检测到最小 0.02℃ 温度变化。

2. 气体压力传感器探头

气体压力传感器探头由同轴电缆线输出信号，与仪器内的放大器及三位半数字电压表相接。当待测气体压强为 $p_0 + 10.00kPa$ 时，数字电压表显示为 $200mV$，仪器测量气体压强灵敏度为 $20mV/kPa$，测量精度为 5Pa。

【实验原理及内容】

气体的比热容比 $\gamma = c_p/c_v$ 称为气体的绝热系数，γ 值经常出现在热力学方程中，是一个非常重要的热力学物理量。

对理想气体的比定压热容 c_p 和比定容热容 c_v 之关系由下式表示：

$$c_p - c_v = R \tag{S10-1}$$

（S10-1）式中，R 为摩尔气体常数。气体的比热容比 γ 值

$$\gamma = \frac{c_p}{c_v} \tag{S10-2}$$

气体的比热容比现称为气体的绝热系数，它是一个重要的物理量，γ 值经常出现在热力学方程中。测量 γ 值的仪器如图 S10-1 所示。实验时先关闭活塞（2），将原处于环境大气压

强 p_0、室温 T_0 的空气从活塞（1）把空气送入贮气瓶 B 内，这时瓶内空气压强增大。温度升高。关闭活塞 1，待稳定后瓶内空气达到状态 I （p_1，V_1，T_0）。突然打开活塞（2），使瓶内空气与大气相通，到达状态 II （p_0，V_2，T_1）后，迅速关闭活塞（2），由于放气过程很短，可认为是一个绝膨胀过程，瓶内气体压强减小，温度降低，这里，V_2 为储气瓶体积。绝热膨胀过程应满足方程

$$p_1 V_1^\gamma = p_0 V_2^\gamma \tag{S10-3}$$

在关闭活塞 2 之后，贮气瓶内气体温度将升高，当升高到温度 T_0 时，原状态为 I （p_1，V_1，T_0）的体系改变为状态 III （p_2，V_2，T_0），应满足

$$p_1 V_1 = p_2 V_2 \tag{S10-4}$$

由式（S10-3）和式（S10-4）可得到

$$\gamma = (\ln p_1 - \ln p_0)/(\ln p_1 - \ln p_2) \tag{S10-5}$$

利用式（S10-5），可以通过测量 p_0、p_1 和 p_2 值，求得空气的比热容比 γ 值。

【操作步骤】

（1）连接线路：把压力传感器的引出线直接与数字电压表的压强端连接；温度传感器的红线与稳压电源的 +（红端）连接，黑色线与直流电阻器的 0 端连接；数字电压表中温度测量端中的 +（红端）红色线与电阻器的 0 端连接，−（黑端）黑色线则与直流电阻器的高值端连接；稳压电源的 −端再与直流电阻器的高值端连接。接电路时，AD590 的正负极切勿接错。用 Forton 式气压计测定大气压强 p_0，用水银温度计测环境室温 T_0。开启电源，将电子仪器部分预热 20min，在与大气相同的条件下用调零电位器调节零点，把三位半数字电压表示值调到 0。

（2）把活塞 2 关闭，活塞 1 打开，用打气球把空气稳定地徐徐进入贮气瓶 B 内，当压强 p_1 值上升到 120mV 时，停止打气，待稳定后用压力传感器和 AD590 温度传感器测量空气的压强和温度，记录瓶内压强均匀稳定时的压强 p_1' 和温度 T_1' 值（室温为 T_0）。

（3）突然打开活塞 2，当贮气瓶的空气压强降低至环境大气压强 p_0 时（这时放气声消失），迅速关闭活塞 2。

（4）当贮气瓶内空气的温度上升至室温 T_2'（可以观察到 T_2' 与 T_1' 值非常接近）时，记下贮气瓶内气体的压强 p_2'。

（5）用公式（S10-5）进行计算，求得空气比热容比值 γ。

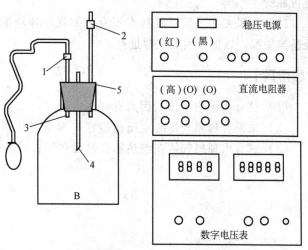

图 S10-1　空气比热容比测定装置
1—进气活塞　2—放气活塞　3—AD590 传感器
4—气体压力传感器　5—胶粘剂

【实验数据处理】

由公式 $p_1 = p_0 + \dfrac{p_1'}{2000}$、$p_2 = p_0 + \dfrac{p_2'}{2000}$、$\gamma = \ln\dfrac{p_1}{p_0}\Big/\ln\dfrac{p_1}{p_2}$，可以求出 p_1、p_2 和 γ。

数据记录表格　　　　　　　　测量条件：p_0（10^5Pa）

待测量 次数	p_1'/mV	T_1'/mV	p_2'/mV	T_2'/mV	p_1/（10^5Pa）	p_2/（10^5Pa）	γ
1							
2							
3							
4							
平均值							
标准偏差							
测量结果							

试求出空气比热容比值 γ 的算术平均值和算术平均的标准偏差，最终结果写成 $\gamma = \bar{\gamma} \pm u$。

【注意事项】

（1）实验内容 3 打开活塞 2 放气时，当听到放气声结束应迅速关闭活塞，提早或推迟关闭活塞 2，都将影响实验要求、引入误差。由于数字电压表尚有滞后显示，如用计算机实时测量，发现此放气时间约零点几秒，并与放气声产生消失很一致，所以关闭活塞 2 用听声更可靠些。

（2）实验要求环境温度基本不变，如发生环境温度不断下降的情况，可在远离实验仪处适当加温，以保证实验正常进行。

【思考题】

（1）试分析影响 γ 值的因素有哪些？

（2）试回答理想气体的定压比热容 c_p 和定容比热容 c_V 之间满足怎样的关系？

（3）试写出理想气体在绝热膨胀过程和等容吸热过程所满足的方程。

第4章 电学和磁学实验

实验 11 万用电表的使用

【实验目的】

（1）了解万用电表的构造及工作原理。

（2）掌握使用万用电表的正确方法。

（3）学会使用万用电表检测电路故障。

【实验原理】

万用电表是一种由灵敏电流计与各种阻值的电阻及开关连接成的多功能测量仪表，可用来测量电阻、交直流电压、直流电流，有些还可测量交流电流。万用电表有多种类型，面板布局也有不同，但其基本功能、旋钮的作用、读数方法基本相同。

1. 直流电流表

多量程电流表中分流电阻的接法有开路置换式和闭路抽头式两种。对闭路抽头式分流电阻为 $R_P = \dfrac{I_g}{I - I_g} \cdot R_g$。

从图 S11-1 中显而易见，接 I_1 挡时 $R_P = R_1 + R_2 + R_3 + R_4$，$R'_g = R_g$；当在 I_2 挡时 $R_P = R_2 + R_3 + R_4, R'_g = R_g + R_1$；各挡量程均可同理处理。

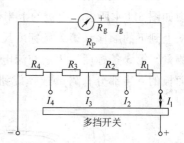

图 S11-1　多量程直流电流表

2. 直流电压表

多量程电压表中分压电阻如图 S11-2 所示，公式为 R_s

$= \dfrac{U - U_g}{I_g} = \dfrac{U}{I_g} - R_g$，由式可见，要把表头改装成量程为 U 的电压表，只要给表头串联一个阻值 R_s 的电阻即可。因此给表头串联不同大小的电阻，就可以得到不同量程的直流电压表。

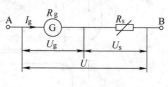

图 S11-2　直流电压表

3. 交流电压表

交流电压表电路原理与直流电压表相同。只是交流电经过整流器整流，变为直流电流通过表头。

4. 欧姆表

原理如图 S11-3 所示，图中 E 为内接电源，R_i 为限流电阻，R_0 为调"零"电位器，R_x 为被测电阻，R'_g 为等效表头电阻，I'_g 为等效表头量程。欧姆表使用前先要调"零"点，即将 a、b 两点短路（相当于 $R_x = 0$），调节 R_0 的阻值，使表头指针正好偏转到满度。这时回路中的电流即为等效表头量程 I'_g。显然

$$I'_g = \frac{E}{R'_g + R_0 + R_i}$$

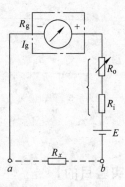

可见，欧姆表的零点是在表头标度尺的满刻度，当 a、b 端接入被测
电阻 R_x 时，电路中的电流即为

$$I = \frac{E}{R'_g + R_0 + R_i + R_x}$$

由此可见当电池电压 E 保持不变时，被测电阻与电流值有一定对应
关系。即接入不同电阻表头就会有不同的偏转读数，R_x 越大，电流
越小，当 $R_x = \infty$ 时，$I = 0$，即表头指针在原来的零位。所以标度尺
为反向刻度，且刻度是不均匀的，电阻 R_x 越大，刻度间隔越密。如
果表头的刻度尺已预先按已知电阻值刻度，就可以用电流表来测量电阻了。

图 S11-3　欧姆表电路图

【实验仪器】

1. 万用电表；2. 线路板；3. 交直流电源；4. 导线。

【仪器介绍】

万用电表

万用电表的型号很多，但其原理和使用方法基本相同。常用的 MF500 型万用表的面板
图如图 S11-4 所示，面板的上半部分为测读数用的指针及标度尺，标度尺一共有 4 条，按照
从上到下的顺序，第 1 条标度尺用于电阻测量，第 2 条标度尺用于交直流电压和交直流电流
测量，第 3 条标度尺用于交流电压测量，第 4 条标度尺用于音频电平测量。MF500 型万用表
面板的下半部分有测量选择旋钮（2 个）、测试杆插孔（4 个）、机械调零器和欧姆调零旋
钮。

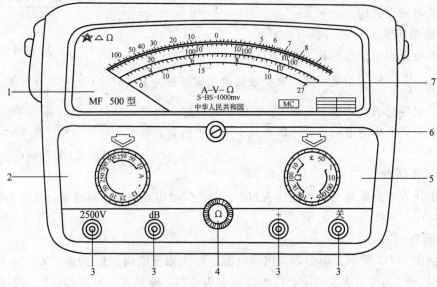

图 S11-4　MF500 型万用表面板图

1—表头　2—测量选择旋钮 I　3—测试杆插孔

4—欧姆表调零旋钮　5—测量选择旋钮 II　6—机械调零器　7—标度尺

MF500 型万用电表的使用方法如下：

（1）使用前需调整机械调零器（6），使指针准确地指在零位上。

（2）直流电压测量：将测试杆分别插在"＊"和"＋"插孔内，测量选择旋钮Ⅱ旋至"$\underline{V}$"位置上，当不能预计被测直流电压的大约数值时，可将直流电压量程选择旋钮Ⅰ旋至最大量程位置（500$\underline{V}$）上，再将测试杆跨接在被测电路元件两端，然后根据指针偏转情况，再选择适当的量程，使指针得到尽量大的偏转度，读数见第 2 条刻度线。

测量直流电压时，若指针反向偏转，这时只需将测试杆的"＊"和"＋"极互换即可。测量 2500$\underline{V}$ 电压时应将测试杆插在"＊"和"2500$\underline{V}$"插孔中。

（3）交流电压测量：电表调节方法与测直流电压相同，只是将测量选择旋钮Ⅰ旋至电压交流位置上。测量选择旋钮Ⅰ旋至所欲测量交流电压值相应的量程位置上，测量方法与直流电压测量方法相似。

由于整流式仪表的指示值是交流电压的平均值，仪表指示值是按正弦交流电压的有效值校正，对被测交流电压的波形失真，在任意瞬时值与正弦波上相应的瞬时值间的差别不超过基本波形振幅的 +1%，当被测电压为非正弦波时，例如，测量铁磁饱和稳压器的输出电压，仪表的指示值将因波形失真而引起误差。

（4）直流电流测量：将测量选择旋钮Ⅰ旋至"$\underline{A}$"位置上，测量选择旋钮Ⅱ旋至欲测量直流电流值相应的量程位置上，然后将测试杆串联在测试电路中，就可以测量出被测电路中的直流电流值，指示值见第 2 条刻度线。测量过程中仪表与电路的接触应保持良好，并应注意切勿将测试杆并联进电路中，以防止仪表因过载而损坏。

（5）电阻测量：将测量选择旋钮Ⅰ旋至"Ω"位置上，测量选择旋钮Ⅱ旋至欲测量电阻值的倍率，先将两测试杆短路，使指针向右偏转，然后调节欧姆表调零旋钮（4），使指针指示在欧姆刻度尺"0"的位置上，再将测试杆分开进行测量未知电阻的阻值。指示值见第 1 条刻度线。使用欧姆表时应注意，在每次变换倍率后都要先调零才能测量。为了提高测试精度，指针所指示被测电阻之值应尽可能指示在刻度线中间一段，即全刻度起始的 20%~80% 弧度范围内，在 Ω×1、Ω×10、Ω×100、Ω×1k 倍率所用直流工作电源为 1.5V 电池一节，Ω×10k 倍率所用直流工作电源系 9V 层叠电池一节。当两测试杆短路时，若调节欧姆表调零旋钮（4）不能使指针指到欧姆刻度尺的"0"位置，表明电池电压不足，应更换新电池。

（6）被测电阻、电压、电流值的计算：

$$被测电阻值 = 指针读数 \times 倍率$$

$$被测电流（电压）值 = \frac{指针读数乘以量程值}{满刻度值}$$

（7）音频电平测量：测量方法与交流电压相同，指示值见第 4 条刻度线，因音频电压同时有直流电压存在，在测量音频时，应在测试杆一端串一个 0.01μF 耐压值大于被测电平峰值的电容器，以隔离直流电压。

【实验内容及步骤】

1. 电阻的测量

（1）首先将万用电表量程选择开关拨至"Ω"挡的某量程上，不管用哪个量程，使用时，首先应调零，即将正负表笔短路，调节调零旋钮，使指针指到 0Ω 刻度线上。

（2）取如图 S11-5 所示的电路板，将被测电阻 R_1、R_2、R_3、R_4、R_5 从所联入的电路中断开，万用电表两表笔接到被测电阻 R_1 的两端，观察指针偏转。为了读数准确，在测量时，倍率要适中，使表针尽可能指向表的中值。

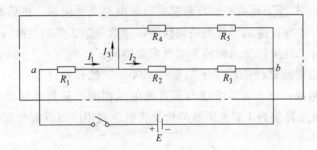

图 S11-5　实验电路图

（3）从刻度线上读出指针所指的刻度，再根据指针所指位置读出数值。被测电阻阻值 = 指针指示数值×量程倍率，如果选择 $R \times 10$，则将读数乘 10 即为所测电阻的阻值。

（4）使用上述方法，分别测出 R_2、R_3、R_4、R_5 及 R_{ab} 的阻值，记录于表 S11-1 中。

2. 交流电压的测量

（1）按图 S11-5 连接电路，将 ab 两端接上 6V 交流电压。

（2）将万用电表的转换开关拨到交流电压挡 "$\underset{\sim}{V}$" 上，然后选择适当的量程。

（3）将万用电表并联在被测电路上，不必考虑表笔的正负，根据选择的量程，正确读数。分别测出 R_1、R_2、R_3、R_4、R_5 及 ab 间的交流电压，将测量结果记录于表 S11-2 中。

3. 直流电压的测量

（1）按图 S11-5 连接电路，将 ab 两端接上 12V 直流电压。

（2）将万用电表的转换开关拨到直流电压挡 "$\underset{=}{V}$" 上，然后选择适当的量程。

（3）将万用电表并联（注意正、负极性）在被测电路上，根据选择的量程，分别测出 R_1、R_2、R_3、R_4、R_5 及 ab 间的直流电压，将测量结果记录于表 S11-3 中，按列表法处理实验数据，并举一例写出实验结果表达式。

4. 直流电流的测量

（1）按图 S11-5 连接电路，将 ab 两端接上 12V 直流电压。

（2）将万用电表的转换开关拨到直流电流 "$\underline{A}$" 挡，然后选择适当的量程，将万用电表串接到电路各支路中，分别读出各支路电流数值，将测量结果记录于表 S11-4 中。

按列表法处理实验数据，并举一例写出实验结果表达式。

【数据处理】

表 S11-1　测电阻

R_1/Ω	R_2/Ω	R_3/Ω	R_4/Ω	R_5/Ω	R_{ab}/Ω

表 S11-2　测交流电压

电源电压/V	量程/V	最小分度值/V	U_{R_1}/V	U_{R_2}/V	U_{R_3}/V	U_{R_4}/V	U_{R_5}/V	U_{ab}/V

表 S11-3　测直流电压

电源电压/V	量程/V	最小分度值/V	U_{R_1}/V	U_{R_2}/V	U_{R_3}/V	U_{R_4}/V	U_{R_5}/V	U_{ab}/V

表 S11-4　测直流电流

电源电压/V	量程/mA	最小分度值/mA	I_1/mA	I_2/mA	I_3/mA

【注意事项】

（1）使用万用电表时，首先要看电表平放时指针是否停在表面刻度线左端 "0" 位置，否则要用旋具旋转 "机械调零旋钮"，使指针指在 "0" 位处。

（2）测电阻时，被测电路不能通电。测电流时，万用电表串接在电路中。测电压时，万用电表并接在电路中。

（3）当被测电路中的电压和电流的数值无法估计时，则先将万用电表的量程选择旋钮拨至最大量程范围，测量时用瞬时点接法试一下，根据指针偏转大小选择适当的量程。

（4）使用量程选择旋钮选择项目和转换量程时，两表笔一定要离开被测电路，在每次测量前必须认真检查量程选择旋钮是否调节在正确位置，千万不能搞错。牢记：

一挡二程三正负，正确接入再读数；调换量程断开笔，切断电源测电阻。

（5）测量结束后，应将万用电表选择旋钮拨到最大交流电压量程处，以保电表安全。

【思考题】

（1）使用万用表测量电压或者测量电流时它的接入方法有何不同？

（2）可以带电测量电阻吗？

（3）实验结果的表达式如何表示，根据上述测量结果举一例。

实验 12　利用霍尔效应测磁场

【引言】

1879 年，美国霍普金斯大学的研究生霍尔在研究载流导体在磁场中的受力性质时发现了另一种电磁现象，此现象称为霍尔效应。半个多世纪以后，人们发现半导体的霍尔效应比金属强得多，而且能对半导体的分析提供重要依据。

【实验目的】

（1）了解霍尔效应。

（2）学习用霍尔效应法测量磁场的原理和方法。

（3）学习用霍尔元件测绘长直螺线管的轴向磁场分布。

【实验原理】

1. 霍尔效应和霍尔元件灵敏度

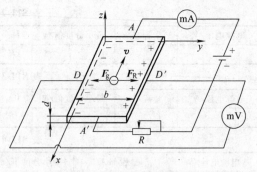

图 S12-1　霍尔效应原理

如图 S12-1 所示，把一块半导体薄片（锗片或硅片）放在垂直它的磁场 B 中（B 的方向沿 Z 轴自下向上）。在薄片的四个侧面 A、A'、D 和 D' 分别引出两对电极。当沿 AA' 方向（X 轴方向）通过电流 I 时，薄片内定向移动的载流子受到洛伦兹力 F_B，其值

$$F_B = evB \tag{S12-1}$$

式中，e、v 分别是载流子的电荷量和移动速度。载流子受力偏转的结果使电荷在 DD' 两侧积聚而产生电位差（图 S12-1 中设载流子是负电荷，故 F_B 沿 Y 轴负方向），这一现象称为霍尔效应，这个电位差称为霍尔电位差。由此形成的电场又给载流子一个与 F_B 反方向的电场力 F_E。用 E 表示该电场强度，U_H 表示 DD' 间的电位差，b 表示薄片宽度，则 $F_E = eE = eU_H/b$，当电场力 F_E 和洛伦兹力 F_B 平衡时为稳衡状态，此时 $F_B = F_E$，即

$$evB = e\frac{U_H}{b} \tag{S12-2}$$

若载流子浓度为 n，则电流 $I = nevS$。S 为该半导体霍尔元件的截面积，$S = bd$，d 为霍尔片厚度，由此有

$$I = nevbd \quad \text{或} \quad v = \frac{I}{nebd} \tag{S12-3}$$

由式（S12-2）和式（S12-3）可得霍尔电位差

$$U_H = \frac{1}{ne} \cdot \frac{IB}{d} = R_H \cdot \frac{IB}{d} = K_H IB \tag{S12-4}$$

式中，$R_H = \dfrac{1}{ne}$ 称为霍尔系数，它表示材料霍尔效应的强弱。$K_H = \dfrac{R_H}{d} = \dfrac{1}{ned}$ 称为霍尔元件的灵敏度。

由式（S12-4）可知，如果磁感应强度 B 已知，测得通过霍尔元件的纵向电流 I 和相应的 U_H 值，即可算出该霍尔元件的灵敏度 K_H。即

$$K_H = \frac{U_H}{IB} \tag{S12-5}$$

在上式中，I 称为控制电流。常用的产品，I 的单位用 mA，U_H 的单位用 mV，B 的单位用 mT，K_H 的单位为 mV/mA·100mT，一般希望 K_H 越大越好。因为 $K_H = \dfrac{1}{ned}$，它与载流子的浓度 n 成反比，而半导体的载流子浓度又远比金属的载流子小，所以用半导体材料做霍尔元件的灵敏度比较高。K_H 还和霍尔片的厚度 d 成反比，所以霍尔片都切得很薄，一般只有 0.2mm 厚。因 K_H 已知（标在螺线管的右上角），为了使控制电流 I 与仪器上的标识一致，改用 I_S 表示，并由实验室给出，所以只需要测出 U_H 就可以求得未知磁感应强度 B。即

$$B = \frac{U_H}{K_H I_S} \tag{S12-6}$$

2. 霍尔电压 U_H 的测量方法

在实际测量过程中，还会伴随一些热磁副效应，它使所测得的电压不只是 U_H，还会附加另外一些电压，给测量带来误差。

这些热磁效应有埃廷斯豪森效应，是由于在霍尔片两端有温度差，从而产生温差电动势 U_E，它与霍尔电流 I_H、磁场 B 的方向有关；能斯特效应，是由于当热流通过霍尔片（如 A、A' 端）在其两侧（D、D' 端）会有电动势 U_N 产生，只与磁场 B 和热流有关；里吉-勒迪克效应，是当热流通过霍尔片时两侧会有温度差产生，从而又产生温差电动势 U_R，它同样与磁场 B 及热流有关。

除了这些热磁副效应外还有不等位电势差 U_0，它是由于两侧（D、D' 端）的电极不在同一等势面上引起的，当霍尔电流通过 A、A' 端时，即使不加磁场，D 和 D' 端也会有电势差 U_0 产生，其方向随电流 I_H 的方向而改变。

因此，为了消除副效应的影响，在操作时我们要分别改变 I_H 的方向和 B 的方向，记下四组电势差数据（S_1、S_2 换向开关"上"为正）：

当 I_H 正向，B 正向时，$U_1 = U_H + U_0 + U_E + U_N + U_R$ ；

当 I_H 负向，B 正向时，$U_2 = -U_H - U_0 - U_E + U_N + U_R$ ；

当 I_H 负向，B 负向时，$U_3 = U_H - U_0 + U_E - U_N - U_R$ ；

当 I_H 正向，B 负向时，$U_4 = -U_H + U_0 - U_E - U_N - U_R$ 。

作运算 $U_1 - U_2 + U_3 - U_4$，并取平均值，有

$$\frac{1}{4}(U_1 - U_2 + U_3 - U_4) = U_H + U_E \tag{S12-7}$$

由于 U_E 的方向始终与 U_H 相同，所以换向法不能消除它，但一般 $U_E \ll U_H$，故可以忽略不计，于是

$$U_H = \frac{U_1 - U_2 + U_3 - U_4}{4} \tag{S12-8}$$

温度差的建立需要较长时间（约几秒钟），因此如果采用交流电，使它来不及建立，就可以减小测量误差。

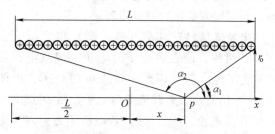

图 S12-2　直螺线管内部的磁场

3. 载流长直螺线管内的磁感应强度

如图 S12-2 所示，设螺线管的长为 L，半径为 r_0，其圆柱面上紧密绕有 N_1 匝线圈。线圈通以电流 I，并放在磁导率为 μ 的磁介质中。取螺线管轴线中点 O 为坐标原点，由毕奥-沙伐尔定律，可以得到轴线上距 O 为 x 的任一点 P 的磁感应强度为

$$B_x = \frac{\mu N_1 I}{2L}(\cos\alpha_1 - \cos\alpha_2) \tag{S12-9}$$

或

$$B_x = \frac{\mu N_1 I}{2L}\left\{\frac{\frac{L}{2} - x}{\left[\left(\frac{L}{2} - x\right)^2 + r_0^2\right]^{1/2}} + \frac{\frac{L}{2} + x}{\left[\left(\frac{L}{2} + x\right)^2 + r_0^2\right]^{1/2}}\right\} \tag{S12-10}$$

在螺线管轴线中点，$x = 0$，其磁感应强度为

$$B_0 = \frac{\mu N_1 I}{(L^2 + 4r_0^2)^{1/2}} \qquad (\text{S12-11})$$

在螺线管两端面中点，$x = L/2$，其磁感应强度

$$B_{L/2} = \frac{\mu N_1 I}{2(L^2 + r_0^2)^{1/2}} \qquad (\text{S12-12})$$

当 $L \gg r_0$ 时

$$B_0 = \frac{\mu N_1 I}{L} \qquad (\text{S12-13})$$

$$B_{L/2} = \frac{\mu N_1 I}{2L} \qquad (\text{S12-14})$$

即有 $B_{L/2} = \frac{1}{2} B_0$，螺线管端点处的磁感应强度为其内部中心处的一半。直螺线管轴线上磁感应强度随位置的分布曲线如图 S12-3 所示。

4. 用特斯拉计测量电磁铁的磁场

测量磁场的方法很多，如磁通法、核磁共振法及霍尔效应法等。其中霍尔效应法用半导体材料构成的霍尔片作为传感元件，把磁信号转换成电信号，测出磁场中各点的磁感应强度。能测量交、直流磁场，是其最大的优点。以此原理制成的特斯拉计能简便、直观、快速地测量磁场。

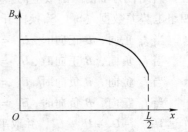

图 S12-3　直螺线管轴线上磁感应强度分布曲线

电路如图 S12-4 所示。直流电 E_1 为电磁铁提供励磁电流 I_M，通过变阻器 R_1，可以调节 I_M 的大小。电源 E_2 通过可变电阻 R_2（用电阻箱）为霍尔元件提供电流 I_H，当 E_2 电源为直流时，用直流毫安表测霍尔电流，用数字万用表测霍尔电压；当 E_2 为交流时，毫安表和毫伏表都用数字万用表。

半导体材料有 N 型（电子型）和 P 型（空穴型）两种，前者载流子为电子，带负电；后者载流子为空穴，相当于带正电的粒子。由图 S12-1 可以看出，若载流子为电子，则 D' 点电位高于 D 点电位，$U_{HDD'} < 0$；若载流子为空穴，则 D' 点电位低于 D 点的，电位 $U_{HDD'} > 0$。如果知道载流子类型，则可以根据 U_H 的正负定出待测磁场的方向。

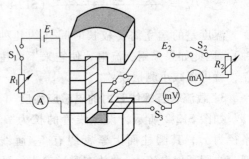

图 S12-4　特斯拉计电路图

由于霍尔效应建立电场所需时间很短（约 $10^{-12} \sim 10^{-14}\text{s}$），因此通过霍尔元件的电流用直流或交流都可以。若霍尔电流 I_H 为交流 $I_H = I_0 \sin\omega t$，则

$$U_H = K_H I_H B = K_H B I_0 \sin\omega t \qquad (\text{S12-15})$$

所得的霍尔电压也是交变的。在使用交流电情况下（S12-4）式仍可使用，只是式中的 I_H 和 U_H 应理解为有效值。

【实验仪器】

1. TH-S 型螺线管磁场测定实验组合仪；2. HL—4 霍尔效应仪；3. 稳压稳流直流电源；

4. 安培表；5. 毫安表；6. 功率函数发生器；7. 特斯拉；8. 数字万用表；9. 电阻箱等。

【实验内容及步骤】

方法一

（1）按实验接线图 S12-5 连接线路。

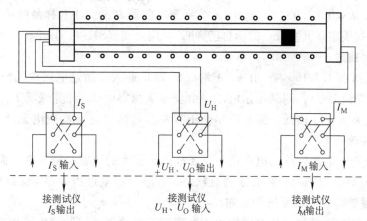

图 S12-5　实验接线图

I_S 及 I_M 换向开关掷向上，I_S、I_M 为正值（即 I_S 沿 x 方向，B 沿 z 方向）反之为负。U_H、U_0 切换开关投向上方测 U_H，投向下测 U_0。经教师检查后方可开启测试仪的电源。

必须强调指出：绝不允许将测试仪的激励电源"I_M 输出"误接到"I_S 输入"或处于"U_H"，否则一旦通电，霍尔元件即被烧毁。

（2）为了准确测量，应先对测试仪进行调零，即将测试仪的"I_S 调解"和"I_M"调节均置为零，待开机数分钟后，若 U_H 显示不为零，可通过面板左下方小孔的"调零"电位器实现调零，即"0.00"。

（3）置测量选择于 I_S 挡（放键），I_S 的值随"I_S 调节"旋钮顺时针转动而增大，取 I_S = 8.00mA；置"测量选择"旋钮于 I_M 挡（按键），I_M 的值随"I_M 调节"旋钮顺时针转动而增大，I_M = 0.800A，并在测试过程中保持不变。

（4）以螺线管为 x 轴，相距螺线管两端口等远的中心位置为坐标原点，探头离中心位置 $x = 14 - x_1 - x_2$，调节霍尔元件探杆支架的螺钮 x_1、x_2，使测距尺读数 $x_1 = x_2 = 0.0$cm。先调节 x_1 旋钮，保持 $x_2 = 0.0$cm，使 x_1 停留在 0.0、0.5、1.0、1.5、2.0、5.0、8.0、11.0、14.0cm 等读数处，再调节 x_2 旋钮，保持 $x_1 = 14.0$cm，使 x_2 停留在 3.0、6.0、9.0、12.0、12.5、13.0、13.5、14.0cm 等读数处，按对称测量法测出各相应位置的 U_1、U_2、U_3 和 U_4 值，并根据式（S12-6）、式（S12-8）计算相应的 U 及 B 值，记入自拟表格中。

方法二

1. 测量霍尔电流 I_H 与霍尔电压 U_H 的关系

将霍尔片置于电磁铁中心处，励磁电流 I_M = 0.6A，调节直流稳压电源 E_2 及制流电阻 R_2，使霍尔电流 I_H 依次为 2mA、4mA、6mA、8mA、10mA，测出相应的霍尔电压，每次消除副效应，霍尔电流分别从 A、A' 端（S_2 键）和 D、D' 端（S_3 键）通入，测量相应的霍尔电压，作 $U_H \sim I_H$ 图，验证 I_H 与 U_H 的线性关系（如按图 S12-4 连接电路实验，S_1、S_2、S_3

应为换向开关）。

2. 测量 K_H

学会使用特斯拉计。特斯拉计是利用霍尔效应制成的磁强计。霍尔探头是由极薄的半导体材料制成，很脆、易碎，操作必须小心！用毕必须立即用套管保护好。

霍尔电流保持 $I_H = 10$ mA，由 A、A' 端输入。将特斯拉计的探头小心地伸入电磁铁间隙中心处，励磁电流 I_M 从 $0.1 \sim 1.0$ A，每隔 0.1 A 分别测出磁场 B 的大小和样品的霍尔电压 U_H（注意磁场方向要与探头霍尔片垂直，同学自己判断）。用公式（S12-4）算出相应的 K_H。

3. 测量磁化曲线

霍尔电流保持在 $I_H = 10$ mA，由 A、A' 端（S_2 键）通入，通过电磁铁线圈的励磁电流 I_M 从 0 每隔 0.2 A 变到 1.0 A，测量霍尔电压。由步骤 2 测得的 K_H 计算磁场 B，从而得到磁场与励磁电流的关系 $B \sim I_M$ 曲线。测量霍尔电压时要消除副效应（励磁电流开关 S_1 及霍尔电流开关 S_2 "上" 为正）。

励磁电流由稳流电源供给，电压调节钮要放到足够大的位置，调节电流控制钮，当面板上 "CC" 指示红灯亮时表示仪器处于稳流状态，在整个测量过程中必须保持稳流状态。

4. 测量电磁铁磁场沿水平方向分布

调节支架旋钮，使霍尔片从电磁铁中心处移到支架的左端。励磁电流固定在 $I_M = 0.6$ A，霍尔电流 $I_H = 10$ mA，调节支架使霍尔片由电磁铁左边向右慢慢进入电磁铁间隙间，由左到右测量磁场随水平 x 方向分布的 B—x 曲线。x 位置由支架上水平标尺上读得（磁场随 x 方向分布不必考虑消除副效应）。

【数据处理】

（1）测绘 B—x 曲线时，验证螺线管端口的磁感应强度是中心位置磁感应强度的 $1/2$。

（2）对中心处和两端点，将实验得到的磁感应强度与理论计算得到的磁感应强度进行比较，并求出相对误差。

【注意事项】

（1）三组线不能接错，否则将损坏元件。

（2）仪器接通电源后，预热数分钟即可进行实验。

（3）关机前应将 "I_S 调节" 旋钮、"I_M 调节" 旋钮逆时针旋转到底，使其输出电流最小，然后切断电源。

（4）严禁鲁莽操作，以免损坏设备。

（5）霍尔片又薄又脆，切勿用手摸。

（6）霍尔片允许通过的电流很小，切勿与励磁电流接错！

（7）电磁铁通电时间不要过长，以防电磁铁线圈过热影响测量结果。

【思考与讨论】

（1）分析本实验主要误差来源，计算磁场 B 的合成不确定度。（分别取 $I_M = 1.0$ A，$I_H = 10$ mA）

（2）以简图示意，用霍尔效应法判断霍尔片上磁场方向。

（3）如何测量交变磁场，写出主要步骤。

实验 13 示波器的使用

【引言】

电子示波器，简称示波器，是一种用途广泛的电子仪器。用示波器可以直接观察电压波形，测定电压的大小、频率及相位。一切可转化为电压的电学量（如电流、电功率、阻抗等）、非电学量（如温度、位移、速度、压力、光强、磁感应强度、频率等）以及它们随时间的变化过程，都可以用示波器进行观测。现代电子技术的飞速发展，新型示波器（例如贮存示波器）的出现，更扩展了示波器的应用范围。

【实验目的】

（1）了解示波器的基本结构和工作原理。
（2）学习示波器和信号发生器的使用。
（3）观察李萨如图形，学习用李萨如图形测量正弦波频率。

【实验原理】

1. 示波器的基本结构和工作原理

示波器由以下四个基本组成部分：示波管、扫描和同步电路、X 轴和 Y 轴电压放大器以及电源部分，其原理框图如图 S13-1 所示。下面分别简述各部分的原理和作用。

（1）示波管

示波管的基本结构如图 S13-2 所示，它主要由电子枪、偏转板和荧光屏三部分组成，封装在一个抽成高真空的玻璃壳内。

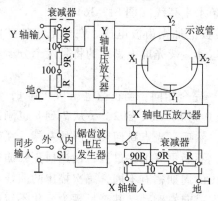

图 S13-1 示波器原理框图

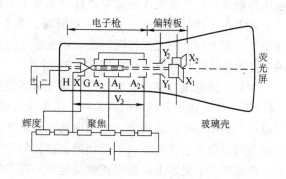

图 S13-2 示波管的基本结构

H—钨丝加热电极 K—阴极 G—控制栅极

A_1—第一阳极 A_2—第二阳极

X_1X_2—水平偏转板 Y_1Y_2—垂直偏转板

电子枪由灯丝 H、阴极 K、栅极 G、第一阳极 A_1 和第二阳极 A_2 组成。当加热电流通过灯丝 H 时，套在灯丝外的圆筒形阴极 K 的表面涂层受热发射出热电子。这些电子在第二阳

极 A_2 上的加速电压作用下，穿过控制栅极 G 前端的小孔，通过第一阳极 A_1，高速打在示波器前端的荧光屏上，使屏上荧光物质发出可见光。控制栅极 G 相对于阴极 K 为负电位，两者相距又很近，其间产生的电场起着将电子推斥回阴极的作用。改变控制栅极 G 上的负电位，就可以控制电子枪内射出的电子数目，从而控制荧光屏的发光亮度。从控制栅极 G 射出的电子束会因电子之间的相互排斥而逐渐散开，为此，在第二阳极 A_2 两部分之间安装了第一阳极，第一阳极与第二阳极之间形成的电场能使发散开的电子束重新会聚起来。调节第一阳极 A_1 上的电压，可控制电子束会聚的程度，在荧光屏上得到亮而小的光点。

偏转板安装在电子枪和荧光屏之间，是两对相互垂直放置的平行板电极。水平放置的一对称为 X 偏转板，垂直放置的一对称为 Y 偏转板。如果在偏转板上加有电压，当电子束通过时，将受电场力的作用而产生偏转，使电子束在荧光屏上产生的光点位置随之改变。光点在荧光屏上的位移与偏转板上所加电压成正比。

（2）扫描与同步

如果在 Y 偏转板上加一正弦电压（图 S13-3a），电子束在荧光屏上产生的光点将在 Y 轴方向上作简谐振动。但若此时 X 偏转板上未加电压，则光点在水平方向上无位置移动，荧光屏上出现的只是一条竖直亮线（图 S13-3b），显示不出正弦电压的波形。

如果在 X 偏转板上加一锯齿波电压（图 S13-3d），电子束在荧光屏上产生的光点将随着锯齿波电压的线性增加从左到右匀速运动。当锯齿波电压从正的最大跳回负的最大时，光点也将从荧光屏的右端突然返回左端，然后再随锯齿波电压从左向右运动。这样随着锯齿波

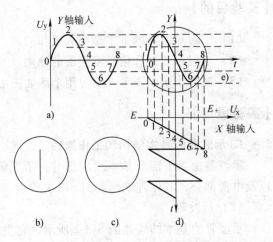

图 S13-3 扫描过程示意图

电压周期变化，光点也往返重复，在荧光屏上形成一条水平亮线（图 S13-3c）。

如果在 Y 偏转板上加正弦电压的同时，在 X 偏转板上加锯齿波电压，在两电压的共同作用下，荧光屏上的光点将同时参与相互垂直的两种运动，荧光屏上显现的将是两个分运动的合运动的轨迹，合成过程如图 S13-3e 所示。

如果正弦电压与锯齿波电压的周期（或者说频率）完全相同，当正弦电压从 0 到 1，从 1 到 2，…从 7 到 8 完成一个周期时，锯齿波电压也从 0 到 1，从 1 到 2，…从 7 到 8 也刚好完成一个周期，光点描绘出一个周期的完整正弦波形。然后，光点跳回荧光屏的左端，在荧光屏的同一位置上描绘出一个周期的正弦波形。这样，不断重复上述过程，使这段正弦曲线稳定地显现在荧光屏上。如果正弦波电压与锯齿波电压的周期稍有不同，每次描出的曲线与前一次描出的曲线将产生错位，荧光屏上的曲线将向左或向右跑动，甚至呈现为变化不定的杂乱图形。

由此可见，要想观察加在 Y 偏转板上的电压 U_y 的波形，首先必须在 X 偏转板上加一锯齿波电压 U_x，将 U_y 产生的竖直亮线随时间"展开"。这一展开过程就称为扫描，所加电压 U_x 称为扫描电压。其次，加在 X 偏转板上的扫描电压 U_x 的周期必须与 Y 偏转板上的信号电压 U_y 的周期完全相同，或者前者是后者的整数倍，才能在荧光屏上得到简单而稳定的波形。

换句话说，形成简单稳定波形的条件是信号电压 U_y 的频率 f_y 与扫描电压 U_x 的频率 f_x 之比值必须是整数，即

$$\frac{f_y}{f_x} = n \qquad n = 1, 2, 3, \cdots \tag{S13-1}$$

此时荧光屏上显示出待测信号 n 个周期的完整波形。

由于被观测信号的频率是任意的，这就要求示波器的扫描频率必须在一定范围内可以调节，以满足上述频率条件。

但是，信号电压 U_y 和扫描电压 U_x 来自相互独立的两个信号源，技术上很难将它们的频率调节到并保持为准确的整数。为此，在示波器内设有一迫使频率 f_x 追踪 f_y 的电路，称为同步电路。同步信号可直接从机内取自被观测信号，也可从机外专门输入。同步信号的大小应能调节，以使各种不同的被观测信号都能稳定地显示在荧光屏上。

（3）X 轴、Y 轴电压放大器

在示波器 X 轴和 Y 轴的信号输入端均设有电压放大器，用以将微弱的输入电压放大到 X、Y 偏转板所需要的大小。Y 轴放大器前设有衰减器，X 轴、Y 轴的放大倍数可作 ×5 扩展，以适应不同大小的信号，使荧光屏上得到幅度适当的图形。

（4）电源

示波器内设电源电路，用以供给示波器各部分工作所需要的各种电压。

2. 信号周期、电压的测量和李萨如图形测频率

（1）测量周期

把待测信号输入到示波器的 Y 轴输入端，Y 轴输入选择开关置于 "AC" 位置（测量直流电压时 Y 轴输入选择开关置于 "DC" 位置，如 Y 轴输入选择开关置于 "⊥"，则信号接地，不能输入到后面电路），将扫描速率开关 "TIME/DIV" 置于适当位置，调节有关开关及旋钮使显示波形稳定，读出波形上所需测量的一个完整周期的格子数 n_1。因光点进行一次扫描需在 X 轴方向扫过 10 格，故扫描周期 $T_0 = 10.0 \times 0.5\text{ms} = 5.0\text{ms}$，则扫描频率为 $f_x = 1/T_0 = 200\text{Hz}$。根据被测信号的频率进行选择，可在荧光屏上获得适当数目的波形。同时，可测得被测信号的周期。例如图 S13-4 中，信号波形完成一次全振动的过程中，光点在 X 轴方向由 a 到 b 扫过 8 格，则被测信号周期可根据公式

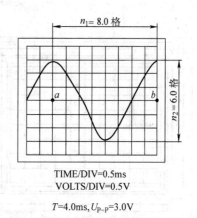

TIME/DIV=0.5ms
VOLTS/DIV=0.5V

$T = 4.0\text{ms}, U_{\text{P-P}} = 3.0\text{V}$

图 S13-4　被测信号的幅值和频率的测定

$$T = n_1 \times \text{TIME/DIV} \tag{S13-2}$$

计算。

（2）电压测量

把待测信号输入到示波器的 Y 轴输入端，"VOLTS/DIV" 置于适当位置，调节有关开关及旋钮使显示波形稳定，读出波形上所需测量的波峰到波谷之间格子数 n_2。则被测信号电压（峰—峰值）可根据公式

$$U_{\text{P-P}} = n_2 \times \text{VOLTS/DIV} \tag{S13-3}$$

计算。

（3）李萨如图形测频率

如果在示波管 Y 偏转板上加正弦电压的同时，X 偏转板上加的也是正弦电压，光点在荧光屏上的运动将是两个相互垂直的正弦振动的合成。当正弦电压 U_y 的频率 f_y 与正弦电压 U_x 的频率 f_x 之比等于两个整数之比时，光点所描出的轨迹是一闭合曲线，称为李萨如图形（参见表 S13-2）。此时，闭合曲线在 X 和 Y 方向上切线的切点数 n_x 和 n_y 与两信号频率 f_x 和 f_y 成反比，即

$$\frac{f_y}{f_x} = \frac{n_x}{n_y} \tag{S13-4}$$

由此，若已知一频率，则可测得另一频率。

【实验仪器】

1. YB4320A 示波器；2. YB1602 函数信号发生器；3. 500Hz 标准信号源。

【仪器介绍】

这里介绍 YB4320A 示波器，它具有两个独立的 Y 通道，可同时测量两个信号。其面板布置如图 S13-5 所示。

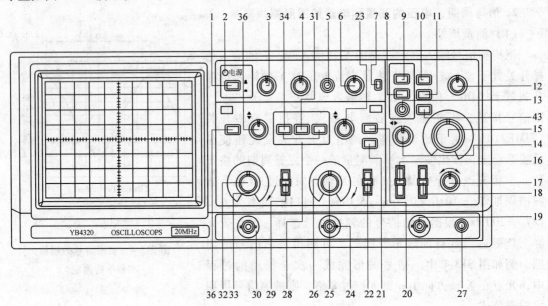

图 S13-5　YB4320A 二综示波器

1. 电源部分

①电源开关（POWER）。②电源指示灯。③亮度旋钮（INTENSITY），顺时针方向旋转亮度增加，接通电源之前将该旋钮逆时针方向旋转到底。④聚焦旋钮（FOCUS）：调节聚焦控制钮使光迹达到最清晰的程度。⑤光迹旋转旋钮（TRACE ROTATION）：用于调节光迹与水平刻度线平行。⑥刻度照明控制钮（SCALE ILLUM）：用于调节屏幕刻度亮度。

2. 垂直方向部分

㉚ 通道 1 输入端［CH1 INPUT（X）］：该输入端用于垂直方向的输入，在 X—Y 方式时输入端的信号成为 X 轴信号。㉔ 通道 2 输入端［CH2 INPUT（Y）］：和通道 1 一样，但在 X—Y 方式时输入端的信号仍为 Y 轴信号。㉒、㉙ 交流—接地—直流耦合选择开关（AC-GND-DC）：选择垂直放大器的耦合方式；交流（AC）垂直输入端由电容器来耦合；接地（GND）：放大器的输入端接地；直流（DC）：垂直放大器输入端与信号直接耦合。㉖、㉝ Y 轴灵敏度开关（VOLTS/DIV）：用于选择垂直偏转灵敏度的调节。㉕、㉜ 垂直微调旋钮（VARIBLE）：用于连续改变电压偏转灵敏度，此旋钮在正常情况下应位于顺时针方向旋到底的位置。㉓、㉟ 垂直移位旋钮（POSITION）：调节光迹在屏幕中的垂直位置。⑳、㊱ 扩展控制键（MAG ×5）：垂直偏转灵敏度 ×5，灵敏度是 VOLTS/DIV 开关指示数值的 1/5。垂直方式工作按钮（VERTICAL MODE）：选择垂直方向的工作方式。㉞ 通道 1 选择（CH1）：屏幕上仅显示 CH1 的信号。㉘ 通道 2 选择（CH2）：屏幕上仅显示 CH2 的信号，若同时按下㉞、㉘，则交替显示 CH1、CH2 两路信号。㉛ 叠加（ADD）：显示 CH1 和 CH2 输入电压的代数和。㉑ CH2 极性开关（INVERT）：按此开关时 CH2 显示反相电压值。⑮ 扫描速率选择开关（TIME/DIV）。⑪ X—Y 控制键：在 X—Y 工作方式时，垂直偏转信号接入 CH2 输入端，水平偏转信号接入 CH2 输入端，显示两个相互垂直信号的合成。㉓ 通道 2 垂直移位键（POSITION）：控制通道 2 在屏幕中的垂直位置，当工作在 X—Y 方式时，该键用于 Y 方向的移位。⑫ 扫描微调控制键（VARIBLE）：用于连续改变扫描速率（TIME/DIV）；此旋钮在正常情况下应位于顺时针方向旋到底的位置。⑭ 水平移位（POSITION）：用于调节光迹在水平方向移动。⑨ 扩展控制键（MAG ×5）：扫描因数 ×5 扩展。扫描时间是 TIME/DIV开关指示数值的 1/5。

3. 触发（TRIG）

⑱ 触发源选择开关（SOURCE）：选择触发信号源。内触发（INT）：CH1 或 CH2 上的输入信号是触发信号；通道 2 触发（CH2）：CH2 上的输入信号是触发信号；电源触发（LINE）：电源频率成为触发信号；外触发（EXT）：外触发输入上的触发信号是外部信号，用于特殊信号的触发。㊸ 交替触发（ALT TRIG）：在双踪交替显示时，触发信号交替来自于两个 Y 通道，此方式可用于同时观察两路不相关信号。⑲ 外触发输入插座（EXT INPUT）：用于外部触发信号的输入。⑰ 触发电平旋钮（TRIG LEVEL）：用于调节被测信号在某一电平触发同步。⑯ 触发方式选择开关（TRIG MODE）：选择自动触发方式。自动（AUTO）：在自动扫描方式时扫描电路自动进行扫描，在没有信号输入或输入信号没有被触发同步时，屏幕上仍然可以显示扫描基线；常态（NORM）：有触发信号才能扫描，否则屏幕上无扫描线显示，当输入信号的频率低于 20Hz 时，用常态触发方式；V-H：用于观察电视信号中行信号波形；TV-V：用于观察电视信号中场信号波形。⑦ 机内校准信号（CAL）电压幅度为 0.5V、频率为 1kHz 的方波信号。

【实验内容及步骤】

1. 开机前的准备工作

开机前应先认识、熟悉仪器面板上各控制件及其作用。将示波器面极上各电位器旋钮居中（带开关的电位器旋钮把开关关上），所有按键开关弹出，所有可上下拨动的开关置最上位置，扫描速率开关⑮置"0.5ms"挡，Y 轴灵敏度开关⑨置"5V"挡。

2. 观察机内校准信号

（1）接通电源（按进电源开关①），指示灯②亮，表明电源已接通。调节"辉度"旋钮③使荧光屏上出现亮度适中的扫描线，调节聚焦旋钮④，使扫描线最细且清晰。

（2）将连接线插入"Y轴输入（CH1）"插座③，信号端接到本机校准信输出端⑦上，Y轴灵敏度开关③拨到"0.1V"挡，此时荧光屏上应显示垂直幅度为5格的方波信号波形。

（3）调节水平、垂直旋钮⑯、③，使方波波形尽量与荧光屏上刻度线重合，观察并记录。

（4）分别将水平、垂直增益倍率按键⑨、③按进，使扫描速率提高5倍或Y轴灵敏度增大5倍进行观察，观察后将其复原（弹出）。

3. 观察信号发生器的正弦电压波形

（1）打开信号发生器电源开关，调节有关旋钮，使信号发生器输出200Hz、1.0V的正弦波信号。

（2）将示波器Y轴连接线接至信号发生器输出端，调节有关旋钮和按键，使荧光屏上出现幅度和波形数适当的波形，观察并记录表S13-1。

表 S13-1　观察波形数据表

图　形	Y轴示值		X轴示值	
	挡址 / （V/格）		挡址 / （t/格）	
	高度/格		宽度/格	
	$U_{有效}$/V		T/s	
	$U_{p\text{-}p}$/V		f/Hz	

（3）使信号发生器输出500kHz、2.5V正弦波信号，重复上述过程。自拟表格记录。

4. 用李萨如图形测频率

（1）将示波器"Y轴输入"探头接至500Hz标准信号源输出端，其频率 f_y（500Hz）作为标准频率。将连接线插入示波器"X轴输入"插座，接至信号发生器输出端，其频率 f_x 待测。将示波器上的按键⑪按进，调节CH1的Y轴灵敏度选择开关③和信号发生器输出调节旋钮（或CH2的Y轴灵敏度选择开关⑯），使荧光屏上的图形大小适当。

（2）调节信号发生器输出信号的频率，以得到表S13-2中各李萨如图。当调节到李萨如图尽量稳定时，读出信号发生器的信号频率（仪器示值）f'_x，并与由图形和式（S13-4）算出的相应频率（校准值）f_x 比较，计算 $\Delta f = f'_x - f_x$。

表 S13-2　李萨如图形测频率数据表

李萨如图形							
切点数 N_x							
切点数 N_y							
f_y/Hz							
f_x/Hz							
f'_x/Hz							
Δf/Hz							

【数据处理】

（1）根据公式（S13-2）、（S13-3），计算各波形的周期、电压，将各表格填充完整。

（2）将算出的 f_x、读出的 f'_x 记入数据记录表格 S13-2，计算 Δf_x，最后由式 $\left|\dfrac{\Delta f_x}{f_x}\right|_{max}$，估计信号发生器的频率精度。

【注意事项】

（1）了解各旋钮的作用后再动手。调节各旋钮动作要适度，不得猛拨乱拧，弄坏仪器。

（2）电源打开后，不要经常通断电源，以免缩短示波器或信号发生器的使用寿命。

（3）示波器"亮度"不能调得太亮，不要让强光点长时间停留在一点，以免灼伤荧光屏。

（4）严禁用示波器直接测量 220V 市电，以防损坏示波器。

（5）调节李萨如图形时，一定要预置信号发生器的频率输出。

【思考与讨论】

（1）如果示波器是良好的，但荧光屏上看不到光点，问哪几个旋钮或按键位置不合适可能造成这种情况？

（2）用示波器观察波形，看到下列现象，如何解释：1）屏上呈现一铅直亮线；2）屏上呈现一水平亮线；3）屏上呈现一亮点；4）屏上呈现过密的波形；5）屏上呈现一个波形叠成几段；6）屏上呈现复杂图形。

（3）在用李萨如图形测频率实验中，当 X 偏转板与 Y 偏转板上的正弦电压频率相等时，屏上图形还在时刻转动，为什么？

实验 14　模拟法研究静电场

【引言】

在一些科学研究和生产实践中，往往需要了解带电体周围静电场的分布情况。由于实际工作中碰到的电场形状或介质的分布比较复杂，用计算方法求解静电场的分布一般比较复杂和困难。而且，直接测量静电场需要复杂的设备，对测量技术的要求也高，因为，静电场中不会有电流，一般的磁电式仪表不能直接用来测量。仪表的引入，也会使被测电场原有的分布状态发生畸变。所以，人们常用"模拟法"间接测绘静电场分布。

【实验目的】

（1）学习用模拟法测量电场分布的原理和方法。

（2）了解模拟法使用的条件。

（3）测绘给定形状的电极间的电场分布图。

（4）加深对电场强度和电位概念的理解。

【实验原理】

1. 理论依据

为了克服直接测量静电场的困难，我们可以仿造一个与静电场分布完全一样的电流场，用容易直接测量的电流场模拟静电场。

静电场和电流场是两种不同的场，它们两者之间在一定的条件下具有相似的空间分布。对于静电场，电场强度 E 在无源区域内满足以下积分关系：

$$\oiint_s E \cdot ds = 0 \qquad \oint_l E \cdot dl = 0$$

对于稳恒电流场，电流密度矢量 j 在无源区域中也满足类似的积分关系：

$$\oiint_s j \cdot ds = 0 \qquad \oint_l j \cdot dl = 0$$

由此可知，E 和 j 在各自的区域中满足同样的数学规律。若电流场空间均匀充满了电导率为 σ 的不良导体，不良导体内的电场强度 E' 与电流密度矢量 j 之间遵循欧姆定律：

$$j = \sigma E'$$

因而，E 和 E' 在各自的区域中也满足同样的数学规律。在相同的边界条件下，静电场的电力线和等位线与稳恒电流场的电流密度矢量线和等位线具有相似的分布。所以测定出稳恒电流场的电场分布就知道了与它相似的静电场的电场分布。

2. 模拟条件

用稳恒电流场模拟静电场应满足的条件是：

（1）稳恒电流场的电极形状应与被模拟静电场中的带电体的几何形状相同。

（2）稳恒电流场中的导电介质应是不良导体且电导率分布均匀，才能保证电流场中的电极的表面也近似是一个等势面。

（3）模拟所用电极系统与被模拟电极系统的边界条件相同。

3. 长同轴柱形电缆的静电场

设有一圆柱导体 A 和圆柱壳导体 B 同心放置，分别带等量异号电荷。A 和 B 间充满介电系数为 ε 的电介质。如图 S14-1 所示。在垂直于轴线的任一个截面 P 内，有均匀分布辐射状电力线，电力线起于 A 表面，止于 B 内表面，其等位面为一簇同轴圆柱面。因此，由对称性可知，在垂直于轴线上的任一个截面 P 内，电场分布情况都相同，如图 S14-2 所示并且距离轴心半径 r 处各点的电场强度 E_r 为

$$E_r = \frac{\lambda}{2\pi\varepsilon} \frac{1}{r}$$

式中，λ 为电荷的线密度。其电位为

$$U_r = U_a - \int_a^r E_r dr = U_a - \frac{\lambda}{2\pi\varepsilon} \ln \frac{r}{a}$$

式中，a 为圆柱体半径；b 为圆柱壳内半径；U_a 亦为 A、B 间电压；U_r 为距中心 r 处的电位。令 $r = b$ 时，$U_b = 0$，则有

$$U_a = \frac{\lambda}{2\pi\varepsilon} \ln \frac{b}{a}$$

将此式代入上式得

$$U_r = U_a \frac{\ln(b/r)}{\ln(b/a)} \tag{S14-1}$$

其相对电位分布为

$$\frac{U_r}{U_a} = k\ln r + C$$

其中 K、C 为常数，U_r/U_a 与 $\ln r$ 成线性关系。因此距中心 r 处的场强为

$$E_r = -\frac{\mathrm{d}U_r}{\mathrm{d}r} = \frac{U_a}{\ln(b/a)}\frac{1}{r}（负号表示场强方向指向电势降落方向）\tag{S14-2}$$

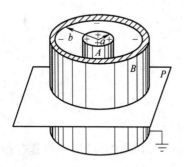

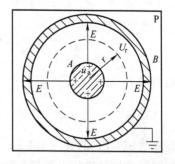

图 S14-1　长同轴柱形电缆　　　　　　　　　图 S14-2　截面 P 上的电场电位分布

4. 长同轴柱形电缆的模拟场

　　若 A 和 B 间不是充满介电系数为 ε 的电介质，而是充满电阻率为 ρ 的不良导体，且 A 与 B 分别与直流电源的正、负极相连，将 B 极接地（$U_b' = 0$），则可形成由 A→B 的径向电流，建立了一个稳恒电流场 E_r'，如图 S14-3 所示。而稳恒电流场中的等位线或等位面和 E' 的电力线处处正交，也是一些位于电极 A、B 之间的同心圆或同心柱面，如图 S14-4 所示。

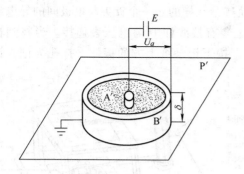

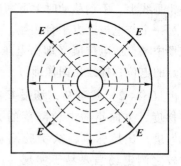

图 S14-3　同轴电缆 A、B 之间的模拟电流场　　　图 S14-4　模拟电场电力线及等位线分布

　　截取厚度为 δ 的圆环片来研究，半径为 $r\to r+\mathrm{d}r$ 之间的径向电阻为

$$\mathrm{d}R = \rho\frac{\mathrm{d}r}{s} = \frac{\rho}{2\pi\delta}\frac{\mathrm{d}r}{r}$$

则半径 $a\to b$ 之间的径向电阻为

$$R_{ab} = \int_a^b \frac{\rho}{2\pi\delta}\frac{\mathrm{d}r}{r} = \frac{\rho}{2\pi\delta}\ln\frac{b}{a}$$

则半径 $r \to b$ 之间的径向电阻为

$$R_{rb} = \int_r^b \frac{\rho}{2\pi\delta} \frac{dr}{r} = \frac{\rho}{2\pi\delta} \ln \frac{b}{r} = R_{ab} \frac{\ln(b/r)}{\ln(b/a)}$$

令 $U_b = 0$，则从 A→B 的径向电流为

$$I = \frac{U_a - U_b}{R_{ab}} = \frac{U_a}{R_{ab}} = \frac{2\pi\delta U_a}{\rho \ln(b/a)}$$

所以，距中心 r 处的电位为

$$U_r' = IR_{rb} = U_a \frac{\ln(b/r)}{\ln(b/a)} \tag{S14-3}$$

$$\frac{U_r}{U_a} = k\ln r + C$$

则稳恒电流场 E_r' 为

$$E_r' = -\frac{dU_r'}{dr} = \frac{U_a}{\ln(b/a)} \frac{1}{r} \tag{S14-4}$$

比较式（S14-1）与式（S14-2）和式（S14-3）与式（S14-4），可见它们具有相同的形式，说明同轴电缆的稳恒电流场与静电场具有等效性。

实际上，并不是每种带电体的静电场及模拟场的电位分布函数都能计算出来。上述情况只是说明用稳恒电流场模拟静电场，然后用实验直接测定相应的稳恒电流场是一种行之有效的方法。另外，实际的电极尺寸可能很小（或很大），可以按比例放大或缩小模拟模型，从而得到便于测量的模拟场。

5. 静电场的实验装置及测绘方法

实验装置如图 S14-5 所示，分上下两层，导电纸和电极在下层，上层可放记录纸。在导电纸和记录纸上方各有一探针，通过探针臂把两探针固定在同一手柄上，两探针始终保持在同一铅垂线上。手柄移动时上下两探针的运动轨迹是一样的。一个针尖与电极间的导电纸接触，另一个与电极上方平台接触，上面的横臂上装有接线柱 D 与电压表连接。当找到稳恒电流场中某点的电位值（即由电压表读得）时，按下记录纸上方的探针，打孔为记，记录下该点的电位，描绘出图像即可。

由（S14-2）式可知，场强 **E** 在数值上等于电位梯度，方向指向电位降落的方向。考虑到 **E** 是矢量，U 是标量，从实验测量来讲，测定电位较之测定场强要易于实现。所以可先测绘等位线，然后根据电力线与等位线正交的原理，再画出电力线。这样由等位线的间距确定电力线的疏密和指向，就形象地反映了电场的分布情况。

本次实验采用电压表法测绘等位点，如图 S14-6 所示，将电极 A、B 与导电纸紧密接触，接通电源 E，则在导电纸上形成平面电流场，电

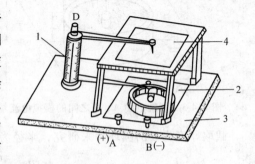

图 S14-5　静电场描绘仪
1—移动手柄　2—模拟电极　3—底板
4—较厚的白纸
A、B、D—接线柱

流由 A 向 B 传导。导电纸上任一点具有确定的电位 U_p，可由电压表指示。将具有相同 U_p 值的点用光滑的曲线相连，即为等位线。

【实验仪器】

1. 静电场描绘仪；2. QF1712-2 型直流稳定电源；3. TH-V1 型直流数字电压表。

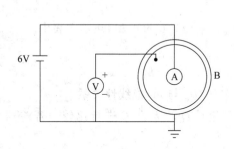

图 S14-6　电压表法测绘等位点的原理图　　　　图 S14-7　电场描绘接线图

【实验内容与步骤】

1. 描绘均匀带电长直同轴圆柱形电缆的静电场

（1）按图 S14-7 接好线路，在平台上固定一张较厚的白纸。

（2）将电源电压选至 6V，数字电压表量程选择 20V，两电极间的电压为 U_a（$U_a \approx$ 6V）。将下探针与内电极接触。下探针与外电极接触时电压表读数为零。

（3）移动手柄，使下探针在导电纸上移动，找出电压为 1V 的点，同时按上探针，在平台上的纸面打点痕作记号（取 8 个点，均匀分布在不同方位上）。

（4）再找出电压为 2V、3V、4V、5V 的点，重复步骤（3）。

（5）从静电场描绘仪上取下已打点痕的纸，测量 A 电极的半径 a 和 B 电极的内半径 b。找出 A、B 电极和各等位圆的共同圆心 O 点。O 点的确定应使各相同等位点均匀分布于相应等位圆的内外两侧。

（6）以 O 为圆心，用圆规绘出 A、B 电极的内外边界。用剖面线标明电极 A、B 的位置形状。标明 A、B 的电位大小。再以 O 为圆心，作出 A、B 之间的各等位圆并标明相应的电位。

（7）由等位线和电力线处处正交的原理和电力线从高电位指向低电位的规定，从 A 外表面到 B 内表面沿径向均匀对称地画出 8 条电力线。

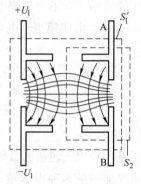

图 S14-8　示波管聚焦电极的电场分布
（带箭头的线为电力线；横波线为等线）

2. 描绘其他给定形状电极的电场电位分布

利用实验室所给的不同形状的电极，绘出其电场分布图（图 S14-8 为示波管聚焦电极的电场分布）。

【数据处理】

1. 测量计算

（1）用直尺测量同轴电缆电场电位分布图中各等位圆和等位体的半径 r。方法为：用直尺测量各等位圆的直径 d，对同一等位圆测量 4 次，取其平均值后再除 2 即得等位圆的半径 r（单位取 cm）。

（2）计算各半径 r 的对数值 $\ln r$。

（3）自拟表格，把各等位圆的相对电位值 U_r/U_a，半径 r（cm）和 $\ln r$ 填入表中。

2. 作 U_r/U_a-$\ln r$ 的实验曲线

3. 对实验曲线进行讨论

（1）用模拟场得到的实验曲线能否验证相对电位 U_r/U_a 与 $\ln r$ 成线性关系。

（2）由实验直线计算其斜率 K' 和截距 C' 并与理论计算的 K 和 C 进行比较。若差别太大，要从实验上和作图方法上分析原因。

（3）从所测绘的同轴电缆的电力线分布和等位线分布，说明电场强度的强弱和指向。

【注意事项】

（1）导电纸必须保持平整，无破损或折叠痕迹，以保证其电阻率分布的均匀性。

（2）探针和导电纸不要接触太紧，以免损坏导电纸。

（3）等位线曲率半径大的地方，记录点应取得密一些。

【思考与讨论】

（1）在模拟同轴电缆电场分布时，电源电压增加，等位线、电力线的形状是否变化？电场强度和电位分布是否变化？

（2）在模拟同轴电缆电场分布时，如沿圆环和圆柱的径向，将导电纸划一条缝，等位线的分布是否变化？如用导电银粉画一与圆环同心的细圆，等位线的分布是否变化？

（3）从测绘的等位线和电力线的分布，试分析哪些地方场强较强，哪些地方场强较弱？

（4）同轴电缆 A、B 电极的半径大小是否影响电力线和等位线的分布？在模拟测量时，电源电压的波动，会不会影响电力线和等位线的形状和分布？

（5）用稳恒电流模拟静电场，为什么导电介质应是不良导体，而电极应为良导体？

实验 15　单臂电桥的应用

【引言】

电桥是一种用比较法测量物理量的电磁学基本测量仪器。在电磁测量技术中应用极为广泛，它不仅能测量多种电学量，如电阻、电感、电容、互感、频率及电介质，磁介质的特性，而且配合适当的传感器，还能用来测量某些非电学量，如温度、湿度、压强、微小形变等。由于它具有很高的测量灵敏度和准确度，稳定性好，因而应用非常广泛。

【实验目的】

（1）掌握单臂电桥（又称惠斯通电桥）测电阻的原理和桥式电路的特点。

（2）了解铜电阻的温度特性及其在热电转换技术方面的应用。

（3）学习用最小二乘法处理实验数据。

【实验原理】

1. 单臂电桥基本原理和平衡比较法

单臂电桥由电源、桥臂、桥路三部分组成。其原理如图 S15-1 所示，它由三个可调的已知标准电阻 R_1、R_2、R_s 以及一个未知待测电阻 R_x 构成一个四边形，它的每一条边，称为电桥的一个臂，对角 B 和 D 之间连接检流计 G，此对角线 BD 称为电桥的桥路，另一对角线 AC 间连接直流电源 E，称供电系统。当调节电阻 R_1、R_2、R_s 的阻值时，使得检流计中没有电流通过（$I_g = 0$），则说明 B、D 两点之间的电位差为零，即检流计指针指向零位，此时称电桥达到了平衡状态，并且有

$$U_{AD} = U_{AB} \qquad U_{DC} = U_{BC}$$

即

$$I_1 R_1 = I_2 R_2 \qquad I_1 R_x = I_2 R_s$$

两式相除，得

$$\frac{R_1}{R_x} = \frac{R_2}{R_s} \qquad \text{（S15-1）}$$

或

$$R_x = \frac{R_1}{R_2} R_s = K_r R_s \qquad \text{（S15-2）}$$

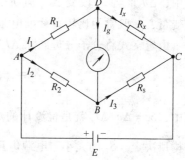

图 S15-1　单臂电桥原理图

这就是用电桥测电阻的公式。通过使电桥达到平衡，将待测电阻 R_x 与标准电阻 R_s 比较来测量 R_x 的大小，这种方法称为平衡比较法。

标准电阻 R_s 在电路中充当一个桥臂的作用，称为电桥的比较臂；$K_r = \dfrac{R_1}{R_2}$ 通常称为电桥的比例臂倍率。用电桥测电阻时，应先根据待测电阻 R_x 的估计值，选定倍率 K_r，再调节比较臂 R_s，使检流计指针指零，即可测得准确的电阻值 R_x。

式（S15-1）亦可写为

$$R_x R_2 = R_1 R_s \qquad \text{（S15-3）}$$

由上式看出：电桥平衡条件就是对边支路的电阻乘积相等。所以，电桥相对臂的位置互换时，平衡不变。另外，电源电压在许可范围内的大小波动对平衡无影响。

2. 电桥法测电阻的误差来源

用单臂电桥测电阻，误差主要来源于两部分：一部分是比例臂和比较臂上三个标准电阻 R_1、R_2 和 R_s 的误差；另一部分是电桥的灵敏度所带来的误差。

第一部分就是电桥准确度等级 a 带来的相对误差，而电桥的准确度等级 a 分为 0.01、0.02、0.05、0.1、0.2、0.5、1.0、2.0 共 8 个等级。正确使用时，产生的最大仪器误差按下式估算：

$$\Delta_{\text{仪}} = \pm a\% \left(\frac{R_N}{N} + R_x \right) \qquad \text{（S15-4）}$$

式中 a 为准确度等级；N 为常数值（QJ23 型电桥，$N=10$）；R_x 为测得电阻值；R_N 为基准值，电桥各有效量程的基准值为该量程内最大的 10 的整数幂见表 S15-1。

表 S15-1　QJ23 型电桥不同倍率挡的测量范围、准确度等级 a 及基准值的关系表

倍率 K_r	0.001	0.01	0.1	1	10	100
测量范围 Ω	<9.999	<99.99	<999.9	<9999	<99.99K	<999.9K
准确度等级 a	2	0.5	0.2	0.2	0.5	2
基准值 R_N/Ω	1	10	100	1000	10000	100000

第二部分是电桥检流计灵敏度所带来的误差，单臂电桥是否平衡要由检流计中有无电流通过来判断，由于检流计灵敏度有限，当 R_s 改变为 ΔR_s 时，平衡受到破坏但流过检流计的电流很小以致于检流计指针几乎不动，我们会认为电桥是平衡的，这就是检流计灵敏度不够所引起的测量误差。所以，必须引入电桥灵敏度 S 的概念，其定义

$$S = \frac{\Delta d}{\Delta R_x/R_x} = \frac{\Delta d}{\Delta R_s/R_s} \tag{S15-5}$$

式中，Δd 是当 R_x 改变 ΔR_x 时所引起检流计偏转格数的改变量；$\Delta R_x/R_x$ 是待测电阻的相对改变量，一般常用比较臂标准电阻的相对改变量 $\Delta R_s/R_s$ 来代替 $\Delta R_x/R_x$。

由定义式将分子分母同除 ΔI_g，S 的表达式可变换为

$$S = \frac{\Delta d}{\Delta R_s/R_s} = \left(\frac{\Delta d}{\Delta I_g}\right)\left(\frac{\Delta I_g}{\Delta R_s/R_s}\right) = S_1 S_2 \tag{S15-6}$$

其中，$S_1 = \Delta d/\Delta I_g$ 就是检流计的灵敏度；$S_2 = \dfrac{\Delta I_g}{\Delta R_s/R_s}$ 是电桥电路的灵敏度，它由电桥电路结构所决定。S_2 的大小与电源电压、检流计内阻、桥臂电阻的取值和比值等因素有关。

一般认为人眼对检流计指针在偏离平衡 0.2 格之内无法分辨，故由电桥灵敏度引起的测量误差为 $\Delta R_x/R_x = 0.2/S$。

3. 铜电阻的温度特性

电阻的温度特性，即电阻随温度变化的关系。对于铜电阻，在温度不太高、变化范围又不太大时，可以将其温度特性看是线性变化的，即

$$R = R_0(1 + \alpha t) = R_0 + \alpha R_0 t \tag{S15-7}$$

式中，α 称为铜电阻的温度系数，单位（1/℃）；R_0 为 0℃时的电阻值；R 为 t℃时的电阻值。

可用最小二乘法，计算 α 和 R_0 的最佳值。

对线性关系 $y = a + bx$，根据最小二乘法原理，其待定系数 a 和 b 的最佳值由下面两式计算：

$$a = \bar{y} - b\bar{x}, \quad b = \frac{\bar{x}\cdot\bar{y} - \overline{xy}}{(\bar{x})^2 - \overline{x^2}}$$

比较本次实验的电阻温度关系式，各量之间有以下对应关系：

$$\begin{aligned} y &\longleftrightarrow R & a &\longleftrightarrow R_0 \\ x &\longleftrightarrow t & b &\longleftrightarrow \alpha R_0 \end{aligned}$$

这样，只要我们测定六组 $(t_i, R_i)(i = 1,2,\cdots,6)$ 填入自拟表格中，并将表中所列各项的平均值计算出来，即可计算出斜率 b 和截距 a。对应关系式如下：

$$b = \frac{\bar{t}\bar{R} - \overline{tR}}{(\bar{t})^2 - \overline{t^2}}$$

$$a = \overline{R} - b\overline{t}$$

即得到 α 和 R_0 的最佳值

$$R_0 = a$$

$$\alpha = b/R_0 = b/a$$

计算线性拟合的相关系数 r：

$$r = \frac{\overline{tR} - \overline{t}\,\overline{R}}{\sqrt{\left[\overline{t^2} - (\overline{t})^2\right]\left[\overline{R^2} - (\overline{R})^2\right]}}$$

根据 r 的大小，对拟合结果作说明。

【实验仪器】

1. QJ23 型单臂电桥和 QJ32 型单双臂电桥；2. 直流稳定电源；3. 检流计；4. WZG 型铜电阻；5. 小杯；6. 温度计；7. 导线；8. 电阻板。

【仪器介绍】

1. QJ23 型携带式直流电桥

图 S15-2 是 QJ23 型携带式直流电桥的面板图。图 S15-3 是这种电桥的线路图。

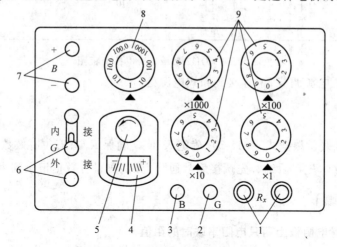

图 S15-2　QJ23 型电桥面板图

1—待测电阻 R_x 接线柱　2—检流计按钮开关 G　3—电源按钮开关 B

4—检流计　5—检流计调零旋钮　6—外接检流计接线柱　7—外接电源接线柱

8—比率臂，即前述电桥电路中 R_1/R_2 之比值，直接刻在旋钮上

2. QJ32 型单双臂电桥

图 S15-4 是 QJ32 型单双臂电桥的面板图。

接线方法：

（1）电计处连接所给电计。

（2）标准位置进行短接。

（3）未知单位置连接电阻板；未知双空接。

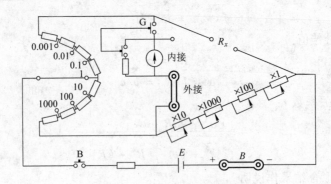

图 S15-3　QJ23 型电桥电路图

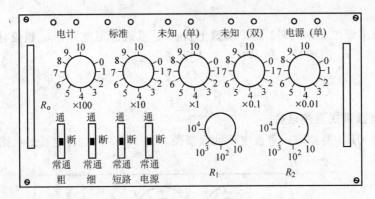

图 S15-4　QJ32 型单双臂电桥面板图

（4）直流稳压电源调节 3V 连接到箱式电源处。

使用方法：

按上述方法接线，根据式（S15-2）确定 K_r 值，确保 R_0 有五位有效数字；接通电源后；接通检流计，注意"先粗后细，先跃接后常通"。分别测量各数据记录到表中。

【实验内容及步骤】

1. 用电桥测量电阻板上两只电阻串联时的阻值

（1）仔细阅读仪器底面的说明，了解各旋钮和接线柱的作用。

（2）将"内、外接"处的金属片置于"外接"位置，并将接线柱扭紧。检查检流计指针是否指零，若不指零，可调节检流计上的零点调节旋钮使指针指零（若金属片置于"内接"位置时，切不可转动零点调节旋钮）。

（3）把电桥的 B_+ 和 B_- 接线柱分别接到电源的正负极两端。并将电源的电压调至 4.5V。

（4）将待测电阻接到 R_x 处的两个接线柱上，根据 R_x 的大小，正确选取比例臂倍率 K_r 并预置 R_s，使 R_s 有四位有效数字（即 R_s 的千位旋钮不为零）。

（5）测量时先按下 B、再按 G 按钮，观察检流计指针的偏转方向，若偏向"＋"端，则应增加 R_s 的值；反之减小，直至检流计指针指向零位，记下 R_s 和 K_r 值。此时，比较臂 R_s 四旋钮读数之和乘 K_r 即为 R_x 的值。

（6）断开时，先松开 G，后松开 B，然后把数据记入自拟表格中。

2. 用电桥测铜电阻的温度系数 α 和在 0℃ 时的阻值 R_0

（1）在室温下用万用表先测出铜电阻的大致阻值（或由实验室给出）。根据铜电阻的阻值范围正确选择电桥倍率 K_r 和预置 R_s。

（2）将铜电阻接在电桥的 R_x 接线柱上。用小杯配制 60℃ 左右的热水，水量以刚能淹没铜电阻为准。将铜电阻放入热水中，轻轻搅动达到热平衡以后，按实验内容 1 的（4）、（5）、（6）步骤测出其电阻值。先读出温度计的值，再读出测量值。

（3）用小木棍不断搅拌，使水温下降 5℃ 左右。待铜电阻和水再一次达到热平衡后，测出其电阻值和对应的温度值。重复以上步骤，共测六个温度点。

（4）测量完毕，应将 B、G 松开，金属片改置"内接"位置。

3. 用 QJ32 型单双臂电桥测量给定的电阻

表 S15-2　测各电阻数据记录表

待测电阻 R/Ω	R_1/Ω	R_2/Ω	R_0/Ω	R_x/Ω	$\Delta R_0/\Omega$	$\Delta n/$格	$S/$格	$R_x \pm \Delta R_x/\Omega$

【数据处理】

（1）自拟实验内容 1 的数据记录表格。计算 R_x 的大小和仪器误差，并表示出测量结果。

（2）将实验内容 2 的测量数据填入自拟表格中。注意：温度计只能读出三位有效数据；测量值 R 有四位有效数据；t^2、R^2、tR 这三项有效数据至少是四位有效数据，但它们的平均值项必须为六位有效数据。（为什么？）

（3）根据最小二乘法，计算 α 和 R_0 的最佳值。

（4）将 α 的测量结果与公认值 $\alpha_公 = 4.3 \times 10^{-3}$（1/℃）进行比较，计算出相对误差。

（5）计算线性拟合的相关系数 r。并根据 r 的大小对拟合结果作说明。

（6）根据表 S15-1 计算出未知电阻和电桥的灵敏度以及电阻 R_x 的不确定度。要求写出计算过程并写出正确的结果表达式。

【注意事项】

（1）使用电桥时，不能长时间按下 B、G 两键而使通电时间太长。

（2）各接线旋钮必须拧紧，否则接触电阻过大，影响测量的准确度，甚至无法达到平衡。

（3）在测铜电阻时，即使已停止向杯中加冷水，它也会自然冷却。操作时首先要正确选择倍率 K_r，然后从大挡到小挡迅速调节标准电阻 R_s。当检流计指针指零时，应立即先读温度值 t，再读标准电阻 R_s。（为什么？）

【思考与讨论】

（1）单臂电桥主要由哪几部分组成？电桥的平衡条件是什么？如果电桥达到平衡后，互换电源与检流计的位置，问电桥是否仍保持平衡？为什么？

（2）测量一个数百欧姆的电阻时，电桥比例臂倍率应选多大？测量一个数万欧姆的电阻时，电桥比例臂倍率又应选多大？为什么？

（3）下列因素是否会使单臂电桥测量电阻的误差加大？

1）电源电压不太稳定；

2）导线电阻和接触电阻；

3）检流计没有调好零点；

4）检流计灵敏度不够高。

（4）在图 S15-1 的电桥电路中，如果任一桥臂导线断开，按下 B、G 以后将看到什么反常现象？

实验 16　灵敏电流计的研究

【引言】

灵敏电流计是一种测量微小电流的直读式磁电系仪表。由于它变革了机械指针式电流计的机械结构和偏转显示系统，因而具有很高的灵敏度，一般可以检测 $10^{-6} \sim 10^{-11}$ A 的微弱电流，或检测 $10^{-3} \sim 10^{-6}$ V 的微小电压。常用于光电流、生物电流、温差电动势的测量或用作精密电桥、精密电位差计的平衡指示器。

灵敏电流计在具有高灵敏度的同时，亦同时带来了如何控制电流计指示迅速稳定和迅速回零的问题。因此，了解灵敏电流计的构造原理及其线圈在磁场中的运动特性、最佳工作状态、内阻和灵敏度等，对于灵敏电流计的使用和调整具有实际意义。

【实验目的】

（1）了解灵敏电流计的基本结构及工作原理。

（2）掌握控制灵敏电流计运动状态的方法。

（3）学习灵敏电流计主要参数的测量方法。

【实验原理】

1. 灵敏电流计的主要构造

灵敏电流计主要由三部分组成，如图 S16-1 所示。

（1）磁场部分：在永久磁铁的两极之间安装一个软铁制成的圆柱形铁芯，用于增强磁极与铁芯间气隙磁场的磁感应强度，使磁感应线均匀地沿径向分布并呈辐射状。

（2）偏转部分：用导线绕制的矩形线圈悬挂于磁隙间，并能以悬丝为轴转动。悬丝有良好的扭转弹性，它的扭力矩很小，悬丝的上下各与线圈的导线两端接通。

（3）读数部分：读数部分是由光源、标尺和反射小镜组成。如图 S16-2 所示，反射小镜把光源射来的定向光束反射到透明标尺上并形成一个方形光带，光带中间有一条黑色准线。在没有电流通过线圈时，让准线对准标尺的零点（可通过旋转调零旋钮实现）。当有电流通过线圈时，小镜镜面与线圈一起旋转。若镜面与线圈的偏转角为 θ，则小镜反射的光线与入射光线的夹角为 2θ，如图 S16-2 所示，而准线在标尺上移动距离为

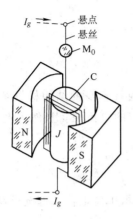

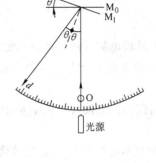

图 S16-1　灵敏电流计的结构　　　　图 S16-2　光标指示系统

$$d = 2\theta L \qquad\qquad (S16\text{-}1)$$

式中，L 为小镜到标尺的距离；d 可从标尺上读出。

　　由于用悬丝代替了普通电表的转动轴承，避免了轴承机械摩擦，并用光学指示替代了机械指针，使得电流计的灵敏度提高了几个数量级。而 L 可利用多次反射拉得很长，从而达到使电流计的灵敏度又有所提高的目的。采用这种多次反射读数系统的灵敏电流计又称复射式灵敏检流计。如图 S16-3 所示。它既有很高的灵敏度，结构也很紧凑，因此目前使用最为广泛。

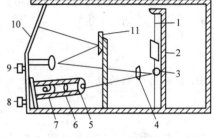

图 S16-3　复射式灵敏检流计

1—悬丝　2—线圈　3—反射镜　4—球面镜
5—光栏　6—透镜　7—照明灯　8—调零旋钮
9—选择旋钮　10—玻璃标尺　11—反射镜

2. 灵敏电流计的工作原理

　　当有电流 I_g 通过线圈时，根据电磁学原理，线圈所受的磁（偏转）力矩为

$$M_B = NBSI_g \qquad\qquad (S16\text{-}2)$$

式中，N、S 为线圈匝数和面积；B 为磁极与软铁芯间隙中的磁感应强度。线圈偏转过程中悬丝产生的弹性恢复力矩为

$$M_\theta = -D\theta \qquad\qquad (S16\text{-}3)$$

式中，D 为悬丝的扭转常数，负号表示 M_θ 与线圈的偏转角 θ 的方向相反。设线圈最后静止下来时的扭转角为 θ_0，则有

$$M_{\theta_0} = -D\theta_0$$

此时 $M_B + M_{\theta_0} = 0$，即 $NBSI_g = D\theta_0$，得

$$I_g = \frac{D}{NBS}\theta_0 \qquad\qquad (S16\text{-}4)$$

　　可见，通过电流计的电流与线圈偏转角的大小成正比，因此可以通过观察线圈偏转角度 θ_0 的大小来测量电流 I 的值。而线圈偏转角 θ_0 又与标尺的读数 d 成正比，这样就可以由 d 来确定电流 I 的值。由式（S16-1）得 θ_0 与 d 成正比，将此式代入式（S16-4）得到

$$I_g = \frac{D}{2LNBS}d \tag{S16-5}$$

定义

$$K = \frac{D}{2LNBS} \tag{S16-6}$$

则

$$I_g = Kd \tag{S16-7}$$

K 称为灵敏电流计的电流计常数（分度值），它由电流计本身的结构材料参数决定，单位是 A/mm 或安培·分度$^{-1}$，表示光标每偏转 1mm 所对应的电流值。显然 K 越小，电流计越灵敏。

K 的倒数称为电流计的电流灵敏度 S_i，表达式为

$$S_i = 1/K = d/I_g \tag{S16-8}$$

S_i 称为灵敏电流计的电流灵敏度，单位为 mm/A，表示单位电流引起光标移动的距离。显然电流灵敏度 S_i 越大，电流计越灵敏。

3. 灵敏电流计线圈的三种运动特性

通电线圈除了受到前面所讲的电磁力矩和悬丝的扭转力矩的作用外，在转动过程中还要受到电磁阻尼力矩的作用。根据电磁感应定律，线圈切割磁力线将产生感应电动势，其大小为

$$\mathscr{E} = NBS\omega = NBS\frac{\mathrm{d}\theta}{\mathrm{d}t}$$

式中，ω 是线圈转动的角速度；θ 为偏转角。若线圈与外电路组成闭合回路，则感生电流

$$i = \frac{\mathscr{E}}{R_g + R_{外}} = \frac{NBS}{R_g + R_{外}} \cdot \frac{\mathrm{d}\theta}{\mathrm{d}t}$$

式中，$R_{外}$ 为外电路的总电阻；R_g 为电流计内阻。此感生电流在磁场中将受到安培力作用而产生另一力矩。根据楞次定律，这一力矩总是阻碍线圈的转动，因此称为电磁阻尼力矩。设它为 M_P，则有

$$M_P = -\frac{(NBS)^2}{R_g + R_{外}}\frac{\mathrm{d}\theta}{\mathrm{d}t} \tag{S16-9}$$

由此可见，控制 $R_{外}$ 的大小就能改变 M_P 的大小，从而控制线圈的运动状态。

线圈的运动可分为三种状态。以时间 t 为横坐标，偏转角 θ 为纵坐标，可以将电流计线圈的偏转过程用曲线表示出来，如图 S16-4 所示。

（1）当 $R_{外}$ 较大时，M_P 较小，线圈作振幅逐渐衰减的振动，需要很长时间光标才逐渐停在新的平衡位置上。$R_{外}$ 越大，M_P 则越小，振动时间也越长。这种运动状态称为"欠阻尼"状态，如图 S16-4 中的曲线 I 和 I'。

（2）当 $R_{外}$ 较小时，M_P 较大，线圈缓慢地趋向新的平衡位置。$R_{外}$ 越小，M_P 则越大，达到平衡位置的时间也越长。这种运动状态称"过阻尼"状态，如图 S16-4 中的曲线 II 和 II'。

利用过阻尼特性，可在电流计两端并联一个电键 S，如图 S16-5 所示。当 S 合上时，$R_{外} = 0$，阻尼力矩 M_P 很大。在实验中，当光标移动到需要它停下的位置附近时，只需反复按下 S 数次，使电流计线圈短路，光标就可停下来，这就方便了我们的操作，通常称具有这种作用的电键为阻尼电键。此外，电流计在搬运或停止使用时，应接通阻尼电键或使线圈短路，让其处于过阻尼状态以保护电流计线圈不致振坏。

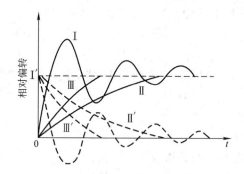

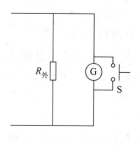

图 S16-4　线圈的三种运动状态

实线为通电达到稳定偏转的情况；

虚线为切断电流后返回零点的情况

图 S16-5　阻尼电键 S

（3）$R_外$ 适当时，线圈能很快地达到平衡位置而又不发生振动。这是前两种状态的中介状态，称"临界"状态，如图 S16-4 中的曲线 Ⅲ 和 Ⅲ′。这时的 $R_外$ 称为临界电阻 R_C。显然，临界阻尼状态是电流计最理想的工作状态。在测量技术中常使电流计工作在或接近工作在临界阻尼状态。采用的方法有：①选择适当的电流计，使它的 $R_{外临}$ 接近于 $R_外$；②对给定的电流计，当 $R_外 \ll R_{外临}$ 时，可在电流计上串联一个电阻 R'，使 $R' + R_外 \approx R_{外临}$；③当 $R_外 \gg R_{外临}$ 时，可在电流计上并联一个电阻 R'，使 $\dfrac{R' R_外}{R' + R_外} \approx R_{外临}$。

4. 电流计主要参数的测量

虽然电流计常数 K、内阻 R_g、外临界电阻 R_C，一般在电流计的铭牌上是标出的。但由于运输、检修和使用一段时间以后，这些参数都会改变。因此，有必要作重新测定。

（1）电流计常数 K

确定 K 值是将流过电流计的 I_g 值和由它引起的光标偏转距离 d 值测出后，通过 $K = I_g / d$ 求出。但微电流 I_g 不能准确地直接测量，因此，只能通过有关量的测量和电路的计算间接地得到。由于灵敏电流计允许通过的电流极其微小，一般的直流低压电源（电池、稳压电源）的电动势也会超过它的承受能力，故需将一般直流低压电源的输出电压经两次分压以后再加于电流计两端。实际测量电路如图 S16-6 所示。第一次分压由滑线变阻器 R_1 完成。分得的电压 U_{ab} 可由电压表读取。第二次分压由电阻 R_a 和 R_b 来完成，第二次分压获得的电压就是 R_b 两端的电压降 U_b。由

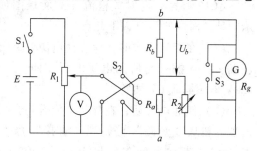

图 S16-6　灵敏电流计的测量电路

$$\frac{U_b}{R_b} = U_{ab} / \left(R_a + R_b \right) \qquad \left(R_b \ll R_2 + R_g \right)$$

有

$$U_b = \frac{R_b}{R_a + R_b} \cdot U_{ab} \approx \frac{R_b}{R_a} U_{ab} \qquad \left(R_a \gg R_b \right) \qquad \text{(S16-10)}$$

计算出 U_b，即可算出通过电流计的电流

$$I_g = \frac{U_b}{R_g + R_2} = \frac{R_b / R_a}{R_g + R_2} U_{ab} \qquad \text{(S16-11)}$$

再由式（S16-7），读出光标偏转格数 d，即可算出电流计常数

$$K = I_g / d \tag{S16-12}$$

（2）电流计的内阻 R_g

仍采用图 S16-6 的测量线路。先取 $R_2 = 0$，缓慢调节滑线变阻器 R_1 使电流计光标产生的偏转为 d 格，由式（S16-11）和式（S16-12）可得

$$K = \frac{R_b U_{ab}}{R_a R_g d} \tag{S16-13}$$

保持 U_{ab}、R_a、R_b 不变，调节 R_2，使光标偏转由原来的 d 格变为 $d/2$ 格，有

$$K = \frac{R_b \cdot U_{ab}}{R_a (R_g + R_2) d/2} \tag{S16-14}$$

比较式（S16-13）和式（S16-14），即可得到电流计内阻 R_g 的大小

$$R_g = R_2 \tag{S16-15}$$

由于电流计常数 K 保持不变，通过使原来的电流计偏转减少一半来测量内阻 R_g，因此称为半偏法。

（3）外临界电阻 R_C

若初始所取 R_2 的电阻值使电流计线圈处于欠阻尼状态（$R_2 > R_C$），则逐次调小 R_2 值，并观察断开时光标回零时的运动状态，直到光标回零时达到临界运动状态。记录此时的 R_2，则

$$R_C = R_2 + R_b \tag{S16-16}$$

若初始所取 R_2 的电阻值使电流计线圈处于过阻尼状态（$R_2 < R_C$），则逐次调大 R_2 值并不断观察，直至线圈运动达到临界状态为止，亦按式（S16-16）确定 R_C。

【实验仪器】

1. AC15 型直流复射式检流计；2. 电压表；3. 直流电源；4. 滑线变阻器；5. 旋钮式电阻箱；6. 插塞式电阻箱；7. 单刀单掷开关；8. 双刀换向开关；9. 按钮开关。

AC15 型直流复射式检流计的面板图如图 S16-7 所示。使用时应当注意以下几点：

（1）在接通电源时，应先使电源开关所指位置、电源插头所在插孔与所用电源电压相同。（特别不要将 220V 电源插入 6V 插座内）。

（2）接通电源后，在标尺上应看到光标。此时将分流器旋钮从"短路"挡转到"直接"挡，看光标是否指"0"。若有光标在标尺上扫掠，停止后光标不指"0"，应使用"零点调节"旋钮缓慢地轻轻将光标调到

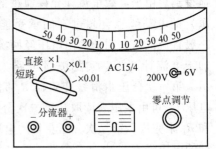

图 S16-7　AC15/4 型检流计面板图

标尺的中央零点位置。"零点调节"器为零点的粗调，零点的细调，可用标尺右上方的金属小圆柱左右移动标尺，达到细调的目的。"零点调节"旋钮在同一方向旋到尽头后，切不可再用力扭动，以免损坏内部机件。

（3）要测量的电流值必须和电流计的分度值相符合。为了保证电流值不超过电流计的许可值，测量时，"分流器"开关应从最低灵敏度挡（×0.01）开始。如光标在标尺上偏转

不大，再逐步提高测量灵敏度（×0.1 挡、×1 挡、直接挡）。

（4）在每次测量前或测量过程中，若改变了外电路电阻的阻值，都要用"零点调节"旋钮将光标调至零点位置，以免因零点漂移引起测量误差。

（5）使用完电流计，应先切断外部测量电路及其电源，再切断电流计本身电源，并把"分流器"置于"短路"位置上（有些电流计是用金属片或一根导线将电流计短路进行保护）。

（6）在检测过程中，要轻拿轻放，不要随便移动电流计。一定要移动时，也必须将其短路以后才行。

【实验内容与步骤】

1. 准备工作

按图 S16-6 联接好电路，先断开电键 S_1、S_2，注意将滑线变阻器的输出电压置于零处。分压电阻 R_a、R_b 和 R_2 取适当值接入电路。根据各电阻的取值范围，确定用哪一种型号的电阻箱和选择倍率接线柱。经指导教师检查电路无误后，接通电源。

接通电流计的照明电源。调"零点调节"旋钮，使光标与标尺零点重合（调到光标与标尺零点相差 2~3mm 时，可微调标尺盘使光标与标尺零点重合）。

2. 观察电流计的三种阻尼运动状态

为了观察明显，我们将"分流器"置于"直接"挡（电流计内部无串并联电阻）。参照电流计铭牌上给出的外临界电阻 R_C 的值，取 R_2 的值分别为 $1/4R_C$、R_C、$4R_C$，合上电键 S_1、S_2，缓慢调节 R_1 使电压表读数增大，同时观察光标的移动。当光标移动到 40mm 左右时，断开 S_2 观察光标回零时的运动方式，判别它属于哪一种运动状态。在光标回零时按下阻尼电键 S_3，观察阻尼电键的作用，多次重复上述观察。观察完毕后，把 R_1 调到输出电压最小处，断开 S_1 和 S_2。

3. 测定外临界电阻 R_C

仍用图 S16-6 电路。保持 R_a、R_b 值不变，取 R_2 等于铭牌上 R_C 值的 1.1 倍，逐次递减 R_2 的阻值，同时再调 R_1，使光标始终保持偏转处于 40mm 分格左右。每调一次，断开 S_2，观察光标回零时的运动方式。直到 R_2 减小到第一次刚能使光标很快地回到零点，又不发生振动（即回偏）现象，此时就为临界阻尼状态。记录 R_2 阻值，则外临界电阻 $R_C = R_2 + R_b$。

测完 R_C 后，把 R_1 调到输出电压最小处，断开 S_1 和 S_2。

4. 测电流计的内阻 R_g

电路不变。将"分流器"置于"×1"挡。合上 S_1，调节滑线变阻器 R_1 使输出电压为零。调节光标零点。

取 $R_2 = 0$，合上 S_2，调节 R_1 增大输出电压使光标产生最大偏转 d_m' 格。其他不变，而将外电路电阻 R_2 从零开始调大，直至光标从 d_m' 减少到 $d_m'/2$ 格，记下此时的 R_2' 值。用 S_2 使电流换向，再如上述方法使光标反向偏转。即先取 $R_2 = 0$，调 R_1 使光标反向偏转 d_m'' 格，然后将 R_2 从零逐渐调大，得到反向偏转 $d_m''/2$ 格的 R_2'' 值，则电流计内阻为

$$R_g = (R_2' + R_2'') / 2 \tag{S16-17}$$

调节 R_1 将输出电压调到最小，断开 S_1 和 S_2。

5. 用临界阻尼法测电流计常数 K

仍用图 S16-6 电路。"分流器"保持"×1"挡。R_a 和 R_b 阻值保持不变，取 $R_2 = R_c$（使线圈处于临界阻尼运动状态）。

光标调零。合上 S_1 和 S_2，调节 R_1 增大输出，使光标偏转 30.0 格，记为 d 值，将换向开关 S_2 打向另一端使电流换向并且光标反向偏转，记下偏转格数 d' 和此时的 U_{ab} 值。（注意：此时所测电流的偏转量为 $\overline{d} = (d + d')/2$，这样处理可消除由于光标调零不准和悬丝左右偏转的不均匀所带来的系统误差）。将实验数据填入自拟表格中。

同上方法调节 R_1 使光标偏转格数为 40.0 格和 50.0 格，仍用 S_2 使电流换向得到反偏的 d' 和此时的 U_{ab} 值。

【数据处理】

（1）将所观察的结果简述记录在报告里，并按光标回零运动现象，写出线圈属何种运动状态。

（2）记录实验内容 2 和实验内容 3 所测得的临界电阻 R_c 和内阻 R_g，看是否和铭牌上标注的差别太大。

（3）在进行实验内容 5 前，先将 AC15 型检流计的铭牌上各参数和技术性能记录下来。再记下所取 R_a、R_b 和 R_2 的阻值。将偏转格数记入自拟电流计常数 K 的测量表格中。用三次所测 K 值的平均值来表示电流计常数的测量结果。

【思考与讨论】

（1）灵敏电流计为什么有较高的灵敏度？

（2）本实验为何用二级分压线路？在图 S16-6 的测量电路中，如果 R_a 短路或 R_b 开路，分别会出现什么情况，为什么？

（3）在图 S16-6 的测量电路中，为什么要设置一个按钮开关？它为什么叫阻尼开关？如何正确使用它？

（4）用灵敏电流计进行定量测量时，常常要调好零点以后使光标正偏以后再反偏，然后取其正反偏的平均值作为偏转格数，这是为什么？

（5）在实际用灵敏电流计测量微小电动势中，一般都使电流计的外部测量电路电阻接近电流计的外临界电阻，这是为什么？若已知电流计的内阻和外临界电阻 R_c，而测定对象的内阻与 R_c 相差甚远，你能在测量电路中采取措施使电流计处于临界阻尼运动状态吗？

实验 17 用双臂电桥测低电阻

【引言】

双臂电桥是解决低值电阻测量问题的。低值电阻测量中，测量所用的连接导线的电阻和测量电路各接触处的接触电阻对测量结果都有影响，而导线电阻和接触电阻通常总称为附加电阻，其阻值约在 $0.01 \sim 0.001\Omega$ 之间。因此采用双臂电桥（亦称开尔文电桥）进行测量，可以消除附加电阻的影响，它适用于 $10^{-6} \sim 10^{2}\Omega$ 电阻的测量。

【实验目的】

（1）了解测量低电阻时，消除导线电阻和接触电阻对测量结果影响的方法。学习双臂电桥测低电阻的原理和方法。

（2）掌握直流双臂电桥的原理，并能测量导体的电阻率。

【实验原理】

为了消除附加电阻的影响，构思出如图 S17-1 的电路图。图中 R_x 为待测电阻，R_s 为一标准可调电阻，R_1、R_2、R_3、R_4 均为已知阻值较大的电阻。在 R_x 与 R_s 两侧各设计一对电流接头（A_1、B_1 和 B_2、C_1）和一对电压接头（A_2、B_3 和 B_4、C_2）。将 B_1、B_2 设计成用粗导线联接。从图中不难看出 A_1、C_1 的接触电阻及导线电阻均被并入电源内阻里，A_1、C_2 的接触电阻及导线电阻分别并入电阻 R_1 和 R_2 中，而 B_3、B_4 的接触电阻及导线电阻分别并入电阻 R_3、R_4 中，而 B_1、B_2 两低电阻之间用一粗导线连接，其导线电阻及接触电阻的总和为 r。适当调节 R_1、R_2、R_3、R_4 和 R_s 的阻值，就可以消去附加电阻 r 对测量结果的影响。因此将待测电阻 R_x 和比较臂 R_s 做成四端电阻（如图 S17-2 所示），即外侧两端钮 C_1、C_2 做得较粗大，使能通过较大电流，称 "电流端钮"；中间两端钮 P_1、P_2 可把电阻上的电压引出，称 "电压端钮"，把一部分附加电阻转移到电桥的两臂高电阻上，由于高电阻远远大于附加电阻，可忽略附加电阻的作用；另一部分并入电源内阻上。两低电阻之间用一粗导线连接。达到 "转移" 附加电阻的作用。

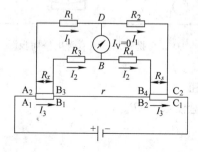

图 S17-1　双臂电桥电路图

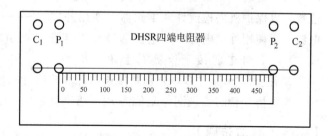

图 S17-2　四端电阻器图

如果调节电阻 R_1、R_2、R_3、R_4 和 R_s 使检流计中的电流 I_g 等于零，即检流计指针指向零位时，通过 R_1 和 R_2 的电流相等，图中以 I_1 表示；通过 R_3 和 R_4 的电流相等，以 I_2 表示；通过 R_x 和 R_s 的电流也相等，以 I_3 表示。因为 B、D 两点的电位相等，故有

$$I_1 R_1 = I_3 R_x + I_2 R_3$$
$$I_1 R_2 = I_3 R_s + I_2 R_4$$
$$I_2 (R_3 + R_4) = (I_3 - I_2) r$$

联立求解，得到

$$R_x = \frac{R_1}{R_2} R_s + \frac{r R_4}{R_3 + R_4 + r}\left(\frac{R_1}{R_2} - \frac{R_3}{R_4}\right) \tag{S17-1}$$

现在我们来讨论式（S17-1）右边的第二项。如果 $R_1/R_2 = R_3/R_4$，则式（S17-1）右边的第二项为零，即

$$\frac{rR_4}{R_3 + R_4 + r}\left(\frac{R_1}{R_2} - \frac{R_3}{R_4}\right) = 0$$

这时式（S17-1）变为

$$R_x = \frac{R_1}{R_2}R_s \tag{S17-2}$$

可见，式（S17-2）成立的前提是 $R_1/R_2 = R_3/R_4$ 始终相等。实验中将两对比率臂（R_1/R_2 和 R_3/R_4）采用双十进电阻箱来实现。在这种电阻箱里，两个相同十进电阻的转臂连接在同一转轴上，因此在转臂的任一位置上都保持 R_1 和 R_3 相等、R_2 和 R_4 相等，就可以消除附加电阻 r 的影响。上述这种电路装置称为双臂电桥。它的设计思路就是通过"转移"附加电阻的影响，达到测量低电阻目的。

所给仪器：QJ42 型双臂电桥、QF1712-2 型直流稳定电源、DHSR 型四端电阻器、螺旋测微计、导线和待测电阻（铜棒、铁棒、铝棒）。

图 S17-3 是 QJ42 型直流双臂电桥的面板图。该电桥测量的总有效量程为 0.0001 ~ 11Ω。图中的 C_1、C_2 和 P_1、P_2 接待测电阻 R_x；滑线读数盘 R_N 相当于图 S17-1 中的已知电阻 R_s。倍率读数旋钮（有 ×1、×10^{-1}、×10^{-2}、×10^{-3}、×10^{-4} 五挡和一个 G 短路点）相当于图 S17-1 中的 R_1/R_2 和 R_3/R_4 的值，当不进行测量时，倍率旋钮应当置于"G 短路"位置，以保护机内检流计。本仪器可使用外接电源。当使用外接电源时，电源选择开关应拨往"$B_外$"，外电源接于仪器右上角"$B_外$ +、－"端钮上。"B"、"G"分别是接通电源和检流计的按钮。

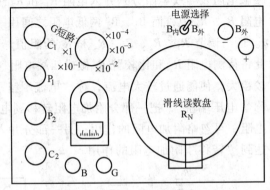

图 S17-3　QJ42 型携带式直流双臂电桥面板图

当电桥平衡时，被测电阻值为 R_x = 倍率读数 × 滑线盘读数 = KR_s。

【实验内容与步骤】

（1）根据电桥平衡原理，自拟表格求出铜棒、铁棒和铝棒的电阻值，并计算出它们的电阻率。

（2）写出实验步骤及数据处理的方法，正确表达测量结果。

【注意事项】

（1）在使用双臂电桥时，被测电阻必须是四端电阻。一对电压接头 P_1、P_2 靠里；另一对电流接头 C_1、C_2 靠外。

（2）所用连接导线应当粗而短。所有导线接头应接触紧密，切不可松动，接触不良会造成较大的接触电阻。

（3）由于待测电阻和比较标准电阻阻值较小，电流较大，通过电流的时间不能太长。故不能长时间按下 B、G 两键，以免桥臂过热而影响测量或损坏仪器。测量时先按 B，后按 G；断开时，先松 G，后松 B。

（4）电桥使用完毕后，应将"比例倍率"开关旋到"G 短路"位置，以保护检流计。

实验 18　电磁学实验基本知识

【实验目的】

（1）掌握电磁学实验操作规程和安全知识。

（2）学会电磁学实验的基本仪器的性能和使用方法。

（3）学会连接电路的一般方法。

【实验原理】

1. 制流电路

如图 S18-1 所示，A 端和 C 端连在电路中，B 端空着不用，当滑动 C 时，整个电阻电路改变了，因此电流也改变了，所以叫做制流电路。当 C 滑动到 B 端时，变阻器全部电阻串联入回路，R_{AC} 最大，这时回路电流最小；当 C 滑动到 A 端时，$R_{AC}=0$，回路电流最大。

为保证安全，在接通电源前，一般应使 C 滑动到 B 端，使 R_{AC} 最大，电流最小，以后逐渐减小电阻，使电流增到所需值。

2. 分压电路

如图 S18-2 所示，变阻器的两个固定端 A、B 分别与电压源的两电极相连，滑动端 C 和一个固定端 A（或 B，图中用 A），连接到用电部分，接通电源后，AB 端的电压 U_{AB} 等于电源电压，U_{AB} 又是 AC 间电压 U_{AC} 和 BC 间电压 U_{BC} 之和，所以输出电压 U_{AC} 可以看作是 U_{AB} 的一部分，随着滑动端 C 的位置改变，U_{AC} 就改变，当 C 滑动至 B 端，$U_{AC}=U_{AB}$，输出电压最大；当 C 滑动至 A 端，$U_{AC}=0$，所以输出电压 U_{AC} 可以调节从零到电源电压的任意数值。

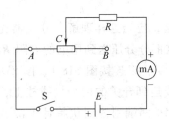

图 S18-1　制流电路

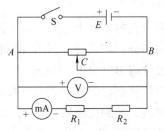

图 S18-2　分压电路

为保证安全，在接通电源前，一般应使 $U_{AC}=0$，以后逐渐滑动 C，使电压增至所需值。

小型变阻器通称为电位器，它的额定功率只有零点几瓦到数瓦，视体积大小而定。而电阻值较小的电位器多数用电阻丝绕成，称为线绕电位器，而电阻值较大（约从千欧到兆欧）的电位器则用碳质薄膜作为电阻，故称碳膜电位器，由于电位器的生产已经系列化，规格相当齐全，容易购得合适的阻值。

【实验仪器】

1. 直流稳压电源；2. 安培计；3. 伏特计；4. 变阻器；5. 电阻；6. 导线；7. 开关等。

【仪器介绍】

滑线变阻器

滑线变阻器的用途是控制电路中的电压和电流，其结构如图 S18-3 所示。均匀电阻丝密绕在绝缘瓷管上，电阻丝的两端分别固接在瓷管两端的 A、B 接线柱上，滑键 D 则通过弹簧片与电阻丝紧密接触，滑键 D 可沿金属杆滑动，并通过金属杆与接线柱 C 相连，因此，改变滑键 D 的位置，就可以改变 AC（或 BC）之间电阻的大小。电路中滑线变阻器的符号如图 S18-4 所示，滑线变阻器的主要技术指标有额定电流（或额定功率）、全电阻（A、B 间电阻丝的电阻值）。

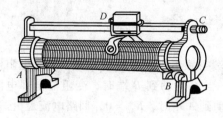
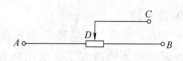

图 S18-3 滑线变阻器   图 S18-4 电路中滑线变阻器的符号

【实验操作规程】

1. 准备

入室作好预习工作，写好预习报告，画好线路图及数据记录表格。实验时，先把本组实验仪器的规格弄清楚，然后根据线路图摆好元件、仪器位置（基本按电路排列次序，但也要考虑读书和操作的方便）。

2. 连线

要在理解电路的基础上连线，例如图 S18-2 所示的电路，应当这样理解：分压器先把电源电压分为两部分，用伏特计测出 AC 部分的分压，再把这部分分压送到用电的电阻 R_1、R_2 上，并由毫安计测出电阻 R_1 上的电流。连线时的次序及思路，以连接图 S18-1、图 S18-2 的电路为例，可以从电源开始（但先不接通电源），用两根线连到开关的两个接线柱上，再由开关引出两根线，连到变阻器 AB 上，使产生电压降，从 AC 两端引线到伏特计上测量分电压，再从伏特计两端引出分压送到电阻 R_1、R_2 串联的电路。

在连线时还应注意到用不同颜色的导线，这样可以表现出电路电位的高低（也便于检查），一般用红色（或浅色）导线接正极或高压，用蓝色（或深色）导线接负极或低电位。最后，应特别指出，在连线过程中，所有的电源最后才连入电路。

3. 检查

接好电路后，先复查电路连接是否正确，再检查其他是否符合要求，例如开关是否断开，电表和电源正负极是否接错，量程是否正确，电阻箱数值是否正确，变阻器的滑动端（或电阻箱各挡旋钮）位置是否正确等，直到一切都做好，再请教师检查，经同意后，再接上电源。

4. 通电

在通电合闸时，要事先想好通电瞬间各仪器表的正常反应是怎样的。例如电表指针是指零不动或是摆动到什么位置等，合闸后要密切注意仪表是否反应正常，并随时准备在不正常时拉开电闸。实验过程中需要暂停时，应断开必要的开关，若需要更换电路，应将电路中各个仪器拨到安全位置再断开开关，拆去电源，再改接电路，经教师重新检查后，才可接通电源重新实验。

5. 安全

不管电路中有无高压，要养成避免用手或身体接触电路中裸露导线的习惯。

6. 归整

实验完毕，应将电路中仪器拨到安全位置，断开开关，经教师检查实验数据后再拆线，拆线时应先拆去电源，最后将所有仪器放回原处，再离开实验室。

【实验内容与步骤】

（1）详细地考察各电表、电阻、变阻器、开关的结构，以利于掌握它们的使用方法和读数方法，并详细记下各器件的信息。

（2）严格按照电学实验操作规程，按图 S18-1 所示连接电路，注意使电阻值 R 随标尺增加而增大。

（3）接通电源，改变滑端 C 的位置，从小到大调节 10 次 C 端的位置 L（格），记录 L 位置各相应的电流表数值到表 S18-1 中，并在坐标纸作出 L／（格）-I／（mA）图。

（4）按图 S18-2 所示连接电路，接通电源，改变滑端 C 的位置，从小到大调节 10 次 C 端的位置 L（格），记录 L 位置各相应的电压表数值到表 S18-2 中，并在坐标纸作出 L／（格）-U／V 图。

接线时应考虑变阻器刻度增加输出电压也增加，作图时以 L／（格）为横轴。

（5）用列表法进行上述实验数据的处理，各表写出一例实验结果的表达式。

【数据处理】

表 S18-1　制流电路

输入电压_____（V）　电阻_____（Ω）　分度值_____（mA）　误差值_____（mA）

L／格数	0	10	20	30	40	50	60	70	80	90	100
I/mA											

表 S18-2　分压电路

输入电压_____（V）　电阻_____（Ω）　分度值_____（V）　误差值_____（V）

L／格数	0	10	20	30	40	50	60	70	80	90	100
U/V											

【思考题】

（1）在制流电路中，为什么要将滑动变阻器的 C 端滑动到 B 端？

（2）在分压电路中，为什么要将滑动变阻器的 C 端滑动到 A 端？

（3）电压表和电流表在电路中的接入方法有什么不同。

实验 19　测伏安特性曲线

【引言】

电阻是描述导体的导电特性的物理量。利用欧姆定律求导体电阻的方法称为伏安法，它是测量电阻的基本方法之一。

由于测量时电表被引入测量线路，电表内阻将会影响测量结果，因而应对测量进行必要的修正，以减少系统误差。

【实验目的】

(1) 学会正确使用电压表、电流表、电阻箱和滑线变阻器。
(2) 掌握伏安法测线性元件（如电阻）和非线性元件（如晶体二极管）的特性曲线。
(3) 学习分析系统误差产生的原因和修正系统误差的方法。
(4) 学习用作图法处理实验数据。

【实验原理】

根据欧姆定律 $R = U/I$，若用电表直接测出待测电阻两端的电压 U 和流过电阻的电流 I，就可以计算出电阻 R 的大小。其电路连接有两种接法，如图 S19-1a 所示为电流表内接，如图 S19-1b 所示为电流表外接。由于电表的影响，无论哪种接法都会产生接入误差，下面对两种接法分别进行分析。

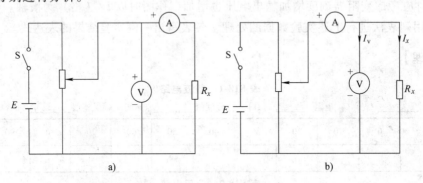

图 S19-1　伏安法的两种接法
a) 电流表内接　b) 电流表外接

1. 电流表内接

如图 S19-1a 所示，所测电流是流过 R_x 上的电流，但所测电压是 R_x 和电流表上电压之和。设电流表内阻为 R_A，由欧姆定律，电阻的测量值

$$R = \frac{U}{I} = \frac{U_x + U_A}{I} = \frac{U_x}{I_x} + \frac{U_A}{I_A} = R_x + R_A \tag{S19-1}$$

此式说明，这种接法测得的电阻是被测电阻和电流表内阻串联以后的总电阻。若已知电流表内阻 R_A，可对结果进行修正，即

$$R_x = R - R_A = \frac{U}{I} - R_A \qquad\qquad (S19\text{-}2)$$

内接法带来的系统误差为

$$\Delta R = R - R_x = R_A \qquad\qquad (S19\text{-}3)$$

此误差是电流表内阻 R_A 引起的。可见用电流表内接时，测得的结果 R 比实际值 R_x 偏大。只有当 $R_x \gg R_A$ 时，$R_x = U/I$ 才能保证有足够的准确度。R_A 的值一般比较小，约为几欧或更小，用此法测量比较大的电阻（ $R_x/R_A > 100$ ）时，产生的误差较小。

2．电流表外接

如图 S19-1b 所示，所测电压是 R_x 两端电压，但所测电流是流过电压表上电流和 R_x 上电流之和。设电压表的内阻为 R_V，则电阻的测量值为

$$R = \frac{U}{I} = \frac{U}{I_x + I_V} = \frac{1}{I_x/U + I_V/U} = \frac{1}{1/R_x + 1/R_V} = \frac{R_x \cdot R_V}{R_x + R_V} \qquad (S19\text{-}4)$$

上式表示，测得的电阻 R 实际是被测电阻 R_x 和电压表内阻并联从后的等效电阻。若已知电压表内阻 R_V，则可对测量结果进行修正，即

$$R_x = \frac{R_V \cdot U/I}{R_V - U/I} = \frac{R_V \cdot R}{R_V - R} \qquad\qquad (S19\text{-}5)$$

外接法带来的系统误差为

$$\Delta R = R - R_x = \frac{-R^2}{R_V - R} \qquad\qquad (S19\text{-}6)$$

此误差是电压表内阻引起的。可见用图 S19-1b 电流表外接时，测得的电阻 R 比实际值 R_x 偏小。只有当 $R_V \gg R_x$ 时，$R_x = U/I$，才能保证足够的准确度。R_V 的值一般比较大，在几千欧以上，因此测比较小的电阻（比如几十欧以下），产生的误差就较小。

综上所述，由于电表内阻的存在，使得测量总存在一定的系统误差，究竟采用哪种接法，必须事先对 R_x、R_A、R_V 三者的相对大小有个粗略的估计，才能使所选取的电路测得的结果有足够的准确度。

3．线性元件的伏安特性

在一电阻元件两端加上直流电压，元件内部有电流通过，通过元件的电流与端电压之间的关系称为该元件的伏安特性。习惯上一般以电压为横坐标、电流为纵坐标作出元件的电压~电流关系曲线，称为该元件的伏安特性曲线。

由于导电机理不同，可将元件分为两类。元件两端电压与通过它的电流成正比，伏安特性曲线是一过原点的直线，这类元件称为线性元件，其电阻值是常数，这类电阻叫线性电阻；反之，加在其上的电压与通过的电流没有线性关系的元件，均称为非线性元件，其电阻值也不是常数，这类电阻叫非线性电阻。一般金属导体的电阻是线性电阻（忽略电流热效应对其阻值的影响），它与外加电压的大小和方向无关，其伏安特性曲线是一条直线，如图S19-2 所示。

4．非线性电阻的伏安特性

常用的晶体二极管是非线性电阻，其阻值不仅与外加电压的大小有关，而且还与方向有关，把电压加到二极管上，如在二极管的正端接高电位，负端接低电位（称为加正向电压），则电路中有较大的电流，随着正向电压的增加，电流 I 也增加，但电流 I 的大小并不

和电压 U 成正比。如果在二极管上加反向电压，这时电路中的电流很微弱，其电流和电压也不成正比。把正向电压和正向电流、反向电压和反向电流对应关系作图，得出如图 S19-3 所示的曲线。

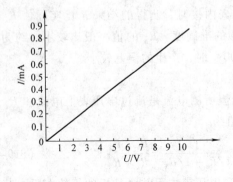

图 S19-2　线性电阻的伏安特性曲线

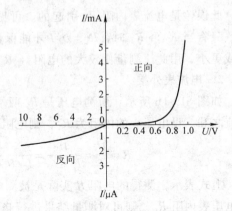

图 S19-3　非线性电阻的伏安特性曲线

【实验内容及步骤】

1. 滑线变阻器作分压使用，电流表内接

（1）按图 S19-1a 连接线路。先断开开关 S，滑线变阻器滑动头 C 滑向安全端 B，检查两电表机械零点。

（2）电压表量程取 7.5V 挡；电流表量程取 100mA 挡；待测电阻 R_x 用旋钮式电阻箱代替（取 90Ω 左右）；电源 E 取稳压输出 9V 挡。

（3）由电表级别和量程计算电表的仪器误差，并由此确定电表测量值的有效数字位数。

（4）合上开关 S，调节滑线变阻器滑动头 C，使两电表读数在所选量程的三分之二满刻度以上。

（5）将所测数据填入表 S19-1 中。

2. 滑线变阻器作限流使用，电流表外接

（1）按图 S19-4 联接线路。先断开 S 滑线变阻器滑动头 C 滑向最大电阻 B 端。

（2）电压表量程取 7.5V 挡；电流表量程取 100mA 挡；待测电阻 R_x 用旋钮式电阻箱代替（取 90Ω 左右）；电源仍取稳压 9V。

（3）同实验内容 1 （3）。

（4）合上开关 S，调节滑线变阻器滑头 C 逐渐滑向 A 端，使两电表所示数值在选定量程的三分之二满刻度以上。

（5）将所测电压和电流值填入表 S19-2 中。

3. 用两种方法测量电阻的伏安特性曲线

方法一

（1）按图 S19-5 接线，断开 S_1，滑线变阻器的滑动头 C 先滑向 B。

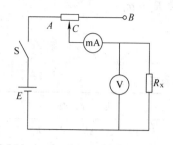

图 S19-4　电流表外接测电阻

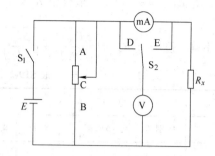

图 S19-5　两种接法皆可测的电路

（2）根据被测电阻的阻值大小和电压表、电流表的内阻，选择正确的电源电压值、选择正确的电压表、电流表量程。并将上述各参量填入表 S19-3 中。同前计算电表的仪器误差 $\Delta U_{仪}$ 和 $\Delta I_{仪}$。

（3）合上开关 S_1，将单刀双掷开关 S_2 拨向 D 时为内接；将 S_2 拨向 F 时为外接。

（4）对两种接法，分别调节滑线变阻器滑动头 C（从 B 点到 A 点），在 $0 \sim U_m$ 之间，间隔均匀地测量六组对应的电流和电压值，填入表 S19-3 中。

方法二

（1）选取电路。根据给定的伏特表内阻、毫安表内阻及待测电阻的大小，选择图 S19-1a 或图 S19-1b 所示的电路，但必须使测得的 R_x 误差较小。

（2）连接电路。首先按图将所使用的仪器摆好，将电源以外的仪器连接起来，对照线路仔细检查后方可接通电源进行测量。

（3）调节滑线电阻器在不同的电压下测量 10 组相应的电流值数据，并记入表 S19-4 中，在坐标纸上作出该电阻的伏安特性曲线，并由曲线斜率求该电阻阻值 R_x、用逐差法处理数据。

4. 测量晶体二极管的伏安特性曲线

（1）测量前，首先判明二极管的正、负极。

由于晶体二极管正、反两方向的电阻值差异很大，其正向电阻一般只有几十到几百欧姆，而反向电阻则在 $10^5 \Omega$ 以上，所以，测量晶体二极管的正、反向伏安特性曲线时，要注意各自电路的接法。

（2）按图 S19-1b 连接（注意：电路中的电阻 R_x 换成晶体二极管）电路，调节滑线电阻器，在不同的电压下测量 5 ~ 10 组相应的电流值数据，并把测量的数据记入表 S19-5 中，在坐标纸上作出正向伏安特性曲线。

（3）按图 S19-1a 连接（注意：电路中晶体二极管的极性的接法）电路，调节滑线电阻器，在不同的电压下测量 5 ~ 10 组相应的电流值数据，并把测量的数据记入表 S19-6 中，在坐标纸上作出反向伏安特性曲线。

【数据处理】

表 S19-1　实验内容 1 记录表格

电　压　表					电　流　表				
U_m	级别 K_V	$\Delta U_{仪}$	R_V	测量值 U	I_m	级别 K_A	$\Delta I_{仪}$	R_A	测量值 I

计算值 $R = \dfrac{U}{I}$　　　最佳值 $R_x = R - R_A$　　测量结果 $R_x \pm \sigma_x$

不确定度 $\sigma_x = R_x \sqrt{\left(\dfrac{\Delta U_{仪}}{U}\right)^2 + \left(\dfrac{\Delta I_{仪}}{I}\right)^2}$

表 S19-2　实验内容 2 记录表格

电压表					电流表				
U_{m}	级别 K_V	$\Delta U_{仪}$	R_V	测量值 U	I_{m}	级别 K_A	$\Delta I_{仪}$	R_A	测量值 I

计算值 $R = \dfrac{U}{I}$　最佳值 $R_x = RR_V / (R_V - R)$　　测量结果 $R_x \pm \sigma_x$

不确定度 $\sigma_x = R_x \sqrt{\left(\dfrac{\Delta U_{仪}}{U}\right)^2 + \left(\dfrac{\Delta I_{仪}}{I}\right)^2}$

表 S19-3　实验内容 3 记录表格

$U_{\mathrm{m}} = \underline{\quad}$　$R_V = \underline{\quad}$　$K_V = \underline{\quad}$　$\Delta U_{仪} = \underline{\quad}$　$I_{\mathrm{m}} = \underline{\quad}$　$R_A = \underline{\quad}$　$K_A = \underline{\quad}$　$\Delta I_{仪} = \underline{\quad}$

数据记录 接法 序号 测量内容	内接法（开关拨向 D）						外接法（开关拨向 F）					
	1	2	3	4	5	6	1	2	3	4	5	6
电压 U/V												
电流 I/mA												

（1）对表 S19-1 和表 S19-2 中的记录进行计算，并正确表达测量结果。

（2）在同一张坐标纸上，以电压 U 为横坐标、以电流 I 为纵坐标，根据表 S19-3 所记录的对同一被测电阻分别采用内接、外接所得到的记录数据，描点并作出相应的伏安特性曲线（应当为过原点的一直线）。求出该直线的斜率，斜率的倒数即为两种不同接法所测得的电阻值 $R_内$ 和 $R_外$。试比较两种接法所得到的测量结果。

（3）根据所用电表的内阻，按式（S19-2）和式（S19-5）分别对 $R_内$ 和 $R_外$ 进行修正。

表 S19-4　测电阻的数据表

电源电压（E）＝　　（V）　最小分度值（ΔU）＝　　（V）　最小分度值（ΔI）＝　　（mA）

U/V	1.0	2.0	3.0	4.0	5.0	6.0	7.0	8.0	9.0	10.0
I/mA										

表 S19-5　测正向伏安特性的数据表

电源电压（E）＝　　（V）　最小分度值（ΔU）＝　　（V）　最小分度值（ΔI）＝　　（mA）

二极管型号	U/V	0.2	0.3	0.4	0.5	0.6
	I/mA					

表 S19-6　测反向伏安特性的数据表

电源电压（E）＝　　（V）　最小分度值（ΔU）＝　　（V）　最小分度值（ΔI）＝　　（μA）

二极管型号	U/V	0.2	0.3	0.4	0.5	0.6
	I/μA					

【注意事项】

（1）不要使电源短路或超载，在接通电源前，应先使滑线变阻器分压接法时输出电压调至最小；限流接法时串入电路的电阻调至最大。在测量前和测量完毕后，所有开关必须先断开。

（2）输出调节时，必须轻缓并随时注意电压表和电流表的指针不要超过量限。

（3）作为待测电阻的电阻箱，应当取好阻值再接入电路，防止负载电阻为零，造成短路。

【思考与讨论】

（1）分压控制电路和限流控制电路中滑线变阻器各起什么作用？

（2）何谓伏安法？说明用伏安法测电阻时电流表外接和内接时系统误差产生的原因和修正的方法。

（3）如何根据被测量的大小正确选择电表量程？改换量程对测量结果有无影响？为什么？

（4）如果拥有一个标准电阻箱，就可以按图 S19-3 接线并根据公式（S19-2）和公式（S19-5）测出电压表的内阻 R_V 和电流表的内阻 R_A。你能把这个实验（包括参数选定和计算方法）完成吗？

（5）在图 S19-1a 和图 S19-1b 中，若电源电压 E 为 6V；被测电阻 R_x 约为 50Ω；毫安表的量程为 0～150mA～300mA，内阻 $R_A = 0.5Ω$（150mA 挡）；电压表的量程为 0～1.5V～3.0V～7.5V，内阻 $R_V = 600Ω$（3.0V 挡），如何选用电流表和电压表的量程。本实验采用两种电路中的哪一种为好？为什么？

（6）根据表 S19-3 所测数据，可用作图法得到两种接法的测量结果 $R_内$ 和 $R_外$。对 $R_内$ 和 $R_外$ 进行修正，修正后的结果应当十分接近。因为消除测量方法带来的系统误差后，测量结果的准确度只与电表的级别和量程有关（两种接法用的是相同的电表和量程）。若修正以后的结果差别太大，是什么原因？试分析之。

（7）测量晶体二极管的伏安特性时，为什么测正向和反向伏安特性时要分别选用图 S19-1a 和图 S19-1b 的线路？

（8）电阻的伏安特性曲线是怎样的？曲线的斜率代表什么？

（9）如何用万用表判断二极管的正负极？

实验 20　验证基尔霍夫定律　叠加原理

【实验目的】

（1）验证基尔霍夫定律和叠加原理。

（2）学会测量电路的开路电压和短路电流。

【实验原理】

1. 基尔霍夫定律

基尔霍夫定律是电路的基本定律，它是在复杂电路的运算中具有特别重要意义的定律。我们知道复杂电路是多个电源和多个电阻的复杂连接，由电源和电阻串联而成的通路称为支路。在支路中电流强度处处相等。三条或更多条支路的连接点叫做节点或分支点，如图 S20-1a 所示。几条支路构成的闭合通路称为回路，如图 S20-1b 所示。在复杂电路中，各支路的连接形成多个节点和多个回路，根据基尔霍夫定律，对任一节点有 $\sum I = 0$，对任一回路有 $\sum U = 0$（即电流定律和电压定律）。

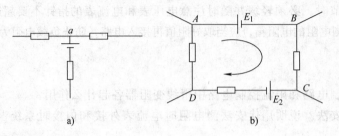

图 S20-1　节点和回路

a）节点　b）回路

2．开路电压与短路电流

在电路中，如果某处断开（电阻∞），该处没有电流流过，称为开路，断开处的电压称为开路电压；如果某段电路被一根导线连接起来，电流未通过该段负载，即该段电阻为零，称为短路。短路时可能产生很大的电流，叫做短路电流。短路时可能烧坏设备甚至危及人身安全。因此在正常情况下必须要防止短路现象。

3．叠加原理

在多个独立电源同时作用的线性电路中，每一元件的电压或电流可以看成是每一个独立电源单独作用是在该元件上所产生的电压或电流的代数和，这就是叠加原理。

【实验仪器】

1．直流稳压电源；2．电流表；3．电压表；4．电阻；4．双开关；5．导线。

【实验内容及步骤】

1．验证基尔霍夫定律

（1）按图 S20-2 连接好电路，输入电压 E_1 和 E_2 分别由晶体管稳压电源供给，先把开关 S_1、S_2 合向短路一边，分别把 E_1、E_2 调到 15V 和 5V，经教师检查无误后，再把 S_1、S_2 合到电源一边接通电路。用万用表电流挡或电流表测量各支路电流值，并记录到表 S20-1 中。

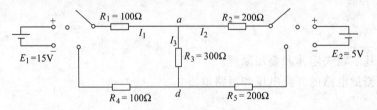

图 S20-2　实验用电路图

测量电流时，应将万用表转换开关置于毫安挡的最大量程上，串入电路试测，按试测电流的大小再选择适当的量程。测量前应先估计电流的方向，实验时若极性有误，应改变万用表两表笔接线。记录好电流的大小和方向。

（2）分别测量图 S20-2 中各电阻元件的电压，读数并记录电压值到表 S20-2 中。测量前应将挡次开关旋至直流电压挡并选择适当量程，预判电压方向后再进行测量。

2. 测量图 S20-2 的开路电压和短路电流

关掉电源，将 ad 支路断开后再接通电源，测量 ad 间的开路电压。关掉电源，用导线将 ad 支路连接起来（短路），再接通电源，测量 ad 间的短路电流。记录上述各数据到表 S20-3 中。

3. 验证叠加原理

（1）按图 S20-2 连接线路，先将稳压电源调至 15V、E_2 调至 5V，经教师检查无误后再接通电源。先测量 E_1 单独作用时，R_1、R_2、R_3 中的 I_1'、I_2'、I_3' 数值（把 S_1 合向 E_1 一侧，S_2 合在短路一侧，从毫安表中读取 I_1'、I_2'、I_3'）。再把 S_1 合在短路一侧，S_2 合向 E_2，测量 E_2 单独作用时，R_1、R_2、R_3 中的 I_1''、I_2''、I_3'' 数值，分别将测得数据记录到表 S20-4 中，并标明各支路电流的方向。

（2）根据节点电流和回路电压定理计算 $\sum I$、$\sum U$ 之值验证基尔霍夫定律。

（3）根据表 S20-1、表 S20-2 和表 S20-4 记录的测量值验证叠加原理。

【数据处理】

表 S20-1　E_1、E_2 共同作用于电路时测电流的数据表

电流	I_1/mA	I_2/mA	I_3/mA
数值			
方向			

表 S20-2　E_1、E_2 共同作用于电路时测电压的数据表

$E_1 =$　　（V）　　　　　　　　　　　　　　　　　　　　　$E_2 =$　　（V）				
$R_1 =$　（Ω）　$R_2 =$　（Ω）　$R_3 =$　（Ω）　$R_4 =$　（Ω）　$R_5 =$　（Ω）				
电压	U_1/V	U_2/V	U_3/V	U_4/V	U_5/V
数值					

表 S20-3　测开路电压、短路电流数据表

开路电压/V	
短路电流/mA	

表 S20-4　E_1、E_2 分别作用于电路时测电流的数据表

电流	I_1'/mA	I_2'/mA	I_3'/mA	I_1''/mA	I_2''/mA	I_3''/mA
数值						
方向						

【注意事项】

（1）应根据假定正方向在测量以前标出电压、电流的正、负号。

（2）电表极性不得接错，测量时注意换挡次、量程。

（3）改换线路时，必须先关掉电源。

【思考与讨论】

（1）叠加原理是否适合于非线性电路？

（2）根据节点电流和回路电压定理计算 $\sum I$、$\sum U$，如果两数值误差较大，是什么原因引起的？

实验 21　交 流 电 桥

【引言】

阻抗 Z 是交流电路中电压和电流有效值之比。其数值主要取决于电路的电磁性质，可表示为元件两端的正弦电压 U 与通过它的电流 I 之比，即 $Z = \dfrac{U}{I}$。实际的电路元件，如电阻器、电容器、电感器等，并不是理想的，常常含有寄生电容、寄生电感和损耗电阻等，虽然寄生量是次要的，但随着工作频率的增高，在测量时必须考虑它们的影响。

实际上，直流情况下能测出电阻器的直流损耗，即直流电阻；交流情况下，测量的是所用交流频率下电阻器的损耗及可能存在的寄生电感和寄生电容。只有当低频时，这些寄生量才可忽略不计。本实验主要讨论二端阻抗元件电容和电感的测量。测量条件不同，测量的阻抗数值也不同。例如，过大的电压或电流，将使阻抗表现出非线性；不同的温度或湿度会使阻抗变化；不同的频率下，阻抗的电阻分量和电抗分量都会有变化。因此，最好能在接近实际工作的条件下进行阻抗测量。

【实验目的】

（1）学习用交流电桥测电容和电感的方法。

（2）掌握交流电路的特点和平衡的调节方法。

【实验原理】

1. 交流桥路及平衡条件

交流桥路除了可以测量电阻，还可以用来测量电容、电感等交流参量。在交流桥路中，用交流电源和交流零示器（如交流毫伏计）分别代替单臂电桥（惠斯通电桥）中的直流电源和检流计。一般说来，交流电桥的 4 个臂中不仅有电阻，而且有电容、电感等元件，它的电路可用图 S21-1 表示。图中 Z_1、Z_2、Z_3、Z_4 分别为 4 个桥臂的复阻抗。

运用交流欧姆定律，考虑到平衡时，没有电流流过零示器，亦即 A、B 两点在任一瞬间电位都相等，可以列出方程如下：

$$\dot{I}_1 Z_1 = \dot{I}_3 Z_3$$

$$\dot{I}_2 Z_2 = \dot{I}_4 Z_4$$

又

$$\dot{I}_1 = \dot{I}_2 ; \quad \dot{I}_3 = \dot{I}_4$$

解方程可得

$$\frac{Z_1}{Z_2} = \frac{Z_3}{Z_4} \qquad (S21\text{-}1)$$

即

$$Z_1 Z_4 = Z_2 Z_3 \qquad (S21\text{-}2)$$

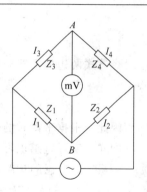

图 S21-1　交流电桥

其中，$\dot{I}_1$、$\dot{I}_2$、$\dot{I}_3$、$\dot{I}_4$ 均为复数电流，式（S21-1）或式（S21-2）称为交流电桥的平衡条件。

如果把复阻抗用指数式表示，（S21-1）式可写成

$$\frac{Z_1 e^{j\varphi_1}}{Z_2 e^{j\varphi_2}} = \frac{Z_3 e^{j\varphi_3}}{Z_4 e^{j\varphi_4}}$$

这时，相当于下列两个条件同时成立，即

$$\frac{Z_1}{Z_2} = \frac{Z_3}{Z_4} \qquad (S21\text{-}3)$$

$$\Phi_1 - \Phi_2 = \Phi_3 - \Phi_4 \qquad (S21\text{-}4)$$

由此可见交流电桥平衡时，除了阻抗大小成正比例［即式（S21-3）］还必须满足相角条件［即式（S21-4）］，这是它和直流电桥不同之处。对于给定的桥路利用式（S21-4）可以判断电桥有没有可能达到平衡。

2. 测量理想电容的桥路

设待测电容 C_x 及标准电容 C_0 均为理想电容，桥路可布置如图 S21-2，考察其平衡条件：

因

$$\Phi_1 = \Phi_2 = 0$$

$$\Phi_3 = \Phi_4 = -\frac{\pi}{2}$$

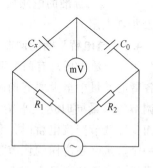

图 S21-2　测量理想电容的桥路

因此这样布置的电桥就能满足相同条件式（S21-4）。

又

$$Z_1 = R_1, \quad Z_2 = R_2$$

$$Z_3 = -j\frac{1}{\omega C_x}, \quad Z_4 = j\omega C_0$$

若 C_0、R_1、R_2 已知，C_x 即可求出，以此类推，可以设计测量理想电感的桥路。

3. 测量实际电容、实际电感的桥路

由于实际电容中的介质并不是理想介质，在回路中要消耗一定的能量，所以，实际电容器在电路中可看作一个理想电容 C 和一损耗电阻 r_c 所构成，在本实验中可看作是二者串联，如图 S21-3a。

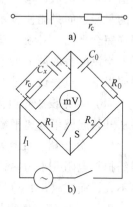

图 S21-3　测量实验电容的桥路

为了满足相角条件，测量电路相应改成图 S21-3b，此时

$$Z_1 = R_1, \quad Z_2 = R_2$$

$$Z_3 = r_c - j\frac{1}{\omega C_x} \quad Z_4 = R_0 - j\frac{1}{\omega C_0}$$

代入式（S21-2）得

$$R_1\left(R_0 - \mathrm{j}\,\frac{1}{\omega C_0}\right) = R_2\,\left(r_c - \mathrm{j}\,\frac{1}{\omega C_x}\right)$$

令等式两边的实部分别相等，求得平衡条件分别为

$$r_c = （R_1/R_2）R_0 \tag{S21-5}$$

$$C_x = （R_2/R_1）C_0 \tag{S21-6}$$

因此，根据平衡时的 C_0、R_0、R_1、R_2 可求得待测电容 C_x 及损耗电阻 r_0。

同样，实际电感也可看作是理想电感 L 和一损耗电阻 r_2 构成，如图 S21-4a 所示。

测量实际电感的桥路如图 S21-4b 所示，用同样的方法，可推导出平衡条件为

$$r_2 = （R_0 + r_{20}）（R_1/R_2） \tag{S21-7}$$

$$L_x = L_0 （R_1/R_2） \tag{S21-8}$$

其中 r_{20} 为标准的电感损耗电阻，根据平衡时的 L_0、r_{20}、R_0、R_1、R_2，可求出待测电感 L_x 及损耗电阻 r_{20}。

4. 交流电桥平衡的调节

由于交流电桥总有两个平衡条件需要同时满足，因此，在各臂的参量中至少要有两个是可以调节的。只有这两个被调节的参量同时达到平衡的数值，零示器才指在 0 点。然而实际调节交流电桥时，我们总是先固定一个参量，调另一个参量，在这样的调节过程中，每次我们只能使通过零示器的电流达到最小值。而后我们就将第一个参量固定在此数值来调节另一个参量，如果被固定的第一个参量的数值不是平衡值，调节第二个参量时也不能使电桥达到完全的平衡，而只能使零示器达到新的最小值。为了将电桥调到完全平衡，必须反复调节这两个参量，逐次逼近平衡。可见交流电桥的调节要比单臂电桥的调节复杂得多。但只要照以下几点去做，是能够顺利调到平衡的。

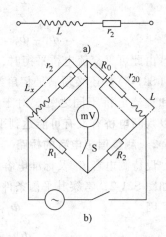

图 S21-4　测量实际电感的桥路

（1）事先设法知道待测元件的大概数值，根据平衡公式选定调节参量的数值，务使电桥从开始起就不远离平衡。

（2）分步调、反复调，在每一步中抓住主要矛盾。例如测量电容 C_x 时，由于一般电容器的损耗电阻几乎为零，所以一开始可取 $R_0 = 0$，这时，式（S21-5）虽然不满足，但偏离也不大，而式（S21-6）不满足是达到平衡条件的主要矛盾。因此，这一步的重点便是调节 R_1、R_2、C_0 的值，使得尽可能满足（S21-6）式。当零示器的电流已达到一个极小值时，调 R_1、R_2、C_0 已无法更进一步接近平衡时，这时式（S21-5）的不满足，便转化为电桥平衡的主要矛盾了。因此，下一步应该调节 R_0 以尽可能满足式（S21-5），使进一步接近平衡，使零示器中的电流更小。如此反复调节下去，使电桥更接近平衡。测电感时调平衡的步骤与上述相同。

【实验仪器】

1. 音频振荡器（交流电源）；2. 电子管或晶体管毫伏表；3. 标准电阻箱（三只）；4. 标准电容箱；5. 标准电感箱；6. 待测电容（两种）；7. 待测电感；8. 开关和导线等。

【实验内容及步骤】

本实验用低频信号作为实验电源，频率为 1000Hz，输入交流电压为 2～4V。电子管毫伏表作为零示器使用。

电子管毫伏表内部装有电子管放大器，灵敏度较高，交流毫伏挡的最小量程为 10 毫伏。用作交流测量时，它有两个接线端，即输入端（用 ～ 表示）和机壳端（用 ⊥ 表示）输入端应该用短而带有屏蔽的连线，否则引线本身将和附近导体构成分布电容。市网电压将通过分布电容进入毫伏表，俗称杂散电压，本实验的杂散电压虽不能完全消除，但如果接线时考虑比较周到，数量级将在毫伏以下，如果不注意可达数毫伏，影响到测量结果。

1. 测量电容

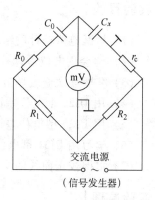

图 S21-5　测电容时的最佳接法

测量一个纸质电容和一个金属膜电容器的电容质量及损耗电阻。R_1、R_2、R_0 用电阻箱，R_1、R_2 以选用几百欧数量级为宜，阻值选得太高会降低电桥灵敏度，太低则会使调节过粗（电阻箱最小改变为 0.1Ω）。标准电容 C_0 用十进制电容箱，它的损耗电阻 r_0 在低频下可当作零值考虑。电容箱一般有 3 个接线柱，其中 1、2 端是标准电容接线柱，0 端为屏蔽接线柱。把 1 和 0 端（或 2 和 0 端）相连，标准电容处在金属外壳屏蔽下。

为了减少杂散电压，测电容时的较佳接法如图 S21-5 所示，这是因为万用表输入端接到电容内层电极得到外层电极屏蔽。

2. 测量电感

测量一个无铁芯电感的电容量及其损耗电阻。R_1、R_2、R_0 用电阻箱，R_1、R_2 数量级选几百欧姆，L_0 用一标准电感箱，其电感值 L_0 及其电阻值 r_L 均刻在铭牌上。

【数据处理】

自拟数据表格。

【注意事项】

（1）调节电阻 R_1、R_2 时，时刻注意其阻值不能过小（几欧姆，甚至是零）以免烧坏电阻箱或电源。

（2）用毫伏挡作零示器时，开始应先放在量程最大处，随着电桥趋向平衡，逐步减小量程，以免仪表超载。本实验在最终平衡时的不平衡电压可小于 3mV。

【思考与讨论】

（1）图 S21-3 和图 S21-4 的电桥为什么要在 C_0 和 L_0 的臂上加电阻箱 R_0？

（2）电容的损耗电阻是否可以看作与电容并联？是否可以把图 S21-3 的电阻箱 R_0 改为跟 C_0 并联。

（3）试把单臂电桥与交流电桥的操作要点作比较，指出共同点。

实验 22　电位差计的应用

【引言】

电位差计是一种高准确度的测量仪器，准确度等级可达到 0.0001 级，它利用补偿原理测量电动势（或电压），在测量时不影响被测电路的参数，所以在计量工作和高精度测量中被广泛利用。电位差计所能测量的电学量很广，它不但可以测量电动势、电流、电阻、校正电表等，而且在非电量（如温度、压力等）测量中也占有极其重要的地位。

【实验目的】

（1）掌握电位差计的结构、构造原理和使用方法。
（2）学会用电位差计补偿原理测量干电池的电动势。
（3）掌握逐次逼近调节法。
（4）用 UJ25 型电位差计测量干电池电动势。
（5）用 UJ25 型电位差计精确测量电阻。
（6）学习用 UJ31 型电位差计校正电表。
（7）掌握校正曲线的绘制方法。

【实验原理】

1. 电位差计测电动势原理

我们知道电压表不能用来准确测量电动势。因为将电压表并联到电池两端后，就有电流 I 通过电源的内部（图 S22-1）。由于电源有内阻 r，所以在电源内部不可避免地存在电位降 Ir，因而电压表的指示值只是电源端电压（ $U = E - Ir$ ）的大小，它小于电动势。显然，只有当 $I = 0$ 时，电源的端电压 U 才等于电动势 E。

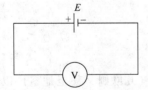

图 S22-1　用电压表测电源电动势

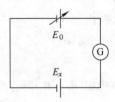

图 S22-2　补偿原理

为了能够精确测量电池的电动势，必须使待测电池中没有电流通过。为此，可设想一个测量电路，如图 S22-2 所示，E_0 为可调的标准电动势，E_x 为待测电动势，通过检流计判断电路是否处于补偿状态。一旦处于补偿状态，回路中没有电流通过，检流计指示为零，它们的电动势就大小相等，并互不影响，即 $E_x = E_0$。这种测量电动势的方法利用的就是补偿原理。显然利用补偿原理测量电动势必须满足两个条件：（1）E_0 大小可以调节；（2）E_0 要求很稳定，并能准确读数。在实际中，不易找到各种与被测电动势刚好相互抵消的标准电动势，因此常采用如图 S22-3 所示的电路，它由三个重要回路构成：（1）工作电流调节回路（由电源 E、限流电阻 R_n、精密电阻 R_{AB} 组成）；（2）校准工作电流回路（由标准电池 E_x 和高灵敏度检流计 G、电阻 R_{CD} 组成）；（3）测量回路（由待测电池 E_x 和高灵敏度检流计 G、电阻 $R_{C'D'}$ 组成）。

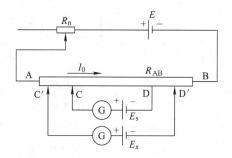

图 S22-3　电位差计的工作原理

当工作电流 I_0 流过电阻 R_{AB} 时，电位从 A 到 B 逐渐降落。从与电阻 R_{AB} 相接触的滑动头 C、D 之间引出一电位差 U_{CD}，其大小随滑动头 C、D 的位置而变，它相当于可调电动势 E_0。为了能准确得出电位差 U_{CD}，必须先对工作电流 I_0 进行校准。改变滑动头 C、D 的位置，使它们之间的电阻值等于根据标准电池电动势 E_s 选定的电阻值 R_s。调节限流电阻 R_n，使检流计 G 的指示为零，即回路达到补偿。此时有

$$E_s = I_0 R_s \qquad (S22\text{-}1)$$

这一过程称为工作电流的校准。

将标准电池换成待测电动势（或电压），保持工作电流 I_0 不变。改变滑动头在 R_{AB} 上的位置，只要 $E_x < I_0 R_{AB}$，总可以找到使检流计指针不偏转的位置 C′、D′，电路又达到补偿。设此时 C′、D′ 间的电阻值为 R_x 则有

$$E_x = I_0 R_x \qquad (S22\text{-}2)$$

这一过程称为测量。

从式（S22-1）和式（S22-2）两式消去 I_0，得到

$$E_x = \frac{R_x}{R_s} E_s \qquad (S22\text{-}3)$$

这样，经过两次异时补偿，实现了将待测电动势 E_x 与已知标准电动势 E_s 的间接比较。因 E_s 为已知，只要测得电阻值 R_s 和 R_x，即可准确测出待测电动势 E_x 的大小。

根据上述电位差计的工作原理，可以得出以下结论：

（1）用电位差计测量电动势（或电压），因达到补偿状态时，补偿回路的电流为零，不会影响被测电路原有状态，可测出电源的"真正"电动势（或电路中的"真正"电压）。

（2）在电位差计中，E_s 采用高稳定度、高精度的标准电池，R_s 和 R_x（即 R_{AB}）也采用高稳定度、高精度的电阻，加上使用高灵敏度的检流计，因此测量出的 R_x 可有很高的精度。

2. 电位差计校正电流表原理

用电位差计校正电流表，是将流过电流表的电流转换成电压后进行测量（图 S22-4）。用电位差计精确测定与电流表串联的标准电阻 R_0 上的电压 U_0，则流经待测电流表的电流值为 $I_s = U_0/R_0$，其中标准电阻 R_0 可根据待校电流表的量程和电位差计的量限选取。

利用电流调节电路使待校电流表指示一系列电流值 I_r，同时将电位差计测得的相应电流值 I_s 作为标准值（相对真值），则待校电流表指示值的校正值 $\Delta I = I_s - I_r$。由此，可作出待校电流表的 ΔI—I_r 校正曲线，并定出其精度等级。

为了准确调节流经电流表的电流，并使其调节范围能从零到电流表的满量程，可采用图 S22-5 所示的分压—限流电流调节电路。变阻器 R_1、R_2 的阻值可根据待校电流表的量程和内阻及工作电源 E 的电压选取。这样，图 S22-5 是给图 S22-4 提供电流的。

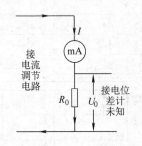

图 S22-4　电流—电压转换电路

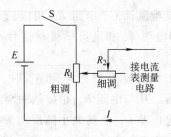

图 S22-5　电流调节电路

【实验仪器】

1. 十一线电位差计；2. 87 - 1 型学生电位差计；3. 标准电池；4. AC5/3 型直流指针式检流计；5. UJ25 型电位差计；6. UJ31 型电位差计；7. 电流表。

【仪器介绍】

1. 十一线电位差计

图 S22-6 所示为十一线电位差计。图中均匀电阻丝 AB 长 11m，折绕于固定在木板上的十一个接线插孔 0、1、2、…、10 上，每两个插孔间电阻丝长为 1m。插头 C 可插在孔 0、1、2…、10 这 11 个插孔中的任何一个。电阻丝 OB 旁附有一带毫米刻度的米尺，滑键 D 可在它上面滑动。C、D 间电阻丝长度可在 $0 \sim 11m$ 间连续变化。

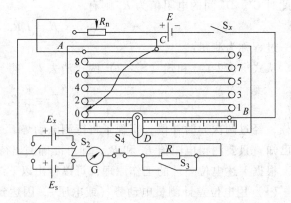

图 S22-6　十一线电位差计

R_n 为滑线电阻。用于调节辅助回路的工作电流 I_0。双刀双掷开关 S_2 用来选择接通标准电池 E_s 或待测电池 E_x。电阻 R 用来保护标准电池和检流计。在使用电位差计读取数据时，必须闭合 S_3 使电阻 R 短接，以提高测量的灵敏度。S_4 是检流计上的"电计"按钮开关，只有将 S_4 按下，检流计才被接通。

校准和测量时测出的是触点 C、D 间电阻丝的长度 L_s 和 L_x。设电阻丝单位长度电阻值为 r，则 $R_s = rL_s$，$R_x = rL_x$。所以

$$E_x = \frac{R_x}{R_s} E_s = \frac{L_x}{L_s} E_s \qquad \text{（S22-4）}$$

2. 箱式电位差计

图 S22-7 是 87-1 型学生电位差计面板图。它具有简单、直观等特点。它可将电阻转换成电压，并能直接从表盘上读出被测电动势的值。面板上 E 接线柱为外接电源 3V；S_1 为接通电源开关；接线柱 R_1 为外接滑线变阻器接线端子；R_2 为测量范围选择插孔，倍率分别为 $\times 1$ 和 $\times 0.1$ 挡；B_A 为辅助回路的接线端子；E_s（+、-）为外接标准电池；E_x（+、-）

为外接待测电动势；S_2 为换向开关；E^+ 和 E^- 为辅助回路与两补偿回路的接线端子；S_4 为带电阻开关；检流计 G 的接线柱分别与补偿回路和带电阻开关 S_4 相连接；S_3 为单刀开关。

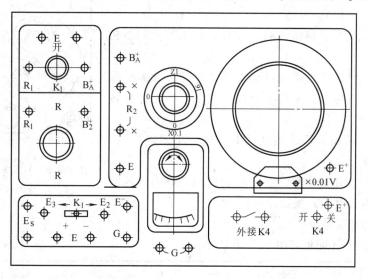

图 S22-7　87-1 型学生电位差计面板图

箱式电位差计的仪器误差限按下式计算：

$$\Delta_{仪} = N_m \times K\% \qquad\qquad (S22\text{-}5)$$

式中，K 是电位差计的精度等级；N_m 为量程。学生电位差计的精度等级为 ±0.2（以满刻度值计算）。

3. 标准电池

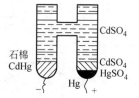

图 S22-8　标准电池原理图

标准电池是直流电动势的标准器，具有稳定而准确的电动势。标准电池是一种汞镉电池，其原理如图 S22-8 所示。在封闭的玻璃管内，电池正极为纯汞，负极为镉汞齐。在正极上放有硫酸镉和硫酸亚汞的混合物作为去极化剂，电池的电解液为硫酸镉溶液。为保护电池和防止光照，电池装在坚固的外壳内。标准电池按电解液的浓度分为饱和式和不饱和式两种。饱和式的电动势最稳定，可长时间保持不变，但随温度稍有变化。若已知 20℃ 时的电动势为 E_{20}，则 t℃ 时的电动势由下式计算：

$$E_t = E_{20} - [39.94\,(t-20) + 0.929\,(t-20)^2 - 0.0090\,(t-20)^3 + 0.00006\,(t-20)^4] \times 10^{-6}\ (V)$$

按精确度划分，标准电池可分为 Ⅰ、Ⅱ、Ⅲ三个等级，Ⅰ、Ⅱ级的最大容许电流为 1μA，Ⅲ级的最大容许电流为 10μA。可见，标准电池只是电动势的参考标准，不能作为电源使用。本实验采用的 BC9a 型标准电池为 Ⅱ级，20℃ 时的电动势标称值为 1.01860V。

4. 指针式检流计

磁电式检流计通常用作指零的仪表，即确定电路中有无电流通过，有时也可用作测量微小电流。检流计所允许通过的电流非常小，一般约为 10^{-6} A。当检流计作为指零仪表使用时，平衡位置（零点）在标尺中央，指针可以向左右两个方向偏转，便于检测流过电流的方向。本实验采用 AC5/3 型直流指针式检流计，其面板如图 S22-9 所示。使用前应调节零点，机械零点的调节用于通电前调整。表针锁扣平时处于锁定位置，以防止因震动造成机芯损坏，只有在使用时才打开。

使用方法及注意事项：

（1）使用时首先将检流计接线柱端钮按其"＋"、"－"标记接入电路内。

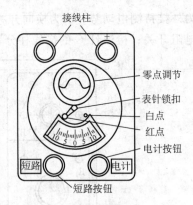

图 S22-9　AC5/3 型直流指针式
检流计面板

（2）将表针锁扣移向白色圆点位置，并用零位调节钮调整指针零位。

（3）按下电计按钮，检流计即被接入电路，如需将检流计长时间接入电路时，可将电计按钮按下，顺时针旋转即可锁住。

（4）使用中若指针不停地摆动时，按一下短路按钮，指针便立即停止。

（5）检流计使用完毕后，必须将表针锁扣移向红色圆点位置，此时电计及短路按钮放松。

5. UJ25 型电位差计

UJ25 型电位差计面板如图 S22-10 所示。

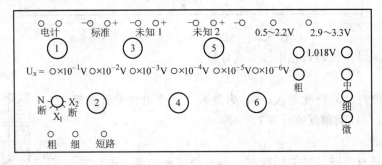

图 S22-10　UJ25 型电位差计

6. UJ—31 型直流电位差计

UJ—31 型电位差计面板如图 S22-11 所示。

（1）当量程选择开关 S_1 指"×1"挡时，量程为 17mV，指"×10"挡时，量程为 170mV。工作电源为 5.7 ~ 6.4V。

（2）R_s 是校准补偿回路电阻的微调旋钮。标准电池的电动势随温度的变化略有变化，这时电阻 R_s 需做出相应变化。

（3）仪器的左下侧有排在一起的 3 个按钮，分别为"粗"、"细"、"短路"，都是用来保护检流计的。按下"粗"时，保护电阻与检流计相串联；按下"细"时，保护电阻被短路；按下"短路"时，检流计被短路，可以使检流计的指针很快停下来。

（4）校准工作电流。开关 S_2 旋转到"标准"挡时，接通校正工作电流回路。先按下"粗"按钮（按下的时间必须短），通过依次调节电阻 R_P 的"粗"、"中"、"细"三个电阻转盘，使检流计的指针不偏转或偏转很小，然后再按下"细"按钮，依次"中"、"细"两个电阻转盘，使检流计的指针不偏转，即校准工作电流完毕。

（5）测量。将 S_2 旋转到所接的待测电动势"未知"位置，估计待测电动势的大小，按估计值预置 Ⅰ、Ⅱ、Ⅲ 3 个电阻转盘的值，使补偿电路的两个电动势基本相等。先按下"粗"按钮（按下的时间必须短），依次调节 Ⅰ、Ⅱ、Ⅲ 电阻转盘的值，使检流计不偏转或偏转很小，再按下"细"按钮，依次Ⅱ、Ⅲ 电阻转盘的值，使检流计的指针不偏转，读出数据，即为待测电动势的大小。

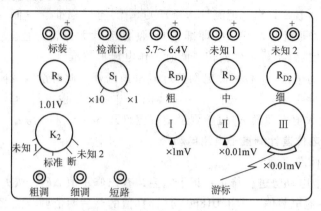

图 S22-11　UJ—31 型直流电位差计面板图

【实验内容及步骤】

1. 用十一线电位差计测电池的电动势

（1）按图 S22-6 连接电路。接线时应断开所有开关，按回路顺序接线。特别注意工作电源 E、标准电池 E_s、待测电池 E_x 的正负极性应一致，不能接反。

（2）校准。校准工作电流就是要确定当触点 C、D 间的电位降落与标准电池达到补偿状态时对应的电阻丝 L_s 的长度。根据标准电池的电动势、待测电池电动势和电阻丝的总长度，选定电阻丝 AB 上单位长度电位降 U_0 为某一适当值，如 0.2000V/m，则 $L_s \approx E_s/U_0 =$ 1.0186/0.2000 = 5.0930（m）。接通开关 S_1，开关 S_2 倒向 E_s 方向，将插头 C 插入插孔"5"，触点 D 置于电阻丝 0B 上 0.093m 处。按下检流计"电计"按钮 S_4，调节限流电阻 R_n 至检流计的指针不发生偏转。然后，合上开关 S_3（即将保护电阻短接），仔细调节触点 D 在 0B 上的位置至检流计准确指零。记下此时 C、D 间电阻丝的长度即校准好的 L_s 的值。在调节 R_n 和寻找触点 D 的位置时，要注意使检流计指针偏转改变方向的"反向点"，以便更快地逼近"补偿点"。不可用滑动头在电阻丝上滑动着找平衡点，以免磨损电阻丝，而应采用跃按方式。校准完毕，断开开关 S_4、S_2、S_3。

（3）测量 L_x。开关 S_2 倒向 E_x 一侧。根据待测电池的电动势的可能范围、校准时电阻丝单位长度电位降 U_0 估计 L_x 的长度范围，按下 S_4，预置触点 C 和 D 的位置。保持辅助回路工作电流 I_0 不变，类似校准时的操作，改变触点 C、D 的位置使电路达到补偿，测出 L_x。注意正确使用保护电阻 R。

（4）重复步骤（2）和（3）三次，记录 L_s、L_x 之值。

2. 用箱式电位差计测电池的电动势

（1）外接电源、滑线变阻器、带电阻开关、标准电池和待测电池，注意不要接错极性。

（2）选择电动势测量"倍率"。若被测电动势在（0~1.71V）范围内，则接端钮"×1"挡；若被测电动势在（0~171mV）范围内，则接端钮"×0.1"挡。

（3）将内接所附导线按接线端子组 B_A^+、R_2、E_+、E_-、G 的各相应端钮连接，经检查无误后，可进行下一步测量。

（4）校准工作电流：先把检流计调零，再预置好 R_A、R_B，使其电压刻度等于标准电池电动势。打开 S_4，合上 S_1、S_3，把测量选择开关 S_2 倒向"标准"一侧（间歇使用）。并同时调节滑线变阻器（即粗调）和 R（即细调），使检流计无偏转为止。将 S_4 合上，重复以上步骤，直至检流计指针不再发生偏转，此时工作电流被校准。

（5）测量 E_x：将 R_A、R_B 按待测电动势近似值预置好，此时滑线变阻器和 R 不能再动。测量选择开关 S_2 倒向"未知"一侧，并同时调节 R_A、R_B 使检流计指针不发生偏转。盘旋上 R_A、R_B 显示的读数值，即为 E_x 值。测量结束应打开 S_1、S_2 和 S_3。

3. 用 UJ25 型电位差计测量干电池电动势

（1）工作电流标准化调节

①　对标准电池电动势进行修正：记下室温，查出修正值 ΔE_t，按 $E_t = E_{20} + \Delta E_t$（式中 E_{20} 为 20℃时标准电池电势值，即 1.01860V）计算值的最后两位调节温度补偿旋钮，使其指在修正值位置上。

②　将转换开关置于"N"，按下"粗"按钮，调节"粗"、"中"、"细"、"微"工作电流调节旋钮，使电流计大致指零，然后再按下"细"调节按钮，再调节工作电流调节旋钮使检流计指零。调节好后工作电流旋钮不得再调。

（2）测量电动势

①　将转换开关置于"x_1"或"x_2"（按接"未知 1"或"未知 2"接线柱而定，若要测两个电动势值，则可同时使用两对接线柱）。

②　根据被测电动势的大小，预置测量盘的指示值。

③　按下"粗"钮，调节测量盘，使检流计最接近零，再按"细"钮，调节测量盘，使检流计指零。

4. 用 UJ25 型电位差计精确测量电阻

测量电阻的电路如图 S22-12 所示，其中 R_b 为标准电阻，E 为干电池，R_x 为未知电阻，分别测出 R_b 和 R_x 两端的电势差 U_b、U_x，即可由 R_b 的大小和 U_b、U_x 求得 R_x。自己设计操作步骤。

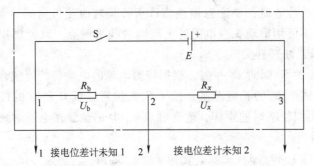

图 S22-12　用 UJ25 型电位差计精确测量电阻的电路

5. 用 UJ31 型电位差计校准 5mA 量程电流表

（1）根据图 S22-4 和图 S22-5 连接完整的实验电路图

（2）取标准电阻 R_0 上的最大电压为 150mV，计算 R_0 的取值。

（3）根据实验原理画出完整电路图，并正确连接测量电路和电位差计。

（4）调节 R_1、R_2 使电流表的指示值从零每隔 1mA 增大到满刻度，用电位差计测出相应的电压值 U_0（称 U_0 的上行值）；然后从满刻度减少到零，用电位差计测出相应电压值 U_0（U_0 的下行值）。在测量电压时，需由电流值预置电压值。由上行值和下行值可得 $\overline{U}_0$。

【数据处理】

1. 十一线电位差计测电池的电动势

（1）自拟表格记录数据。

（2）通过误差传递公式计算不确定度。

（3）写出测量结果。

2. 箱式电位差计测电池的电动势

由式（S22-5）估算测量误差，并正确表达测量结果。

3. 用 UJ25 型电位差计测量干电池电动势

将用 UJ25 型电位差计测量干电池电动势的实验数据记入表 S22-1。

表 S22-1　用 UJ25 型电位差计测量干电池电动势的数据记录表

次数	1	2	3	室温 $t/℃$	修正值 $\Delta E_t/\mu V$	$E_t = E_{20} + \Delta E_t$
U/V						
电动势平均值/V						

4. 用 UJ25 型电位差计测量电阻

将用 UJ25 型电位差计测量电阻的实验数据记入表 S22-2。

表 S22-2　用 UJ25 型电位差计测量电阻的数据记录表

次数	1	2	3
R_b/Ω			
U_x/V			
U_b/V			
$\overline{U_x}/V$			
$\overline{U_b}/V$			

5. 用 UJ31 型电位差计校准 5mA 量程电流表

（1）计算电流的标准值 I_s 和校正值 ΔI，分别填入自拟的数据表格中。

（2）以指示值为横坐标、校正值为纵坐标作 $\Delta I - I_s$ 校正曲线。图线要求反映数据的有效数字。

（3）确定被校电表的精确度级别。

【注意事项】

（1）使用电位差计测量时，必须先接通辅助回路，然后接通补偿回路。断开时，先断补偿电路，后断辅助回路。

（2）标准电池应防止震动、倾斜等。绝不可短接，它允许通过的电流不得超过 $1\mu A$，否则影响标准电池精度甚至造成永久性的电动势衰落。

（3）标准电池和待测电池的正、负极不要接错，否则补偿回路不可能调到补偿状态。

（4）在测量过程中，工作条件可能发生变化（如辅助电源 E 不稳定等），为了保证辅助回路中电流保持不变，每次测量时要经过校准和测量两个步骤，且两个步骤之间间隔不要太长。

（5）在调节电路逼近补偿状态的过程中，特别是当电路远离补偿状态时，待测电路将受到电位差计电路的影响，不能接通检流计调整电路，而应在断开检流计的状态下作调整，然后瞬时按下"电计"按钮来判断是否达到补偿状态。这可防止过大电流流过检流计及标准电池、避免标准电池长时间放电。

【思考与讨论】

（1）为什么电位差计能够准确测量电池的电动势？

（2）如果实验中所用仪器都是良好的，却发现检流计总是偏向一边，无法调整到补偿。试分析可能有哪些原因？

（3）测量电动势时，为什么要先估算预置十一线电位差计电阻丝 C、D 间的长度或箱式电位差计测量度盘的电位差值？

（4）当选定十一线电位差计电阻丝单位长度电压降 $0.2000V \cdot m^{-1}$ 时，工作电源的端电压至少应大于多少伏？当工作电源电压为 3V 时，若待测电压为 2.4V，电阻丝上单位长度电压降选多大为宜？

第5章 光学实验

实验 23　薄透镜焦距的测定

【实验目的】

（1）通过实验加深对薄透镜成像公式的认识，了解近轴条件和同轴等高调节的必要性。

（2）掌握简单光路的分析和调整（同轴等高）方法。

（3）掌握几种测定薄透镜焦距的实验方法，并比较它们的优缺点。

（4）掌握左右逼近法读数及消去法。

【实验原理】

当透镜的厚度与其焦距相比为很小时，这种透镜称为薄透镜。在近轴光线的条件下，薄透镜成像的规律可表示为

$$\frac{1}{u} + \frac{1}{v} = \frac{1}{f} \tag{S23-1}$$

式中，u 表示物距；v 表示像距；f 为透镜的焦距。u、v 和 f 均从透镜的光心 O 点算起。物距 u 恒取正值，像距 v 的正负由像来确定。实像时，v 为正；虚像时，v 为负。凸透镜的 f 取正值，凹透镜的 f 取负值。

1. 用自准法测凸透镜的焦距

在图 S23-1 中，光源 S_0 置于凸透镜焦点 F 处，发出的光经过透镜后成为平行光，若在透镜后面放一块与透镜主光轴垂直的平面镜 M，平行光射向 M 后由原路反射回来，仍会聚于 S_0 上，即光源和光源的像都在透镜的焦点 F 处，凸透镜光心 O 与光源 S_0 之间的距离即为该透镜的焦距 f。如果光源不是点光源，而是一个发光的、有一定形状的物屏 AB，则当该物屏位于凸透镜的焦平面上，而且呈倒像。此时物屏至透镜光心的距离便是焦距 f。利用这种物、像在同一平面上且呈倒像测量透镜焦距的方法称为自准法。

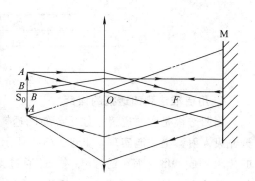

图 S23-1　用自准法测凸透镜焦距

2. 用物距与像距法测凸透镜的焦距

因为实物作为光源，其发散的光经会聚透镜后，在一定条件下成像，故可用白屏接取实像加以观察（图 S23-2），通过测定物距和像距，利用式（S23-1）即可算出 f。

3. 用共轭法测凸透镜的焦距

由式（S23-1）可以证明，当物距与像距之和 $D = u + v > 4f$ 时，使凸透镜在物屏与像屏

之间移动，能在像屏上二次成像，如图
S23-3 所示。当透镜在 x_1 位置时，在屏上
得到一个倒立放大的实像 A_1B_1；当透镜在
位置 x_2 时，在屏上得到一个倒立缩小的实
像 A_2B_2。设两次成像移动的距离为 d，则 d
$= |x_1 - x_2|$。当透镜在位置 x_1 时，有

$$\frac{1}{f} = \frac{1}{u} + \frac{1}{(D - u_1)} \quad (S23\text{-}2)$$

当透镜在位置 x_2 时，有

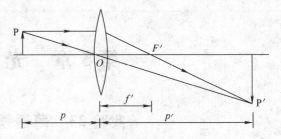

图 S23-2　用物距与像距法测凸透镜焦距

$$\frac{1}{f} = \frac{1}{u_1 + d} + \frac{1}{D - (u_1 + d)} \quad (S23\text{-}3)$$

由式（S23-2）和式（S23-3），消去 u_1，可解得

$$f = \frac{D^2 - d^2}{4D} \quad (S23\text{-}4)$$

由式（S23-4）知，只要测出物屏的位置、像屏的位置及凸透镜两次成像时的位置便可
以算出 D 和 d，代入式（S23-4），即可以算出凸透镜的焦距。用这种方法测焦距的优点就是
把焦距的测量归结为可以精确测定的量 D 和 d，避免了在测量 u 和 v 时，由于估计透镜光心
位置不准确所带来的误差（因为在一般情况下，透镜的光心并不跟它的对称中心重合）。

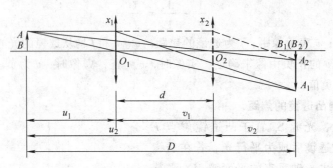

图 S23-3　用共轭法测凸透镜焦距

4. 用自准法测凹透镜的焦距

因凹透镜是发散透镜，如果要使凹透镜获得一束平行光，就必须有一会聚透镜产生一会
聚光束入射其上才能实现。如图 S23-4 所示，物 S_0 处于凸透镜 L_1 的主光轴上，物距大于它
的焦距（成一倒立缩小的像），物 S_0 通过 L_1 成像于 S_{10} 处，并保持该光路不变。如果在 S_{10}
与凸透镜之间放一凹透镜 L_2，并使它与 L_1 共
轴，当 L_2 的光心 O_1 到 S_{10} 的距离等于凹透镜
L_2 的焦距时，从凹透镜射出的就是一束平行
光，若用一垂直于主光轴的平面反射镜将这束
平行光反射回去，则能在物屏上成一清晰的实
像。

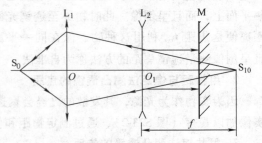

5. 物距、像距法测凹透镜的焦距

如图 S23-5 所示，先用凸透镜 L_1 使物 AB

图 S23-4　用自准法测凹透镜焦距

成缩小倒立的实像 A_1B_1，然后将待测凹透镜 L_2 置于凸透镜 L_1 与像 A_1B_1 之间，如果 O_1A_1 小于凹透镜焦距 f，则通过的光束经过折射后，仍能成一实像 A_2B_2。但应注意，对凹透镜 L_2 来讲，A_1B_1 是虚物，物距 $u = -\overline{O_2B_1}$，像距 $v = \overline{O_2B_2}$，代入公式（S23-1），即能算出焦距

$$f = \frac{uv}{v - u}$$

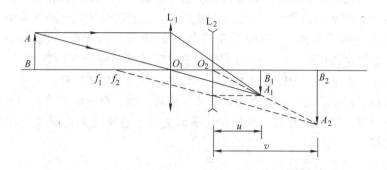

图 S23-5　物距、像距法测凹透镜焦距

【实验仪器】

1. 光具座（包括导轨和可移动的底座）；2. 凸透镜；3. 凹透镜；4. 平面镜；5. 光源；6. 物屏（其上中心位置有"1"形透光孔）；7. 像屏等。

【实验内容及步骤】

1. 光具座上各元件的等高同轴调整

薄透镜成像公式（S23-1）仅在近轴光线的条件下才能成立。对于一个透镜的装置，应使发光点处于该透镜的主光轴，并在透镜前适当位置上加一光栏，挡住边缘光线，使入射光线与主光轴的夹角很小。对于由多个透镜元件组成的光路，应使各光学元件的主光轴重合，才能满足近轴光线的要求。光具座的导轨带有毫米刻度尺，导轨上用于装接各种光学元件上的滑块上有读数准线，为了能在导轨的刻度上正确地测得光学元件之间的距离，必须使待测长度与导轨平行。本实验要测量的焦距 f、物距 u、像距 v 等都是指透镜光轴上的长度，因此透镜的光轴应跟光具座导轨平行。故我们将这一调节步骤统称为光学系统的等高共轴调整。

（1）粗调：把光源、透镜、物屏、像屏等安置在滑块上，先将它们靠拢，调节高低、左右，使光源、物屏上"1"形透光孔的中心、透镜中心、像屏中心大致在一条和导轨平行的直线上，并使物屏、透镜和像屏的平面互相平行且垂直于导轨。

（2）细调：借助于其他仪器或应用成像规律来调整。本实验中可以用透镜成像的共轭法原理（二次成像法）进行调整，使物屏与像屏之间的距离大于 $4f$，逐步将凸透镜从物屏移向像屏，在移动过程中，像屏上将先后获得一次大的和一次小的清晰的实像。若两次所成像的中心重合，即表示等高共轴的要求已经达到。若大像中心在小像中心的下方，说明透镜位置偏低，应将透镜调高；反之，则将透镜调低。

（3）当有两个透镜需要调整时（如测凹透镜焦距时），必须逐个进行上述调整，即先将一个透镜（凸）调整好，记下像中心在屏上的位置；然后加上另一个透镜（凹），再次观察成像情况，对后一透镜的位置作上下、左右的调整，直至像的中心仍保持在第一次成像时记下的中心位置上为止。

2. 用自准法测凸透镜的焦距

将物屏、凸透镜和平面镜依次装在光具座上的滑块上，改变凸透镜的距离，直至物屏上"1"形透光孔旁出现清晰的"1"形透光孔像为止（注意区分光线经凸透镜表面反射所成的像和经平面镜反射所成的像）。调好光路后测物的位置，只须测一次，估计仪器误差为2mm。凸透镜的位置测 6 次。在实际测量时，由于对成像清晰程度的判断不免有一定误差，故常采用左右逼近法读数，先使透镜由左向右移动，当像刚清晰时停止，记下透镜位置的读数，再使透镜自右向左移动，在像刚清晰时又可读得一数，取这两次读数的平均值作为像清晰时凸透镜的位置。固定凸透镜，然后改变平面镜和凸透镜之间的距离，观察成像有无变化，并加以解释。

3. 物距像距法测凸透镜焦距

用具有箭形开孔的金属屏为物，用准单色光照明。如图 S23-2 所示，在物屏与白屏之间移动待测透镜，直至白屏上呈现出箭形物体的清晰像。记录物、像及透镜的位置，依式（S23-1）算出 f。改变屏的位置，重复三次，求其平均值。

4. 用共轭法测凸透镜的焦距

（1）先用一个简易方法估计一下待测透镜的焦距值。（用步骤 2 的数据）

（2）按图 S23-3 所示，使物屏和像屏之间的距离 D 大于 4 倍估的焦距值，在物屏和像屏之间放上凸透镜，调节其等高共轴，记录物屏和像屏的位置。

（3）移动透镜，使像屏上呈现出清晰的放大像，记下此时透镜 L 的位置读数 x_1，然后再移动透镜至另一位置，使物屏上呈现出清晰的缩小像，记下此时透镜 L 的位置读数 x_2，作一次测量。

5. 用自准法测量凹镜的焦距

实验步骤自拟（提示：关键是调节光路找出 O_2 和 S_{10} 的位置，只要求作一次测量）。

6. 用物距、像距法测凹透镜的焦距

按照图 S23-5 所示，先用会聚透镜 L_1 把物体 AB 成像在 A_1B_1 处的屏上，记录 A_1B_1 的位置，然后将待测发散透镜 L_2 置于 L_1 与 A_1B_1 之间的适当位置，并将屏向外移，使屏上重新得到清晰的像 A_2B_2，分别测出 A_1B_1、A_2B_2 及发散透镜 L_2 的位置，求出物距 u 和像距 v，算出 f（注意物距 u 应取的符号）。改变凹透镜的位置，重复三次，求其平均值。

【数据处理】

自拟表格，对测量结果作比较和评价。

【注意事项】

（1）透镜应轻拿轻放，小心不要失手跌落打破。

（2）不要用手接触透镜的光学表面，若透镜有灰尘，要用透镜纸轻轻擦去，或交实验室工作人员清洗。

【思考与讨论】

（1）调节等高同轴的意义何在？如何调节？

（2）共轭法测量凸透镜焦距的条件是什么？有何优点？

（3）为了减小测量透镜焦距的误差，本实验中都采取了哪些措施？

实验 24 发光强度的测量

【实验目的】

（1）掌握发光强度的测定方法和光度计的构造原理。

（2）学会光度计和照度计的使用方法。

【实验原理】

1. 点光源的发光强度

光从点光源 L 向四周辐射，如图 S24-1 所示，一般说来，不同方向的单位立体角光通量并不相同，在方向 n 取立体角元 $d\Omega$，若通过 $d\Omega$ 的光通量为 $d\Phi$，则 L 沿 n 方向的发光强度 I 为

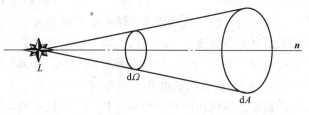

图 S24-1 点光源发光

$$I(n) = \frac{d\Phi}{d\Omega} \qquad (S24\text{-}1)$$

光通量 Φ 的单位是流明，发光强度 I 的单位是坎德拉（烛光）。1 坎德拉即单位立体角的光通量为 1 流明的发光强度。

2. 照度

单位面元上所接受的光通量称为照度，用 E 表示，则

$$E = \frac{d\Phi}{dA} \qquad (S24\text{-}2)$$

若 Φ 用流明为单位，A 用米^2 为单位，则 E 的单位是勒克斯。

【实验仪器】

1. 陆末—布洛洪光度计；2. 标准灯泡；3. 交流伏特计；4. 变阻器；5. 可变变压器；6. 双刀开关；7. 光具座；8. 待测灯泡。

【仪器介绍】

1. 光度计的测量原理和仪器结构

光度的测量一般是把未知光度和已知的光度比较，但光度的比较又不如照度的比较来得简单，所以，布洪光度计是通过照度的比较来实现光度的测量。

强度不同的两光束照射到同一平面的相邻部分，用眼睛容易判断出哪一部分照度较大，哪一部分照度较小。因为眼睛判断照度是否相等相当精确，而判断某处的照度是另一处照度的多少倍却很困难，所以，所有的目视光度计都采用照度法。设 I_1 和 I_2 分别代表两点光源的发光强度，并以相同的入射角照射到接收平面，r_1、r_2 代表两点光源到接收平面的距离。E_1、E_2 代表两光源在平面上的照度，因为

$$E_1 = \frac{I_1}{r_1^2}, \qquad E_2 = \frac{I_2}{r_2^2}$$

移动两光源到平面的距离，使 $E_1 = E_2$，这时

$$I_2 = I_1 \frac{r_2^2}{r_1^2} \tag{S24-3}$$

只要已知 I_1，测出 r_1 和 r_2，未知光源的发光强度 I_2 即可求出。

图 S24-2 是陆末—布洛洪光度计的内部构造图，S 是一反射面，用表面较光滑的石膏板制成，M_1 和 M_2 是两个直角全反射三棱镜（或用平面镜来代替）。P 称为陆末—布洛洪立方体，是用两个完全相同的三棱镜 ABC 与 DBC 合成的（见图 S24-3）。三棱镜 ABC 的底面 BC 有空隙部分（一部分凹进形成空隙）。当光线从棱镜射到有空气的空隙，且入射角大于临界角时，发生全反射，造成如图 S24-4 的阴影部分。三棱镜 DBC 的底面完全平滑，将两个棱镜的底面良好地胶接在一起，两棱镜相接触的平滑部分是连续的透明体，光线通过时不发生反射或折射，如图 S24-3 所示。图 S24-2 的 G_1 和 G_2 是两个相同的且能转动的薄玻璃片，它的作用是当 BC 面上的照度几乎相等时，转动 G_1、G_2 可以去掉一部分入射光线，从而更精确地判断望远镜视场的半圆中部（E、F）（见图 S24-3）的亮度是否相等。

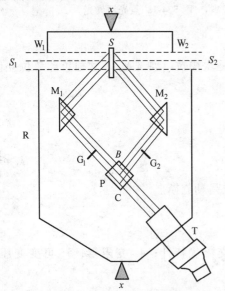

图 S24-2 陆末—布洛洪光度计的内部构造图

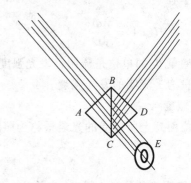

图 S24-3 陆末—布洛洪立方体

图 S24-4 望远镜视场

图 S24-2 中 T 为望远镜，两光源 S_1 及 S_2 发出的光束，接近垂直入射至 S，经 S 两边漫反射后，分别由三棱镜 M_1 及 M_2 全反射至 BC 面的两边，从 M_1 来的光经 BC 面中光滑处射入望远镜，从 M_2 来的光则经 BC 面上的空隙处全反射而到达望远镜，一般说来 S 的两个面

照度不同，把望远镜聚焦到 BC 面上时，观察到如图 S24-4 明暗相隔的图形，如果 S 的两个面照度相同，明暗的差别消失，图形也就消失，只观察到一亮暗均匀的圆光片。

整个仪器固定在匣子 R 内，R 可绕水平轴 xx' 旋转 180°，匣上开有两窗 W_1 和 W_2，使用时打开窗使光束射至 S，不用时把两窗关闭，以免尘土进入仪器内部。

2. 光电池的结构和测量特性

光电池是利用半导体的内光电效应制成的元件。常用的有硅光电池和硒光电池两种，硒光电池最突出的优点是它的光谱灵敏度和人眼十分接近，但性能不如硅光电池稳定。

光电池的结构图 S24-5 所示。图中 1 是塑料或胶木外壳，2 是保护玻璃，3 是金属透明膜片（或网片，作为上电极的引出），4 是半导体上电极，6 是金属片下电极。在半导体上电极和金属片下电极的交界处，经过适当的处理生成 P-N 结 5，电子只能由半导体进入金属。结果金属下电极带负电，半导体则带正电，产生了光生电动势。如果把电流计连接到光电池的两极，电路中会有光电流。

光电流的大小与入射光通量（或照度）有关，也和入射光的光谱组成有关。光电流和入射光的光谱的关系，在此不作讨论。本实验只考察光电流与入射光通量的关系——光电特性。

从光电池的机理可知，入射光通量越大，半导体中被激发的光电子越多，在光通量不太大的范围内，光电流与入射光通量成正比，这是线性的区域。光通量超过

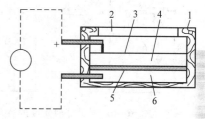

图 S24-5　光电池的结构

线性范围后，光电流的增加减慢，有饱和的趋势，这是非线性区域。通常使用光电池时，乐于采用线性范围。

线性范围的大小还和外接电阻（图 S24-5 的电流计内阻）的阻值有关。外阻为零时，可以得到最大的线性范围，随着外阻的增大，线性范围缩小。这是因为外阻不为零时（设为 R_g）光电池的端电压 $U = IR_g$，随着光电流 I 的增大，U 也随着增加。对光电池的内部而言，U 的电场是妨碍电子从半导体进入金属片的，U 越大，电子越难越过 P-N 结，出现非线性情况。

【实验内容及步骤】

1. 用陆木—布洛洪光度计测量灯泡的光度分布

整个装置如图 S24-6 所示。S_1 是待测灯泡，安装在一水平刻度盘上，灯泡可绕自身轴线旋转，旋转的角度从刻度盘读出，S_2 是标准灯泡。

（1）接好电路，先后点亮灯泡。

（2）调节两灯泡的电压，使两灯泡发出的光的颜色尽量接近，因为颜色不同时很难判断照度是否相等。

（3）把光度计放到光具座中间，两灯泡分别在光具座两端，光度计的窗口应和两灯泡等高，两灯泡的光线大致垂直入射到光度计。

（4）打开光度计的两个窗口，把望远镜 T 聚焦于 BC 分界面，这时可看到如图 S24-4 所示的图像。

（5）移动光度计，看图像亮暗的变化，亮暗的反转，以熟悉怎样判断照度相等。

（6）从 0°开始，测出待测灯泡在该方向的发光强度，然后接每旋转 45°作一次测量，一直到 360°为止。

（7）将待测灯泡电压降低 2V，测出在 0°方向的发光强度。

2. 校准照度计

光电池和电流计连接后即成为照度计，如果事先校准好光电流和照度的关系并直接把照度值刻在电流计的面板上就是勒克斯计。

整个装置如图 S24-7 所示，L 是标准灯泡，其发光强度已知；P 是光电池。小灯泡和光电池都安装在一个暗箱里面，以防止外部杂散光影响测量。暗箱内表面涂黑，避免箱子内壁反射。光电池装在一滑槽上，沿槽滑动可改变灯泡和光电池之间的距离，距离可由刻度尺读出。

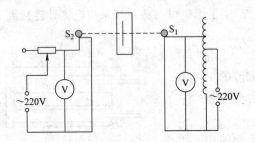
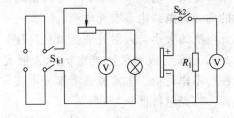

图 S24-6 测量灯泡光度的装置　　　　图 S24-7 校准照度计的装置

（1）如图 S24-7 所示连好电路，调整好光电点电流计，电流计的零点应调到左端的零刻度，使电流计能有 120 格的偏转。

（2）把光电池和小灯泡调节成等高，光电接收面垂直于光的进行方向，然后合上灯泡电源，按规定电压值点亮灯泡。

（3）把光电池放在距光源 $r = 30\text{cm}$，先使 $R_1 = 0$，然后合上开关 S_{k2}，去掉光电池的遮光罩，逐步增大 R_1 的数值，使光点电流计达到满偏转。

（4）增大距离 r，相继测出 r 和对应的电流计偏转格数 n。

（5）把小灯泡电压升高 0.5V，测出 $r = 0.5\text{m}$ 处的照度。

【数据处理】

（1）以发光强度为半径，在极坐标上画待测灯泡的发光强度分布图。

（2）计算出灯泡电压降低 2V 后在 0°方向的发光强度，并跟未降低电压之前的数值比较，求出百分率。

（3）以照度 E 为横坐标，画出光电池的校准曲线 n—E 图。

（4）求出小灯泡电压升高 0.5V 后，距离为 0.5m 处的照度，由此算出小灯泡的发光强度，再利用实验室给出的光电池光电接收面的直径，算出此时光电池接收的光通量。

【思考与讨论】

（1）利用式（S24-3）测量发光强度有何条件？在实验中如何保证？

（2）为什么要使光度计和两灯泡等高？不等高对测量结果影响大吗？

（3）为什么要使光线垂直进入光度计窗口？不垂直进入对测量结果有影响吗？

（4）从实验结果看，灯泡的发光强度和所加电压成比例增加吗？怎样解释数据结果？

（5）光电池实验的箱内壁为什么要涂黑？不涂黑对测量有什么影响？

（6）连接光电池的电流计采用内阻值较高的好些？还是采用内阻值较低的好些？为什么？

实验 25   测定透镜组的基点

【实验目的】

（1）了解透镜组基点的一般特性。

（2）加深对光具组基点的理解和认识。

（3）掌握测定透镜组基点的方法。

【实验原理】

每个透镜或透镜组都有六个基点，即两个焦点 F、F'，两个主点 H、H'，两个节点 N、N'。在大多数情况下，透镜或透镜组都在空气中使用，即透镜两边都是空气，折射率相等。根据几何光学的理论，当物方和像方的媒质折射率相等时，节点和主点是重合的（折射率不相等时不重合）。因此，在这种情况下，主点兼有节点的性质，透镜或透镜组只用四个基点就可以完全确定。对于几何光学中定义的"薄透镜"，因它的主点、节点均与透镜光心重合，故只用两个基点（即 F 和 F）就可以完全确定。图 S25-1 给出了典型的薄透镜、厚透镜、透镜组（惠更斯目镜）的基点位置。

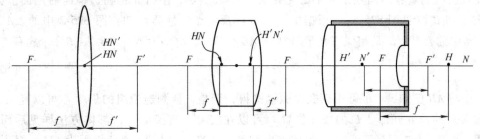

图 S25-1   典型透镜的基点

原则上，所有的基点都可以用实验的方法来测定。本实验介绍两种测定透镜组基点的方法，它们都是生产和科研上较常采用的方法。

1. 方法一：用焦距仪测定透镜的基点

焦距仪（也称为平行光管）是一种常用的光学量度仪器，主要作用是产生平行光束。本实验用的国产 CPG—550 型平行光管，物镜焦距为 550mm，内部构造如图 S25-2 所示。

以分划板为物，置于物镜的前焦面上，用小灯泡及毛玻璃将分划板照亮，平行光管即能产生多种方向的平行光。例如对应分划板上的 A 点得到 A' 方向的平行光，对应 B 点得到 B' 方向的平行光。平行光管一般都配有多种分划板以适应不同的测量需要，本实验采用的是玻罗分划板，上面有 5 对距离不同的刻线，每对刻线都对称于光轴（见图 S25-3），间隔距离分别为 1.000mm、2.000mm、4.000mm、10.000mm、20.000mm，显然其中的任意一对刻线

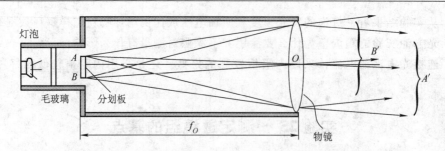

图 S25-2　CPG—550 型平行光管内部构造

都可以产生对称于光轴的两束平行光，因为刻线的间距 d 以及物镜焦距 f_0 都已知，所以对应的两束平行光和光轴的夹角（或两束平行光之间的夹角）也就确定。

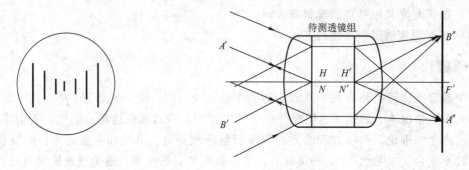

图 S25-3　玻罗分划板　　　　　　　　图 S25-4　平行光成像

把待测透镜组沿平行光管的光轴方向放置，让待测透镜组距离物镜适当位置以便接收由平行光管出射的具有不同倾角的平行光 A' 和 B' 等。显然，平行光将在透镜组后焦面上会聚，形成像 A'' 和 B''（见图 S25-4）。根据主点、节点及焦点的性质可知：图 S25-2 中的 $\triangle AOB$ 与图 S25-4 中的 $\triangle A''N'B''$ 是相似三角形（因为 $AO /\!/ A''N'$、$BO /\!/ B''N'$、$AB /\!/ A''B''$），故有

$$f' = \frac{A''B''}{AB}f_0 \tag{S25-1}$$

式中，f_0 与 AB 已知，$A''B''$ 可用读数显微镜测得，于是，待测透镜组的焦距 f' 可以算出。

焦点 f' 的位置（即 $A''B''$ 的成像位置）可以在实验中直接测定，具体方法详见后面的实验步骤。由于 f' 和 F' 都已确定，故 H' 点也就确定下来了（H' 与 F' 点相距为 f'）。至于节点 N'，因为总是与主点 H' 重合，所以也就唯一地被确定下来。

把待测透镜组颠倒过来，让入射光和出射光互换，同理可测出透镜组的物方基点 F、H、N 的位置。

2. 方法二：用节点调节架测定透镜组的基点

根据节点的定义，一束平行光从透镜组左方入射时，光束中的大多数光线经透镜组后的出射方向一般和入射方向并不平行，但是其中有一根特殊的光线，即经过物方节点 N 的光线 PN，折射后将从像方节点 N' 出射，出射光线 $N'Q$ 的方向与 PN 相同（见图 S25-5a）。设光线 $N'Q$ 与透镜组的后焦面相交于 F'' 点，则由后焦面的定义可知，PN 方向的平行光经透镜组后成像于 F'' 点。

另外，若入射光方向 PN 与透镜组光轴方向平行时，像点 F'' 将与焦点 F' 重合（见图 S25-5b）。由此可见，节点应具有下列特性：若以像方节点 N' 为轴心微微转运透镜组，使透

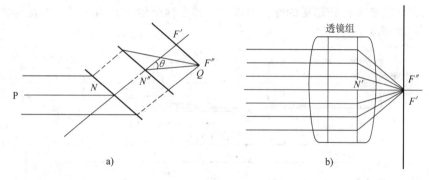

图 S25-5 平行光成像

镜组光轴与入射平行光之间形成微小的夹角 θ，则平行光经透镜组后的会聚点 F'' 的横向位置将保持不动，即用读数显微镜观察位在 F'' 点的像时，像不发生移动而只是稍许变得模糊一点。这是因为转动透镜组并不改变入射平行光的方向，PN 方向不变将导致 $N'Q$ 方向也不变，又因透镜组是绕 N' 点转动，N' 点不动使 $N'Q$ 光线亦不动，而像点 F'' 始终在 $N'Q$ 线上，故 F'' 点不会有横向移动，至于 $N'F''$ 的长度当然会有很小的改变，即 F'' 点稍有前后移动，故 F'' 点的像随着透镜组的转动会变得模糊一点。反之，若透镜组绕 N' 点以外的任何其他点转动，F'' 点的像都会有横向移动，利用节点的这一特性可以构成下面的测量方法。

在一个可以绕垂直轴转动的平台上装有一个水平小导轨，把待测透镜组放在小导轨上后，能使透镜组在平台上既可绕垂直轴转动，也可沿导轨作水平移动。这个装置称为"节点调节架"。若在该调节架的前方放置平行光管，后方放置读数显微镜，则平行光经透镜组后可成像于 F'' 点，如图 S25-6 所示。用读数显微镜观察分划板在 F'' 点处所成的像，同时转动节点调节架，观察 F'' 点处的像是否横向移动，如果有移动，就要沿小导轨前后移动透镜组，重复上述观察，直到 F'' 点处的像无横向移动时，表明透镜组的节点 N' 已位于节点调节架的转轴上，此时，节点调节架转轴与透镜组光轴的交点即为节点 N'。

由于 F'' 点的空间位置和调节架转轴的空间位置可以用读数显微镜精确测定，所以透镜组的基点 F'、H' 和 N' 也就可以确定，而焦距 f' 则可以由 F'' 与 N' 的位置差直接算出。同理，若将透镜组旋转 180°，则可测定基点 F、H、N 以及算出焦距 f。

【实验仪器】

1. 光具座（附加精密短导轨）；2. 节点调节架；3. 读数显微镜；4. 平行光管（GPG550型）；5. 待测透镜组（生物显微镜目镜）。

【实验内容及步骤】

1. 用焦距仪测定透镜组的基点（方法一）

（1）把平行光管调节好

将玻罗分划板准确固定在平行光管物镜的前焦面上，并让分划板的五对刻线处于垂直状态。平行光管与光具座导轨平行，高短合适（这一步工作已由实验室代为做好）。

把待测透镜组安放在节点调节架上（注：节点调节架此时仅作支架使用），调节透镜组、读数显微镜等与平行光管等高共轴，光路如图 S25-6 所示。然后接通平行光管小灯电源，通过读数显微镜观察分划板的像，仔细调节读数显微镜，直到在视场中观察到清晰的分划板的五对刻线像时为止。

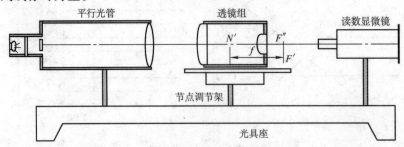

图 S25-6　用焦距仪测定透镜组基点的装置

（2）测定透镜组的焦距 f' 并确定 F' 点的位置

以分划板五对刻线像中的任意一对刻线作为测量对象，用读数显微镜读出刻线间距 $A''B''$，读三遍取平均值，然后代入式（S25-1）求出焦距 f'。

确定 F' 点的位置实际上是要确定 F 点与透镜组实物的相对位置，为此可以分两步完成。

① 在读数显微镜对准刻线的像 $A''B''$ 时，表明它正好调焦在焦点 F 位置上，此时可记下读数显微镜底座在"精密短导轨"上的位置 x_F，显然，F 在精密短导轨上的位置就是 $x_F—C$，参数 C 的含义可从图 S25-7 直接看出。

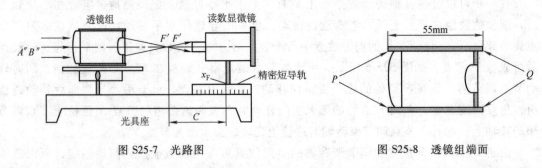

图 S25-7　光路图　　　　　　　图 S25-8　透镜组端面

② 选择透镜组上任意两个位置 P、Q 做参考点，我们统一采用图 S25-8 中透镜组的镜筒端面（呈现圆环状）作为参考点 P、Q。在不移动透镜组的前提下，左右（或上下）调节读数显微镜使之对准 Q 的某个局部位置，然后旋转精密短导轨的手轮，使整个读数显微镜在短导轨上前后移动，直到在视场中看清 Q 的局部位置为止（注：此步调节只可让读数显微镜整体移动，切不可调节显微镜的镜筒，否则 C 值将会改变）。读下显微镜底座在精密短导轨上的位置 x_Q，显然，Q 点在精密短轨上的位置就是 $x_Q - C$，于是可算出 F 点与 Q 点的距离为

$$F'Q = (x_F - C) - (x_Q - C) = x_F - x_Q \qquad \text{（S25-2）}$$

由算出的 $F'Q$ 的值可画出 F' 点与 Q 点的相对位置；再由 f' 的数值及 F' 的位置即可画出 H' 点（即 N' 点）的位置。

（3）测定透镜组的物方焦距 f 并确定焦点 F 的位置

把待测透镜组在节点调节架上旋转 180°，使入射方向和出射方向相互颠倒，用同样方法可以测出焦距 f 以及参考点 P 与焦点 F 的间距 FP，因而可画出 F 点、H 点（即 N 点）与 P 点的相对位置。

（4）作出透镜组的基点分布图

根据以上获得的数据，用 1∶1 的比例在标准坐标纸上画出透镜组的六个基点的位置分布图，其中参考点 P、Q 之间的距离可参阅图 S25-8 给出的数据。

2. 用节点调节架测定透镜组的基点（方法二）

（1）测定节点调节架转轴的位置

为了精确测定转轴的位置，应选择一个参考点并让该点处在转轴位置上，然后对该点测量即可定出转轴位置。我们仍然用 P、Q 两点作参考点，首先将光路恢复成图 S25-6 所示的状态，然后调节节点调节架上的手轮，让透镜组沿导轨作水平移动，当 Q 点基本上与转轴的轴线重合时，就将读数显微镜上、下移动使之对准 Q 的某个局部位置（注意：切不可左右移动镜筒，否则显微镜的光轴将偏离调节架转轴的轴线）。然后作如下观察：当节点调节架转动时，观察 Q 点在显微镜中的像是否摆动，若有摆动则表明 Q 点还未严格处在转轴上，此时用逐步副近法作仔细调节，直到 Q 点的像无摆动时，表明 Q 点已严格与转轴重合了，此时记下读数显微镜在精密短导轨上的位置 x_0，显然，转轴的轴线在精密导轨上的位置就是 $x_0 - C$。

（2）利用节点性质测定焦距 f' 并确定焦点 F' 的位置

当节点 N' 处在转轴上时，分划板的 5 对刻线在 F'' 点的像是不会随着节点调节架的转动而摆动的。利用节点的这一性质，可以用逐步逼近法调节透镜组在节点调节架上的位置，并用读数显微镜对准分划板在 F'' 点的像作跟踪观察（注：跟踪观察时，显微镜只能作整体移动，否则 C 值将被改变）。当 F'' 点的像不再随节点调节架的转动而摆动时，表明 N' 点已处在转轴的位置上，此时可记下读数显微镜底座在精密短轨上的位置 x_F，显然，焦点 F' 在精密轨上的位置就是 $x_F - C$，此时由于节点 N' 正好在调节架的转轴上，所以焦距就是

$$f' = (x_F - C) - (x_0 - C) = x_F - x_0 \tag{S25-3}$$

焦点 F' 与透镜组实物的相对位置仍然可采用前面介绍的方法来确定。在保持透镜组不动的前提下，先将显微镜的镜筒作左、右平移，使之对准 Q 点的局部位置，然后整体地前后移动读数显微镜，直到在视场中看清 Q 的局部像为止。记下此时显微镜底座在精密短导轨上的位置 x_Q，显然，Q 点的实际位置就是 $x_Q - C$，而焦点 F 与参考点 Q 的间距就是

$$F'Q = (x_F - C) - (x_Q - C) = x_F - x_Q \tag{S25-4}$$

（3）测定物方焦距 f 并确定物方焦点 F 的位置

把节点调节架转动 180°，使入射方向和出射方向相互颠倒，再用同样的方法分别测出 x_0、x_F、x_P，然后利用式（S25-3）和式（S25-4）算出 f 以及 FP。

（4）作出透镜组的基点分布图

利用前面所获得的数据，用 1∶1 的比例在标准坐标纸上画出透镜的六个基点的位置分布图，然后将所得结果与前面方法一所得的结果作比较。

【思考与讨论】

（1）从理论上讲，两种方法测量的结果应当是一致的，但实际测量下来总有误差，试对误差较大的几个数据分析误差产生的原因。

（2）如果待测透镜组是在液体中使用（$n \neq 1$），那么用本实验方法测定的各个基点的数据是否能用？为什么？试提出解决的方案。

实验 26　分光计的调节和使用

【实验目的】

（1）了解分光计的结构和各部分的作用。

（2）学会角游标的读数方法。

（3）掌握用自准直法或反射法测量三棱镜的顶角。

【实验原理】

三棱镜是用玻璃材料制成的，是一种简便的分光元件，其结构如图 S26-1 所示，其中 AB 面与 AC 面均为透光的光学面，又称折射面，两面之间的夹角 α 称为三棱镜顶角，上、下底面和 BC 面为毛玻璃面。

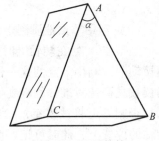

图 S26-1　三棱镜

1. 自准直法测量三棱镜顶角

所谓自准直法测量三棱镜顶角，就是在保持三棱镜相对固定的条件下，让自准直望远镜光轴分别调至垂直于三棱镜的两光学面 AB、AC，如图 S26-2 所示。先使光线垂直入射于 AB 面并沿原路反射回来，记下此时光线入射方位角坐标 θ_1，然后使光线垂直入射于 AC 面，记下此时光线入射方位角坐标 θ_2。两方位角的夹角 φ 与顶角 α 满足如下关系：

$$\alpha = 180° - \varphi$$

而

$$\varphi = |\theta_1 - \theta_2|$$

所以

$$\alpha = 180° - |\theta_1 - \theta_2|$$

2. 反射法测三棱镜顶角

如图 S26-3 所示，使平行光管射出的平行光束照射于棱镜的顶尖处，从而被棱镜的两光学面所反射，分成两束夹角为 θ 的反射平行光束 T_3、T_4，由几何关系可得

$$\theta = 2\alpha$$

即

$$\alpha = \frac{\theta}{2}$$

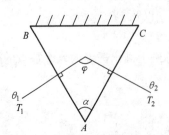

图 S26-2　自准直法测三棱镜顶角

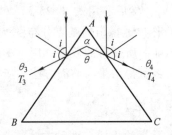

图 S26-3　反射法测三棱镜顶角

而平行光束 T_3、T_4 各自的方位角可由自准直望远镜测得。设从分光计得到的两个读数分别为 θ_3、θ_4，则

$$\theta = |\theta_3 - \theta_4|$$

所以
$$\alpha = \frac{|\theta_3 - \theta_4|}{2}$$

【实验仪器】

分光计的型号很多，但基本都是由平行光管、自准直目镜、载物台和光学游标刻度盘（读数装置）四个部分组成，并被安装在稳固的基座上。图 S26-4 是 JJY 型分光计的外形图。下面介绍分光计的四个部分。

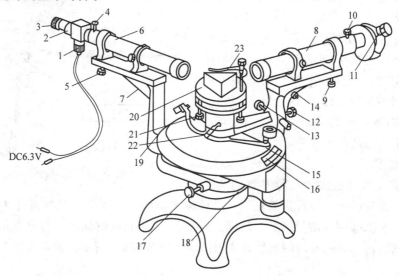

图 S26-4　分光计结构图

1—小灯　2—分划板套筒　3—目镜视度调节手轮　4—目镜筒锁紧螺钉　5—望远镜光轴水平倾斜度调节螺钉　6—望远镜镜筒　7—望远镜光轴水平调节螺钉　8—平行光管　9—平行光管光轴水平倾斜度调节螺钉　10—狭缝套筒制动螺钉　11—狭缝宽度调节手轮　12—游标圆盘制动螺钉　13—游标圆盘微调螺钉　14—平行光管光轴水平调节螺钉　15—游标圆盘　16—刻度圆盘　17—望远镜制动螺钉　18—转座与刻度制动螺钉　19—望远镜微调螺钉　20—载物小平台　21—载物台水平调节螺钉　22—载物台紧固螺钉　23—夹持待测物弹簧片

1. 平行光管

平行光管是用来产生平行光的。它由会聚透镜 1 和宽度可调的狭缝 2 组成，如图 S26-5 所示。在柱形圆筒的一端装有一个可伸缩的套筒，套筒末端有一个可调节的狭缝，筒的另一端装有消色差透镜组。当狭缝恰位于透镜焦平面时，就能使照射在狭缝上的光经过透镜后成为平行光。整个平行光管安装在与底座连接的立柱上。狭缝的宽度可由螺钉 11 来调节（见图 S26-4），平行光管的水平倾斜度可由螺钉 9 来调节，平行光管的水平方位可以通过立柱上的螺钉 14 来调节，以使平行光管的光轴和分光计的中心轴垂直。

2. 阿贝式自准直望远镜

阿贝式自准直望远镜用来观察平行光及确定它的方位。阿贝目镜系统（见图 S26-6）内装有玻璃分划板 T 和一个具有与光轴成 45° 全反射的玻璃棱镜 D，在其一端装有目镜 C，目镜可在镜筒内移动以改变分划板与目镜的相对位置，达到调焦（看清十字叉丝）的目的。整个目镜系统可在望远镜筒内移动，以调整物镜和目镜系统的相对位置，使被观测对象准确

地成像于分划板平面上。在照明器内装有小灯泡 S。由 S 发出
的光经过毛玻璃散射均匀后再经棱镜 D 反射以照亮十字叉丝。
阿贝式自准直望远镜安装在分光计的支臂上，支臂与转座固定
在一起，套在刻度盘 16 的轴上。当松开转座与刻度盘制动螺钉
18 时，望远镜与刻度盘可以相对转动；拧紧 18 时，两者即一
起转动。望远镜光轴方位可以用望远镜光轴水平倾斜度调节螺
钉 5 和望远镜光轴水平调节螺钉 7 来调节。望远镜的作用是把

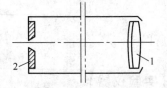

图 S26-5　平行光管

1—会聚透镜　2—可调狭缝

从平行光管发出的平行光束聚焦在目镜的焦平面上以形成狭缝的像，再通过目镜进行观察。

3. 载物台

载物台是用来放置平面镜、棱镜、光栅
等光学元件的。它的上部附有夹住元件的压
簧片，下部设有三个调节平台台面倾斜度的
螺钉。通过调节螺钉 22，载物台既可以独立
地、也可以跟随游标盘一起绕中心轴转动，
也可以调节平台的高度和水平。

4. 读数装置

由刻度圆盘和沿盘边缘对称安置的两个

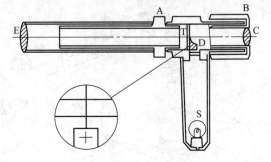

图 S26-6　望远镜的结构

游标盘构成，设置两个游标的目的是为了消除刻度盘的偏心误差。刻度盘分为 360°，最小
刻度为 30′，小于 30′ 利用游标读数。游标上刻有 30 小格，故游标每一格对应角度为 1′。角
度游标读数的方法与游标卡尺的读数方法相似，例如图 S26-7 所示位置应读为 116°12′。

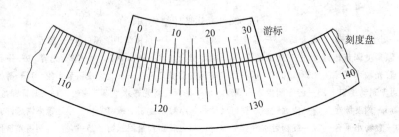

图 S26-7　分光计的游标盘和刻度盘

用分光计测角度时，必须遵照下列规定：

（1）望远镜（或刻度盘）绕分光计中心轴转过某一角度时，要同时记下左右两个游标
所指示的方位角坐标 θ_{11} 和 θ_{12} 以及转动后左右两个游标所指示的方位角坐标 θ_{21} 和 θ_{22}。

（2）当望远镜从方位 T_1 转至 T_2，如图 S26-8a 所示，φ 角内不夹 0° 时，有

$$\varphi = \frac{1}{2}\left[\ |\theta_{11} - \theta_{21}| + |\theta_{12} - \theta_{22}|\ \right]$$

当望远镜从方位 T_1 转至 T_2，如图 S26-8b 所示，φ 角内夹有 0° 时，有

$$\varphi = \frac{1}{2}\left[\ (360° - |\theta_{11} - \theta_{21}|) + |\theta_{12} - \theta_{22}|\ \right] \quad (\theta_{11} \text{ 与 } \theta_{21} \text{ 之间夹 } 0°)$$

或 $\qquad \varphi = \frac{1}{2}\left[\ |\theta_{11} - \theta_{21}| + (360° - |\theta_{12} - \theta_{22}|)\ \right] \quad (\theta_{12} \text{ 与 } \theta_{22} \text{ 之间夹 } 0°)$

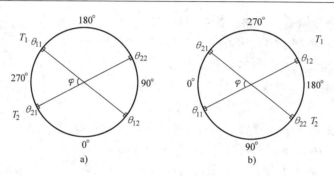

图 S26-8　φ 角的计算

【实验内容及步骤】

1. 调整分光计

通过调节达到以下要求：①望远镜适合观察平行光；②平行光管出射平行光；③平行光管和望远镜的光轴同轴，且与分光计的中心轴垂直。

在正式调整前，先目测粗调，使望远镜和平行光管对准，并都对准于分光计中心轴；使载物台、望远镜和平行光管大致垂直于中心轴。只有做好粗调，才能按下列步骤进一步细调。

具体调节步骤如下：

（1）目镜的调焦

一边调节目镜调焦手轮 3，一边从目镜中观察，直至分划板刻线成像清晰为止。

（2）望远镜调焦

1）将平行平面反射镜平贴望远镜物镜，应可见一亮十字或绿色光斑。

2）旋松目镜镜筒锁紧螺钉 4，通过前后移动目镜筒，使绿色的亮十字清晰成像且无视差。

（3）调节望远镜的光轴垂直于仪器中心轴

由图 S26-9，根据自准法原理分析可知，分划板平面（焦平面）下部亮十字（物）发出的光线经垂直于望远镜的平面镜反射后，成像于分划板上方的十字线处。反过来说，若反射像与分划板上部的十字线重合，说明望远镜的光轴已垂直于仪器中心轴，即平面镜法线与仪器中心轴垂直。具体调节方法是：

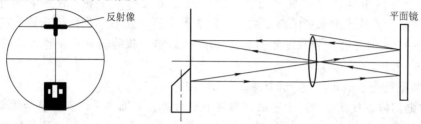

图 S26-9　望远镜光轴与分光计垂直时的示意图

1）粗调：如图 S26-10 所示，将平行平面反射镜，放置于载物台上，调节分光计载物台水平调节螺钉 21，使载物台尽量水平（平面镜尽量垂直），调节望远镜光轴水平倾斜螺钉 5，使望远镜尽量水平。

2）细调：检查粗调是否合格，若粗调得好，从望远镜中能看到平面镜两面反射的亮十字像，否则需重新粗调。细调可采用各半逐次逼近法调节，当反射像与分划板上部十字不重合时，先转动载物台使反射像与分划板竖直线重合，如图 S26-11a 所示，再调节望远镜的螺钉 5，使水平线间距由 S 减半缩小为 $S/2$，如图 S26-11b 所示；然后调节载物台下螺钉 a 或 b，使两水平线完全重合，如图 S26-11c 所示。将载物台（不能移动平面镜）转动 180°，观察另一个面的反射像，并用上述同样方法调整反射像。重复上述调整步骤，直至依次所见两面反射的十字像均处于如图 S26-11c 所示位置为止。

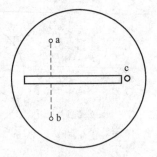

图 S26-10　平面镜在载物台上的位置

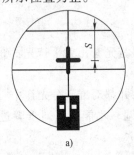 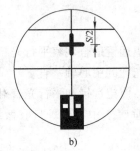 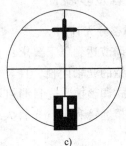

a)　　　　　　　　　　b)　　　　　　　　　　c)

图 S26-11　各半逐次逼近调节法

（4）调节载物台台面垂直于仪器中心轴

把望远镜光轴调节到垂直于仪器中心转轴后，将图 S26-10 中的平面镜转动 90°放置（即使平面镜平面平行于 a、b 两螺钉的连线），转动载物台使平面镜正对望远镜，并调节载物台下的螺钉 c，使反射的亮十字像与分划板上半部十字线重合［注意：此时切勿动望远镜的水平倾斜螺钉 5］。

（5）调整分划板十字线的水平和垂直

慢慢转动载物台，观察被平面镜反射的亮十字的横线是否始终沿分划板的水平线移动，若发现有些偏移，需轻微地转动目镜镜筒，使偏差得到校正。

（6）调节平行光管

1）调节平行光管发出平行光

将已调节好的望远镜对准平行光管，旋动狭缝宽度调节手轮，使缝宽适中（0.5 ~ 1mm），调节平行光管光轴水平倾斜度调节螺钉 9 和平移（左右移动）望远镜，使狭缝像在望远镜视场中。松开平行光管狭缝锁紧螺钉 10，前后移动狭缝筒体，使狭缝成像清晰而无视差。

2）调节平行光管的光轴与分光计中心转轴垂直

转动狭缝筒体，使狭缝像呈水平后，再调节平行光管光轴水平倾斜度调节螺钉 9，使狭缝对目镜视场的中心水平线对称（注意应保持狭缝像的清晰不变）。转动狭缝机构，使狭缝像与目镜分划板的垂直刻度线平行，注意不要破坏平行光管的调焦，然后将狭缝装置锁紧螺钉旋紧，如图 S26-12 所示。

2. 测三棱镜顶角

（1）调节三棱镜主载面与仪器中心轴垂直

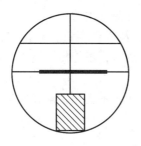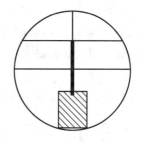

图 S26-12　平行光管的光轴与分光计中心转轴垂直

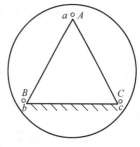

三棱镜两光学面之间夹角 α 称为三棱镜顶角，要测准顶角，除对分光计进行上述调节外，还必须调节三棱镜的两光学面的法线与分光计中心轴垂直（即调节三棱镜的主截面与刻度盘平行）。将三棱镜平放在载物台上，如图 S26-13 所示，轻轻地放下弹簧片夹，夹住三棱镜。转动载物台使光学面 AB 正对望远镜时找反射亮十字，调节载物台水平调节螺钉 c 使反射像与分划板上部十字重合，再旋转载物台使光学面 AC 正对望远镜，调节载物台水平调节螺钉 b，使反射亮十字像与分划板上半部十字重合。如此反复调节，直到两光学面反射的亮十字像都与分划板上半部十字线重合为止。

图 S26-13　三棱镜在载物台上的位置

（2）用自准法测三棱镜顶角

1）锁紧刻度盘止动螺钉 18，移动望远镜使其对准三棱镜 AB 反射面后，拧紧望远镜止动螺钉，转动望远镜微调螺钉 19，使得反射亮十字像与分划上半部十字线重合，分别记下望远镜的方位角坐标 θ_{11} 和 θ_{12}。

2）松开望远镜止动螺钉，移动望远镜对准三棱镜的 AC 面，重复步骤 1），测出望远镜的方位角坐标 θ_{21} 和 θ_{22}。

3）重复步骤 1）、2）共测量三次。

由 $\alpha = 180° - \varphi$ 计算顶角 α。

【数据处理】

实验数据记录表格

次数	望远镜位置1		望远镜位置2		顶角 α
	角坐标	角坐标	角坐标	角坐标	
	θ_{11}	θ_{12}	θ_{21}	θ_{22}	
1					
2					
3					
平　均　值					

【注意事项】

（1）汞灯是高强度的弧光放电灯，为了保护眼睛，不要直接注视汞光源。

（2）在实验中，如果由于各种原因中途断电，不能马上接通汞灯电源开关，须等待灯泡逐渐冷却，汞蒸气气压降到适当程度后再接通电源开关。

（3）正确使用分光计上的各个锁紧固定螺钉及微调螺钉，确保实验测量正常进行，避免使用不当致使仪器损坏。当发现活动部分不灵活时，不能用力硬扳，应向实验指导教师报告。

（4）三棱镜要轻拿轻放，要注意保护光学表面，不要用手触摸折射面。

【思考与讨论】

（1）分光计的主要组成部分有哪些？各部分的功能是什么？

（2）一台处于正常使用状态的分光计应满足什么要求？如何调节才能达到这些要求？

（3）转动游标盘连同载物台及其上面的三棱镜时，望远镜中看不到由光学面反射的亮十字像，应怎样调节？

（4）测量三棱镜顶角有哪两种方法？本实验用的是哪一种？

（5）为什么分光计要调整望远镜光轴与仪器中心轴线垂直？否则将对测量结果带来怎样的影响？

实验 27　利用牛顿环测透镜的曲率半径

【实验目的】

（1）观察和研究牛顿环等厚干涉的现象及特点。

（2）学会用等厚干涉法测量透镜的曲率半径和微小直径。

（3）了解读数显微镜的结构原理，掌握其使用方法。

（4）掌握用逐差法处理实验数据。

【实验原理】

1. 牛顿环干涉

如图 S27-1 所示，用一个曲率半径很大的平凸透镜 AB 放在一个平面玻璃 DE 上，在透镜凸面和平板玻璃之间形成了一个空气间隙层（空气薄膜），间隙层的厚度从中心接触点 C 到边缘逐渐增加，当以一束平行单色光垂直入射时，入射光将在此薄膜上下两表面形成反射光束 1 和光束 2，当反射相遇时，有一定光程差的两束相干光就会相互干涉。由于光程差取决于空气层的厚度，所以厚度相同处呈现同一级干涉条纹，用读数显微镜去观察（见图 S27-2，T 表示显微镜）可以发现，它们的干涉图样是以 C 点为圆心的一系列明暗相间，且间隔逐渐减小的同心圆环，称为牛顿环（如图 S27-3 所示）。而在同一厚度处形成同一级干涉条纹称为等厚干涉条纹。如图 S27-1 所示，如果入射光是波长为 λ 的单色光，当它垂直入射达到空气薄膜的上表面时，一部分反射（图 S27-4 中光束 1）无附加光程差；另一部分透射（图 S27-4 中光束 2），而透射光继续前进达到下表面并在下表面再次发生反射和折射，因此将产生半波损失，有附加光程差 $\lambda/2$。由于 1、2 两束光是从同一束光分离出来的，因而它们具有相干性。光束 2 在空气薄膜内多经历了路程 $2e_k$。所以当 1、2 两束光相遇时，它们之间就有了一个光程差 δ_k

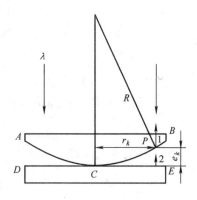

图 S27-1　牛顿环的光程差

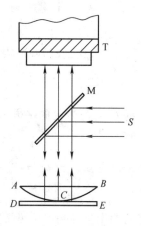

图 S27-2　牛顿环仪

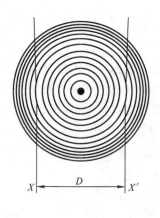

图 S27-3　牛顿环

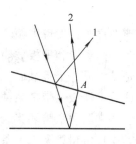

图 S27-4　干涉光路图

$$\delta_k = 2e_k + \frac{\lambda}{2}(e_k \text{ 为空气薄膜厚度}) \qquad (\text{S27-1})$$

根据光干涉条件，当光程差为半波长的偶数倍时相互加强，出现亮纹；而为半波长的奇数倍时互相减弱，出现暗纹。因此有

$$\delta_k = 2e_k + \frac{\lambda}{2} = \begin{cases} 2k \cdot \dfrac{\lambda}{2} & k = 1,2,3,\cdots \text{ 时为明环} \\[2mm] (2k+1)\dfrac{\lambda}{2} & k = 0,1,2,3,\cdots \text{ 时为暗环} \end{cases} \qquad (\text{S27-2})$$

由式（S27-2）可知，$k = 0$（零级）时，$e_k = 0$，即平凸透镜和光学平玻璃片的接触点 C 处的条纹为暗斑。

2. 平凸透镜曲率半径的测量

设平凸透镜的曲率半径为 R，距接触点 C 半径为 r_k 的圆周上的任一点 P 对应的空气薄膜厚度为 e_k。由图 S27-2 的几何关系可知

$$r_k^2 = R^2 - (R - e_k)^2 = 2e_k R - e_k^2$$

因为 $e_k \ll R$，则可略去二级小量 e_k^2，于是有

$$e_k = \frac{r_k^2}{2R} \tag{S27-3}$$

将式（S27-3）代入式（S27-1）得

$$\delta_k = \frac{r_k^2}{R} + \frac{\lambda}{2} \tag{S27-4}$$

上式表明光程差 δ_k 与半径的平方 r_k^2 成正比，所以离中心 C 越远，光程差增加得越快，牛顿环也越来越密。

由干涉条件可知，当 $\delta_k = \dfrac{r_k^2}{R} + \dfrac{\lambda}{2} = (2k+1) \cdot \dfrac{\lambda}{2}$ 时，干涉条纹为暗环，化简得

$$r_k^2 = kR\lambda \tag{S27-5}$$

则平凸透镜的曲率半径为

$$R = \frac{r_k^2}{k\lambda} \tag{S27-6}$$

如果已知入射光的波长 λ，并测得第 k 级暗环的半径 r_k，则由式（S27-6）可算出平凸透镜的曲率半径 R。

观察干涉图样时，发现牛顿环的中心不是确定的一点，而是一个不甚清晰的暗或亮的圆斑，这是由于平凸透镜和平板玻璃接触时，接触压力引起的玻璃形变，因而接触处不可能是一个点，而是扩大成一个接触面。另外两镜面接触点之间难免存在细微的尘埃，将产生附加的光程差，这给干涉级数带来某种程度的不确定性。

测量中，通常取两个暗环半径的平方差值来消除附加程差带来的误差。设附加厚度为 a，由式（S27-2）可得第 k 级暗条纹对应的两相干光的光程差为

$$\delta_k = 2(e_k + a) + \frac{\lambda}{2} = \frac{(2k+1)\lambda}{2}$$

即

$$e_k = \frac{k\lambda}{2} - a$$

将式（S27-3）代入得 $\qquad r_k^2 = kR\lambda - 2Ra$

上式中 k 为干涉环级数，由于干涉级数不易确定，实验中常以干涉环的环序数代替干涉级数，并以中心暗斑的环序数为零，从里向外暗环的环序数依次增加。另外，环序数不一定和干涉级数相同，令干涉级数为 $k = k' + k_0$，其中 k' 为环序数，k_0 为一常数。环序数为 m 的干涉条纹级数为 $m + k_0$，则

$$r_m^2 = (m + k_0)R\lambda - 2Ra$$

环序数为 n 的干涉条纹级数为 $n + k_0$，则

$$r_n^2 = (n + k_0)R\lambda - 2Ra$$

故 $m + k_0$ 级干涉条纹与 $n + k_0$ 级干涉条纹的半径的平方差为

$$r_m^2 - r_n^2 = (m - n)R\lambda \tag{S27-7}$$

由上可知，用环序数代替干涉级数是可行的，由式（S27-7）可知暗环半径的平方差与附加厚度 a 无关，这种消去误差的方法称为消去法。

由于中心是一暗斑，圆心不易确定，以致暗环的半径不能准确测定，故用暗环直径代替

暗环半径，由式（S27-7）得

$$D_m^2 - D_n^2 = 4(m-n)R\lambda$$

有

$$R = \frac{D_m^2 - D_n^2}{4(m-n)\lambda}$$

（S27-8）

只要知道入射单色光的波长 λ，准确测得环序数为 m、n 的干涉暗环的直径 D_m 和 D_n，就可由式（S27-8）计算出平凸透镜的曲率半径 R。

【实验仪器】

1. 牛顿环仪；2. 钠光灯；3. 读数显微镜。

读数显微镜的介绍：

一般显微镜只有放大的作用，不能测量物体的大小。显微镜装在一个由丝杆带动的滑动台上，这个滑动台连同显微镜可以上下、左右移动，整个滑动台安装在一个大底座上，如图 S27-5 所示。常见的一种读数显微镜的机械部分是根据螺旋测微原理制造的，一个与螺距为 1mm 的丝杆联动的刻度盘上有 100 个等分格，其分度值为 0.01mm，读数原理与螺旋测微计相同。

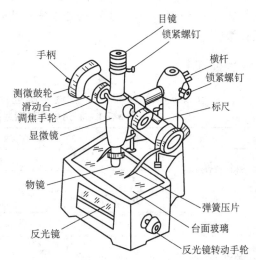

图 S27-5　读数显微镜

使用读数显微镜时应注意：

（1）将读数显微镜适当安装，对准待测物。

（2）调节显微镜的目镜，清楚地看到叉丝。

（3）调节显微镜调焦手轮，使待测物成像清楚，并消除视差。即眼睛左右移动时，看到叉丝与待测物的像之间无相对移动。

（4）松开目镜锁紧螺丝，旋转目镜镜筒，使十字叉丝的一条丝与主尺的位置平行，另一条丝对准待测物上一点（或一条线），记下读数；转动手柄，对准另一点（或另一条线），再记下读数。两次读数之差为两者间距离。注意两次读数时丝杆必须只向一个方向移动，以避免螺距回程差。

【实验内容及步骤】

1. 调节读数显微镜装置

（1）先调节目镜到清楚地看到十字叉丝，且分别与 x、y 轴大致平行，然后将目镜固定紧。将被测工件放在载物台上，点燃钠光灯（钠黄光灯波长为 589.3nm），等灯正常发光工作后，调节反光镜，避免光线直射镜筒，调节 45°玻璃片的倾角，使从目镜中观察到的视场最亮的黄光（但要防止 45°玻璃片方位放反而直接把钠光反射到显微镜筒中的现象发生）。

（2）调节显微镜的调焦手轮时镜筒只能由下向上调节，使镜筒移离被观察物，以免碰伤物镜或被观察物，要求看清楚干涉条纹，并且与叉丝无视差。若牛顿环的中心圆斑不在十字叉丝的交点上，可轻轻移动牛顿环仪，使中心圆斑落在十字叉丝交点上。

2. 测量牛顿环的直径，求平凸透镜的曲率半径

旋转读数鼓轮，使十字叉丝从中心圆斑向左移动并超过第 30 条暗环，然后再反转鼓轮使十字叉丝退回到第 30 条暗环，并使竖直丝依次与第 30 ~ 25 环、第 20 ~ 15 环的外侧相切，记下各环对应的读数 X。再继续按原方向旋转鼓轮，使十字叉丝超过中心圆斑，并依次与中心圆斑右侧的第 15 ~ 20 环、第 25 ~ 30 环的内侧相切，记下各环对应的读数 X'。再根据各环的 X 及 X' 读数，计算各环的直径 D。

注意：为了消除空程差，从开始测量起，读数鼓轮只能沿一个方向旋转，中途不可倒转，如有倒转，数据应重新测量；另外，有些读数显微镜的叉丝与上述的十字叉丝不一样，其竖直丝下部改用双丝，上部仍是单丝。此时可用上部单丝压住暗纹中心，下部双丝卡住暗纹读数。

【数据处理】

（1）将数据填入表 S27-1，用逐差法进行处理，求出平凸透镜的曲率半径 R。

表 S27-1　利用牛顿环测透镜的曲率半径实验数据记录表

环序数	m	30	29	28	27	26	25
环的位置/mm	X						
	X'						
环的直径/mm	D_m						
环序数	n	20	19	18	17	16	15
环的位置/mm	X						
	X'						
环的直径/mm	D_n						
D_m^2（mm^2）							
D_n^2（mm^2）							
$y = D_m^2 - D_n^2$（mm^2）							
$\bar{y}$/mm^2			σ_y（mm^2）				

注意：环直径是 X 及 X' 读数之差的绝对值。不考虑 λ 的误差，m、n 的目视误差为 0.1 条干涉条纹。

（2）通过表 S27-1 中的数据，求出 $\bar{R}$ 并写出最后结果表达式。

【注意事项】

1. 调节读数显微镜时，先将镜筒调到离牛顿环仪很近的位置，然后自下而上升高镜筒，以免物镜镜头、牛顿环仪、45°玻璃片损坏。

2. 在实验中不要随意开、关钠光灯。实验结束后要及时关闭钠光灯，以延长其使用寿命。

【思考与讨论】

（1）牛顿环中心为什么是暗斑？如果中心出现亮斑作何解释？对实验结果有影响吗？

（2）在测量中能否用对牛顿环弦长的测量代替对牛顿环直径的测量？为什么？

（3）从牛顿环仪透射过来的光能不能形成干涉条纹？如果有的话，则与反射光形成的干涉条纹有何不同？

（4）使用读数显微镜要注意哪些问题？

（5）在牛顿环实验中都采用了哪些方法减小与消除测量误差？

实验 28　利用双棱镜测定光波波长

【实验目的】

（1）观察光的干涉现象，进一步理解产生干涉的条件。

（2）掌握用双棱镜获得双光束干涉的方法。

（3）学会用双棱镜测定光波波长。

【实验原理】

如果两列频率相同、振幅大致相等并且相差恒定的光波沿着几乎相同的方向传播，那么在两列光波相重叠的区域内，光强的空间分布不是均匀的，而是在某些地方表现为加强，在另一些地方表现为减弱（甚至可能为零），这种现象称为光的干涉。

菲涅尔利用图 S28-1 所示的装置，获得了光的干涉现象。图中由单色光源 M 发出的光束直接照射到狭缝 S 上，使 S 成为具有较大亮度的线状光源。当 S 发出的光束投到双棱镜 B 上时，由于 B 的折射可使入射光束分裂成两束光波，由几何光学的知识可知，这两束光可以看成是由虚光源 S_1 和 S_2 发出的，因为 S_1 和 S_2 来自于同一光源 S，所以满足相干条件，故在两束光的交叠区域 P_1P_2 内产生干涉，可以在接收屏幕 P 上观察到平行于狭缝的等间距干涉条纹。

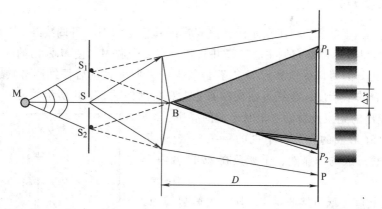

图 S28-1　菲涅尔实验

设 d 代表两虚光源 S_1 和 S_2 间的距离，D 为两虚光源所在的平面（近似地在光源 S 的平面内）到屏幕 P 的距离，设干涉条纹的宽度为 Δx，则光源 M 的光波波长 λ 可由下式表示：

$$\lambda = \frac{d}{D}\Delta x \qquad\qquad\qquad (S28\text{-}1)$$

上式表明，只要测出 d、D 和 Δx，就可以算出光波波长 λ。

　　实验所用的双棱镜由两个较小的棱角和一个较大的钝角构成（见图 S28-2），两个棱角的角度较小（$i < 1°$），以保证由它折射所形成的两束光波的传播方向不至于偏离太大，这样可提高干涉条纹的清晰度。由于干涉条纹的宽度 Δx 较小，所以必须使用测微目镜才能进行测量。至于两虚光源之间的距离 d，可以按图 S28-3 所示光路，在双棱镜 B 与屏幕 P 之间放置会聚透镜 L（焦距 f' 已知），调节屏与狭缝的距离使 $D > 4f'$，则当透镜 L 前后移动时，可以在两个特定位置上对虚光源 S_1 和 S_2 成实像 S_1' 和 S_2'，其中一个为放大像（间距为 d_1），一个为缩小像（间距为 d_2），只要测出 d_1 和 d_2 的值，则由

$$d = \sqrt{d_1 d_2} \tag{S28-2}$$

即可求出两虚光源之间的距离 d。

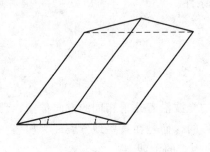

图 S28-2　双棱镜

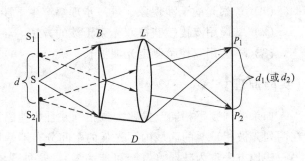

图 S28-3　利用双棱镜测定光波波长的光路图

【实验仪器】

　　1. 光具座；2. 单色光源（钠光灯）；3. 可调狭缝；4. 接收屏；5. 双棱镜；6. 会聚透镜；7. 测微目镜。

【实验内容及步骤】

　　（1）在光具座上按图 S28-1 所示的光路安排好单色光源 M、可调狭缝 S、双棱镜 B 和接收屏 P，用眼睛粗略地调整它们中心等高并共轴，点亮光源 M，使 M 发出的单色光垂直照射到狭缝 S 上，让 S 的刀口尽量靠近 M 以获得较强的光照度。然后仔细调节狭缝宽度以及狭缝与双棱镜棱脊的平行度，最终可在接收屏 P 上观察到如图 S28-4 所示的图案。其中 $a'a$ 是由虚光源 S_1 发出的光束投射到屏上时形成的亮斑，$b'b$ 则是由虚光源 S_2 形成的亮斑，中央的一条亮带 ab 是由两束光波交叠形成的，显然，干涉只在 ab 区域内产生。

　　（2）从光具座上取下接收屏 P，换上测微目镜 H，并让 H 的进光孔对准 ab 区域，然后用眼睛通过 H 观察 ab 区域内是否出现干涉条纹。若没有出现条纹或是条纹不清晰，可从以下两方面继续进行调节：

　　1）仔细微调狭缝的垂直度，以保证狭缝与双棱镜的棱脊严格平行。

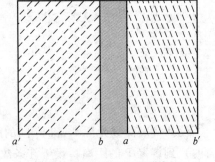

图 S28-4　菲涅尔实验中
接收屏上的图案

2）进一步微调狭缝宽度。狭缝越窄越容易形成清晰的条纹，但狭缝太窄时导致条纹亮度下降，故应兼顾两者的要求进行微调。

一般情况下，通过上述调整就可以获得清晰的干涉条纹。但为了便于测量和提高测量精度，建议在调整时让双棱镜与狭缝的间距保持在 $100 \sim 120\,mm$ 左右，此时两虚光源的间距适中，可使条纹清晰度提高而有利于测量。另外若将测微目镜 H 尽量远离双棱镜 B（实际上取 D≥80cm 即可），则干涉条纹的宽度将增加而有利于提高测量精度。

（3）用测微目镜测量干涉条纹的宽度 Δx 。在 ab 干涉区域内任意选择 10 条相邻的条纹，测出它们的间距再除以 10，即得 Δx。另外选择 10 条相邻的条纹按上述方法再测一次，对两次测量结果求其平均值作为最后结果。

（4）在光具座上读出可调狭缝支架到测微目镜支架的间距 D'，则狭缝到测微目镜叉丝平面的间距 D 可表示成

$$D = D' + 7.5 \text{（cm）}$$

说明：狭缝刀口平面距狭缝支架 4cm，测微目镜叉丝平面距目镜支架也有 3.5cm，在光具座上只能读出支架之间的距离，故 D 与 D' 之间应加上 7.5cm。

（5）保持狭缝与双棱镜的间距不变（从而可保持 d 不变），移动测微目镜使它到狭缝的距离大于 100cm，固定好测微目镜。然后在双棱镜与测微目镜之间放置一块焦距 $f' = 20cm$ 的会聚透镜 L，前后移动 L 可以在测微目镜中观察到两虚光源经透镜所成的像（一次为放大实像，一次为缩小实像），分别测出两次清晰像的两条亮线的间距 d_1 和 d_2，各测两次，取其平均值代入式（S28-2）求出 d。

（6）将所测得的 Δx、D、d 代入式（S28-2）求出光波波长 λ，并与标准值（$\lambda_D = 5893\overset{\circ}{A}$）比较，计算出测量误差。

【思考与讨论】

（1）本实验产生误差的原因有哪些？试作定性的分析。

（2）证明公式：$d = \sqrt{d_1 d_2}$。

（3）在光源 M 与双棱镜 B 之间为什么要放置一个狭缝 S？如果用光源直接照射双棱镜，能否形成干涉条纹？为什么？

实验 29　光 栅 衍 射

【实验目的】

（1）观察光波通过光栅的衍射现象。

（2）进一步熟悉分光计的调整方法。

（3）用衍射法测量光波波长。

（4）用衍射法测量光栅常数。

【实验仪器】

1. 分光计；2. 汞光源；3. 平行平面反射镜；4. 光栅。

【实验原理】

1. 衍射光栅、光栅常数

衍射光栅的示意图如图 S29-1 所示。设光栅的刻痕宽度为 a，刻痕间距为 b，则 $d = a + b$ 称为光栅常数，它是光栅的基本参数。

2. 光栅方程、光栅光谱

依据光栅的衍射理论，单色平行光垂直入射在光栅平面时，光波发生衍射。由夫琅和费衍射理论可知，当衍射角 φ 满足如下关系时，将形成亮条纹，即

$$d\sin\varphi = \pm k\lambda \quad k = 0,1,2,3\cdots \qquad (\text{S29-1})$$

上式称为光栅方程，式中 λ 是单色光波长，k 是亮条纹级数。若使衍射光波通过会聚透镜，则在透镜的焦平面上可以看到一系列平行且对称分布的亮条纹，如图 S29-2 所示。

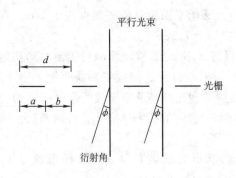

图 S29-1　衍射光栅示意图

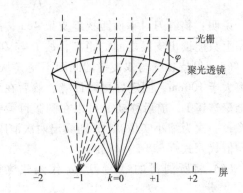

图 S29-2　光栅衍射

由光栅方程可知，如果入射光不是单色光，由于光波的波长不同，衍射角 φ 也各不相同，于是复色光将被分解，在中央 $k = 0$，$\varphi = 0$，各种波长的光都满足式（S29-1），因此重叠形成极强的零级光谱（结果仍为复色光，称为中央明条纹）。在中央明条纹两侧对称分布着 $k = 1$，2，3···级光谱，各级光谱线都按波长大小顺序依次排列成一组彩色谱线。由此可见，光栅同三棱镜一样也是按波长分光的光学元件。图 S29-3 是低压汞灯的第一级衍射光谱。汞光源有四条特征谱线：紫色一条（435.8nm），绿色一条（546.1nm），黄色二条（577.0nm，579.1nm）。

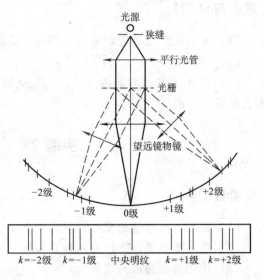

图 S29-3　汞光源的光栅衍射光谱

3. 光栅常数与光谱线波长的测定

由光栅方程可知，当光栅常数 k 已知时，只要测得波长为 λ 的衍射光波中 k 级亮条纹的衍射角 φ，就可按下式求得波长 λ，即

$$\lambda = \frac{d\sin\varphi}{k} \qquad\qquad (\text{S29-2})$$

反之，若衍射光波的波长已知时，只要测得该波长衍射光谱第 k 级亮条纹的衍射角 φ，就可以按下式求得光栅常数 d，即

$$d = \frac{k\lambda}{\sin\varphi} \qquad\qquad (\text{S29-3})$$

式（S29-2）与式（S29-3）是光栅常数与光谱波长间的互测关系。显而易见，在互测过程中，直接而关键的物理量是衍射角 φ，这可以利用分光计进行测量。为了准确测定光线通过光栅的衍射角，仪器装置必须满足下述要求：

（1）入射光是平行光并垂直于光栅平面。

（2）平行光管的狭缝应与光栅的刻痕平行。

【实验内容及步骤】

1. 调节分光计

（1）调节望远镜适合观察平行光并垂直于仪器转轴。

（2）调节平行光管产生平行光并垂直于仪器转轴。

2. 已知绿谱线波长 $\lambda = 546.1\text{nm}$，测光栅常数 d

（1）调节光栅平面垂直于平行光管

将光栅如图 S29-4 所示放置在载物台上，光栅平面垂直于载物台的水平调节螺钉 a、b 的连线。转动已调节好的望远镜正对平行光管，使之同轴后转动载物台使光栅的一面正对望远镜，用自准法调节光栅平面与望远镜光轴垂直（注意望远镜已经调好，它的水平倾斜度调节螺钉不能调动）。调节载物台水平调节螺钉 a、b，

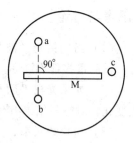

图 S29-4　光栅在
载物台上的位置

使反射亮十字像与分划板上半部十字重合，中央明条纹的中线与分划板十字线的竖线重合（简称三线重合），此时光栅平面就垂直于平行光管了。

（2）调节光栅刻痕与平行光管狭缝平行

转动望远镜，观察衍射光谱的分布情况，注意中央明条纹两侧的衍射光谱是否在同一水平高度。如果观察到光谱线有高低变化，说明平行光管狭缝与光栅刻痕不平行，可调节载物台水平调节螺钉 c。这一调节过程很可能会影响光栅平面与平行光管的垂直状态，一般需要反复进行步骤 1 和 2，直至两者均达到要求。

（3）由于不能绝对保证入射光与光栅平面严格垂直，这将导致衍射角的测量误差。为了减小这一误差，实验中采用读取 $\pm k$ 级谱线之间衍射角的方法。转动望远镜测出 $k = +1$ 级绿谱线方位角 T 的角坐标 θ_{11} 和 θ_{12}，$k = -1$ 级绿谱线方位角 T′ 的角坐标 θ_{21} 和 θ_{22}，则第一级光谱衍射角为（$\theta_{11}\theta_{21}$ 及 $\theta_{12}\theta_{22}$ 之间不夹 0°时）

$$\varphi_1 = \frac{1}{4}\left[\,|\,\theta_{11} - \theta_{21}\,| + |\,\theta_{12} - \theta_{22}\,|\,\right] \qquad\qquad (\text{S29-4})$$

将 φ_1 和波长之值代入式（S29-3）计算光栅常数 d，一次测量。

3. 测汞光谱中的两条黄谱线的波长

测量步骤自拟，作一次测量。

4. 测量光栅的角色散

用汞灯为光源，测量其 1 级和 2 级光谱中两黄线的衍射角，两黄线的波长差为 $\Delta\lambda$。汞灯光谱为 2.06nm，结合测得的衍射角之差 $\Delta\theta$（ $=\theta_2-\theta_1$），求角色散 $D=\Delta\theta/\Delta\lambda$。

【数据处理】

自拟数据记录表格，并推导 λ 和 d 的误差传递公式，算出误差，最后将测量结果表示出来（分光计仪器误差为 1′）。

【注意事项】

（1）光栅是精密的光学器件，严禁用手触摸刻痕，要轻拿轻放，以免弄脏或损坏。

（2）高压汞灯是高强度的弧光放电灯，为了保护眼睛，不要直接注视汞光源。

（3）实验中，如果由于各种原因中途断电，不能马上接通汞灯电源开关，须等待灯泡逐渐冷却，汞蒸气气压降到适当程度后再接通电源开关。

【思考与讨论】

（1）当用钠光（波长 $\lambda=589.3$nm）垂直入射到 1mm 内有 500 条刻痕的平面透射光栅时，试问最多能看到第几级光谱？并说明理由。

（2）如果光栅平面和转轴平行，但光栅刻痕与转轴不平行，则所观察的光谱分布有什么变化？对测量结果有什么影响？

（3）当狭缝太窄、太宽时，将会出现什么现象？为什么？

实验 30　望远镜、显微镜及其使用

【实验目的】

（1）了解望远镜和显微镜的构造及其放大原理。

（2）学会测定望远镜和显微镜视角放大率的方法。

（3）掌握显微镜的操作要点，并利用显微镜测量微小长度。

【实验原理】

望远镜和显微镜都是助视仪器。望远镜主要是帮助人眼观察远处的目标，显微镜则主要是用来帮助人眼观察近处的微小物体，它们的作用都是增大被观察物对人眼的张角，起着视角放大的作用。所以，望远镜和显微镜的放大本领都用视角放大率 M 来描述。M 可定义为

$$M = \frac{\text{用仪器时虚像所张的视角 } \alpha_0}{\text{不用仪器时物体所张的视角 } \alpha_E} \tag{S30-1}$$

由于望远镜和显微镜的使用场合不同，观察的对象也不同，所以它们的光学系统虽然相似却又不完全一样，下面分别作介绍。

1. 望远镜及其视角放大率

望远镜由物镜和目镜组成，它们通常都是复合透镜，以便有效地消除色差和各种像差。

物镜和目镜的光学间隔 Δ 近乎为零，即物镜的第二焦点与目镜的第一焦点近乎重合。望远镜可分为两类：若物镜和目镜的第二焦距均为正（即两个都是会聚透镜），则为开普勒望远镜；若物镜的第二焦距为正（会聚透镜），目镜的第二焦距为负（发散透镜），则为伽利略望远镜。图 S30-1 所示为开普勒望远镜的光路示意图。远处物体 AB 经物镜 O 后在物镜的第二焦平面 F_O' 上成一倒立实像 $A'B'$，像的大小取决于物镜焦距及物体与物镜间的距离。像 $A'B'$ 经目镜 E 再次放大后成虚像 $A''B''$ 于明视距离（25cm）与无穷远之间。

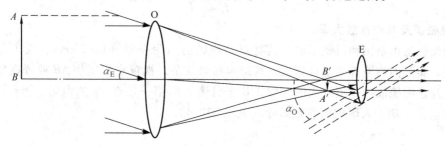

图 S30-1　开普勒望远镜的光路示意图

由理论计算可得望远镜的放大率为

$$M = -\frac{f_O'}{f_E'} \tag{S30-2}$$

式中，f_O' 是物镜的第二焦距，f_E' 是目镜的第二焦距。该式表明：物镜的焦距越长，目镜的焦距越短，望远镜的视角放大率越大。对开普勒望远镜（$f_O' > 0$、$f_E' > 0$），放大率 M 为负值，系统成倒立的像；对伽利略望远镜（$f_O' > 0$、$f_E' < 0$），放大率 M 为正值，系统成正立的像。

望远镜视角放大率的测量方法有两种：最简单的一种方法是把物长和像长直接对比，如图 S30-2 所示，把望远镜对准远处放置的标尺 AB，通过调焦使像 $A''B''$ 清晰可见。用一只眼睛通过望远镜观察像 $A''B''$，另一只眼睛直视标尺 AB，经过几分钟的适应性训练后，不但可以同时看清楚 AB 及 $A''B''$，而且还能比较它们的视角，若看到 $A''B''$ 中一格的长度等于 AB 中 N 格的长度（视角相等），那么，N 就是望远镜的视角放大率。

另一种测量方法可利用式（S30-2）来完成。首先把望远镜聚焦到无穷远，使目镜到物镜的距离等于 $f_O' + f_E'$，然后取下物镜，并在物镜的位置装上长度为 l_1 的透明标尺，用小灯照明标尺，则标尺通过目镜后可成一缩小的实像，设像长为 $-l_2$，距离目镜为 d（见图S30-3），则根据透镜成像公式可得

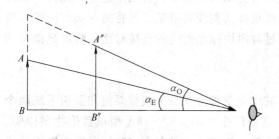

图 S30-2　望远镜视角放大率的测量方法一

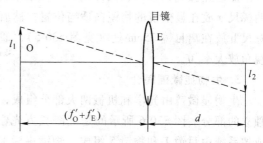

图 S30-3　望远镜视角放大率的测量方法二

$$\begin{cases} \dfrac{l_1}{-l_2} = \dfrac{f_O' + f_E'}{d} & \text{(S30-3)} \\[4mm] \dfrac{1}{d} + \dfrac{1}{f_O' + f_E'} = \dfrac{1}{f_E'} & \text{(S30-4)} \end{cases}$$

从式（S30-3）、式（S30-4）中消去 d，得

$$M = -\frac{f_O'}{f_E'} = \frac{l_1}{l_2} \tag{S30-5}$$

2. 显微镜及其视角放大率

显微镜也是由物镜和目镜组成，其特点是物镜的焦距很短（$1 \sim 2\text{mm}$），为了尽量减少各种像差，实际的物镜都是复合透镜，其结构相当复杂。视观察的实物 AB 放置在物镜焦点外少许，经过物镜成一高倍放大的实像 $A'B'$ 于目镜 E 的第一焦点 F_E 的内侧，再经过目镜 E 成放大的虚像 $A''B''$ 于人眼的明视距离处（见图 S30-4）。

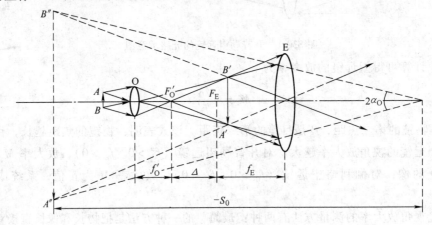

图 S30-4　显微镜光路图

理论计算可得显微镜的视角放大率为

$$M = M_O \cdot M_E = -\frac{\Delta \cdot S_0}{f_O' \cdot f_E'} \tag{S30-6}$$

式中，M_O 是物镜的放大率；M_E 是目镜的放大率；f_O' 是物镜的第二焦距；f_E' 是目镜的第二焦距；Δ 是光学间隔；S_0 是明视距离。一般规定 S_0 为 25cm、Δ 为 16cm（均为定值）。由此可知，当物镜和目镜的焦距给定后，显微镜的视角放大率也就给定了，通常都把物镜的放大率 M_O 和目镜的放大率 M_E 直接标在镜头上，以供选择使用。

测定显微镜的视角放大率同样可以采用直接对比长和像长的方法来进行：先将一块透明标尺 a 放在显微镜的物镜前适当位置，然后调焦将其刻线看清楚，再将另一块相同的透明标尺 b 放在离目镜 25cm 处（见图 S30-5），通过对两块标尺刻线的直接对比，测出显微镜的视角放大率 M。

3. 生物显微镜简介

生物显微镜由光学和机械两大部分组成，其中光学部分又分为成像系统和照明系统两个独立的部分。图 S30-6 所示的是上海长方光学仪器厂生产的 XSP—18A 型单目生物显微镜。成像系统由目镜 1 和物镜 5 组成，物镜将标本作第一次放大，经棱镜 45° 折射后，再由目镜作第二次放大。物镜和目镜都是复合透镜，能很好地消除各种像差。生物显微镜一般都配有

三个目镜和三个物镜，镜头上标有放大率。若进行不同的组合，可以获九种不同的放大倍数。照明系统由聚光镜 7 和照明灯 8 构成，调节聚光镜的位置可使标本获得均匀的照明，光源的亮度可由亮度调节旋钮 10 任意调节。

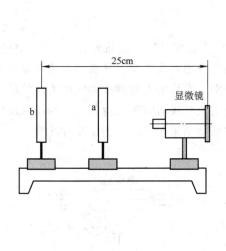

图 S30-5　测定显微镜的视角放大率

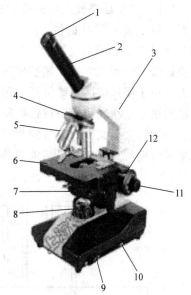

图 S30-6　生物显微镜

1—目镜　2—镜筒　3—镜架　4—物镜转换器

5—物镜　6—载物台　7—聚光镜　8—照明灯

9—灯开关　10—亮度调节旋钮

机械系统由镜筒 2、镜架 3、物镜转换器 4、载物台 6、粗调手轮 12、微调手轮 11 等构成。其中载物台可作二维调节，横向移动范围为 62mm、纵向移动范围为 28mm，微调手轮的调焦范围为 18mm，转动一圈的升降值为 0.2mm、刻度值为 0.002mm。

生物显微镜系精密光学仪器，使用时应严格遵守以下操作规程：

（1）观察标本只能先用低倍镜头进行观察和调焦，然后根据需要换成高倍镜头。

（2）调焦时只允许平台作下降调节（不允许作上升调节），一开始应该用眼睛从旁边监视着，转动粗调手轮使平台慢慢上升并靠近标本，然后再用微调手轮调节平台下降作调焦观察。

（3）更换标本必须先将小平台降到足够低处，否则容易碰伤物镜。

（4）使用高倍镜头时，由于焦距较小，应缓慢微调观察，切忌急躁，否则物的像会一晃而过，不能迅速找到清晰的物像。

【实验仪器】

1. 单筒望远镜；2. 读数显微镜；3. 生物显微镜；4. 测微目镜；5. 标尺；6. 小型光具座；7. 二维网格板；8. 石英微尺；9. 待测样品（全息光栅）；10. 照明灯。

【实验内容及步骤】

1. 测定望远镜的视角放大率

（1）方法一：直接比较法

　　将望远镜安放在光具座上，并对准远处挂在墙上的标尺，同时用小台灯将标尺照亮，通过调焦使望远镜视场中出现清晰的、放大了的标尺像。然后用一只眼睛观察标尺像，另一只眼睛直接观察墙上的标尺，经过几分钟的适应性训练后，直接读出放大率 M。重复三次，取平均值。（注：被望远镜放大的一格"标尺像"若与眼睛直接观察的 n 格标尺重合，即视角相等，则 n 就是放大率 M 的值。）

　　（2）方法二：计算法

　　将望远镜调焦到无穷远，然后按图 S30-7 所示位置在光具座上放置好仪器，使二维网格的刻线大致位于望远镜的物镜位置，用照明灯将网格板的刻线照亮。仔细调节读数显微镜使之能看清网格板刻线经望远镜目镜后所成的像，分别三次测出五格刻线的间距 l_2，然后取掉望远镜，再用读数显微镜直接分别测量三次网格板上该刻线的间距，得到 l_1，利用（S30-5）式算出望远镜的放大率 M，最后取平均值，然后将所得结果与方法一的结果作比较。

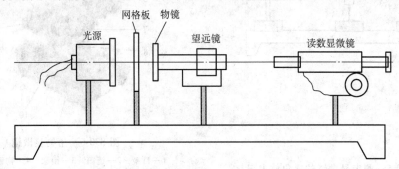

图 S30-7　测定望远镜的视角放大率

2. 测定显微镜的视角放大率

　　按图 S30-5 所示安排好读数显微镜的透明标尺 a 和 b，标尺 a 通过显微镜观察，标尺 b 用另一只眼睛直接观察，经过几分钟的适应性训练后，用比较法直接读出放大率 M，重复三次取平均值（为了便于眼睛观察，标尺应横向偏离光轴 5~8cm，具体位移量由同学自己掌握）。

3. 用生物显微镜观察微小长度

　　（1）熟悉生物显微镜的构造，了解各旋钮的作用及调节方法（参看图 S30-6）。

　　（2）将待测样品（全息光栅）放置在载物台上夹住，然后调节聚光镜和亮度调节钮使目镜视场内的光照度强弱适当布均匀。

　　（3）先用低倍物镜（×10）对样品进行调焦，操作规程是先粗调、后细调，直至目镜视场中观察到最清晰的像。然后转动物镜转换器，换用合适的高倍物镜观察条纹的细微结构，以增加对光栅的感性认识。之后再转换为低倍物镜并微调焦距使像最为清晰，以便开始下面的测量。

　　（4）将显微镜的目镜取下，换上测微目镜并固定好。转动测微目镜鼓轮使游标扫过 50 条条纹，记录起始位置 x_1 和终止位置 x_2，由此得到 50 条干涉条纹在测微目镜上的间距测量值 x，即

$$x = x_2 - x_1 \tag{S30-7}$$

　　（5）由于测微目镜有一定的放大率（15×），所以测得的间距值 x 不能直接反映被测样品上 50 条条纹的实际长度，因此需要对显微镜进行校正，具体作法是：从载物台上取下样

品，换上石英微尺（常用的标准石英微尺全长 10mm，共分为 100 格，每格长 0.1mm）。注意石英微尺必须安放在载玻片上，不能直接放在显微镜的载物台上。测量时先让测微目镜的游标对准某一刻线，读出初始位置 x_0，再转动鼓轮使游标扫过 N 格，读出末位置 x_N，读数之差 $(x_N - x_0)$ 反映了长度为 $(0.1 \times N)$ mm 的读数，于是测微目镜鼓轮上每小格刻线对应的实际长度

$$l = \frac{N}{x_N - x_0} \times 0.1 \tag{S30-8}$$

由此可知，全息光栅上 50 条条纹的实际长度 d' 为

$$d' = x \cdot l \tag{S30-9}$$

而全息光栅的光栅常数 d 可以表示为

$$d = \frac{d'}{50} (\text{mm}) \tag{S30-10}$$

（6）重复测量两次，将结果取平均值，最后给出光栅常数 d。

【思考与讨论】

（1）显微镜与望远镜有哪些相同之处与不同之处？

（2）用方法二（计算法）测量望远镜的视角放大率时，为什么必须把望远镜调焦到无穷远？

实验 31　全 息 照 相

【实验目的】

（1）了解全息照相的基本方法和原理。

（2）掌握拍摄全息图的实验方法。

（3）像的性质的研究。

【实验原理】

1. 全息照相的特点

无论从基本原理上，还是从拍摄和观察方法上，全息照相与普通照相均有本质的区别（表 S31-1）。

表 S31-1　全息照相与普通照相的比较

项　目	普 通 照 相	全 息 照 相
原理	几何光学的透镜成像原理	光的干涉、衍射等物理光学规律
记录	振幅分布（物通过透镜成像后像平面上的光强分布）	振幅、位相分布（借助于参考光波记录的振幅与位相的全部信息）
记录介质上	像	物光与参考光的干涉条纹
将底片分成小块	每块图像不完整但分辨率不变	每块仍可再现完整的图像但分辨率下降
物体与底片上	存在着一一对应的关系	不存在一一对应的关系

（续）

项　　目	普通照相	全息照相
像	只记录了从某一点按几何光学观察时物体的二维像	记录了从各个角度按衍射和干涉的三维像
像的性质	实像（在底片上）	虚像、实像（均在底片外）
像的个数	一个	多个
安全灯	红色	He—Ne 激光器用暗绿色
有无正负片	有	无
改变观察位置	不可看到拍摄时被遮挡的部分（物体）	可以看见拍摄时被遮挡的部分（物体）

2. 全息照相的分类

在图 S31-1 中，O 表示一个物点，R 表示参考光束的点光源，均以打叉符号标记。H 表示全息底板的位置，用狭长方形标记。L 表示傅里叶透镜，用狭长的椭圆形标记。从图 S31-1 可以看出，记录在全息底板 H 上的干涉条纹，是由底板和一组干涉面相交而产生。这些干涉面是一些旋转对称的双曲面，其中一个焦点便是 O，而另一个焦点便是 R。按记录全息图的不同光路结构，全息图有下列几种：

（1）伽柏（D·Gabor）同轴全息图

在图 S31-1 中用 H_G 标明其底板的位置。因为参考光和物体共线，所以物体必须是高度透明的。

（2）利思—乌帕特尼克斯（Leith-Upatnieks）离轴全息图。

在图 S31-1 中用 H_{LU} 标明其底板的位置

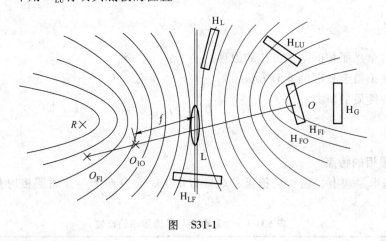

图　S31-1

（3）无透镜傅里叶全息图

在图 S31-1 中用 H_{LF} 标明其底板的位置。

（4）聚焦像全息图（简称为像全息图）

透镜 L 将物体 O_{FI} 的一个像聚焦在全息底片上，参考光 R 位置不变。

（5）傅里叶全息图

如果将物体 H_{FO} 放在透镜 L 的焦点上，参考光 R 位置不变，则在全息底板 H_{FO} 上记录的便是傅里叶全息图。

（6）白光再现反射全息图（Lippmann-Denisyvk）。

在图 S31-1 中用 H_{LD} 标明其底板的位置。

（7）在 O 和 R 附近摄制的全息图，通常称为菲涅尔全息图；而那些在大距离处摄制的全息图则称为夫琅和费或傅里叶全息图。

本次实验重点研究利思－乌帕尼克斯离轴全息图。

【实验仪器】

1. 防震台；2. 小功率 He—Ne 激光器；3. 分束镜；4. 反射镜；5. 扩束镜；6. 全息干版；7. 干版架；8. 白屏；9. 毛玻璃；10. 载物台；11. 被摄物；12. 曝光定时器和光开关；13. 暗室器材（显影液、定影液、安全灯、水盘、软夹、流水冲洗设施等）。

【实验内容及步骤】

1. 记录三维漫反射物体的全息图

制作漫反射物体全息图的典型光路如图 S31-2 所示，其中两个透镜分别把物光束及参考光束扩展以保证物体或感光板上有均匀的照明。

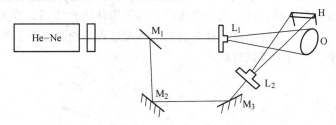

图 S31-2　制作漫反射物体全息图的典型光路
M_2、M_3—全反镜　M_1—分束镜　L_1、L_2—扩束镜　H—全息干板　O—被摄物

相干性极好的氦氖激光器发出激光束，通过分束镜分成两束。其中一束经反射镜 M_1 透射，再由扩束镜 L_1 将光束扩大后照射到被摄物体 O 上，经物体表面反射（或透射）后再照射到感光材料（实验中用全息感光胶片）H 上，称这束光为物光。另一束光经反射镜 M_2 和 M_3 反射、L_2 扩束后，直接照射到 H 上，称这束光为参考光。这两束光在胶片 H 上叠加干涉，形成许多明暗不同的条纹、小环和斑点等干涉图样，被胶片 H 记录下来，再经过显影、定影等处理，成了一张有干涉条纹的"全息照片"（或称全息图）。干涉图样的形状反映了物光和参考光之间的相位关系。干涉条纹明暗对比程度（称为反差）反映了光的强度，干涉条纹的疏密则反映了物光和参考光的夹角情况。记录过程的本质在于物体的全部信息以干涉条纹的形式储存在全息干板中，相当于物光波的调制过程。

曝光时间的长短与光源的功率有关，对于功率较大的光源，曝光时间可适当短些，若光源功率小，则曝光时间可适当长些。一般文献上要求曝光时间为 3~4min，实际上，曝光时间长很难保证拍摄过程中周围环境绝对安静，对于我们使用的功率为 5mW 的 HJ—Ⅱ 型氦氖激光器和天津感光胶片厂生产的 Ⅰ 型全息干板来说，曝光时间选择在 30s 左右就可以了。但也要看被摄物体的反光程度，对于反光较强的物体，曝光时间可适当缩短，反之，则适当加长。

全息干板显影和定影时，选择显影时间应结合曝光量、显影液的浓度及温度等情况加以综合考虑。在曝光量正常的情况下，用 D—19 显影液，其温度在 20℃ ±0.15℃ 时，显影时间一般十几秒即可。但在温度较高、且新配的药水的情况下，可能几秒钟干板就变黑，显影时间应视实际情况而定（但不要超过 3min）。应将干板放在显影液中并轻轻搅动液体，几秒钟后将干板对着暗绿灯观察，看到微黑时即可用清水冲洗，冲洗干净放入定影液中 2 ~ 4min。定影过程中也应不断搅动定影液，之后放入清水中冲洗 5 ~ 15min，再进行干燥。

另外，配置好的药水应放在茶色玻璃瓶中避光保存，学生操作时要避免将一种药水带入另一种药水中。万一显影或曝光过度，可放入漂白液中进行减薄处理。减薄处理可在白光下进行，不停地拿出观察，减薄程度适可而止，不可太过，否则全息图消失。

2. 再现三维漫反射物体

直接观察全息图，只能看到复杂的干涉条纹，要看到原来物体的像，必须使全息图再现原来物体发出的光波，这个过程就称为全息图的再现过程，它所利用的是光栅衍射原理。

再现过程的观察光路如图 S31-3 所示。用一束从特定的方向或与原来参考光方向相同的激光束（通常称为再现光）照射全息图。全息图上每一组干涉条纹相当于一个复杂的光栅，它使再现光产生衍射。我们沿着衍射方向透过全息图朝原来被摄物的方位观察时，就可以看到一个完全逼真的三维立体图像。按光栅衍射原理，其 +1 级衍射光是发散光；与物体在原来位置时发出的光波完全一样，将形成一个虚像，与原物体完全相同，称为真像。 -1 级衍射光是会聚光，将形成一个共轭实像，称为赝像。再现过程是把存储于干涉图案中的物光波用衍射的方法取出来，相当于解调过程。

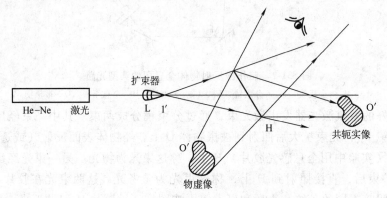

图 S31-3　全息图的再现观察光路

【思考与讨论】

（1）试分析参考光和物光的光程差对全息图的影响。

（2）参考光和物光的光强比很大或很小时对全息图的记录和再现有何影响？

第3篇　综合性、研究性实验

第6章　力学和热学实验

实验32　弹性模量的测定

弹性模量（也称杨氏模量）是描述固体材料抵抗形变能力的重要物理量，是选定机械构件材料的依据之一，是工程技术中常用的参数。

【实验目的】

（1）了解弹性模量的物理意义。
（2）学习用光杠杆法测量长度的微小变化的原理和方法。
（3）掌握光杠杆测量系统的调节和使用。
（4）学习用逐差法处理实验数据。

【实验原理】

1. 拉伸法测量金属丝的弹性模量

物体在外力作用下，在一定限度内会发生弹性形变，发生弹性形变时物体内将产生恢复形变的内应力。弹性模量是反应材料形变与内应力关系的物理量。

设一粗细均匀的金属丝，其长度为 L，截面积为 S，在延长长度方向外力 F 的作用下，伸长了 ΔL。金属丝单位面积上受到的力 $\dfrac{F}{S}$ 称为应力，相对伸长量 $\dfrac{\Delta L}{L}$ 称为线应变，它决定物体的形变，在物体的弹性限度内，由胡克定律可知物体的正应力与线应变成正比，即

$$\frac{F}{S} = E\left(\frac{\Delta L}{L}\right) \tag{S32-1}$$

式中，比例系数 E 称为材料的弹性模量，它是固体材料的重要参数之一，在数值上等于产生单位应变的应力。即

$$E = \frac{F/S}{\Delta L/L} \tag{S32-2}$$

显然，弹性模量 E 越大的材料，要使它发生一定的相对形变所需的单位横截面积上的作用力也越大。

若所用金属丝横截面为圆形，直径为 d，则式（S32-2）变为

$$E = \frac{4FL}{\pi d^2 \Delta L} \tag{S32-3}$$

式中各量均为 SI 单位，E 的单位为帕斯卡（即 Pa，$1Pa = 1N/m^2$）。

可见，只要测出式（S32-3）中右边各量，则可算出弹性模量 E。式中 F（外力）、L（金属丝原长）、d（金属丝直径）均容易测定，只有 ΔL 是一微小伸长量，很难用普通测长度的仪器测准。为此采用光杠杆和望远镜尺组测量微小长度变化的光杠杆法，可对 ΔL 进行较为精确的测量。

2. 光杠杆测微小长度的原理

用光杠杆测微小长度的装置如图 S32-1 所示。光杠杆是利用放大法测量微小长度变化的常用仪器，光杠杆的装置包括光杠杆镜架和镜尺两大部分。光杠杆镜架如图 S32-1a 所示，将一直立的平面反射镜装在一个三足支架的一端；望远镜水平地对准光杠杆镜架上的平面反射镜，平面反射镜与标尺的距离为 D，如图 S32-1b 所示。

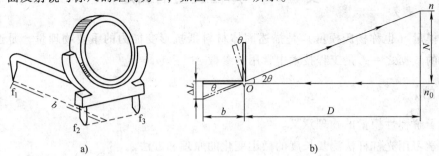

图 S32-1　光杠杆

a) 光杠杆平面镜图　b) 光杠杆放大原理图

测量时将光杠杆镜架后足 f_1 放在钢丝下端的夹头上，不能与金属丝靠紧，且不能掉进缝隙。两前足 f_2、f_3 放在固定不动的平台上的槽内。f_1 至 f_2、f_3 的垂直长度 b 称为光杠杆常数。当被测物体有微小长度变化时，f_1 足随着长度的变化而升降，平面镜也将以 f_2、f_3 为轴转动。设转过的角度为 θ，根据光的反射定律可知，平面镜反射线转过 2θ 角。由光线的可逆性，从 n 发出的光经平面镜反射后进入望远镜而被观察到。n_0 为未转动时标尺示值。从图 S32-1b 可以看到

$$\tan\theta = \frac{\Delta L}{b}, \tan2\theta = \frac{N}{D}(D = On_0)$$

由于 θ 很小，所以 $\tan\theta \approx \theta$

则

$$\theta = \frac{\Delta L}{b}, 2\theta = \frac{N}{D}$$

消去 θ，得

$$\Delta L = \frac{bN}{2D} \tag{S32-4}$$

由式（S32-4）可知，微小变化量 ΔL 可以通过 b、N、D 这些易测得的量间接得到。光杠杆的作用是将微小长度变化 ΔL 放大为标尺上的相对位移 N，ΔL 被放大了 $\frac{2D}{b}$ 倍。在实验中，通常 b 为 7cm 左右，D 为 1～2m，放大倍数可达到 60 倍左右。

将（S32-4）式代入（S32-3）式，则有

$$E = \frac{8LDF}{\pi d^2 bN} \tag{S32-5}$$

式中，F 为标尺刻度变化 N 时的相应的拉力。

【实验仪器】

1. 弹性模量测定仪（包括望远镜尺组、测量架、砝码及光杠杆）；2. 游标卡尺；3. 外径千分尺；4. 钢卷尺等。

【仪器介绍】

弹性模量仪如图 S32-2 所示，三角底座上装有两根立柱和调整螺钉。欲使立柱铅直，可调节调整螺钉，并由立柱下端的水平仪来判断。金属丝的上端夹紧在横梁上的夹头中。立柱的中部有一个可以沿立柱上下移动的平台，用来承托光杠杆。平台上有一个圆孔，孔中有一个可以上下滑动的圆柱形夹头，金属丝的下端夹紧在夹头中。夹头下面有一个挂钩，可挂法码，用来拉伸金属丝。

装置平台上的光杠杆及望远镜尺组是用来测量微小长度变化的实验装置。

望远镜尺组如图 S32-3 所示，由标尺 1 和望远镜组成。转动望远镜的目镜 8 可清楚地看到十字丝像。调整望远镜调焦手轮 2 并通过光杠杆的平面镜可以看到标尺的像。望远镜的轴线可通过望远镜轴线调整螺钉 3 调整，松开望远镜、标尺紧固螺钉 4、7，望远镜、标尺能够分别沿立柱上下移动。

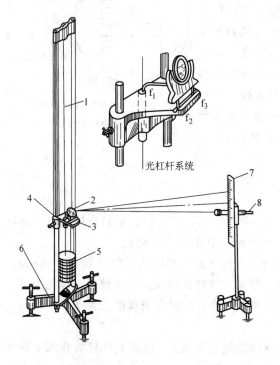

图 S32-2　弹性模量仪示意图

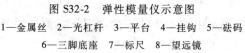

1—金属丝　2—光杠杆　3—平台　4—挂钩　5—砝码
6—三脚底座　7—标尺　8—望远镜

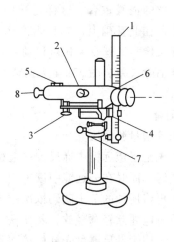

图 S32-3　尺读望远镜

1—标尺　2—望远镜调焦手轮　3—望远镜轴线调整螺钉
4—望远镜紧固螺钉　5—"M"型缺口　6—准心
7—标尺紧固螺钉　8—目镜

【实验内容及操作步骤】

1. 调整测量装置

(1) 调整弹性模量测定仪。按图 S32-2 所示安放好仪器后，调节支架底部的 3 个螺钉，使立柱铅直，并使夹头在平台圆孔内能自由升降（可用水准仪检查）；再在圆柱体挂钩上放上一个初载砝码，把金属丝拉直（注意，此砝码不应计入所加外力 F 之内）。

(2) 将光杠杆前足（f_2、f_3）放在平台的槽内，后足 f_1 放在金属丝下端的夹头上并不与金属丝相碰，不能掉进缝隙，使平面镜与平台大致垂直，望远镜尺组放在离光杠杆镜面前方约 1.5～2m 处。调节标尺铅直，调节望远镜的光轴水平，并与平面镜等高。

(3) 调节光杠杆与望远镜尺组。

① 首先明确平面镜中标尺的像是望远镜观察的目标。为此，应先将望远镜对准平面镜，并保持同一水平位置，沿望远镜上方观察平面镜中是否能看到标尺中部的像；若无，则调节光杠杆平面镜的俯仰位置（角度），同时左右移动望远镜，直到看见平面镜中有标尺中部的像为止。

② 调节望远镜，使望远镜镜筒上方"M"型缺口的两顶点连线中点与圆锥型准心和平面镜内标尺像的上端的中点"三点"成一线。

③ 调节望远镜目镜使十字叉丝清晰，再调物镜（望远镜调焦手轮），使标尺成像在十字叉丝平面上，此时既能看清标尺，又能看清十字叉丝。再微调望远镜，使标尺像位于望远镜视场中部。再仔细调节光杠杆平面镜的俯仰角度以及望远镜轴线调整螺钉，使标尺像中部的刻线与望远镜十字叉丝的横线重合，这样每次测量就以叉丝横线为基准线读数。在此基础上，看是否产生视差（即人眼上下移动时，标尺像与叉丝有无相对移动）。若有再微调目镜和物镜，即能消除视差。图 S32-4 为调节好的光杠杆望远镜中标尺像。

水平叉丝

读数 10.72cm

图 S32-4　调节好的光杠杆望远镜中标尺像

2. 测量

采用等增量测量法。

(1) 先记下望远镜中标尺像的起始位置 n_0'（n_0' 应位于标尺中部），然后在砝码盘上逐次加 1 个砝码，同时在望远镜中读出相应的 n_1'、$n_2' \cdots n_7'$（共加 7 个砝码）。

(2) 再将所加的 7 个砝码依次减少 1 个砝码，并记下每次相应的尺像读数 n_7''、$n_6'' \cdots n_0''$。在加砝码时应注意轻拿轻放，勿使砝码盘振动和摆动，并将砝码缺口交叉放置，以免掉下。

(3) 先用钢卷尺测量光杠杆镜面到标尺的距离 D，然后再测金属丝的长度 L（两夹头之间的距离）。（一次测量）

(4) 用游标卡尺测出光杠杆后足到两前足连线的垂直距离 b（可将光杠杆放在纸上压出 f_1、f_2、f_3 的痕迹后量取）。（一次测量）

(5) 用外径千分尺测量金属丝的直径 d，在砝码盘中加 4 个砝码的情况下，测金属丝四个不同部位的直径各 1 次。

【数据处理】

（1）记录望远镜中标尺读数　　　　　　　　　　　　标尺的仪器允差 $\Delta_\text{仪} = $ 　　cm

次数/i	荷重 /kg	增荷时标尺读数 n_i'/cm	减荷时标尺读数 n_i''/cm	两次测量的平均值 n_i/cm	隔项逐差 $(n_{i+4}-n_i)$/cm	$\overline{n}$
0	0.000					
1						
2						
3						
4						
5						
6						
7						

（2）记录 D、L、b 的测量结果

待测量	使用仪器名称	测量值	不确定度	测量结果
D/m				
L/m				
b/m				

3. 记录金属丝直径的读数

外径千分尺初读数 $d_0 = $ 　　mm　　　　　　外径千分尺的仪器允差 $\Delta_\text{仪} = $ 　　mm

测量次数	1	2	3	4	平均值
测量值/mm					

4. 实验数据处理要求

（1）计算标尺读数隔项逐差的平均值 $\overline{n}$ 及其不确定度；计算弹性模量的最佳值 E。

（2）计算各直接测量量的不确定度。

（3）推导弹性模量 E 的误差传递公式并估算其不确定度。

（4）完整表示 n、d、E 的测量结果。

【注意事项】

（1）仪器一经调好，在实验过程中不可再移动，否则需要重新调整和测量。在增、减砝码时，应轻拿轻放，并随时观察、判断标尺的读数是否合理。

（2）光杠杆主杆尖脚 f_1 必须立于夹紧金属丝的柱形夹头上，否则，金属丝负荷增减时望远镜中将看不到标尺指示值的变化。

（3）应经常注意平面镜是否松动，若已松动，则读数不正确。应重新调整后再从头测量，原测量数据无效。

（4）测量直径 d 时不要将金属丝扭曲。

（5）完成实验后，应将砝码取下，防止钢丝疲劳。

【思考与讨论】

（1）实验中为什么不同长度的测量用不同的仪器？

（2）用逐差法处理数据的优点是什么？

（3）是否可用作图法求弹性模量？如果以应力为横轴、应变为纵轴作图，图线应该是什么形状？

（4）材料相同、粗细不同的两根钢丝，它们的弹性模量是否相同？

实验 33　驻 波 实 验

一切机械波在有限大小的物体中进行传播时会形成各式各样的驻波。驻波是常见的一种波的叠加现象，它广泛存在于自然界中。例如，乐器实际上是一种发声的物理仪器，乐音都是利用管、弦、膜、板等的振动形成的。研究音乐性质（如音质的好坏等）都是利用物理方法，音乐的测量（包括频率、强度、时间、频谱、动态等）都是物理测量，制造乐器的许多材料性能的测量也都是物理测量。驻波理论在声学、光学及无线电中都有着重要的应用，如用来测定波长、波速或确定波动频率等。

一般的驻波发生在三维空间，较为复杂，为了便于掌握其基本特征，本实验研究最简单的一维空间的情况。

【实验目的】

（1）观察在两端固定的弦线上形成的驻波现象。

（2）测定音叉的频率。

（3）利用共鸣现象求出声音在空气中的传播速度。

（4）进一步熟悉分析天平的使用。

【实验仪器】

1. 电动音叉；2. 弦线；3. 支架；4. 滑轮；5. 米尺；6. 砝码组；7. 砝码钩；8. 分析天平；9. 螺丝刀；10. 稳压电源；11. 有刻度的共鸣管（附漏斗、支架）；12. 温度计；13. 烧杯；14. 音叉（附橡皮垂）。

【实验原理】

一简谐正弦波在拉紧的金属线上传播，可以由方程式 $y_1 = y_m \sin 2\pi (x/\lambda - ft)$ 来描述。若金属线一端固定，波到达该端时将被反射回来，反射波为

$$y_2 = y_m \sin 2\pi (x/\lambda + ft) \tag{S33-1}$$

假设波幅足够小，未超出金属线的弹性限制，则叠加后的波形即为两波形之和：

$$y = y_1 + y_2 = y_m \sin 2\pi (x/\lambda - ft) + y_m \sin 2\pi (x/\lambda + ft) \tag{S33-2}$$

根据恒等式

$$\sin A + \sin B = 2\sin(A + B)/2 \cdot \cos(B - A)/2 \tag{S33-3}$$

上式可改写为

$$y = 2y_m \sin(2\pi x / \lambda) \cos(2\pi ft) \qquad \text{(S33-4)}$$

该方程具有一些特点：对一固定时间 t_0，则金属线上的波形为一正弦波，最大波幅为 $2y_m \cos(2\pi ft_0)$。对一固定的 x_0，金属线也表现为谐振动，最大振幅为

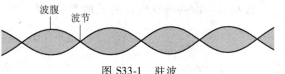

图 S33-1　驻波

$2y_m \sin(2\pi x_0 / \lambda)$。当 $x_0 = 0$、$\lambda/2$、λ、$3\lambda/2$、2λ 等时，波幅为 0。

该种波形即为驻波，因为金属线上并没有波形的传播。时间方向的驻波，其表现形式如图 S33-1 所示，该模式为驻波波胞。金属线上每一点的上下振幅取决于该点波胞。最大振幅处即为波腹，振幅为 0 处即为波节。

1. 测定音叉的频率

实验装置如图 S33-2 所示，将弦线的一端固定在电动音叉的一个叉子的顶端，另一端绕过滑轮系在载有砝码的砝码盘上。闭合 S 后，调节音叉断续器的接触点螺钉 k'，使音叉维持稳定的振动，并将其振动沿弦线向滑轮一端传播，形成横波。当横波到达 B 点后产生反射，由于前进波与反射波能够满足相干条件，在弦线上形成驻波。如果弦线长度不变，而适当增减砝码，从而使弦中张力 T 改变，这样弦线的固有频率亦随之改变，当其固有频率与横波频率相同

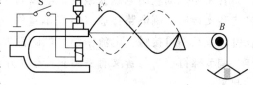

图 S33-2　麦尔德实验装置图

（或为频率的整数倍）时，在弦线中也会产生清晰的驻波现象（此处波从波密介质反射回波疏介质，反射处为波节）。

上述弦的振动就是受迫振动，当弦处于稳定振动时，弦的振动频率应同音叉频率相同，如果我们测得弦的振动频率也就是确定了音叉的频率。

驻波的两节波腹间的距离等于波长的一半。波长 λ、振动频率 f 与波速 v 的关系如下：

$$v = f\lambda \qquad \text{(S33-5)}$$

而理论证明波在弦中的传播速度为

$$v = \sqrt{\frac{F}{\rho}} \qquad \text{(S33-6)}$$

式中，F 为弦的张力，ρ 为弦线单位长度的质量。

由式（S33-5）、式（S33-6）可得

$$f = \frac{v}{\lambda} \sqrt{\frac{F}{\rho}} \qquad \text{(S33-7)}$$

2. 声速测定

共鸣管是一直立的带有刻度的透明玻璃管，如图 S33-3 所示。移动蓄水筒可以使管中的水位升降，从而获得一定长度的空气柱。声波沿空气柱传播至水面发生反射，入射波与反射波在空气柱中干涉，调节空气柱的长度 L，当其与波长 λ 满足

$$L_n = (2n+1)\frac{\lambda}{4}(n = 1,2,3\cdots) \qquad \text{(S33-8)}$$

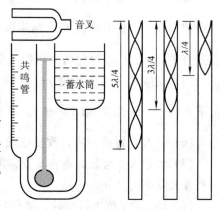

图 S33-3　声速的测定装置及原理

171

时，将形成管口为波腹、水面为波节的驻波，声音最响，即产生共鸣。

设相邻两次共鸣空气柱的长度差为 ΔL，则

$$\Delta L = L_{n+1} - L_n = \frac{\lambda}{2}$$

而
$$\lambda = 2\Delta L \tag{S33-9}$$

若声波频率（即声源频率）为 f，其波长 λ 和波速 v 之间的关系是 $v = \lambda f$，将式（S33-8）代入上式得

$$v = 2\Delta L f \tag{S33-10}$$

【实验内容一　测定音叉的频率】

【装置描述】

音叉的振动利用电磁铁激发。电源的一端接音叉，另一端接音叉调节螺钉，调节时，螺钉与音叉接通，则电路接通（音叉本身作一导线），电磁铁吸动音叉。音叉被吸动后，调节螺钉与音叉不再接触，电流中断，电磁铁失去吸引音叉的作用，音叉又回到原来的位置。这样，调节螺钉使之与音叉有一缝狭产生尖端放电，电路反复通断，就使音叉按其固有频率振动起来。

【操作步骤】

（1）取长 120cm 左右的弦线，用分析天平测量质量 $m_{弦}$，用米尺测量该弦线之长度 L。各测三次取平均值，然后用 $\rho = m_{弦}/L$ 计算 ρ。

（2）用旋具将音叉臂端螺钉 A 旋松，将弦头绕在螺钉上，然后再旋紧螺钉。弦线另一端跨过滑轮 C 后栓在砝码钩上（如图 S33-2 所示）。

（3）接通电源，调节螺旋 K 使音叉振动（此时弦也振动）。

（4）改变砝码质量 m，或弦线 AB 段长度 L_1，使弦上形成振幅最大而稳定的具有 n 个半波数目的驻波。用米尺测量三次，求其平均值 $\overline{L_1}$，则半波长 $\frac{\lambda}{2} = \frac{\overline{L_1}}{n}$。弦线所受张力 $F = m_1 g$（m_1 为包括砝码钩的质量）。

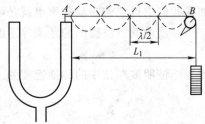

图 S33-4　测定音叉的频率

（5）保持 L_1 不变，改变 m_1，使弦上形成 $n = 1，2，3，\cdots$ 个振幅较大的、稳定的驻波。记下 n 和 $\frac{\lambda}{2}$。由式（S33-7）求 f，做三次。

（6）张力 F 保持一定，改变弦线 AB 间距离，重做上述实验，再用式（S33-7）计算。

（7）将音叉臂与弦线垂直安置，重复步骤（3）、（4）、（5）、（6）（但此时弦振动频率只有音叉频率的二分之一）。

（8）将各次 f 值进行比较，并分析误差。

比较以上两种实验方法（改变 m 与 L）的结果和优缺点。

【数据处理】

根据实验要求自己设计实验数据记录表格，并进行误差分析和实验结果讨论。

【注意事项】

（1）如图 S33-2 所示安置音叉和弦线时，弦线必须与音叉平行，而如图 S33-4 所示安置时，则应该注意使它们互相垂直。

（2）测量 λ 时的驻波必须稳定、清晰，否则，应予以适当调整，至稳定、清晰的驻波出现方可进行测量。

【实验内容二　声速的测定】

【操作步骤】

（1）将共鸣管内盛入适量水。先将漏斗提高使共鸣管内之水上升到接近管口，然后用锤击音叉使之振动并立即将其置于玻管之开口处（切勿触及玻管），缓缓降低漏斗直到管内的空气柱产生共鸣为止（此时听到的声音最大）。将管上圆环移到气柱产生共鸣的位置上再用锤击音叉，将漏斗在刚才确定的圆环位置上下多次移动，准确确定气柱固定端（水面的位置）。读出并记下第一次共鸣时空气柱长 $L_1 = \dfrac{1}{4}\lambda$。

（2）锤击音叉并置于玻管开口处，继续下降漏斗至第二次发生共鸣为止，读记此次空气气柱长 $L_2 = \dfrac{3}{4}\lambda$。

（3）用一把音叉测量 L_1、L_2 各三次。

（4）另换不同频率的音叉两把，重复上述实验，记下室温。

（5）再把漏斗下降，还可以听到三次共鸣，这时空气柱长 $L_3 = \dfrac{5}{4}\lambda$，由于空气柱较长，$L_3$ 一般不易测准，故不用 L_3 进行计算。因本实验所用的共鸣管长度有限，第三次之后的共鸣不能测得。

【数据处理】

根据实验要求自己设计实验数据记录表格，并进行误差分析和实验结果讨论。

【注意事项】

（1）必须注意分析天平的使用、维护及读数等方法。

（2）拿音叉时手应握住柄部后半截，不要握得太多太紧，更不能握叉部。

（3）锤击音叉时，应在玻璃管口处，击后马上移到管口上方。击音叉时一次只需敲击一下，且应敲击音叉之叉部最上方。严禁在管口上方击叉，以防打破玻璃管；也不允许不停地敲击音叉。

（4）校正量 x 之所以能消掉，是假设音叉每次离管口的距离一定，否则不能消掉。因此，在实验时，因尽量使音叉与管口之距离保持一定。

【思考题】

（1）在实验中为了最好地确定对应于一定弦长 L_1 的最明显、最稳定的驻波，要更改砝码质量 m_1。试考虑 m 的最小变量 δ_m 应该多大？

（2）弦振动时，若 n 为偶数，则将音叉转 $90°$（L_1、F、ρ 不变）后，半波区数将减少为 $\dfrac{n}{2}$，观察现象并说明原因。

（3）敲击音叉时，用手握住音叉叉部有何不好？

（4）不停地用锤敲击音叉，是否会使测量效果更好？怎样才能将 L_1、L_2 测得更准？

（5）观察共鸣管内空气共鸣时，液面高度应怎样观察才是正确的？

（6）该实验的误差主要是什么误差？是用什么方法消除的？

实验 34　热电偶定标

热电偶是重要的测温元件，有测温范围宽（$-200 \sim 2000℃$）、灵敏度和准确度高（可达 $10^{-3}℃$ 以下）、测量范围广、结构简单、不易损坏等优点。此外，热电偶的热容量小，受热点可做得很小，因而对温度变化响应快，对测量对象的状态影响小，可用来做温度场的实时测量和监控，是一种典型的非电量电测传感元件。

【实验目的】

（1）了解热电偶测温原理和定标方法。

（2）进一步熟悉箱式电位差计的使用。

【实验原理】

1. 热电偶测温原理

由两种不同金属构成的组合，称为温差热电偶（或热电偶）。如图 S34-1 所示，导体 A 和 B 两端相连，如果两个接点分别置于温度为 t 和 t_0 的环境中，回路内就会有电流产生，这种现象称为温差电现象。产生电流的电动势称为温差电动势。这就是温差电效应，热电偶就是基于这种效应来测量温度的。

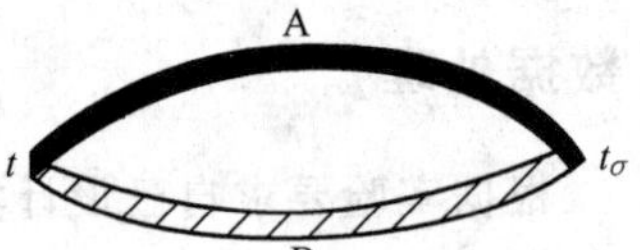

热电偶产生的热电动势由两种导体的接触电势和单一导体的温差电势所组成。接触电势是由于在两种导体的接触点处，两侧导体内的自由电子密度不同，电子相互扩散的结果；温差

图 S34-1　热电偶

电势是同一导体内，因各处温度不同，电子扩散造成的自由电子密度不同而产生。热电偶回路中的热电动势的大小，除了与组成电偶的材料有关外，还取决于两接触点的温度，通常可以表述成两接触点温度差的幂函数的形式，即

$$\mathscr{E} = C(t - t_0) + D(t - t_0)^2 + \cdots \tag{S34-1}$$

式中，C、D 是与两导体材料等有关的常数。两接点的温差不大时，可取一级近似，即

$$\mathscr{E} = C(t - t_0) \tag{S34-2}$$

式中，C 为温差系数，表示温差改变 1℃ 时热电动势的改变量。常用的热电偶材料有铜-康铜、铂铑-铂、镍铬-镍铝等。

利用热电偶测量温度时，通常将 t_0 端置于冰水混合物中，使 $t_0 = 0$℃，另一端与待测物体相接触，再用电位差计测量热电偶回路的电动热（图 S34-2），根据已知的 $\mathscr{E}$-t 关系曲线即可得到待测温度 t。

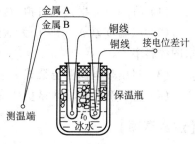

图 S34-2　用热电偶测温

2. 热电偶的定标

用实验方法测量热电偶的热电动势与测温端温度之间的关系曲线，称为热电偶的定标。定标方法有两种。一种方法是利用一些纯金属（例如锡、铅、锌等）在熔化或凝固过程中有固定熔点，其温度不随时间和环境温度而变，以这些熔点作为已知温度，测出热电偶处于这些温度时对应的电动势，经实验曲线拟合，即可求出 C、D、…等常数，其优点是精确度很高。另一种方法是将未知热电偶与一标准温度计（如标准水银温度计或已知标准热电偶）置于同一控温炉中进行对比测量，也可测出 $\mathscr{E}$-t 定标曲线，这种定标方法，设备简单，操作方便，最为常用。本实验就采用这种方法。

【实验仪器】

1. 热电偶；2. 电位差计（见图 S34-3）；3. 检流计；4. 标准电池；5. 直流稳压电源；6. 调压变压器；7. 控温管式电炉；8. 保温瓶；9. 水银温度计等。

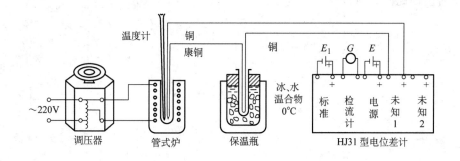

图 S34-3　热电偶的定标实验装置图

【操作步骤】

（1）按图 S34-3 连接电路，注意热电偶的正负极性。

（2）校准电位差计。UJ31 型电位差计的使用方法参见相关实验。热电偶的热电动势量级为零点几到几毫伏。

（3）接通调压变压器电源，从 20V 开始给管式炉通电加热，使炉温缓慢上升，然后在以后的测量过程中逐步提高电压，最后升到 60V 为止。如果温升太快，可调低电压。

（4）在升温过程中，每隔 10℃ 左右测量一次电动势和对应的温度，最后升到 120℃ 左右，共测 10 组数据。注意在测量时，当调整电位差计达到补偿后，应先读记温度，后读记电动势（为什么？）。

【数据处理】

（1）将测量数据记入自拟数据表格。

（2）以温度差 $\Delta t = t - t_0$ 为横坐标、电动势 $\mathscr{E}$ 为纵坐标，在直角坐标纸上作定标曲线并求图线斜率 C。

（3）写出热电偶测温公式 $\mathscr{E} = C(t - t_0)$。

（4）将所测数据输入微机作最小二乘法直线拟合，并与作图法结果作比较。

【注意事项】

（1）调压变压器的输出电压不得超过 60V，否则可能因温度过高而损坏水银温度计或烧坏管式炉。注意用电安全。

（2）遵守标准电池、检流计和电位差计的有关使用注意事项。

（3）电位差计的工作电流常因种种原因发生变化，因此每次测量都必须"先校准、后测量"，并在校准后尽快进行测量。

【思考与讨论】

（1）如果在实验时，热电偶"冷端"不放在冰水混合物中，而直接处于室温中，对实验结果有些什么影响？

（2）在图 S34-3 所示的热电偶回路中，实际接入了第三种导体（铜线），热电偶的温差电动势是否会因此而受到影响？

第7章 电学和磁学实验

实验35 电表的扩程与校准

【引言】

电表是用来测量电流、电压的仪器。未经改装的电表，灵敏度高，但只能测量微小的电流、电压，若要用它来测量较大的电流和电压，必须对它进行改装以扩大量程，各种多量程电表（包括多用途的万用表）就是用这种方法制作的。

【实验目的】

（1）安培计、伏特计的构造原理和校准方法。

（2）学会使用滑线变阻器。

【实验原理】

1. 将表头改装成安培计

表头的满偏电流很小，若要测量较大的电流，需要扩大电表的电流量程，方法是：在表头的两端并联电阻 R_p（图 S35-1）使超过电流计能承受的那部分电流从 R_p 流过。由表头和 R_p 组成的整体就是安培计。R_p 称为分流电阻，选用不同大小的 R_p，可以得到不同量程的安培计。

如图 S35-1 所示，当表头满度时，通过安培计的总电流为 I，通过表头的电流为 I_g。因为

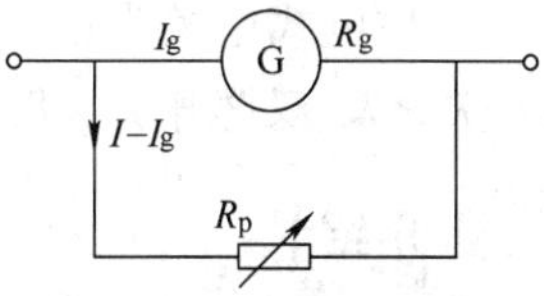

$$U_g = I_g R_g$$

又

$$U_g = (I - I_g) R_p$$

所以

$$R_p = \frac{I_g}{I - I_g} R_g \qquad (S35-1)$$

图 S35-1　改装安培计

表头的规格 I_g、R_g 由实验室给出，根据需要的安培计量程，由式（S35-1）就可以算出应并联的电阻值。

2. 将表头改装成伏特计

表头的满度电压也很小，一般为零点几伏，为了测量较大的电压，需在表头上串联电阻 R_s，如图 S35-2 所示，使超过表头所能承受的那部分电压降落在电阻 R_s 上。表头和串联电阻组成的整体就是伏特计。串联的电阻 R_s 称为扩程电阻，选用大小不同的 R_s，就可以得到不同量程的伏特计。因为

$$U_s = I_g R_s = U - U_g$$

故得

$$R_s = \frac{U - U_g}{I_g} = \frac{U}{I_g} - R_g \qquad (S35-2)$$

表头的 I_g、R_g 事先测出，根据需要的伏特计量程，由式（S35-2）就可以算出相应串联的电阻值。

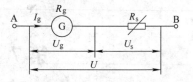

图 S35-2　改装伏特计

3. 电表的标称误差和校准

标称误差指的是电表的读数和准确值的差异，它包括电表在构造上各处不完善的因素所引入的误差。为了确定标称误差，先将电表和一个标准电表同时测量一定的电流（或电压）称为校准，校准的结果得到电表各个刻度的绝对误差，选取其中最大的绝对误差除以量程，即为该电表的标称误差，故

$$标称误差 = （最大绝对误差／量程）\times 100\%$$

根据标称误差的大小，电表分为不同的等级，电表的等级常用规定符号标在电表的面板上。

有条件经常校准电表的实验室，为了减少电表的误差，可以不把电表的等级作为确定电表误差的最后依据。方法是通过校准，读出电表各个指示值 I_x 和标准电表对应的指示值 I_s，得到该刻度的修正值 δI_x（$\delta I_x = I_s - I_x$），从而画出电表校准曲线（以 I_x 为横坐标、δI_x 为纵坐标的曲线，两个校准点之间用直线连接，整个图形是折线状，如图 S35-3 所示），在以后使用这个电表时，根据校准曲线可以修正电表的读数，得到较为准确的结果。当然，电表的等级毕竟标志着电表结构的好坏，等级低的电表其稳定性、重复性等性能都要差些。所以，校准亦不能大幅度的减少误差，一般只能约减少半个数量级，而且如果电表使用的环境和校准环境不同或校准日期过久，校准的数据亦会失败。

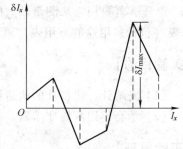

图 S35-3　校准曲线示例

【实验仪器】

1. 磁电式电表头；2. 直流稳压电源；3. 万用电表；4. 电阻箱；5. 滑线变阻器；6. 单掷开关；7. 双掷开关；8. 导线若干。

【仪器介绍】

旋转式电阻箱

电阻箱一般是由电阻温度系数较小的铜线绕制的精密电阻串联而成，通过十进位旋钮可使阻值改变。电阻箱的主要技术指标是总电阻、额定电流（额定功率）和准确度等级等。图 S35-4 是常用的 ZX21 型电阻箱面板图，它共有 6 个旋钮，总电阻为 99999.90，最小步进值为 0.10。通常，电阻箱使用时应由 "0" 和 "99999.9" 这两个接线端引出到电路中，若所需电阻小于 0.90，则由 "0" 和 "0.90" 这两个接线端引出，若所需电阻小于 9.90，则由 "0" 和 "9.90" 这两个接线端引出，这样可避免电阻箱其余部分的接触电阻和导线电阻对低电阻所带来的不可忽略的误差。

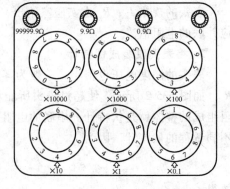

图 S35-4　ZX21 型电阻箱面板图

为安全起见，使用电阻箱时，应注意工作电流不得超过它的额定电流（或额定功率）值，通常，电阻箱的铭牌上标有每档电阻容许通过的最大电流值，ZX21 型电阻箱 "×100000" 档的额定电流值为 0.005A，有的电阻箱上只标明了额定功率 P，其额定电流可用公式 $I = (P/R)^{1/2}$ 算出。

在教学中，电阻箱的仪器误差通常可简化表示为

$$\Delta R = [\alpha\% * R + 0.005(N + 1)](\Omega)$$

式中，α 为电表的准确度等级（ZX21 型电阻箱 $\alpha = 0.1$），R 为电阻箱的读数，N 是实际所用两引线端钮间的电阻箱旋钮数。

【实验内容及步骤】

1. 将量程为 1mA 的表头扩至 10mA

（1）由式（S35-1）算出分流电阻 R_p 的数值，表头内阻 R_g 由实验室给出。

（2）校准扩程后的电表：先调准零点，再校准量程，再校准刻度，刻度的校准可均匀地取 5 ~ 10 个校准点，为此，校准的电路如图 S35-5 所示。分流电阻 R_p 用电阻箱充当，R_1、R_2 是滑线变阻器，E 是接入电源电压。

（3）严格按规程接线，接好之后先自己检查，经教师复查后再接电源。

（4）校准量程。接通直流电源，调节电源电压 $E = 12V$，接入实验电路，合拢开关 S，调节 R、R_p，使两表同时达到满程，若两表不能同时到达满程，调节电阻 R_p 值，直到满足两表同时到达满程的要求，再记下实际电阻值 R_p' 于表 S35-1 中。

（5）校准刻度，使电流从小到大（0 ~ 10mA）校准 6 个刻度值，然后电流从大到小（10 ~ 0mA）重复一遍，以调节待校表的刻度值为准，读出各点标准表的数据记录到表 S35-2 中。

（6）根据表 S35-2 的数值，计算出 δI_x 的平均值，再计算出此表的标称误差并作出 $\delta I_x - I_x$ 图。

2. 将 1mA 的表头改为 0 ~ 10V 的伏特计

（1）由式（S35-2）计算出扩程电阻 R_s。

（2）校准伏特计电路如图 S35-6 所示。

（3）按实验内容 1 的第（3）、（4）、（5）步骤测出数据，并记录到自拟的表中（自拟表可参照表 S35-1 和表 S35-2 的格式）。

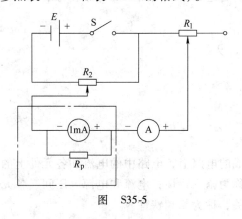

图 S35-5

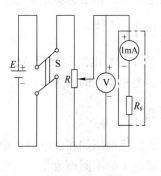

图 S35-6

（4）根据记录的实验数值，计算出 δV_x 的平均值，再计算出此表的标称误差并作出 $\delta V_x - V_x$ 图。

【数据处理】

表 S35-1　将表头改装为 10mA 的电流计

满偏电流 I_g/mA	扩程后量程 I_x/mA	内阻 R_g/Ω	扩程电阻 R_p/Ω	
			计算值 R_p/Ω	实验值 R_p'/Ω

表 S35-2　电流表校准数据

被校表读数 I_x/mA	0.00	2.00	4.00	6.00	8.00	10.00
I_x 由大到小标准读数 I_{s1}（mA）						
I_x 由小到大标准读数 I_{s2}（mA）						
$\delta I_{x1} = I_{s1} - I_x$（mA）						
$\delta I_{x2} = I_{s2} - I_x$（mA）						
$\delta I_x = (\delta I_{x1} + \delta I_{x2})/2$（mA）						

【思考与讨论】

（1）能否把本实验的表头改装成 100mA 的电流表和 50V 的电压表？

（2）为什么校准电表时要使电流或电压从小到大、从大到小，各测量一遍？如果两者一致说明什么？不一致又说明什么？

实验 36　*RLC* 电路的稳态特性

【引言】

在电工电路特别是在电子电路中，时常用 *RC* 和 *RL* 串联的分压电路来传输信号。如果给该串联的电路加上正弦交流电压，则经历一段暂态过程后，电路中的电流和每个元件上的电压便稳定下来，称之为稳定状态。

【实验目的】

（1）了解 *RLC* 电路的幅频特性和相频特性。

（2）学会相位差的测量方法。

【实验原理】

把简谐交流电压加在由电阻、电感、电容组成的电路上，电路中的电流和各元件上的电压将随电源频率的不同而改变，它们的函数关系称为幅频特性；电流和电源电压间、各元件上的电压和电源电压间的相位差和电源的频率有关，称为相频特性。

1. RC 串联

电路如图 S36-1 所示，令 ω 表示电源的圆频率，U、I、U_R、U_C、φ 分别表示电源电压、电流、R 及 C 上的电压有效值、电流和电源电压的相位差，则

$$I = \frac{U}{\sqrt{R^2 + \left(\dfrac{1}{\omega C}\right)^2}} \tag{S36-1}$$

$$U_R = IR \tag{S36-2}$$

$$U_C = \frac{I}{\omega C} \tag{S36-3}$$

$$\varphi = \arctan\left(\frac{1}{\omega CR}\right) \tag{S36-4}$$

由式（S36-1）、式（S36-2）、式（S36-3）可知，当电源的频率增加时，电流的幅值和 R 上的电压幅值均增加，而电容 C 上的电压幅值则减小。利用这样的幅频特性可以把不同的频率分开，构成各种滤波器。由式（S36-4）可知，RC 串联电路的相频特性：当频率很低时，φ 接近 $-\dfrac{\pi}{2}$；当频率很高时，φ 接近零，即电流和电压同相位。当 $\omega = \omega_0\left(\omega_0 = \dfrac{1}{RC}\right)$ 时，人们称 ω 为截止圆频率。通常用 ω 的对数作横坐标、φ 作纵坐标，得典型的相频特性曲线如图 S36-2 所示。

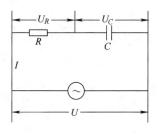

图 S36-1　RC 串联电路

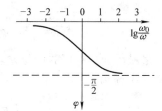

图 S36-2　典型的 RC 串联电路的相频特性曲线

2. RL 串联

电路如图 S36-3 所示，同样令 ω 表示电源的圆频率，U、I、U_R、U_L、φ 分别表示电源电压、电流、R 及 L 上的电压有效值、电流和电源电压的相位差，则

$$I = \frac{U}{\sqrt{R^2 + (\omega L)^2}} \tag{S36-5}$$

$$U_R = IR \tag{S36-6}$$

$$U_C = \omega L I \tag{S36-7}$$

$$\varphi = \arctan\left(\frac{\omega L}{R}\right) \tag{S36-8}$$

由式（S36-5）、式（S36-6）、式（S36-7）可知，当电源的频率 ω 增加时，电流的幅值和 R 上的电压幅值均减小，而 L 上的电压幅值则增加。利用这样的幅频特性同样可构成各种滤波器。由式（S36-8）可知 RL 串联电路的相频特性：当频率很低时，φ 接近零；当频率

很高时，φ 接近 $\dfrac{\pi}{2}$。而 $\omega_0 = \dfrac{R}{L}$。典型的 RL 串联电路的相频特性曲线如图 S36-4 所示。

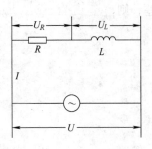

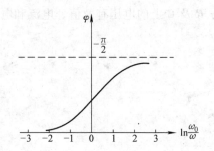

图 S36-3　RL 串联电路　　　　　　　图 S36-4　典型的 RL 串联电路的相频特性曲线

3. RLC 串联

电路如图 S36-5 所示，RLC 串联电路的复阻抗为

$$Z = Z_R + Z_L + Z_C = R + j\left(\omega L + \frac{1}{\omega C}\right) \tag{S36-9}$$

复阻抗的模为

$$Z = \sqrt{R^2 + \left(\omega L - \frac{1}{\omega C}\right)^2} \tag{S36-10}$$

复阻抗的辐角为

$$\varphi = \arctan \frac{\omega L - \dfrac{1}{\omega C}}{R} \tag{S36-11}$$

φ 角即为电路滞后于总电压的相位差。

回路中的电流为

$$I = \frac{U}{\sqrt{R^2 + \left(\omega L - \dfrac{1}{\omega C}\right)^2}} \tag{S36-12}$$

任一时刻电阻 R 上的电压均与回路电流成正比，且两者的相位相同。所以 R 两端的电压幅值可表达为

$$U_R = IR$$

由式（S36-12）可知，当改变电源信号频率时，I 发生变化，R 两端的电压幅值也随之变化。实验中可测量 U_R 值来了解 I 的变化情况。

当电源输出信号角频率满足 $\omega L = \dfrac{1}{\omega C}$ 的条件时，$\varphi = 0$，回路电流幅值达到极大值 $I_{\max}$，回路总阻抗则为极小值，电流与电源电压的相位一致，回路即发生谐振。这时的角频率称为谐振角频率，其值为 $\omega_0 = \dfrac{1}{\sqrt{LC}}$。

当满足 $\omega L > \dfrac{1}{\omega C}$ 的条件时，$\varphi > 0$，电流的相位落后于电源电压，整个电路呈电感性，随着 ω 的增大，φ 趋近于 $\dfrac{\pi}{2}$。

当满足 $\omega L < \dfrac{1}{\omega C}$ 的条件时，$\varphi < 0$，电流的相位超前于电源电压，整个电路呈电容性，随着 ω 的减小，φ 趋近于 $-\dfrac{\pi}{2}$。如图 S36-6 所示。

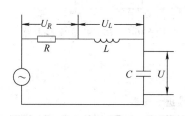

图 S36-5　RLC 串联电路　　　　　图 S36-6　RLC 串联电路的相频特性曲线

【实验仪器】

1. 电感器；2. 电阻箱；3. 电容箱；4. 二踪示波器；5. 函数发生器。

【实验内容及步骤】

1. 用二踪示波器观察 RC 串联电路幅频特性与相频特性

（1）按图 S36-8 连接电路，交流电源由实验台信号源给出，输入交流电压取 $U = 1V$。

把 U 接入"Y_1"通道，U_R（相当于 I）接入"Y_2"通道。注意"Y_1"、"Y_2"通道接地端是公共的，且应与实验台信号源的接地端相连接。

（2）调节示波器 Y 轴上的"Y_1"、"Y_2"通道的"微调"钮和 X 轴上的"微调"钮，均旋到"校准"位置，使这时的示波器处于"标准"状态，再将电路的信号接入到"Y_1"通道、"Y_2"通道，使得"Y_1"通道、"Y_2"通道的波形 U、U_R 都能出现在屏幕上，调节示波器的"V/div"及"t/div"旋钮，使显示的波形大小适合和稳定。

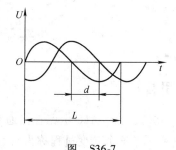

图　S36-7

（3）观察 RC 串联电路中 U、U_R、φ 随频率变化的情况。分别取正弦波频率为 500、1k、2k、5k、10kHz（可通过调节实验台上的数字频率计得出），保持输入的电源电压不变，调节示波器的"V/div"及"t/div"旋钮，记录其显示屏上 U 和 U_R 波形高度、波形一周期所占格数 L、两波形相邻的相位两点间的距离 d（参看图 S36-7）。并将数据记录到表 S36-1 中，根据表中的数据分析幅频特性和相频特性，同时在坐标纸上画出三个典型的相位图。

2. 用二踪示波器观察 RL 串联电路的幅频特性与相频特性

将实验电路图 S36-8 中 C 换为 L，实验内容同 1（实验数据记录表格参照表 S36-1 自拟）。

3. 观察 RLC 串联电路的相频特性

实验电路如图 S36-9 所示，实验内容同 1（实验数据记录表格参照表 S36-1 自拟）。

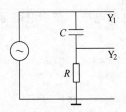

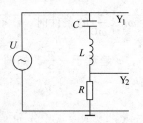

图 S36-8　*RC* 串联实验电路　　　　　　　图 S36-9　*RLC* 串联实验电路

【数据处理】

表 S36-1　*RC* 串联电路实验数据记录表

频率 f/Hz	Y_1 通道 /(V/div)	Y_2 通道 /(V/div)	X 轴 /(t/div)	Y_1（高度） /格	Y_2（高度） /格	周期格数 L/格	d /格	计　算		
								U	U_R	T 周期
500										
1k										
2k										
5k										
10k										

【思考与讨论】

（1）测量数据时为什么保持电源交流电压 $U=1V$ 不变？

（2）电路出现谐振时它的相位差是多少？

实验 37　*RLC* 电路的暂态特性

【引言】

　　RC、*RL*、*RLC* 电路在接通和断开电源的短暂时间内，电路将从一个平衡态转向另一个平衡态，这个转变过程称为暂态过程。本实验以示波器为工具研究暂态过程中电路中电流和元件上电压的变化规律。

【实验目的】

　　（1）考察 *RC*、*RL*、*RLC* 电路的暂态过程，加深对电容和电感性的认识。

　　（2）了解时间常数的物理意义，学会用示波器测量时间常数，加深对阻尼运动的规律的理解。

【实验原理】

1. *RC* 电路的暂态过程

　　如图 S37-1 所示，是一个 *RC* 串联的电路，当开关 S 置"1"时，直流电压 *E* 通过 *R* 对

电容 C 充电。充电完毕（$U_C = E$），再将 S 由"1"置于"2"，电容将通过电阻 R 放电。充、放电过程均为暂态过程。暂态过程中的电容和电阻上的电压 U_C、U_R 随时间的变化规律为

充电过程：

$$U_C = E\left(1 - e^{-\frac{t}{\tau}}\right) \qquad (S37\text{-}1)$$

$$U_R = E e^{-\frac{t}{\tau}} \qquad (S37\text{-}2)$$

$$i = \frac{E}{R} e^{-\frac{t}{\tau}} \qquad (S37\text{-}3)$$

图 S37-1　RC 串联电路

放电过程：

$$U_C = E e^{-\frac{t}{\tau}} \qquad (S37\text{-}4)$$

$$U_R = -E e^{-\frac{t}{\tau}} \qquad (S37\text{-}5)$$

$$i = -\frac{E}{R} e^{-\frac{t}{\tau}} \qquad (S37\text{-}6)$$

式中，$\tau = RC$，称为该电路的时间常数，它决定了以指数规律充放电的快慢。τ 越大充放电越慢，暂态过程持续时间越长。由式（S37-3）和式（S37-6）可知充电电流与放电电流方向相反。图 S37-2 和图 S37-3 给出了充放电过程的 $U_C - t$、$U_R - t$ 曲线图形。

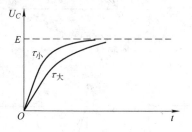
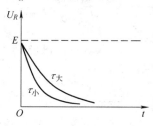

图 S37-2　充电过程的 $U_C - t$、$U_R - t$ 曲线

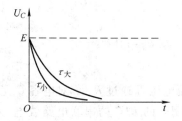
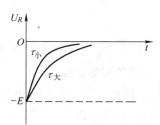

图 S37-3　放电过程的 $U_C - t$、$U_R - t$ 曲线

2. RL 电路的暂态过程

如图 S37-4 所示，是一个 RL 的串联电路，当开关 S 置"1"时，电源接通，但由于电感中直流不能突变。所以电路中电流将逐渐增大，同时电感中储存的磁场能量也不断增加，直到暂态过程结束、电路达到稳态为止。再将 S 由"1"置于"2"，电感中储存的磁场能量将通过电阻 R 释放，电路中的电流将逐渐衰减，直到其能量全部被电阻 R 消耗掉为止。两过程均为暂态过程。暂态过程中的电感和电阻上的电压 U_L、U_R 随时间的变化规律为

电流增长过程：

$$U_R = E(1 - e^{-\frac{t}{\tau}}) \qquad\qquad (S37\text{-}7)$$

$$U_L = Ee^{-\frac{t}{\tau}} \qquad\qquad (S37\text{-}8)$$

$$i = \frac{E}{R}(-e^{-\frac{t}{\tau}}) \qquad\qquad (S37\text{-}9)$$

电流衰减过程：

$$U_R = Ee^{-\frac{t}{\tau}} \qquad\qquad (S37\text{-}10)$$

$$U_L = -Ee^{-\frac{t}{\tau}} \qquad\qquad\qquad (S37\text{-}11)$$

$$i = \frac{E}{R}e^{-\frac{t}{\tau}} \qquad\qquad\qquad (S37\text{-}12)$$

图 S37-4 *RL* 串联电路

式中，$\tau = L/R$，称为该电路的时间常数。τ 越大，暂态过程持续时间越长。图 S37-5 和图 S37-6 给出了电流增长过程、电流衰减过程的 $U_L - t$、$U_R - t$ 曲线图形。

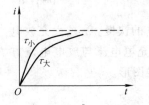 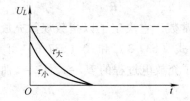 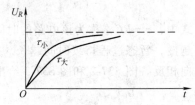

图 S37-5 电流增长过程的 $U_L - t$、$U_R - t$ 曲线

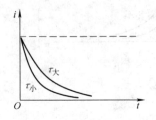 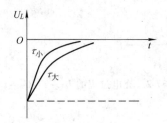 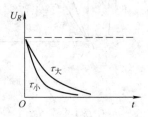

图 S37-6 电流衰减过程的 $U_L - t$、$U_R - t$ 曲线

3. *RLC* 电路的暂态过程

如图 S37-7 所示，是一个 *RLC* 的串联电路，直流电压 E 通过 R、L 对电容 C 充电。充电完毕（$U_C = E$），再将 S 由"1"置于"2"，电容在闭合的 *RLC* 的串联电路放电。充、放电过程均为暂态过程。充、放电过程的电路方程为

$$LC\frac{\mathrm{d}^2 U_C}{\mathrm{d}t^2} + RC\frac{\mathrm{d}U_C}{\mathrm{d}t} + U_C = \begin{cases} E\,(\text{充电}) \\ 0\,(\text{放电}) \end{cases} \qquad (S37\text{-}13)$$

对放电过程，初始条件 $t = 0$，$U_C = E$，$\dfrac{\mathrm{d}U_C}{\mathrm{d}t} = 0$，方程的解分三种情况：

（1）$R^2 < 4L/C$，属于阻尼较小的情况，方程（S37-13）的解为

$$U_C = Ee^{-\frac{t}{\tau}}\cos(\omega t + \varphi) \qquad (S37\text{-}14)$$

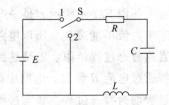

图 S37-7 *RLC* 串联电路

其中 $\tau = \dfrac{2L}{R}$，衰减振荡的圆频率为

$$\omega = \frac{1}{\sqrt{LC}} \sqrt{1 - \frac{R^2 C}{4L}} \qquad\qquad \text{（S37-15）}$$

U_c 随时间变化的规律如图 S37-8 中的曲线 a 所示。即阻尼振动状态。此时振动的振幅呈指数衰减，τ 的大小决定了振幅衰减的快慢，τ 越小，振幅衰减越迅速。

如果 $R^2 \ll \dfrac{4L}{C}$，通常是 R 很小的情况，振幅的衰减会很缓

慢，又从式（S37-11）可知

$$\omega = \frac{1}{\sqrt{LC}} = \omega_0 \qquad\qquad \text{（S37-16）}$$

即复归为 LC 的自由振动，ω_0 为自由振动的圆频率。

（2）$R^2 > \dfrac{4L}{C}$ 对应于过阻尼状态，方程（S37-13）的解为

$$U_c = Ee^{-\frac{t}{\tau}} \mathrm{Ch}(\omega t + \varphi) \qquad\qquad \text{（S37-17）}$$

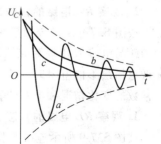

图 S37-8 U_c 随时间变化的规律

式中，τ 仍等于 $2L/R$，而

$$\omega = \frac{1}{\sqrt{LC}} \sqrt{\frac{R^2 C}{4L} - 1}$$

尽管式（S37-17）和式（S37-14）这两个解形式上很相似，但双曲线 Ch 和余弦函数 cos 具有完全不同的特点，因而式（S37-17）中的 τ 和 ω 不能再理解为"时间常数"和"圆频率"，由式（S37-17）作 $U_c - t$ 的关系曲线如图 S37-8 中的曲线 b 所示，它是以缓慢的方式逐渐回零。可以证明，若 L、C 固定，随电阻 R 的增大，i 衰减到零的过程更加缓慢。

（3）$R^2 = \dfrac{4L}{C}$ 对应于临界状态，方程（S37-13）的解为

$$U_c = E\left(1 + \frac{t}{\tau}\right) e^{-\frac{t}{\tau}} \qquad\qquad \text{（S37-18）}$$

式中，τ 仍等于 $2L/R$，$U_c - t$ 的关系如图 S37-8 中的曲线 c 所示。

再考虑一下充电过程，即开关 S 先在位置 2，待测电容放电完毕，再把 S 倒向 1，电源 E 将对电容充电，于是电路方程变为

$$L\frac{\mathrm{d}^2 U_c}{\mathrm{d}t^2} + R\frac{\mathrm{d}U_c}{\mathrm{d}t} + \frac{1}{C}U_c = E$$

起始条件为 $t = 0$ 时，$U_c = 0$，$\mathrm{d}U_c/\mathrm{d}t = 0$，解得

$$R^2 < \frac{4L}{C}, \quad U_c = E\left[1 - e^{-\frac{t}{\tau}}\cos(\omega t - \varphi)\right] \qquad\qquad \text{（S37-19）}$$

$$R^2 > \frac{4L}{C}, \quad U_c = E\left[1 - e^{-\frac{t}{\tau}}\mathrm{Ch}(\omega t - \varphi)\right] \qquad\qquad \text{（S37-20）}$$

$$R^2 = \frac{4L}{C}, \quad U_c = E\left[1 - \left(1 + \frac{t}{\tau}\right)e^{-\frac{t}{\tau}}\right] \qquad\qquad \text{（S37-21）}$$

【实验仪器】

1. 电感器；2. 电阻箱；3. 电容箱；4. 二踪示波器；5. 函数信号发生器。

【实验内容及步骤】

1. 观察方波波形

将方波信号输入到 Y_1 通道或 Y_2 通道，调节 V/div 及 t/div，观察波形。测量方波的频率、周期、幅度，根据观察到的数据计算出相应的数值记录到表 S37-1 中。注意要将示波器初始状态调整到"校准信号"位置后，再进行观察测量。

2. 观察 RC 电路的暂态过程

按图 S37-9 所示连接实验电路。电阻 R 分别取 100Ω、500Ω、1000Ω 与电容 C 串联后接入方波信号，在示波器上观察，并在坐标纸上描绘不同电阻时的 U_C 和 U_R 图形；根据不同的图形说明时间常数的变化情况和电路的暂态特性。

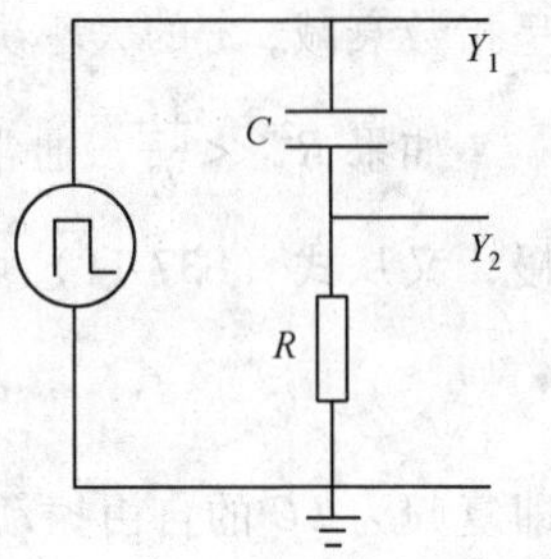

3. 观察 RL 电路的暂态过程

按图 S37-9 所示连接实验电路（把电路中电容 C 换成电感 L），电阻分别取 $1k\Omega$、$2k\Omega$、$5k\Omega$ 与 L 串联后接入方波信号，在示波器上观察，并在坐标纸上描绘不同电阻时的 U_L 和 U_R 图形；根据不同的图形说明时间常数的变化情况和电路的暂态特性。

图　S37-9

4. 观察 RLC 电路的暂态过程

按图 S37-9 所示连接实验电路（在原电路中加入电感 L），并分别取电阻 $R = 1k\Omega$、$2k\Omega$、$5k\Omega$ 接入电路，将 RLC 串联后接入方波信号。

【数据处理】

表 S37-1　观察方波波形的实验数据记录表

$f =$ _____（Hz）　　　$U_{p-p} =$ _____（V）

方波图形	Y 轴示值		X 轴示值	
	档址/（V/格）		档址/（t/格）	
	高度/格		宽度/格	
	$U_{最大值}$/V		T/s	
	U_{p-p}/V		f/Hz	

【思考与讨论】

根据实验结果，分析 RC 电路中充放电时间的长短与电路中 RC 元件参数的关系。

实验 38　交流电路的谐振现象

【引言】

在无线电技术中广泛利用谐振电路来选频。例如各广播电台以不同频率的电磁波向空间发射自己的信号，调节收音机中谐振电路的可变电容，可将不同频率的各个电台分别接收。

【实验目的】

研究交流电路的谐振现象。

【实验原理】

同时具有电感和电容两类元件的电路，在一定条件下会发生谐振现象。谐振时电路的阻抗、电压与电流以及它们之间的相位差、电路与外界之间的能量交换等均处于某种特殊状态，因而在实际中有着重要的应用，如在放大器、振荡器、滤波器电路中常用作选频等。本实验中，通过 RLC 电路幅频特性的测量，着重研究 LC 电路的谐振现象。

1. RLC 串联电路的谐振

电路如图 S38-1 所示，其交流电压 U 与交流电流 I（均为有效值）的关系为

$$I = \frac{U}{Z} = \frac{U}{\sqrt{R^2 + \left(\omega L - \frac{1}{\omega C}\right)^2}} \tag{S38-1}$$

其中 Z 称为交流电路的阻抗。电压与电流的位相差为

$$\varphi = \arctan \frac{\omega L - \frac{1}{\omega C}}{R} \tag{S38-2}$$

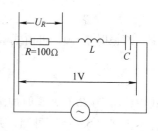

图 S38-1　RLC 串联谐振电路

由式（S38-1）、式（S38-2）可看出 Z 和 φ 都是圆频率 ω 的函数。当 $\omega L - \frac{1}{\omega C} = 0$ 时，$\varphi = 0$，即电压和电流间的位相差为零，此时的圆频率称为谐振频率 ω_0。显然

$$\omega_0 = \frac{1}{\sqrt{LC}} \tag{S38-3}$$

本实验中我们从式（S38-1）出发，研究当电压 U 保持不变时，电流 I 随 ω 变化的情况。当 $\omega = \omega_0$ 时，Z 有一极小值，I 有一极大值，作 $I\text{-}f$ 图，就可得到有一尖峰的谐振曲线（如图 S38-2 所示）。

常用 Q 值标志谐振电路的性能，Q 称为电路的品质因数，定义为谐振时电感的电压 U_L 和总电压数值之比，即

$$Q = \frac{U_L}{U} = \frac{U_C}{U} = \frac{1}{\omega_0 CR} = \frac{\omega_0 L}{R} \tag{S38-4}$$

可见，当谐振时，电容或电感上的电压 U_C 或 U_L 是电源电压的 Q 倍。因为 Q 往往是 $\gg 1$ 的，所以 U_C 和 U_L 可以比 U 大得多，故串联谐振通常称为电压谐振。

Q 值还标志着电路的频率选择性，即谐振锋的尖锐程度。

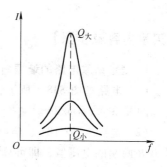

图 S38-2　谐振曲线

通常规定 I 值为最大值 $I_{\max}$ 的 $\frac{1}{\sqrt{2}}$（$\approx 70\%$）的两点 f_1 和 f_2 频率之差为"通频带宽度"（如图 S38-3 所示）。根据这个定义，由式（S38-1）出发可推出

$$\Delta f = f_2 - f_1 = \frac{f_0}{Q} \tag{S38-5}$$

可见 Q 越大带宽就越小，谐振曲线也就更尖锐。

2. RLC 并联电路谐振

如图 S38-4 所示的电路，其总阻抗和位相差为

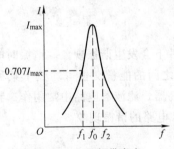

图 S38-3　通频带宽度　　　　　图 S38-4　RLC 并联谐振电路

$$Z_{\#} = \frac{R^2 + (\omega L)^2}{\sqrt{R^2 + [\omega CR^2 + \omega L(\omega^2 LC - 1)]^2}} \tag{S38-6}$$

$$\varphi = \arctan\left[\frac{\omega L - \omega CR^2 - \omega^2 L^2 C}{R}\right] \tag{S38-7}$$

谐振时 $\varphi = 0$，可由式（S38-7）求出并联电路的谐振圆频率

$$\omega_p = \sqrt{\frac{1}{LC} - \left(\frac{R}{L}\right)^2} = \omega_0\sqrt{1 - \frac{1}{Q^2}} \tag{S38-8}$$

式中，ω_0 为 RLC 并联时的圆频率，当 $Q \gg 1$ 时，$\omega_p \approx \omega_0$。

由式（S38-6）可知，并联谐振 $Z_{\#}$ 近似为极大，若电压 U 保持不变，则 I 为极小，这和串联电路的情况正好相反。

和串联谐振电路一样，Q 越大，电路的选择性越好（在谐振时，两分支电路中的电流几乎相等，且近似为总电流 I 的 Q 倍，因而并联谐振，也称为"电流谐振"）。

【实验仪器】

1. 信号发生器；2. 电感；3. 电容；4. 电阻；5. 交流毫伏表；6. XSD—1 实验多用毫伏表。

【实验内容及步骤】

1. 测定串联电路的谐振曲线

（1）电路如图 S38-1 所示，频率和交流电源电压由信号发生器供给。频率 f 和圆频率 ω 之间的关系为 $f = \omega/2\pi$。

（2）选择 $L = 0.18H$，$C \approx 0.1\mu F$（或 $0.005\mu F$），$R = 100\Omega$，输出电压 1V，用伏特计测量出 R 两端的电压值，即可算出 I 值。

（3）频率从 800Hz 开始每隔 100Hz 测一次电压值，一直到 1700Hz 左右。数据记录到表 S38-1 中，根据表 S38-1 中的数据作出 V_R-f 图。注意：在谐振频率附近，间隔应在 50Hz 以下，在实验前计算出谐振频率。注意每次改变频率都要重新调节输出电压，使之保持 1V。

（4）谐振时测量 L 和 C 的电压值，此时 U_L、U_C 值较大，电压表量程应足够大。

（5）以上述同样的方法，改变 R 值，使 $R = 470\Omega$，再测一条 V_R-f 曲线。

（6）将计算的谐振频率与实验曲线定出的谐振频率进行比较，并进行解释。

（7）对电路用 $Q = \dfrac{\omega_0 L}{R}$ 计算出 Q 值和用 $Q = \dfrac{U_L}{U} = \dfrac{U_C}{U}$ 计算出 Q 值及从谐振曲线上用 $Q = \dfrac{f_0}{f_2 - f_1}$ 计算出 Q 值进行比较，并进行解释。

2. 测定并联电路的谐振曲线

（1）电路如图 S38-4 所示，为保持电路中的电流恒定，我们在电路中保持电阻 R' 上的电压为 $U' = 0.4\text{V}$。因并联电路上的阻抗与频率有关，$Z_p = \dfrac{U}{I}$，只要测出 U，即可算出 Z_p。

（2）$R' = 5\text{k}\Omega$，调节输出电压维持 $U' = 0.4\text{V}$，用毫伏计测出 U。

（3）频率从 800Hz 到 1700Hz，每隔 100Hz 测一个值。数据记录到表 S38-2 中，根据表 S38-2 中的数据作出 U-f 图。同样，在谐振频率附近，间隔应在 50Hz 以下，注意每次改变频率都要重新调节输出电压，使之保持 R' 上的电压为 0.4V。

（4）将计算的谐振频率与实验曲线定出的谐振频率进行比较，并进行解释。

【数据处理】

表 S38-1　RLC 串联电路的实验数据

$U_0 = $　　（V）　　　　$R = $　　（Ω）

f/Hz	800	900	950	1000	1050	1100	1150	1200	1250	1300	1350	1400	1500	1600	1700
U_R/V															

表 S38-2　RLC 并联电路的实验数据

$U_0 = $　　（V）　　　　$R = $　　（Ω）

f/Hz	800	900	950	1000	1050	1100	1150	1200	1250	1300	1350	1400	1500	1600	1700
U_R/V															

【思考与讨论】

（1）为什么串联谐振常称为电压谐振，而并联谐振称为电流谐振？

（2）测量串联电路谐振曲线时，为什么保持信号发生器输出电压恒定不变？

实验 39　交流电路功率的研究

【实验目的】

（1）交流电路基本规律的运用。

（2）研究测交流电路功率和功率因数的方法。

【实验原理】

1. 交流电路中电压和电流的分配

在含有多个负载的交流电路中，各负载上的电流和电压都各自有其位相，因为，电路中的电流或者电压在各个负载上的分配和直流电路差别很大。在两个交流负载 Z_1、Z_2 串联的电路（图 S39-1）中，交流总电压 $\dot{U}$ 和分电压 $\dot{U}_1$ 和 $\dot{U}_2$ 的关系，如图 S39-2 所示。

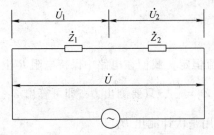

图 S39-1　两个交流负载串联的电路

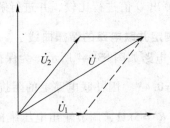

图 S39-2　$\dot{U}$ 与 $\dot{U}_1$、$\dot{U}_2$ 的关系

$$\dot{U} = \dot{U}_1 + \dot{U}_2 \tag{S39-1}$$

因此，分电压的有效值 U_1、U_2 之和一般不等于总电压的有效值，即

$$U \neq U_1 + U_2$$

对于两个负载 $\dot{Z}_1$、$\dot{Z}_2$ 并联的电路（图 S39-3），总电流和分电流之间的关系也和上面相类似（如图 S39-4 所示），即

$$\dot{I} = \dot{I}_1 + \dot{I}_2$$

在一般情况下，总电流的有效值不等于分电流的有效值之和，即

$$I \neq I_1 + I_2$$

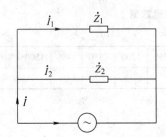

图 S39-3　两个负载并联的电路

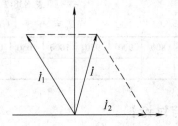

图 S39-4　I 与 I_1、I_2 的关系

2. 交流电路的功率和功率因素

设交流电路中某负载 Z 上的电压 $U(t) = U_0 \sin\omega t$，电流为 $I(t) = I_0 \sin(\omega t + \phi)$ 平均电功率

$$P = \frac{1}{2}U_0 I_0 \cos\phi = UI\cos\phi \tag{S39-2}$$

$\cos\phi$ 即为该负载因数 $U = U_0/\sqrt{2}$，$I = I_0/\sqrt{2}$。

从供电的角度看来，为了充分利用供电设备的供电能力，要求负载的功率因素越大越好，最好的情况是功率因数等于 1，即负载的阻抗呈现纯电阻性，如图 S39-5 所示，负载由 R、L 串联而成，显然是感性负载。

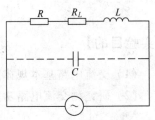

图 S39-5　负载由电阻、电感串联而成

$$\phi = \arctan(\omega L/(R + R_L))$$

式中，R_L 为电感的电阻；ω 是电源的频率。为了提高电路的功率因数，可在负载的两端并联合适的圆电容 C（虚线表示），经计算后可知，若取

$$C = L/(R + R_L)^2 + (\omega L)^2 \tag{S39-3}$$

则由 R、I、C 组成电路的总体功率因数等于 1，日常所见的日光灯电路就是这种电路。

3. 电功率和功率因数的测量

常用的测量方法有瓦特计法和示波器法，瓦特计适于测量直流或低频情况下较大的功率，示波器适于测量高频情况下较低的功率。

瓦特计测功率因数

本实验用电动式的瓦特计。它的内部装有两个线圈（图 S39-6）。其中线圈 I 是固定线圈，电阻小，测量时与待测负载串联，称为"电流线圈"。线圈 II 是可转动的，它与指针相连，本身的电阻也较大，而且往往串联上扩程用的高电阻，测量时它与待测负载并联，称为"电压线圈"。使用时电路按图 S39-7 连接。

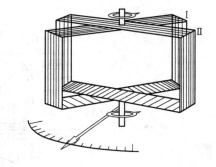

图 S39-6　电动式瓦特计

设负载两端电压 $U(t) = U_0\sin\omega t$，通过的电流为 $I(t) = I_0\sin(\omega t \pm \phi)$。线圈 I 与负载串联，通过它的电流为 $I(t)$；线圈 II 与负载并联，通过它的电流为 $U(t)/r$，r 为电压线圈电阻（或者还加上扩程电阻），活动线圈所受力矩与两个线圈的电流的乘积成正比，故某一时刻所受的力矩

$$M(t) = kI(t)U(t)/r = kI_0U_0\sin\omega t\sin(\omega t + \phi)/r$$

平均力矩

$$M = kIU\cos\phi/r = AP$$

其中 $A = k/r$ 是一常数，故所受平均力矩和负载的平均功率成正比，从瓦特计的刻度可以读出负载的电功率数值 P，再分别用交流安培计、交流伏特计测量出相应的电流 I 和电压 U 的值，求出功率因数 $\cos\phi$ 的值。

【实验仪器】

1. 变阻器（200Ω、1A 左右）；2. 铁心电感；3. 电容器（400V，1、2、4μF 各 1 个）；4. 瓦特计；5. 交流安培计；6. 交流伏特计（2 只）；7. 交流电源。

【仪器介绍】

本实验用的 D75-W 型 0.5 级电动系统功率表的接线端钮，如图 S39-8 所示，电压线圈的两个接头分别接到"*"和"U"端，电流线圈的两个接头分别连接到"*"和"0.2A"端。使用时根据负载阻抗的大小按图 S39-7a 和 b 接线，注意"*"和"U"两个接头应接到电源的同一侧，如果有一个线圈接反，指针就会反弹偏转。另外，不管待测的功率大小如何，加在电压线圈上的电压和加在电流线圈上的电流均不得超过它们的额定值，否则就会烧毁线圈（当用 75 挡测功率时，$P = 0.2 \times$ 指针示数。若用 150、300、600 挡，则应再对应乘以 2、4、8）。

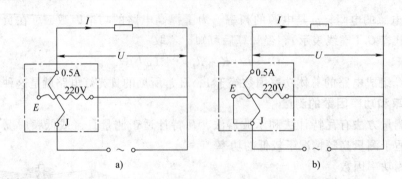

图 S39-7 使用瓦特计时的电路

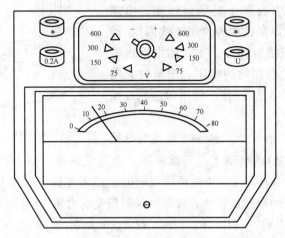

图 S39-8 D75-W 型 0.5 级电动系统功率表

【实验内容及步骤】

（1）按图 S39-9 接线，R 为变阻器的全电阻值，L 为铁心电感，先不并联电容器，测出 RL 电路的功率和功率因数 $\cos\phi_1$。

（2）用整流式交流伏特计测量出电感上电压 U_L'（它是 $U_{RL} + U_L$ 的有效值）和电阻上电压 U_R，并记下电感的内阻 R_L，根据 U_{RL}（$= I_1 R_L$）与 U_L' 的矢量关系，作图定出 U_L 的大小。由

$$\tan\phi_1 = \omega L/R = U_L/(U_R + U_{RL})$$

算出 ϕ_1 与测量功率因数得到的 ϕ_1 比较。

（3）分别并联上 $C = 1.0\mu F$、$2.0\mu F$、$3.0\mu F$、$4.0\mu F$、$5.0\mu F$、$6.0\mu F$ 和 $7.0\mu F$ 的电容，记下各对应的总电压 U、总电流 I 和总消耗功率 P，分别计算功率因数，并找出使功率因数最高的电容数值。

注意：每次换电容时要断开 S_2，并将电容两端短路放电后再去触摸。

【数据处理】

实验数据记录表格自拟。

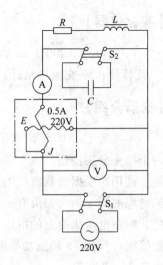

图 S39-9 实验电路

实验 40　白炽灯开灯瞬时电流研究

【实验目的】

（1）学习慢扫描示波器的使用方法。

（2）学习将电流转换为电压量的方法。

（3）学习用示波器测量电压和电流的方法。

【实验原理】

灯泡在开灯前的冷态电阻值远低于开灯后的热态电阻值。例如 60W 白炽灯泡冷态，电阻约 50Ω，而热态电阻为 300Ω，热电阻为冷电阻的 16 倍。因此在开灯的瞬间，通过灯丝的电流很大，形成一个冲击电流，其峰值十几倍于稳态值，延续时间为 $1/200 \sim 1/100s$，而后才降到额定值，灯丝在此极短时间内由室温增加到摄氏两千多度，这种热冲击，常常使灯丝的薄弱点形成过高温热点，表面钨分子获得逸出功能，离开钨丝本体，即所谓"蒸发"。每开一次灯，都产生一次热冲击，使灯丝的薄弱点蒸发掉大量分子，周而复始，局部灯丝大量蒸发，截面迅速变细，机械强度大大降低。

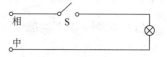

a) 普通开关，开关瞬时灯泡钨丝直接与电路相连

除此而外，电流冲击还会产生一个极其有害的磁冲击，因为灯泡的灯丝是绕成螺线管形状的，且在每根钢丝的支撑外弯折一次，形成多个螺线管。根据电磁感应原理，每个通电螺线管都等效于一根有 N—S 极的磁棒，开灯瞬间，这些"磁棒"由于首尾相互吸引，形成机械振荡，这种振荡所产生的冲击力也十几倍于正常值，这样，已薄弱的灯丝就很容易被拉断，故而大多数灯泡在开灯时断丝而减小了灯泡的寿命。研究开灯瞬时的电流，对延长灯泡的使用寿命是很有实用价值和意义的。

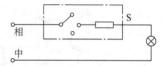

b) 用有附加电路的开关

① 开灯前断电状态

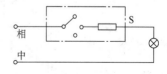

② 开灯瞬间状态

例如，在开关内加一个热敏电阻附加电路，开灯时，热敏电阻阻值较大，与灯丝成串联状态，大大增加了电路的开灯阻抗，有效地防止了"过电流"冲击灯架，开关内弹簧自动把热敏电阻附加电路断开，白炽灯便正常发光（如图 S40-1 所示）。

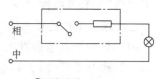

③ 开灯完毕

图 S40-1　开关内加一热敏电阻附加电路

由于在此处我们要研究的是开灯瞬时电流，若用交流电流表直接测量，需要将电路某处断开串入电流表，非常不便，同时一般电流表由于惯性太大，而开灯瞬间只有 $1/200 \sim 1/100s$，电流表还没有反应，开灯过程已经结束，无法测出开灯瞬间的冲击电流。因此，我们通过电阻将电流转换为成正比的电压进行测量。要达到此目的，只需在测量电流的电路中，串联一个很小的电阻就可以了，这个电阻叫做"取样电阻"，取样电阻应是无感的纯电阻，

这可以采取双线绕制（如图 S40-2 所示）而达到，其阻值应远小于电路中原有的电阻，一般根据实际情况取样电阻为 1～10Ω 为宜，这样，在低频情况下，可用

$$I = U/R$$

计算。式中 R 为取样电阻，U 为取样电阻上的电压降。

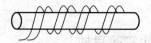

图 S40-2　双线绕制的取样电阻

为了方便而准确地观测、比较开灯瞬间和稳态下的电流，需要得到开灯到稳定的整个过程中电流的变化情况，若用电压表测量是不可能的，而本实验用慢扫描示波器予以观测便可达到目的。

【实验仪器】

1. XJ 18 型或 XJ 4630 型慢扫描示波器；2. 白炽灯；3. 开关；4. 电阻。

【实验内容及步骤】

（1）按图 S40-3 连接电路，（虚线部分已安装在板上）接通电源（相线与中线不得接反）。

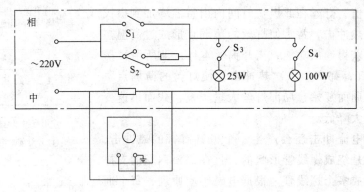

图 S40-3　实验电路

（2）将示波器（Y 轴）垂直信号输入耦合开关"AC、⊥、DC"置于"AC"，"内外"置于"内"，触发极性"＋－"置于"＋"，触发方式"自动、触发"置于"触发"。增益校准已校好，不得随意调动。

（3）将示波器电源开关拉出，调节辉度使其适中（旋动电源开关），调节"→"、"←"移动旋钮，使亮点居于显示屏左边恰当位置，将 S_3 合拢接入 25W 白炽灯，再将 S_1 合拢，同时观察示波器显示屏，如屏上无波形显示，则调节"电平"开关、开 S_1 几次，观察 S_1 合拢瞬间屏上波形，特别是初波峰是否全部显示在屏上，否则，可调节"V/cm"旋钮，使其全部显示在屏上。再调节"t/cm"开关，选择适当的扫描时间，以能记下初

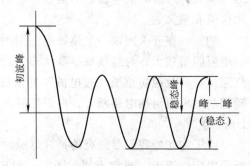

图 S40-4　初波峰和稳定下的峰—峰值

波峰值和稳态时峰—峰值为止（注意："V/DIV"、"t/DIV"微调应向右旋足，即置于"校准"位置），即可正式进行实验。本实验可采用单次扫描。

（4）分别测记 25W、100W 白炽灯在利用普通开关和有附加电路的开关在开灯瞬间的初波峰值和稳态下的峰—峰值（图 S40-4），把测量的数据记录到表 S40-1 中，并进行数据处理。在坐标纸上作出 25W、100W 白炽灯各用两种开关的电流波形图。

【数据处理】

表 S40-1　实验数据记录表

白炽灯功率		25W						100W					
开　关		S_1			S_2			S_1			S_2		
次　　数		1	2	3	1	2	3	1	2	3	1	2	3
初值	坐标刻度数 A/cm												
	$U_初 = \frac{\sqrt{2}}{2}A*Y(V)$												
	$I_初 = U_初/R(A)$												
稳态值	坐标刻度数 A/cm												
	$U_稳 = \frac{\sqrt{2}}{4}A*Y(cm)$												
	$I_初 = \frac{U_稳}{R}(A)$												
	$I_初/I_稳 \times 100\%$												

【说明】

（1）将测量值换算为有效值：在示波器上记录的是波形所占的幅度 A 厘米，若此时灵敏转换开关（V/DIV）在"Y（V）"挡，那么峰—峰值为

$$U' = AY(V)$$

有效值为

$$U'_初 = \frac{\sqrt{2}}{2}U' = \frac{\sqrt{2}}{2}AY(V)$$

$$U_稳 = \frac{1}{2}\frac{\sqrt{2}}{2}U' = \frac{\sqrt{2}}{4}AY(V)$$

（2）利用式（S40-1）计算 $I_初$、$I_稳$ 和 $I_初/I_稳$ 值。

（3）本实验不计算平均值。

【思考与讨论】

（1）开灯瞬间的电流与哪些因素有关？

（2）图 S40-3 中的电阻在电路中起什么作用？

实验 41　电子束的电磁聚焦和偏转

【引言】

电子束在电场和磁场中会受到电磁场力的作用，它们在电磁场中的运动规律已广泛用于近代科学的各个领域，特别是电子技术中。例如示波管、显像管、摄像管、扫描电子显微镜，加速器和质谱仪等真空电子器件，这些器件虽然外形结构不同，使用功能不一样，但都涉及到对电子射线的控制。这种控制由电场或磁场来完成，它包括控制电子射线的聚散和控制电子射线的偏转。

【实验目的】

（1）学习带电粒子在电磁场中的运动规律和电子射线在电子枪中进行电磁聚焦的原理和方法。

（2）学习一种测定电子荷质比的方法。

（3）学习示波管中电子射线在电场作用下发生偏转的基本原理，测量电偏转灵敏度。

（4）了解显像管中电子在磁场作用下发生偏转的基本原理。学习测量磁偏转灵敏度的方法。

【实验原理】

各种真空电子显示器件的结构基本相同。它们都包括三个主要部分：电子枪，偏转系统和荧光屏（参见实验"示波器的使用"）。

电子枪的作用是发射电子，形成一束很细的高速电子射线，在荧光屏上产生一个亮点。为了在屏上得到一个又亮又小的光点，必须把经过栅极 G 散开来的电子束会聚起来，这就称为聚焦。聚焦作用相似于透镜对光的会聚作用，故称聚焦系统为电子透镜。构造电子透镜完成聚焦的方法一般有两种：一种是利用静电场来聚焦，称为静电聚焦；另一种是利用电磁线圈产生的磁场来聚焦，称为磁场聚焦。

1. 静电聚焦

如图 S41-1 所示，第一阳极 A_1 和第二阳级 A_2（包括加速极）共同构成静电聚焦系统。它们通常由同轴的金属圆筒构成，并在栅极 G 出口处设置一个或几个具有同轴中心孔的金属薄片，以便阻挡离开中心轴的电子，使阴极 K 发射的电子在栅极附近具有较细的截面而形成会聚点 F_1。

第一阳极 A_1 和第二阳级 A_2 与阴极同轴线。A_1 相对于阴级 K 的电位为 V_1，A_2 相对于阴极 K 的电位为 V_2，A_2 电位最高，阴级 K 电位最低，而 V_1 介于阴极电位和第二阳极电位之间。各电极之间电场的分布，使阴极发射出来的电子在进行轴向加速的同时，产生聚焦作用而形成很细的电子射线。聚焦电场相对中心轴 Z 为柱对

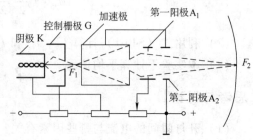

图 S41-1　具有加速电极的电子枪

称分布，可以只取一个过中心轴的横截面来讨论聚焦电场对电子射线的会聚作用。

设电子以初速度 v 从圆筒 A_1 进入聚焦加速电场 P 点，v 与 Z 轴的夹角为 θ（图 S41-2），由于电子带负电，它受到静电场力 F 的方向和该点电场强度 E 正好相反，而电场强度的方向就是该点电力线的切线方向，指向和电力线方向一致。将 F 分解为轴向分力 F_z 和径向分力 F_r，轴向分力 F_z 将进入聚焦电场中的电子继续沿 Z 轴方向加速；而径向分力 F_r 则将偏离中心轴线的电子从四周推向中心轴线。

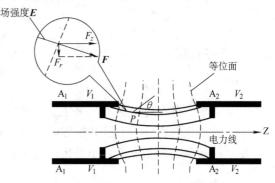

图 S41-2　聚焦系统的电力线和等位面分布情况

离中心轴线越远的点，径向分力 F_r 分量越大，使电子向中心轴靠拢的作用越强，最后使电子射线会聚成沿中心轴线运动的很细的一束高速电子流。改变 A_1 和 A_2 的电位 V_1、V_2，可以调节 A_1 和 A_2 间的电压和聚焦电场的强弱，从而改变电子透镜的焦距并使电子会聚在荧光屏上。

2. 磁场聚焦和电子荷质比的测定

如图 S41-3 所示，若将示波管置于载流长直螺线管的磁场中，将栅极以后的各电极连在一起构成等位体，其电压为 U。这样，电子从栅极会聚点 F_1 出来以后，速度矢量各不相同，但沿中心 Z 轴方向的平行分量 v_p 基本是一样的（图 S41-4）。v_p 的大小由加速电压 U 来决定，即

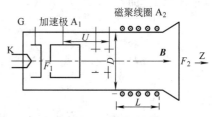

图 S41-3　磁聚焦系统

$$\frac{1}{2}mv_p^2 = eU \tag{S41-1}$$

至于 v 的垂直分量 v_v，则不是由加速电场的做功来决定的，故 v_v 的大小各不相同。当这些电子进入载流长直螺线管的均匀磁场中以后，由于 B 的方向与 Z 轴方向一致，根据磁场对运动电荷作用的洛仑兹力公式

$$F = qv \times B \tag{S41-2}$$

电子受到的洛仑兹力仅取决于与磁场相垂直的速度分量 v_v，其大小为

$$F = ev_vB \tag{S41-3}$$

方向在垂直于 Z 轴的平面内并指向轴心，力 F 可使电子在垂直于 Z 轴的平面内作匀速圆周运动，圆周半径由下式决定：

$$\frac{mv_v^2}{R} = ev_vB \tag{S41-4}$$

当示波管置于载流长直螺线管的磁场中时，电子的运动是沿 Z 轴方向的匀速直线运动和垂直于 Z 轴平面上的匀速圆周运动的合成。其运动轨迹是具有确定螺距 h 和周期 T 的螺旋线（图 S41-4）。运动电子完成一周运动所需的时间（即周期）

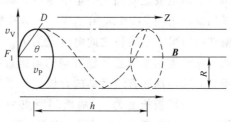

图 S41-4　电子在磁场中的螺旋运动

为

$$T = \frac{2\pi R}{v_v} \tag{S41-5}$$

将式（S41-4）代入式（S41-5）得

$$T = \frac{2\pi m}{eB} \tag{S41-6}$$

由上式可看出，各电子虽然 v_v 各不相同，但它们的运动周期与 v_v 无关，而只与磁感应强度 B 有关。只要我们构造一个沿 Z 轴方向的均匀磁场 B，则各电子的运动周期 T 就完全一样。

螺旋线运动的螺距 h 的大小是运动电子在一个周期的时间内沿轴线方向运动的距离，即

$$h = v_p T = \frac{2\pi m}{eB} v_p \tag{S41-7}$$

因各电子有相同的轴向速度 v_p，从 F_1 点散射开来的各电子，虽然径向速度 v_v 各不相同，但它们在沿轴向的均匀磁场 B 中都作螺距相同的螺旋线运动，径向速度 v_v 越大，螺旋线的半径 R 越大。经过相同周期 T 以后，它们都会聚到 F_2 点，这就是磁场聚焦。调节磁场 B 的大小，可控制螺距 h，使会聚点 F_2 刚好落在荧光屏上，使螺距 h 刚好等于 F_1 点到荧光屏的距离 l，即

$$l = h = \frac{2\pi m}{eB} v_p \tag{S41-8}$$

将式（S41-1）代入式（S41-8），得电子荷质比为

$$\frac{e}{m} = \frac{8\pi^2 U}{l^2 B^2} \tag{S41-9}$$

若磁聚焦线圈平均直径为 D、长度为 L、线圈匝数为 N（见图 S41-3），当有励磁电流 I_0 通过线圈时，线圈中心处的磁感应强度为

$$B = \frac{4\pi N I_0 \times 10^{-7}}{\sqrt{D^2 + L^2}} \tag{S41-10}$$

将式（S41-10）代入式（S41-9），得电子荷质比为

$$\frac{e}{m} = \frac{D^2 + L^2}{2l^2 N^2 \times 10^{-14}} \frac{V}{I_0^2} = K \frac{V}{I_0^2} \tag{S41-11}$$

其中

$$K = \frac{D^2 + L^2}{2l^2 N^2 \times 10^{-14}} \tag{S41-12}$$

3. 电子射线的电偏转和电偏转灵敏度

示波管的电偏转系统由两对互相垂直的偏转板构成，它们对称于中心轴并平行放置。在每对板两电极之间加上一定电压后，即可实现对电子射线的偏转。图 S41-5 表示了 Y—Y 偏转板控制电子射线偏转的情况，设两板之间电位差为 U，以初速 v 进入板间的电子运动是沿着 Z 轴方向的匀速直线运动和沿着 Y 轴正向的匀加速直线运动的合成。其轨迹和平抛运动相似。设偏转板长度为 l，两板间距离为 D，偏转板中心到荧光屏的距离 L，坐标原点和坐标的选取参看图 S41-7。两板间电场强度为

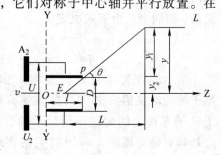

图 S41-5　电偏转板的偏转作用

$$E = \frac{U}{D} \tag{S41-13}$$

电子沿 Y 轴方向所受之力与加速度的关系为

$$F = eE = ma \tag{S41-14}$$

电子在板内的运动时间为 $t = l/v$，在板内的垂直位移为

$$y_1 = \frac{1}{2}at^2 = \frac{1}{2}\frac{eU}{mD}\frac{l^2}{v^2} \tag{S41-15}$$

电子穿过偏转板后，将按与水平轴线成 θ 角的方向作直线运动，当电子到达屏上时，其位移为

$$y_2 = \left(L - \frac{l}{2}\right)\tan\theta \tag{S41-16}$$

$\tan\theta$ 是板内抛物线在出口处 P 点的斜率，即

$$\tan\theta = \frac{dy_1}{dl}\bigg|_P = \frac{eUl}{mDv^2} \tag{S41-17}$$

总位移为

$$y = y_1 + y_2 = \frac{1}{2}\frac{eUl^2}{mDv^2} + \left(L - \frac{l}{2}\right)\frac{eUl}{mDv^2} = \frac{eULl}{mDv^2} \tag{S41-18}$$

由于加速电压 U_2 做功，使电子具有初速 v，故

$$v^2 = \frac{2eU_2}{m} \tag{S41-19}$$

将式（S41-19）代入式（S41-18）得电子束沿 Y 轴方向的总偏转为

$$y = \frac{lLU}{2DU_2} = K\frac{U}{U_2} \tag{S41-20}$$

可见，电子束的偏转与所加偏转电压 U 成正比，而与加速电压 U_2 成反比。式中 $K = lL/2D$ 称为偏转系统的结构常数。

当 U_2 保持某一固定值时，偏转板上所加单位电压引起屏上的光点位移定义为电偏转灵敏度，用 δ_e 表示为

$$\delta_e = \frac{y}{U} = \frac{lL}{2DU_2} = K\frac{1}{U_2} \ (\mathrm{mm} \cdot \mathrm{V}^{-1}) \tag{S41-21}$$

4. 电子射线的磁偏转和磁偏转灵敏度

如图 S41-6 所示，若在显像管两侧同轴（该轴线与中心 Z 轴垂直共面）放置一对偏转线圈，线圈绕制方向相同，匝数相等并将其串联起来，就构成了磁偏转线圈。当线圈通有励磁电流 I 时，就会产生与 Z 轴相垂直的均匀磁场 B。由洛仑兹力公式，电子束将向 Y 轴方向偏转。改变电流极性即可使磁场 B 沿 X 轴正向或负向，从而控制电子束的偏转方向，如图 S41-7 所示。

若经聚焦加速以后的电子以初速 v 进入磁场 B，B 的方向垂直于纸面向外，洛仑兹力将作为向心力使电子作曲率半径为 R 的圆周运动，则

$$F = eUB = \frac{mv^2}{R} \quad R = \frac{mv}{eB} \tag{S41-22}$$

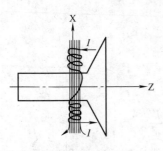

图 S41-6　磁偏转线圈

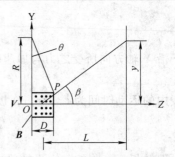

图 S41-7　电子束在磁场中的偏转

电子脱离磁场区边沿 P 点以后，将作直线运动，该直线与中心 Z 轴的夹角为 θ。最后投射到屏上时沿 Y 方向的位移为 y，由于 $R \gg D$ 和 $L \gg D$，有

$$\tan\theta = D/R = y/L \tag{S41-23}$$

将式（S41-22）代入式（S41-23），偏转位移为

$$y = \frac{DeB}{mv}L \tag{S41-24}$$

式中，D 为偏转线圈平均直径；L 为偏转中心到荧光屏的距离。若线圈通有电流 I，磁场 B 为

$$B = K_1 nI \tag{S41-25}$$

式中，n 是线圈绕匝密度；K_1 是比例系数。将式（S41-19）所确定的初速 v 和式（S41-25）代入式（S41-24），有

$$y = K_1 nDL \sqrt{\frac{e}{2m}} \frac{I}{\sqrt{U_2}} = K \frac{I}{\sqrt{U_2}} \tag{S41-26}$$

式中，K 是比例系数。由式（S41-26）可知：当加速电压 U_2 为某一恒定值时，偏转量 y 与励磁电流 I 的大小成正比；而当 I 为某一恒定值时，偏转量 y 与加速电压的平方根 $\sqrt{U_2}$ 成反比。

当 U_2 保持某一恒定值时，线圈中流过单位励磁电流所引起屏上光点的位移定义为磁偏转灵敏度，用 δ_B 表示为

$$\delta_B = \frac{y}{I} = K \frac{1}{\sqrt{U_2}} \tag{S41-27}$$

由于显像管聚焦质量要求高，加速电压高，所需偏转角度大，通常采用磁偏转。

【实验仪器】

1. SJ-SS-2 型电子束实验仪；2. EF-4S 型电子和场实验仪；3. WYJ-300 电源；4. 500 型数字万用表等。

EF-4S 型电子和场实验仪面板如图 S41-8 所示。它主要由主机体（包括基本电路、接线柱、测量孔及调节旋钮）、示波管、真空二极管、纵向磁场线圈和偏转线圈等构成。

1）X 调零和 Y 调零旋钮：当偏转电压 U_d 为"0"时，调节光点位置，使光点处于坐标中心。

2）栅压 U_G 旋钮：调节栅极 G 相对于阴极 K 的电压，用于调节光点亮度。

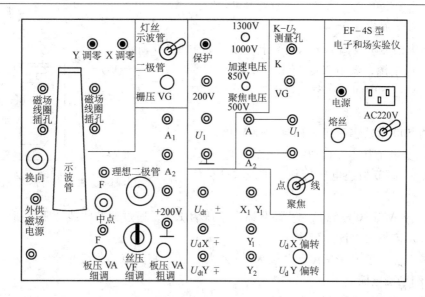

图 S41-8　EF—4S 电子和场实验仪

3）加速电压旋钮：调节第二阳极 A_2 到阴极 K 之间的电压，用于调节加速电压 U_2 大小。

4）聚焦电压旋钮：调节第一阳极 A_1 到阴极 K 之间的电压，用于调节聚焦电压 U_1 大小。

5）$U_d \cdot X$ 偏转和 $U_d \cdot Y$ 偏转旋钮：分别用于调节 X 方向和 Y 方向偏转电压 U_d。

6）测量孔：K 为阴极电压测量孔，U_G 为栅极电压测量孔，U_1、U_2 分别为聚焦电压和加速电压测量孔，$X_1 Y_1$、$X_2 Y_2$ 为横向偏转电压 U_{dx} 和纵向偏转电压 U_{dY} 测量孔。

以上需区分示波管和二极管的两个阳极接线柱 A_1 和 A_2，以后实验中提到的 A_1 和 A_2 均指示波管的阳极 A_1 和 A_2，将不再复述。

【实验内容及步骤】

1. 电子射线的电聚焦

（1）连接插线 $A_1 - U_1$，$A_2 - \perp$。

（2）将灯丝扭子开关（二极管和示波管选择开关）拨向"示波管"一边，接通电源，将看到示波管荧光屏上有亮点。

（3）把聚焦选择开关置于"点"聚焦位置，调节聚焦电压，使屏上光斑聚成一细点。调节栅压调节旋钮 U_G，使光点不要太亮，以免灼坏荧光物质。

（4）测加速电压 U_2：用 500 型数字万用表 2500V 挡（注意正表笔插入 2500V 插孔），负表笔接阴极电压测量孔 K，正表笔接加速电压测量孔 U_2。调节"加速电压"旋钮可改变加速电压 U_2 的大小。

（5）测聚焦电压 U_1：用 500 型数字万用表直流 1000V 挡，正表笔接聚焦电压测量孔 U_1，负表笔接阴极电压测量孔 K。调节"聚焦电压"旋钮，可改变聚焦电压 U_1。

2. 电子射线的磁聚焦

（1）接线。

① 面板接插线 $A_2 - \perp$。

② 将纵向磁场线圈套于示波管上，接线如图 S41-9 所示。

（2）接通电源，调节 X 调零和 Y 调零旋钮，使亮斑处于荧光屏中间，调节栅极电压 U_G，使亮度适中。

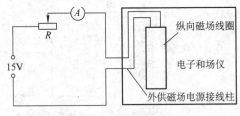

图 S41-9　磁聚焦实验接线图

（3）将 500 型数字万用表调到 2500V 挡，正表笔接 U_2，负表笔接 K。此时，表上显示电压即加速电压 U_2。调节加速电压旋钮，可改变 U_2 大小。

（4）打开 WYJ-30 电源开关，调节输出电压为 15V，通过调节滑线变阻器 R，可调节励磁电流 I_a（从安培表上读出）大小。

（5）调节 I_a，使光斑聚焦，通过 X、Y 调零旋钮，将光点移到荧光屏中心，记下此时加速电压 U_2 和励磁电流 I_a 值。

（6）改变 U_2 值，重复步骤（5）。

3. 观察电偏转，测量电偏转灵敏度，研究电偏转灵敏度与加速电压的关系

（1）连接插线：$A_1 - V_1$，$A_2 - \perp$，$U_{dt\pm} - X_1 Y_1$，$U_d \cdot X_{\mp} - X_2$，$U_d \cdot Y_{\mp} - Y_2$。

（2）将灯丝钮子开关拨向"示波管"一边，聚焦选择开关置向"点"一边，打开电源开关，荧光屏上可见到一亮斑。

（3）调焦：调节"聚焦电压"旋钮，使屏上光斑聚成一细点，调节"栅压 U_G"旋钮，使亮度适当，以免灼坏荧光屏。

（4）加速电压 U_2 的测量：500 型数字万用表置于 2500V 挡（注意正表笔插入 2500V 插孔），负表笔接阴极测量孔 K，正表笔接加速电压测量孔 U_2。表上显示电压即为加速电压 U_2，调节"加速电压"旋钮可改变加速电压 U_2 大小。

（5）偏转电压 U_d 的测量：用数字万用表直流 200V 挡，正表笔接 Y_2，负表笔接 $X_1 Y_1$ 测量孔，Y 轴偏转电压 U_{dy} 可通过"$U_d \cdot Y$"旋钮进行调节。若测 X 轴方向偏转电压，则万用表正表笔接 X_2，负表笔仍接 $X_1 Y_1$ 测量孔，大小由"$U_d \cdot X$"旋钮调节。

（6）光点调零：先通过调节"$U_d \cdot X$"和"$U_d \cdot Y$"旋钮使偏转电压 U_d 为"0"，U_d 电压值可通过数字表读出（注意 X、Y 方向 U_d 均应调为"0"）。然后通过调节"X 调零"和"Y 调零"旋钮使光点位于屏幕中点。

（7）测量电偏转灵敏度：分别在 U_2 取 1100、1300V 时测量 Y 轴偏转值 y 和 Y 轴偏转电压 U_{dy}，从原点开始，调节"$U_d \cdot Y$ 偏转"旋钮，使光点沿 Y 轴方向移动，每移动 2 格测一组 y、U_{dy} 值，共测 5 组。

4. 观察磁偏转，测量磁偏转灵敏度，研究磁偏转灵敏度与加速电压的关系

（1）接线：$A_1 - U_1$，$A_2 - \perp$，将两个偏转线圈分别插入示波管两侧的磁场线圈插孔，机外接线如图 S41-10 所示。

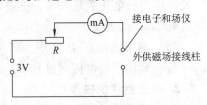

图 S41-10　磁偏转接线图

（2）打开 WYJ-30 电源开关，调节输出电压为 3V，接通电子和场仪电源，通过调节滑线变阻器 R 可改变励

磁电流 I_a 值（I_a 由毫安表读出）。改变 I_a，可使光点在荧光屏上沿 Y 方向移动。U_2 由 500 型数字万用表测出（正表笔接 U_2，负表笔接 K，用 2500V 挡）。

（3）分别在 U_2 为 1100V 和 1300V 时，测量 Y 轴偏转值 y 和励磁电流 I_a，从原点开始，每隔 2 格测一组 y、I_a 值，共测 5 组。

【数据处理】

（1）自己设计表格，记录 U_2 为 1100、1150、1200、1250、1280V 时，在聚焦不变条件下，同步测得的对应 U_1 电压值，计算各电压比值 $K = U_2/U_1$ 的平均值和标准偏差 S_k。

（2）自己设计表格，记录 U_2 为 1100、1200、1300V 时，电子射线通过纵向磁场线圈聚焦时，相应的励磁电流 I_1、I_2、I_3。各自计算荷值比，求出平均值与公认值比较，确定百分误差。

（3）测量电偏转灵敏度，研究电偏转灵敏度与加速电压关系。

1）自拟表格，记录 U_2 为 1100V 和 1280V 时的 y、U_{dy} 值。根据 $y = \delta_e U_{dy}$ 用作图法作拟合直线。

2）比较不同加速电压下的拟合直线斜率，分析加速电压 U_2 对电偏转灵敏度 δ_e 的影响。

（4）观察磁偏转，测量磁偏转灵敏度，研究磁偏转灵敏度与加速电压的关系。

1）自拟表格，记录 U_2 为 1100V、1300V 时 y、I_a 值。根据 $y = \delta_B I_a$ 用作图法作拟合直线。

2）比较不同加速电压下的拟合直线斜率，分析加速电压 U_2 对磁偏转灵敏度的影响。

【注意事项】

（1）辉度电位器、阴极插孔、聚焦电压 U_1、加速电压 U_2 对地均有负高压，实验时应避免人体触及上述高压部位，而且不能让高压对地短路，以免触电和损坏仪器。接线或检查电路时，应先切断电源。

（2）荧光屏上光点亮度应当适中，过亮则易烧坏荧光屏。

（3）为了不使纵向磁场线圈过热烧坏，不要使其长时间在大电流状态下工作。

（4）注意高压，切勿触电。

（5）已聚焦的光点会随着偏转量的不同而发生改变，在测量时要不断调节"聚焦电压"，使之保持良好聚焦。

（6）使用万用表应注意正确选择挡位，特别注意不要用电流挡、电阻挡去测电压，或用低压挡测高压。

【思考与讨论】

（1）何谓电场聚焦和磁场聚焦？

（2）试讨论地磁场对实验结果的影响及消除的方法。

（3）根据电子荷质比的计算公式 $\dfrac{e}{m} = \dfrac{KU_2}{I_0^2}$，分析影响测量电子荷质比精确度的主要因素是哪些？

（4）在作电偏转实验时，若在 Y－Y 偏转板（或 X－X 偏转板）之间加上正弦交变电压，屏上光点将作什么运动？能否测定交变电压幅值？

（5）在作磁偏转实验时，若所加励磁电流是正弦交变电流，屏上光点将作什么运动？能否测定交变电流的幅值？若能测，写出简单实验步骤。

实验 42　声速的测定

【引言】

声波是一种在弹性媒质中传播的机械波。频率低于 20Hz 的声波称为次声波；频率在 20Hz ~ 20kHz 的声波可以被人听到，称为可闻声波；频率在 20kHz 以上的声波称为超声波。超声波在媒质中的传播速度与媒质的特性及状态等因素有关，因而通过媒质中声速的测定，可以了解媒质特性或状态变化。本实验用压电陶瓷超声换能器来测定超声波在空气中的传播速度，它是非电量电测方法应用的一个例子。

【实验目的】

（1）了解压电陶瓷电声和声电转换的原理，加深对驻波及振动合成等理论知识的理解。
（2）进一步熟悉示波器和信号发生器的操作使用。
（3）学习用共振干涉法和相位比较法测定超声波在空气中的传播速度。
（4）用逐差法处理实验数据。

【实验原理】

当把空气作理想气体近似时，声波在空气中的传播过程可以认为是绝热过程，影响声速的主要因素是温度。声速

$$v = \sqrt{\frac{\gamma R}{\mu}(T_0 + t)} = v_0\sqrt{1 + \frac{t}{T_0}} = v_0\sqrt{\frac{T}{T_0}} \tag{S42-1}$$

式中，$v_0 = \sqrt{\frac{\gamma R}{\mu}T_0} = 331.45\text{m} \cdot \text{s}^{-1}$，是理想气体在热力学温度 $T_0 = 273.15\text{K}$ 时的声速；t 为摄氏温度。

空气中的声速还受到水蒸气和碳酸气等组分含量的影响，以及风速等环境影响，这些影响比温度的影响要小得多，因此，可把式（S42-2）求得的 v 用以作为在温度 T 时的理论值。

在波动过程中波速 v、波长 λ 和频率 f 之间存在下列关系：

$$v = \lambda f \tag{S42-2}$$

实验中要通过测定声波的波长 λ 和频率 f 来求得声速。常用的方法有共振干涉法与相位比较法。

1. 共振干涉法

实验装置如图 S42-1 所示，图中 S_1 和 S_2 为

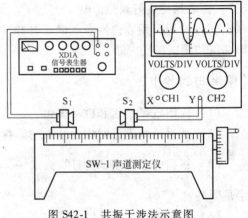

图 S42-1　共振干涉法示意图

压电陶瓷超声换能器。S_1 作为超声源（发射头），低频信号发生器产生的信号接到换能器后，即能发出一平面声波。S_2 作为超声波的接收头，接收的声压转换成电信号后输入示波器观察。S_2 在接收超声波的同时还反射一部分超声波。它们的波动方程分别是

$$y_1 = A\cos 2\pi\left(ft - \frac{x}{\lambda}\right)$$

$$y_2 = A\cos 2\pi\left(ft + \frac{x}{\lambda}\right)$$

叠加后合成波为

$$y = y_1 + y_2 = A\cos 2\pi\left(ft - \frac{x}{\lambda}\right) + A\cos 2\pi\left(ft + \frac{x}{\lambda}\right) = \left(2A\cos 2\pi\,\frac{x}{\lambda}\right)\cos 2\pi ft$$

这样，由 S_1 发出的超声波和由 S_2 反射的超声波在 S_1、S_2 之间的区域干涉而形成驻波。我们知道，对应于 $\left|\cos 2\pi\,\dfrac{x}{\lambda}\right| = 1$ 的各点振幅最大；称为波幅；对应于 $\left|\cos 2\pi\,\dfrac{x}{\lambda}\right| = 0$ 的各点振幅最小，称为波节。要使 $\left|\cos 2\pi\,\dfrac{x}{\lambda}\right| = 1$，应有

$$2\pi\,\frac{x}{\lambda} = \pm n\pi, \quad n = 0,1,2,3,\cdots$$

因此在 $x = \pm n\,\dfrac{\lambda}{2}$　$n = (0,1,2,3,\cdots)$ 处就是波幅的位置，相邻两波腹之间的距离为 $\lambda/2$（半波长）。

同理，可求出波节的位置是

$$x = \pm\,(2n + 1)\,\frac{\lambda}{4} \quad n = 0,1,2,3,\cdots$$

相邻两波节之间的距离也是 $\lambda/2$，因此只要测得相邻两波幅（或两波节）的位置 x_n、x_{n+1}，即可得

$$\lambda = 2\,|\,x_{n+1} - x_n\,| \tag{S42-3}$$

改变 S_1、S_2 之间的距离，在一系列特定的位置上，接收面 S_2 上的声压达到极大值，且相邻两极大值之间的距离为半波长 $\lambda/2$。为了测出驻波相邻波腹之间的半波长距离，可改变 S_1 和 S_2 之间的距离。此时，可以看到示波器上显示的信号幅度发生周期性的大小变化，即由一个极大，变到极小，再变到极大，而幅度每一次周期性的变化，就相当于 S_1、S_2 之间的距离改变了 $\lambda/2$。S_1、S_2 之间距离的改变由游标尺测得，读出超声源的频率 f_0，由式（S41-2）可计算出声速。

2. 相位比较法

实验装置如图 S42-2 所示。信号发生器发出的正弦交流电信号一方面输入换能器发射头 S_1，一方面输入示波器的 X 轴输入端，从 S_1 发出的超声波通过媒质到达接收头 S_2，被接收转变为电信号后输入示波器的 Y 轴输入端。对示波器而言，这两个相互垂直的、频率相同（为什么？）的正弦交流电信号将合成李萨如图形，其形状由这两个正弦交流电信号的位相差决定。输入示波器的 X 轴信号的位相即信号发生器输出信号的位相，而输入示波器的 Y 轴输入端的信号，在被接收头 S_2 接收之前，在空气中传播了一段距离，由波的传播理论，在发射波和接收波产生的位相差 ϕ 由下式决定：

$$\phi = \omega\tau = 2\pi f \cdot \frac{l}{v} = 2\pi \cdot \frac{l}{\lambda} \tag{S42-4}$$

式中，ω 为角频率；τ 为波由 S_1 传播到 S_2 的时间；v 为声速；l 为 S_1、S_2 之间的距离；λ 为波长。

由式（S42-4）可知，若 S_1、S_2 之间的距离改变一个波长 λ，则位相差 ϕ 就改变 2π，对李萨如图形而言，其中一个振动信号的位相改变 2π 或 2π 的整数倍，李萨如图形的形状是完全相同的，因此当改变 S_1、S_2 之间的距离时，可观察到李萨如图形的形状发生周而复始的变化，且李萨如图形经历一个周期的变化，S_1、S_2 之间的距离便改变一个波长 λ。由此可求出波长。

我们可通过示波器来观察相位差，互相垂直的两个谐振动的叠加能得到李萨如图形。如果两个谐振动的频率相间，则李萨如图形就很简单：随着两个振动的相位从 $0-\pi$ 变化，图形从斜率为正的直线变为椭圆再变到斜率为负的直线。选择判断比较灵敏的，亦即李萨如图形为直线的位置作为测量的起点，每移动一个波长的距离就会重复出现同样斜率的直线，如图 S42-3 所示。

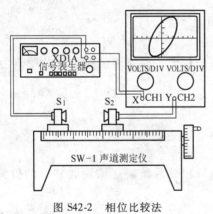

图 S42-2 相位比较法

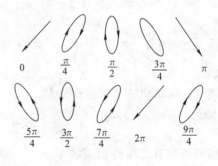

图 S42-3 李萨如图形的周期性变化

【实验仪器】

1. SW-1 型超声声速测定仪；2. YB1602 函数信号发生器；3. YB4320A 双踪示波器；4. 温度计。

超声声速测定仪的主要构成——压电换能器。

压电换能器的主要部分是压电陶瓷片，它能把声压和电压作相互转换，因此我们就可以将正弦交流电信号转换成压电材料纵向长度的伸缩，成为声波的波源；同样也可以使声压变化转换为电压的变化，用来接收声信号。

压电换能器系统有一谐振频率 f_0，当外加强迫信号的频率等于 f_0 时，压电换能器产生机械谐振，此时得到的电信号最强，作为波源的辐射功率最大，作为接收器则其灵敏度最高，能量转换效率也最高。

压电陶瓷超声换能器做波源，具有平面性好、单色性好、方向性强的特点。同时，由于频率在超声范围内，一般音频对它没有干扰。频率提高，波长就短，可以在不太长的一段距离内得到许多个波长。

【实验内容及步骤】

1. 测量压电陶瓷组合超声换能器（即接收头与发射头）的谐振频率 f_0

按实验室提供的换能器谐振频率的范围，调节信号发生器"频率波段"选择开关及"频率"旋钮。开机前应将"输出微调"旋钮反时针旋到底。开机后，顺时针旋转此旋钮，使输出电压增大到 $2 \sim 4V$ 的范围，然后调节信号频率，若保持发射头与接收头位置不变，示波器显示的正弦信号振幅最大，即表示找到谐振频率 f_0。

2. 用共振干涉法测超声波波长 λ

由近而远地改变换能器 S_1、S_2 的间距，依次记下第 1、2、3、…10 个出现正弦波振幅最大的特定位置 l_1、l_2、l_3、… l_{10}，数据记入表 S42-1 中。注意利用 SW-1 型超声声速测定仪上的测微螺旋准确地确定这些位置。

表 S42-1　用共振干涉法测声速的数据表　　谐振频率 $f_0 =$ 　　（Hz）

次　数	1	2	3	4	5	6	7	8	9	10
干涉极大位置/mm										
$\Delta l = l_{n+1} - l_n$（mm）										
$\overline{\Delta l}$/mm										
$\overline{\lambda} = \dfrac{2}{5}\overline{\Delta l}$（mm）										
$v = \overline{\lambda} \cdot f_0$										

3. 相位比较法测量超声波波长 λ

在换能器 S_1 相距 S_2 为 2cm 左右找到一直线状李萨如图形对应的 S_2 位置作为起点，移动 S_2，依次记下在示波器上观察到"同斜直线"重复出现 1，2，3，…，10 次的特定位置 l_1、l_2、l_3、…、l_{10}，数据记入表 S42-2 中。

表 S42-2　用相位比较法测声速的数据表　　谐振频率 $f_0 =$ 　　（Hz）

次　数	1	2	3	4	5	6	7	8	9	10
同斜直线位置/mm										
$\Delta l = l_{n+1} - l_n$（mm）										
$\overline{\Delta l}$/mm										
$\overline{\lambda}$/mm										
$v = \overline{\lambda} \cdot f_0$										

【数据处理】

（1）将数据表记录的数据进行处理、填充完整。

（2）根据实验室给出的室温，算出声速的理论值，求相对不确定度，表达实验结果。

【注意事项】

（1）测试过程中，为防止波形失真，所用低频信号源输出信号频率是稍偏离压电换能器的谐振频率的，但应保持基本不变。谐振频率调定后，实验过程中不要再调节。

（2）在移动换能器过程中，应尽可能随时保持接收面和发射面平行。

（3）测量时，应注意防止传播声的空气媒质的扰动。

【思考与讨论】

（1）测超声声速的实验，为什么要在换能器谐振频率附近频率条件下进行？

（2）超声波换能器的发射面与接收面，为什么彼此应严格保持平行？

（3）本实验所用超声声速仪是否可用于测量超声在媒质（液体或固体）中的传播速度？

第8章　光学实验

实验43　迈克耳孙干涉仪及其应用

【实验目的】

（1）掌握迈克耳孙干涉仪的调节和使用方法。

（2）调节和观察迈克耳孙干涉仪产生的干涉图，以加深对干涉条纹特点的理解。

（3）应用迈克耳孙干涉仪测定氦氖激光和单色光的波长。

（4）学习用白光干涉法测定透明薄片的折射率。

【实验原理】

1. 仪器结构及光路原理

实验室中最常用的迈克耳孙干涉仪，其结构图如图 S43-1 所示，M_1、M_2 是在相互垂直的两臂上放置的两个平面反射镜，其背面各有三个调节螺旋，用来调节镜面的方位；M_2 是固定的，M_1 由精密丝杆控制，可以沿臂轴前后移动，其移动距离由转盘读出，仪器前方粗动手轮分度值为 10^{-2} mm，右侧微动手轮的分度值为 10^{-4} mm，可估读至 10^{-5} mm，两个读数手轮属于蜗轮蜗杆传动系统。在两臂轴相交处，有一与两臂轴各成 45° 的平行平面玻璃板 G_1，且在 G_1 的第二平面上镀以半透（半反射）膜，以便将入射分成振幅近乎相等的反射光 1 和透射光 2，故 G_1 板又称为分光板，G_2 也是一平行平面玻璃板，与 G_1 平行放置，厚度和折射率均与 G_1 相同。由于它补偿了 1 和 2 之间附加的光程差，故称为补偿板。迈克耳孙干涉仪的光路原理图如图 S43-2 所示。

激光器 H 发出的光，经凸透镜 L 会聚于 S 点后，又发散开来。会聚点 S 可看作一个点光源。从 S 发出的光射入分光板 G_1，当光到达 G_1 后表面的半反射膜时，一部分光被反射，一部分光被透射。原光束被分成两束光强度近似相等的光，即反射光束①和透射光束 ②。由于 G_1、G_2 与平面镜 M_1、M_2 均成 45° 夹角，所以，反射光束 ① 的中心光线垂直地射到平面镜 M_1 后，被 M_1 反射

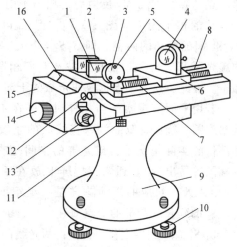

图 S43-1　迈克耳孙干涉仪结构图

1—分光板 G_1　2—补偿板 G_2
3—固定反射镜 M_2　4—移动反射镜 M_1　5—螺钉　6—拖板
7—精密丝杠　8—导轨　9—底座　10—仪器水平调节螺钉
11—垂直拉簧螺钉　12—水平拉簧螺钉　13—微调手轮
14—粗调手轮　15—传动系统　16—读数窗

沿原路返回，再透过 G_1 而到达 E 处。因此光束①三次通过 G_1。透射光束②的中心光线，在透过 G_2 后垂直地射到平面镜 M_2 上，被 M_2 反射后，复通过 G_2 到达 G_1 时，被 G_1 的后表面反射，在 E 处与光束①相遇。光束②一次通过 G_1；两次通过 G_2（与 G_1 同厚）。所以，G_2 补偿了光束①多通过两次 G_1 的光程，故 G_2 叫做补偿板。由于光束①、②出于同一光源且满足光的相干条件，故在 E 处发生干涉。M_2' 是平面镜 M_2 由 G_1 半反射膜形成的虚像。M_2' 和 M_2 到 G_1 半反射膜的距离严格相等。光束①和②是分别由 M_1 和 M_2 反射的，这样讨论的干涉现象与实际光路产生的干涉现象完全等效。

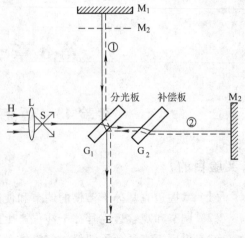

图 S43-2　迈克耳孙干涉仪的光路原理图

2. 干涉条纹的图样

在迈克尔孙干涉仪中，由 M_1、M_2 反射出来的光是两束相干光，M_1 和 M_2 可看作是两个相干光源，因此在迈克尔孙干涉仪中可观察到以下几种干涉条纹。

（1）点光源产生的非定域干涉条纹

点光源产生的非定域干涉条纹是这样形成的：用凸透镜会聚的激光束，是一个线度小、强度足够大的点光源。点光源经 M_1、M_2 反射后，相当于由两个虚光源 S_1'、S_2 发出的相干光束（图 S43-3），但 S_1' 和 S_2 间的距离为 M_2 和 M_1' 的距离的两倍，即 $S_1'S_2 = 2d$。如图 S43-3 所示的虚光源 S_1'、S_2 发出的球面波在它们相遇的空间中处处相干。因此，这种干涉形成非定域的干涉花样。

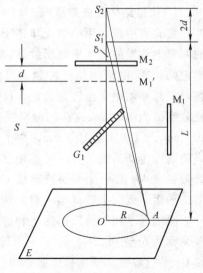

图 S43-3　点光源的非定域干涉

若用平面屏观察干涉花样时，屏在不同的位置可以观察到圆、椭圆、双曲线、直线状的条纹（在迈克尔孙干涉仪的实际情况下，放置屏的空间是有限的，只有圆和椭圆容易出现）。通常，把屏 E 放在垂直于 S_1'、S_2 连线的 OA 处，对应的干涉花样是一组组同心圆，圆心在 S_1'、S_2 的延长线和屏的交点 O 上。

由 S_1'、S_2 到屏上任一点 A，两光线的光程差为

$$\Delta r = S_2A - S_1'A = \sqrt{(L+2d)^2 + R^2} - \sqrt{L^2 + R^2}$$

$$= \sqrt{L^2 + R^2}\left(\sqrt{1 + \frac{4Ld + 4d^2}{L^2 + R^2}} - 1\right) \tag{S43-1}$$

通常 $L \gg d$，$\dfrac{4Ld + 4d^2}{L^2 + R^2} \ll 1$，利用展开式 $\sqrt{1 + x} = 1 + \dfrac{1}{2}x - \dfrac{1}{2 \cdot 4}x^2 + \cdots$ 取一级近似，可将式（S43-1）改写成

$$\Delta r = \frac{2Ld}{\sqrt{L^2 + R^2}}$$

由图 S43-3 的三角关系，上式可改写成

$$\Delta r = 2d\cos\delta$$

所以有

$$\Delta r = 2d\cos\delta = \begin{cases} k\lambda & k = 0,1,2,3,\cdots \quad 明纹 \\ (2k + 1)\dfrac{\lambda}{2} & k = 0,1,2,3,\cdots \quad 暗纹 \end{cases} \qquad (S43\text{-}2)$$

这种由点光源产生的圆环状干涉条纹，无论将观察屏 E 沿 S_1'、S_2 方向移动到什么位置都可以看到。由式（S43-2）可知：

1）当 $\delta = 0$ 时的光程差 Δr 最大，即圆心点所对应的干涉级别最高，此时光程差 $\Delta r = 2d$。摇动蜗杆而移动 M_2，当增加 d 时，k 也增大，低级别的条纹依次外移，可以看到圆环一个个从中心"涌出"而后往外扩张；若减小 d 时，圆环逐渐缩小，最后"淹没"在中心处。每"涌出"或"淹没"一个圆环，相当于 S_1'、S_2 的光程差改变了一个波长 λ。设 M_2 移动了 Δd 距离，相应地"涌出"或"淹没"的圆环数为 N，则

$$2\Delta d = N\lambda$$

因此有

$$\Delta d = \frac{1}{2}N\lambda \qquad (S43\text{-}3)$$

只要从仪器上读出 Δd 及相应的 N，就可以测出光波的波长 λ。

2）当 d 增大时，光程差 Δr 每改变一个波长 λ 所需的 δ 的变化值减小，即两亮环（或两暗环）之间的间隔变小，看上去条纹变细变密。反之，条纹变粗变疏。

3）若将 λ 作为标准值，读出"涌出"（或"淹没"）N 个圆环时的 $\Delta r_{实}$（M_2 移动的距离），与由式（S43-3）算出的理论值 $\Delta r_{理}$ 的比较，可以校准仪器传动系统的误差。

4）若以仪器传动系统作为基准，则由 N 和 $\Delta r_{实}$ 可以测定单色光源的波长 λ。实验时，光源都有一定大小，要获得一个比较理想的点光源，实验中往往用光栏和透镜将光束改变成理想的发散光束。

（2）等倾干涉

若 M_1 严格垂直于 M_2，则 M_1 必平行于 M_2'。如图 S43-4 所示，设 M_1 与 M_2' 间的距离为 d，当入射角为 i 时，入射光线经过 M_1、M_2' 反射后形成相互平行的光线 ① 和 ②，它们相遇时可发生干涉。光线 ① 和 ② 的光程差为

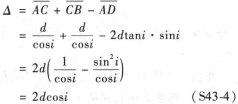

图 S43-4 等倾干涉光路

$$\begin{aligned} \Delta &= \overline{AC} + \overline{CB} - \overline{AD} \\ &= \frac{d}{\cos i} + \frac{d}{\cos i} - 2d\tan i \cdot \sin i \\ &= 2d\left(\frac{1}{\cos i} - \frac{\sin^2 i}{\cos i}\right) \\ &= 2d\cos i \qquad\qquad (S43\text{-}4) \end{aligned}$$

当光程差满足下列条件时，形成干涉亮纹和暗纹。即

$$\Delta = 2d\cos i = k\lambda$$

$$\Delta = 2d\cos i = (2k + 1)\frac{\lambda}{2} \qquad k = 0,1,2,3\cdots \qquad (S43\text{-}5)$$

从（S43-5）式可以看出干涉图像的特点：

1）d 一定时，i 角相同的入射光线具有相同的光程差。而光源可提供以中心光线为对称

轴的不同倾角 i 的入射光束。所以干涉图像是一组明暗相间的同心圆环。圆心为中心光束的干涉所形成。因同一干涉圆环是倾角相同的光、具有相同的光程差形成的。所以，这类干涉称为等倾干涉。

2）d 一定时，若 i 越大，经 M_1 和 M_2' 的反射光所形成的干涉环半径就越大。因 $\cos i$ 随 i 的增大而减小的速度加快，所以离中心愈远的等倾干涉环越细密。

3）d 越大，光程差 Δ 每改变一个波长所需的 i 角改变量越小。所以，d 越大时等倾干涉环越细密。反之，d 越小时，干涉环越粗疏。

4）$i=0$ 时，即干涉圆环中心处，其光程差 $\Delta=2d$，光程差为最大，因波长 λ 不变，所以干涉级数 k 最高。这种情况下，d 增大，圆环中心的干涉级次升高。这意味着一个接一个的高一级圆环自中心生成并向外"冒出"。d 减小时，圆环的级次降低，圆环一个接一个地向中心处缩而"陷入"。圆环中心处 $i=0$，则有 $2d=k\lambda$，对该式求导数可得 $2\Delta d=\lambda\cdot\Delta k$。$\Delta k=1$ 时，则相应的 $\Delta d=\lambda/2$。即每当 M_1 移动 $\lambda/2$ 时，干涉图像中便"冒出"或"陷入"一个圆环。Δk 为圆环纹的变化数，若用 N 表示 Δk，在实验中，"冒出"或"陷入"了 N 个圆环纹，则相当于 d 改变了 $\Delta d=N\cdot\lambda/2$。所以

$$\lambda=\frac{2\Delta d}{N} \tag{S43-6}$$

若移动 M_1 镜，记下"冒出"或"陷入"的圆环数 N，读出 M_1 相应移动的距离 Δd，代入式（S43-6），就可计算出所用光波的波长 λ。

【实验仪器】

1. 迈克尔孙干涉仪；2. 激光源；3. 钠光光源；4. 白炽灯；5. 透镜；6. 玻璃片等。

【实验内容一】　测量 He-Ne 激光波长 λ

【实验内容及步骤】

（1）使光纤激光源的激光束大致垂直于 M_1，即调节光纤的高低左右位置，使反射光束按原路返回（图 S43-2）。

（2）从观察屏的位置，可看到分别由 M_1 和 M_2 反射至屏上的两排光点，每排四个光点，中间两个较亮，旁边两个较暗。调节 M_1 背面的三个螺钉，使两排光点一一重合，这时 M_1 与 M_2 大致相互垂直。

（3）装上观察屏，此时一般在屏上会出现干涉条纹，再调节细调拉簧微调螺钉，使能看到位置适中、清晰的圆环状非定域干涉条纹。

（4）观察条纹变化，转动粗动手轮，可看到条纹的"涌出"或"淹没"。判别 M_1'、M_2 之间的距离 d 是变大还是变小，观察条纹粗细、密度大小和 d 的关系。

（5）读数刻度基准线的调整：调节粗动手轮使读数基准线与刻度鼓轮上某一刻度线对准（例如与刻线 70 对准），转动微调读数鼓轮，使 0 刻度线对准基准线。

（6）慢慢转动微动手轮，可以清晰地看到圆环一个一个地"涌出"或"淹没"，待操作熟练后开始测量。记录下观察窗和微调鼓轮 10 上的初读数 d_0。每当"涌出"或"淹没" $N=100$ 个圆环时记下 d_i 值，连续测量 9 次，记下 9 个 d_i 值。每测一次算出相应的 $\Delta d_i=$

$|d_{i+1} - d_i|$，并随时核对检查 N 是否数错。列表记录 d_0、d_1、$\cdots d_9$，将数据分为两组，用逐差法处理求出 $\overline{\Delta d}$。按 $\overline{\Delta d} = \dfrac{1}{2} N \overline{\lambda}$，算出 $\overline{\lambda}$ 并与标准值相比较，求出其相对不确定度。

【实验内容二】 测量钠光波长 λ

【实验内容及步骤】

1. 调节仪器

（1）光源的调节。为了得到较强的均匀入射光，在钠光灯和干涉仪之间加一凸透镜，透镜应靠近干涉仪。使钠光灯窗口的中心、透镜中心、分束镜 G_1 的中心及 M_2 镜的中心大致等高，且前三者的连线大致垂直于 M_2 镜（目测即可）。此时，从 O 处能看到分别由 M_1、M_2 镜反射的两个圆形均匀亮光斑（此亮光斑实际上是透镜经 M_1、M_2 反射的虚像）。

（2）转动手轮，尽量使 M_1、M_2 两镜到分束镜上反射膜的距离相等。

（3）粗调 M_2 镜，使 M_2 镜垂直于 M_1 镜。实验室已将 M_1 镜面的法线调至与丝杠平行，不要动 M_1 镜后面的三个调节螺钉，只能调节 M_2 镜。先从 O 处观察，看到 M_1、M_2 镜反射的圆形亮光斑后（视场中还有较暗的光斑，它们与调整无关可不管它），再调节 M_2 镜后的螺钉，使两个亮圆斑完全重合，一般情况下此时即可看到干涉条纹。继续调这三个螺钉使条纹变粗变圆，紧固螺钉后得到圆形花纹。这时 M_1 和 M_2 已大致垂直。

（4）细调 M_2 镜使 M_1、M_2 两镜严格相互垂直。看到干涉圆环后，如果眼睛上下或左右移动时看到有圆环从中心冒出或缩入中心，表明 M_1、M_2' 还不是完全平行。这时只能利用 M_2 镜台下的水平与垂直拉簧螺钉对 M_2 镜作细微的调节，一边调节，一边移动眼睛检查，直到移动眼睛时看不到有圆环冒出或缩进为止。这时 M_1、M_2 两镜就完全垂直了。

2. 定性观察，选定测量区

钠黄光实际上是由 $\lambda_1 = 589.6\text{nm}$ 和 $\lambda_2 = 589.0\text{nm}$ 两种波长相差很小的光组成，因此，我们所看到的圆形干涉条纹实际上是两种波长分别形成的两套圆环叠加在一起的。当 M_1、M_2' 的间距 d 为一定值时，λ_1 和 λ_2 的干涉环的级次 k_1 和 k_2 是不同的，即

$$\delta = 2d = k_1 \lambda_1, \quad \delta = 2d = k_2 \lambda$$

当光程差 $\delta = 2d = k_1 \lambda_1 = (k_1 + 1) \lambda_2$（其中 k_1 为一正整数）时，波长为 λ_1 和 λ_2 的光在同一点所形成的干涉条纹虽然级次各不相同，但都形成明条纹，故叠加结果使得视场中条纹对比度（所谓条纹对比度是指明条纹处的光强与暗条纹处的光强之比）增加。这时，实验者能看到明显的明暗相间的干涉条纹。当光程差 $\delta' = k_1' \lambda_1 = \left(k_1' + \dfrac{1}{2} \right) \lambda_2$（$k_1'$ 为一正整数）时，两种波长的光在同一点形成的干涉条纹一个是明条纹另一个是暗条纹，叠加的结果使条纹对比度减小，视场中将看不出明显的干涉条纹。改变光程差时，将循环出现这种对比度的变化。慢慢转动手轮，观察对比度变化的情况，选定对比度较高而且干涉圆环疏密合适的区域作为测量区，准备进行测量。

3. 测量

仔细转动微调鼓轮，使条纹的变化处于"淹没"，当圆形条纹中间的一条缩为一暗点时，记录读数 d；再向同一方向转动微调鼓轮，同时读取条纹变化的数目，每次数到 50 记

录一次读数，共测量 10 组数据。每次测量时，也都使中间的一条暗纹刚好缩为一暗点时，再记录读数。求出每冒出 Δk 条时所对应的 Δd 的平均值，计算 λ，并与钠黄光波长的标准值 $\lambda = 589.3nm$ 进行比较。

4. 数据记录和数据处理

次 i	0	1	2	3	4	5	6	7	8	9
干涉环的变化次数 k_i	0	50	100	150	200	250	300	350	400	450
M 镜的位置 d_i/mm										
$\Delta k = k_{i+5} - k_i$										
$\Delta d = d_{i+5} - d_i$										

【实验内容三】 测定透明薄片的折射率

1. 干涉条纹的可见度

在实验过程中，当以钠光作光源时我们可以发现：在调解 M_1 和 M_2 之间的距离 d 时，干涉条纹有时很清晰，有时较模糊，有时很模糊，甚至看不清楚。下面就讨论干涉条纹的清晰度问题，条纹的清晰度通常用条纹的可见度（或标对比度）K 来量度。定义

$$K = \frac{I_{\max} - I_{\min}}{I_{\max} + I_{\min}}$$

式中，$I_{\max}$ 和 $I_{\min}$ 分别为考察点附近光强的极大和极小值。显然，当 $I_{\min} = 0$ 时 $K = 1$，为最大，干涉条纹最清晰；$I_{\max} = I_{\min}$ 时，$K = 0$，为最小，干涉条纹可见度为零，条纹消失。

从理论知道，如果是单色光，干涉条纹不论是圆形还是线形都很清晰，但若是复色光干涉，条纹就相对较模糊。因为干涉条纹强度的极大和极小由光程差来决定，而光程差又取决于所用光波的波长。当一个波长的光因干涉而产生极小（或极大）光强时，其他波长的光因干涉会产生不同的结果，即每一波长产生的光强极大或极小的位置不一定完全重合，集体叠加的效应就可能使合成的条纹模糊。

图 S43-5 是波长分别为 λ_1 和 λ_2 的单色光组成的合成光束，干涉条纹强度随位相变化和叠加的情况而变。两个波长 λ_1 和 λ_2 的单色光干涉强度的变化，在 λ_1 形成的干涉强度为最大处，λ_2 形成的干涉强度也为最大处，则合成结果仍为最大；在 λ_1 形成的干涉强度为最大处，但 λ_2 形成的干涉强度为最小（如 a 处），则合成结果是对比度最小。注意，在对比度最小区域中看不见（或者很模糊，分辨不清）条纹时，每一单色光的干涉仍然发生，只是综合效果使对比度降低而已。

由理论分析可知，单色光 λ_1 的光程差 $k_1\lambda_1$ 和单色光 λ_2 光程差 $\left(k_2 - \dfrac{1}{2}\right)\lambda_2$ 相等时，即 $\delta = k_1\lambda_1 = \left(k_2 - \dfrac{1}{2}\right)\lambda_2$（注：$k_1$ 和 k_2 都为正整数，设 $\lambda_2 > \lambda_1$），恰是 λ_1 的亮条纹和 λ_2 的暗纹重叠，即图 S43-5 上 a

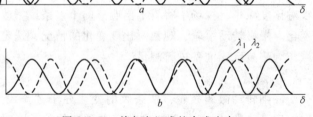

图 S43-5　单色光组成的合成光束

处的情况。若 $I_{max} = I_{min}$，则 $k \approx 0$ 条纹消失。如果可见度从某次 $k = 0$ 的位置，变到相邻的另一次 $k = 0$ 的位置时，其光程差从 δ 变到 $\delta + \Delta\delta$，即

$$\begin{cases} \delta = k_1\lambda_1 = (k_2 - 1/2)\lambda_2 \\ \delta + \Delta\delta = (k_1 + k)\lambda_1 = [k_2 - 1/2 + (k - 1)]\lambda_2 \end{cases}$$

整理两式，得

$$\Delta\lambda = \frac{\lambda_1\lambda_2}{\Delta\delta} \approx \frac{\lambda^2}{\Delta\delta}$$

其中，$\lambda = (\lambda_1 + \lambda_2)/2$，$\Delta\delta = (\lambda_1 - \lambda_2)k$。

实验中光源为钠光，其黄色光谱是双线，由 $\lambda_1 = 589.0nm$ 和 $\lambda_2 = 589.6nm$ 组成的，因此实验中可以看到当 d 变化时，条纹可见度随着变化。由干涉仪调节装置可将两相邻可见度为零的位置变化 Δd 测出，相对应的光程差改变量为 $\Delta\delta$ 可写成

$$\Delta\delta = 2\Delta d$$

则上式可以代入 $\Delta\lambda$ 的表达式，得

$$\Delta\lambda = \frac{\lambda^2}{2\Delta d}$$

2. 白光干涉

若用白光作光源，只有在二相干光束的光程差为几个波长时，才可以观察到干涉条纹，即当 M_1 与 M_2 成微小角度时，且只有 $d = 0$ 附近几个波长范围内才出现彩色条纹。调节 M_1 与 M_2 镜位置，当调节到使 M_1 与 M_2 相交成图 S43-6c 的位置，则视场将出现中央是直线黑纹（$d = 0$ 位置），两旁各有彩色条纹。如果使 d 稍变大，条纹很快就消失。

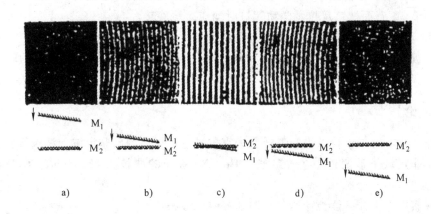

图 S43-6 干涉条纹

由于白光干涉条纹只出现在 $d = 0$ 附近，因此用白光可以决定单色光明暗条纹中 $d = 0$ 的条纹（即零级中央条纹）。

【实验内容及步骤】

1. 测定钠黄光双线的波长差

以钠黄光为光源调出清晰的干涉条纹，改变 M_1 与 M_2 间的距离 d 时，发现干涉条纹的

可见度从清晰变模糊（难以分辨）。测出相邻的二次干涉条纹最模糊动镜 M_1 所移动的距离（要求多测几个间隔取平均），据公式计算

$$\Delta\lambda = \frac{\lambda^2}{2\Delta d}$$

式中，$\lambda = 589.3\,\text{nm}$。

2. 白光现象的观察及测定透明薄片的折射率

（1）先用单色光（氦氖激光）调出等厚干涉条纹，使等厚干涉条纹的中心呈直线。

（2）转动粗调手轮及微调鼓轮，使 M_1 镜移动，观察干涉条纹从弯曲、变直，再（向相反方向）变弯曲。

（3）在干涉条纹将变直的时候换上白炽灯光源，缓慢地移动 M_1 镜（用微调鼓轮），即可调出彩色直条纹。

（4）将透明玻璃片（厚度为 t、拆射率为 n 的均匀薄玻璃片），插入 M_1 和 G_1 之间的光路中，使其表面与 M_1 镜平行，此时白光干涉条纹立即消失，当移动动镜 M_1 经过 Δd 距离（光程减小）后，彩色条纹再次出现，则有

$$\Delta d = t(n-1)$$

即

$$n = \frac{\Delta d}{t} + 1$$

测出厚度 t 及两次出现白光干涉条纹间隔 Δd，按上式计算折射率 n。

【注意事项】

（1）迈克尔孙干涉仪是精密光学仪器，绝不能用手触摸各光学元件。

（2）调节 M_1 背面螺钉及拉簧微动螺钉时均应缓缓旋转。

（3）不能用眼睛直视激光，以免灼伤眼睛。

（4）测量时应防止引入空程差，即微调鼓轮的转动方向应与零点调整时的转动方向一致。

【思考与讨论】

（1）什么是非定域干涉条纹？怎样在迈克尔孙干涉仪上调出非定域干涉条纹？

（2）用非定域干涉测量单色光波长，He—Ne 激光的波长为 632.8nm，当 $N=100$ 时，Δd 应为多大？

（3）观察白光干涉条纹为什么要先调到等厚干涉条纹？

（4）通过这次实验你对激光、钠光和白光的相干性有什么认识？

实验 44　偏振光的观察、分析与应用

【实验目的】

（1）通过观察光的偏振现象，加深对光波传播规律的认识。

（2）掌握产生偏振光和检验偏振光的方法。

（3）进一步理解布儒斯特角，掌握采用偏振光测定玻璃折射率的方法。

【实验原理】

1. 偏振光的概念

光以波动的形式在空间传播，它属于电磁波，它的电矢量 E 与磁矢量 H 相互垂直。E 和 H 均垂直于光的传播方向，故光波是横波。实验证明，光效应主要由电场引起，所以将电矢量 E 的方向定为光的振动方向。

自然光源（如日光、各种照明灯等）发射的光是由构成这个光源的大量分子或原子发出的光波的合成。这些分子或原子的热运动和辐射是随机的，它们所发射的光振动，出现在各个方向的几率相等，这样的光叫做自然光。

自然光经过媒质的反射、折射或者吸收后，在某一方向上振动比另外方向上强，这种光称为部分偏振光。如果光振动始终被限制在某一确定的平面内，则称为平面偏振光，也称为线偏振光或完全偏振光。若偏振光电矢量 E 的端点在垂直于传播方向的平面内运动轨迹是一圆周，则称为圆偏振光，若其运动轨迹是一椭圆，则称为椭圆偏振光。偏振光的检验如图 S44-1 所示。

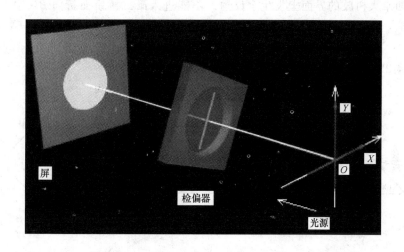

图 S44-1　偏振光的检验

2. 获得线偏振光的方法

将自然光变成偏振光称作起偏，可以起偏的器件分为透射和反射两种形式。

（1）非金属镜面（如玻璃、水等）的反射

自然光在两种媒质的界面处反射和折射，一般只是部分偏振光。当入射角 i 满足

$$\tan i = n_1 / n_2 \tag{S44-1}$$

时，反射光成为振动方向垂直于入射面的线偏振光，这个规律称为布儒斯特定律，i 称为布儒斯特角或起偏角，而折射光为部分偏振光。玻璃的布儒斯特角约 57°。

如果自然光以入射角 i 投射在多层的玻璃堆上，经过多次反射后，透出的光也接近于线偏振光，其振动面平行于入射面。

（2）利用某些有机化合物晶体的二向色性制成的偏振片

偏振片：一般用具有网状分子结构的高分子化合物——聚乙烯醇薄膜作为片基，将这种薄膜浸染具有强烈二向色性的碘，经过硼酸水溶液的还原稳定后，再将其单向拉伸 4 ~ 5 倍以上而制成。这种偏振片称 H 偏振片。此外用另外方法还可制成 K 偏振片、L 偏振片。

偏振片能吸收某一振动方向的光，而与此方向垂直振动的光则能透过，偏振片可以制造成很大的面积，从而获得较宽广的偏振光束，但由于吸收不完全，所得的偏振光只能达到一定的偏振度，视偏振片的质量而定。

（3）利用晶体的双折射产生线偏振光

在单轴晶体（如冰洲石、石英等）内，沿某一方向传播的光不发生分叉，也不能起偏，该方向称为光轴。沿其他方向射入晶体的光则分为两束完全偏振的光，寻常光（o 光）的振动垂直于光的传播方向和光轴方向所定的平面（主平面），非常光（e 光）的振动则在主平面内。

单轴晶体的 o 光和 e 光一般都很靠近，用起来不方便。实用时多数采用尼科耳棱镜。尼科耳棱镜是由长块的冰洲石制成，如图 S44-2a 所示。沿 AD 面斜切为两块，再用加拿大树胶粘合起来。入射光线在第一棱镜中分为两支，其中 o 光以约 76°角射到加拿大树胶层 AD 上。加拿大树胶的折射率 $n = 1.550$ 比 o 光折射率 $n_o = 1.658$ 小，入射角 76°超过临界角，所以 o 光在晶体和加拿大树胶的界面上发生全反射，不能进入第二棱镜而折向 BD 边。e 光的折射率 $n_e = 1.486$，小于 1.550，不发生全反射，所以通过尼科耳出射。使用时只要保证入射光基本平行于 AC 边（与 AC 夹角小于 14°），则出射光就只有 e 光。尼科耳棱镜的横截面呈菱形（见图 S44-2b），透射光振动方向如图中的箭头所示。

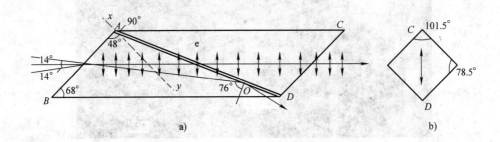

图 S44-2 尼科耳棱镜

（4）利用波片的偏光作用

单轴晶体制成厚度为 L、表面平行于光轴的片，称为波片。波片有正晶体或负晶体之分。

当平面偏振光垂直入射到表面平行于光轴的晶片时，o 光和 e 光传播的方向是一致的，但是这两束振动面互相垂直的光由于在晶体中速度不同，因而会产生位相差。这样，经晶片射出后，o 光、e 光合成的振动随位相差 $\delta = \dfrac{2\pi}{\lambda}(n_o - n_e)L$（L 为晶片厚度）的不同，就有不同的偏振方式。

1）$\delta = 2k\pi$（$k = 0, 1, 2, \cdots$）为平面偏振光；

2）$\delta = (2k+1)\pi$（$k = 0, 1, 2, \cdots$）为平面偏振光；

3）$\delta = \frac{1}{2}(2k+1)\pi$ 为正椭圆偏振光；

4）δ 不等于以上各值为椭圆偏振光。

对某一波长 λ 的单色光产生位相差 $\delta = (2k+1)\pi$ 的晶片叫做该单色光的 1/2 波片；产生位相差为 $\delta = \frac{1}{2}(2k+1)\pi$ 的叫 1/4 波片。在本实验中我们所用波长片是对钠黄光而言的。

当平面偏振光照在 1/2 波片上，如光振动面与波长片光轴成 θ 角，则通过波长片的光仍为平面偏振光，其振动面转动了二倍 θ 角（见图 S44-3，I、I' 分别表示入射光和出射光的振幅）。

当平面偏振光照在 1/4 波片上，则一般地说，通过波长片的光为正椭圆偏振光，但在 $\theta = 0$，$\pi/2$ 时得到圆偏振光，见图 S44-4。

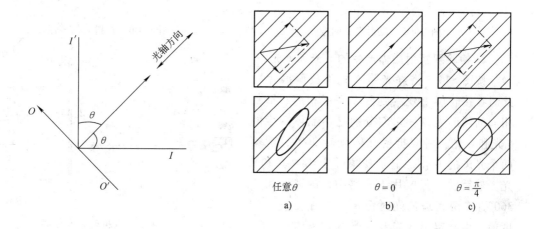

图 S44-3　平面偏振光通过　　　　　　　图 S44-4　平面偏振光通过
1/2 波片后的振动方向　　　　　　　　　　1/4 波片后的光强分布

【实验仪器】

1. WZS-1 型偏振光实验仪（包括实验台、钠光源、单色滤光器、接收屏、可旋转偏振片 2 块、平面反射镜、1/2 波片、1/4 波片、玻璃片堆、双折射晶体）；2. JJY—1 型分光计；3. 待测玻璃板（或者三棱镜）等。

【实验内容及步骤】

1．验证布儒斯特角并观察偏振现象

（1）反射光的偏振

按图 S44-5 搭好光路，调节光源和接收屏使接收屏中央出现明亮的圆斑，然后将偏振片旋转 360°并观察光斑的亮度变化。若没有出现消光现象，适当改变光源与接收屏的方位，直到有消光出现为止。从刻度盘上测出入射角 θ 的大致角度值并记录下来，然后记录消光时偏振片的角度值，并据此定出反射光的偏振方向是在水平方向或是垂直方向（偏振片的偏振化方向已在片架上标出）。

（2）折射光的偏振

按图 S44-6 搭好光路，先从刻度盘上将玻璃片堆的方位定好（法线与 X 轴的夹角约为 57°），然后将偏振片旋转 360° 并观察光斑的亮度变化，记录消光时偏振片的角度值，并据此定出折射光的偏振方向（若不出现消光，可在亮度最小时记录偏振片的角度）。

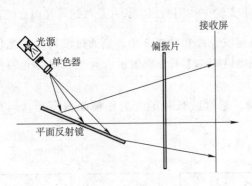

图 S44-5　反射光的偏振

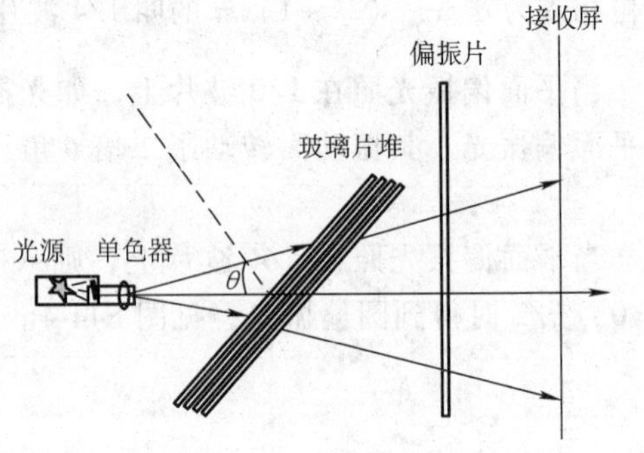

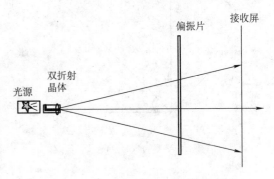

图 S44-6　折射光的偏振

2. 检验双折射晶体产生的 o 光和 e 光

按图 S44-7 搭好光路（先不放偏振片），此时在接收屏上观察到两个亮度相等、形状相同的圆形光斑，它们分别是由晶体产生的 o 光和 e 光。将双折射晶体旋转 360°，观察两个光斑的变化，记录现象并定出 o 光和 e 光。然后插入偏振片于光路中，旋转偏振片 360° 并在两光斑消光时记录偏振片相应的角度值，由此定出 o 光和 e 光的偏振方向，对所得结果作适当的说明。

图 S44-7　双折射晶体实验

3. 观察偏振片的起偏和检偏

（1）在图 S44-7 所示的光路上，取下玻璃片堆、换上单色滤光器，将偏振片旋转 360°，观察光斑的亮度变化，记录现象并对该现象作出解释。

（2）将另一偏振片插入单色滤光器与前一偏振片之间，让其偏振化方向固定在 0° 位置，然后将前一偏振片旋转 360°，观察光斑的亮度变化，记录现象并对该现象作出解释。

4. 分析 1/2 波片和 1/4 波片的特性

（1）考察平面偏振光通过 1/2 波片时的现象

按图 S44-8 所示在光具座上依次放置各元件，使起偏器 P 的振动面为垂直、检偏器 A 的

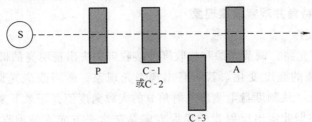

图 S44-8　平面偏振光通过波片

振动面为水平。(此时应观察到消光现象)。然后在 P、A 之间插入 1/2 波片 (C-1),把 C-1 转动 360°能看到几次消光?解释这现象。将 C-1 转任意角度,这时消光现象被破坏,把 A 转动 360°,观察到什么现象?由此说明通过 1/2 波片后,光变为怎样的偏振状态?

仍使 P、A 处于正交,插入 C-1,使消光,再将 C-1 转 15°,破坏其消光。转动 A 至消光位置,并记录 A 所转动的角度。继续将 C-1 转 15°(即总转动角为 30°),记录 A 达到消光所转总角度,依次使 C-1 总转角为 45°、60°、75°、90°,记录 A 消光时所转总角度(表 S44-1)。从上面实验结果得出什么规律?怎样解释这一规律。

表 S44-1　考察平面偏振光通过 1/2 波片时的现象

半波片转动角度	检偏器转动角度	半波片转动角度	检偏器转动角度
15°		60°	
30°		75°	
45°		90°	

(2)考察平面偏振光通过 1/4 波片时的现象

按图 S44-9 所示使 P 与 A 正交,用 1/4 波片 (C-2) 代替 1/2 波片,转动 C-2 使消光。然后将 C-2 转动 15°,然后将 A 转动 360°,观察到什么现象?你认为这时从 C-2 出来光的偏振状态是怎样的?依次将 C-2 转动总角度为 30°、45°、60°、75°、90°,每次将 A 转动 360°,记录所观察到的现象(表 S44-2)。解释上述结果。

5. 利用偏振光测定玻璃的折射率

如图 S44-9 所示,在调整好的分光计上放置待测玻璃板,望远镜前装置检偏器。首先使望远镜接收到玻璃片的反射光,记下角度 φ_0,旋转望远镜前的检偏器使看到光强最暗。然后转动载物台,同时使望远镜始终跟随反射光转动,当光强消失(或最暗)时,记下此时的角度 φ,望远镜接收到的玻璃板的反射光为偏振光。此时布儒斯特角为

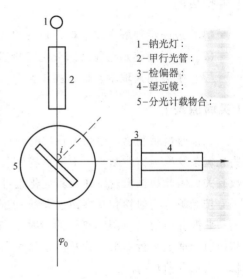

1-钠光灯:
2-甲行光管:
3-检偏器:
4-望远镜:
5-分光计载物合:

图 S44-9　利用偏振光测定玻璃的折射率

$$i = \frac{180° - |\varphi - \varphi_0|}{2} \tag{S44-2}$$

表 S44-2　考察平面偏振光通过 1/4 波片时的现象

1/4 波片转动角度	A 转动 360°观察到现象	光的偏振性质
15°		
30°		
45°		
60°		
75°		
90°		

将式（S44-2）代入式（S44-1）可以计算出玻璃板的折射率。

【思考与讨论】

（1）两偏振片用支架安置于光具座上，正交后消光，一片不动，另一片的 2 个表面转换 $180°$，会有什么现象？如有出射光，是什么原因？

（2）两片正交偏振片中间再插入一偏振片会有什么现象？怎样解释？

（3）波片的厚度与光源的波长什么关系？

（4）比较采用该方法测量得到的折射率和采用掠射法、最小偏向角法测量得到的折射率的大小，分析原因？并提出改善方法。

实验 45　单缝衍射

【实验目的】

（1）进一步理解夫琅禾费衍射的相关知识点，加深对光的波动性的认识。

（2）掌握用硅光电池（或光电二极管）测量相对光强分布。

（3）学会用夫琅禾费衍射测量狭缝（或细丝）的宽度。

【实验原理】

光束通过被测物产生衍射现象时，将在其后面的屏幕上形成光强有规则分布的光斑，这些光斑条纹称为衍射图样。衍射图样和衍射物（即障碍物或孔）的尺寸以及光学系统的参数有关，因此根据衍射图样及其变化就可确定衍射物（也就是被测物）的尺寸。

按光源、衍射物和观察衍射条纹的屏幕三者之间的位置，可以将光的衍射现象分为两类：菲涅耳衍射（有限距离处的衍射）和夫琅禾费衍射（无限远距离处的衍射）。若入射光和衍射光都是平行光束，就好似光源和观察屏到衍射物的距离为无限远，因此，产生的衍射就是夫琅禾费衍射。

氦氖激光器发出的近似平行的单色光垂直照射宽度为 b 的狭缝 AB，经透镜在其焦平面处的屏幕上形成夫琅禾费衍射图样。若衍射角为 φ 的一束平行光经透镜后聚焦在屏幕上的 P 点，如图 S45-1 所示。图中 AC 垂直于 BC，因此衍射角为 φ 的光线从狭缝两边到达 P 点的光程差，即它们中的两条边缘光线之间的光程差为

$$BC = b\sin\varphi \qquad\qquad (S45\text{-}1)$$

P 点干涉条纹的亮暗由 BC 值决定，用数学式表示如下：

$$\begin{cases} -\lambda < b\sin\varphi < \lambda \\[2mm] b\sin\varphi = \pm 2k\dfrac{\lambda}{2} \\[2mm] b\sin\varphi = \pm(2k+1)\dfrac{\lambda}{2} \end{cases} \qquad\qquad (S45\text{-}2)$$

式中，±号表示亮暗条纹分布于零级亮条纹的两侧；$k = 1$、2、…，相应地为第一级、第二级、……等亮（或暗）条纹。中央亮条纹最亮最宽，为其他亮条纹宽度的 2 倍；两侧亮条

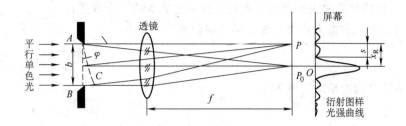

图 S45-1　单缝夫琅禾费衍射

纹的亮度随级数增大而逐渐减小，它们的位置可近似地认为是等间距分布的，暗点等间距地分布在中心两点的两侧。当狭缝宽度 b 变小时，衍射条纹将对称于中心亮点向两边扩展，条纹间距增大。激光衍射图样明亮清晰，衍射级次可以很高，若屏幕离开狭缝的距离 L 远大于狭缝宽度 b 时，将透镜取掉，仍可以在屏幕上得到垂直于狭缝方向的亮暗相间的夫琅禾费衍射图样。由于 φ 角很小，因此由上面公式可得

$$b = \frac{kL\lambda}{x_k} = \frac{L\lambda}{S} \qquad\qquad (\text{S45-3})$$

式中，k 为从 $\varphi = 0$ 算起的暗点数；x_k 为第 k 级暗点到中心亮条纹之间的间距；λ 为激光的波长；$S = x_k / k$ 为相邻两点的间隔。

图 S45-2 示出了屏幕离狭缝的距离 $L = 1\text{m}$ 时，不同宽度狭缝所形成的几种衍射图样。由于 b 值的微小变化将引起条纹位置和间隔的明显变化，因此可以用目测、照相记录或光电技术测量出条纹间距，从而求得 b 值或其变化量。用物体的微小间隔、位移或振动等代替狭缝或狭缝的一边，则可测出物体微小间隔、位移或振动等值。夫琅禾费单缝激光衍射测量的误差由 L、x 的测量精度决定。被测狭缝宽度 b 一般为 $0.01 \sim 0.5\text{mm}$。

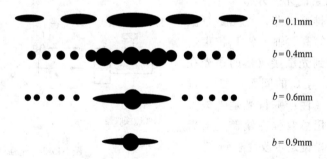

图 S45-2　不同宽度狭缝所形成的几种夫琅禾费衍射图样

若平行于光轴的光线会聚于 P_0 点的光强为 I_0，则 P 点的光强可按惠更斯—菲涅耳原理计算得出，即

$$I_\varphi = I_0 \frac{\sin^2 U}{U^2} \qquad\qquad (\text{S45-4})$$

式中

$$U = \frac{\pi b \sin\varphi}{\lambda}$$

式（S45-4）表明：当 φ 等于 0 时，$U = 0$，光强 $I_\varphi \to I_0$ 为最大值，称为中央主极大（即

0 级亮条纹），它的强度取决于光源的亮度，并和缝宽 b 的大小成正比。

分析表明：中央主极大两侧暗纹之间的角距离为

$$\Delta\varphi = 2\frac{\lambda}{b} \qquad\qquad (\text{S45-5})$$

而其他相邻暗纹之间的角距离则为

$$\Delta\varphi = \frac{\lambda}{b} \qquad\qquad (\text{S45-6})$$

除了中央主极大以外，理论计算表明，次极大将出现在下列位置：

$$\sin\varphi = \pm 1.43\frac{\lambda}{b}, \quad \pm 2.46\frac{\lambda}{b}, \quad \pm 3.47\frac{\lambda}{b}, \cdots \qquad (\text{S45-7})$$

它们的相对强度分别为

$$\frac{I_\varphi}{I_0} = 0.047, \quad 0.017, \quad 0.008, \cdots \qquad (\text{S45-8})$$

在缝后面不用透镜也可获得夫琅禾费衍射图样，其条件是

$$\frac{b^2}{8L\lambda} \ll 1 \qquad\qquad (\text{S45-9})$$

【实验仪器】

1. 氦氖激光器；2. 光电检流计；3. 可调狭缝；4. 接收屏；5. 扩束透镜；6. 准直透镜；7. 测微目镜（或者可移动式光敏接受器）等。

【实验内容及步骤】

1. 测量单缝衍射的光强分布

按图 S45-3 安排好光路，点亮氦氖激光器，调节各元件等高共轴，使 L_2 扩束后的激光能够正入射到光敏接收器的通光孔径上。然后调整 L_1 与 L_2 的间距，使 L_2 输出的是平行光束。（注：平行光是光斑大小不变的光束，可用接收屏在轨道上前后移动并观察屏上的光斑是否改变来确定。）

在图 S45-3 的基础上，将可调狭缝 H

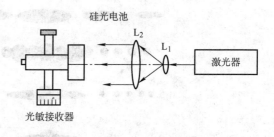

图 S45-3　光强图

插入光路并尽量靠近 L_2 一侧，上下左右调整狭缝的位置使平行光束的中心能照到狭缝上。将狭缝调成竖直状态并适当选择缝宽，此时在狭缝后方稍远处用屏接收时可观察到单缝衍射的条纹。

接通光电检流计电源，待检流计光标出现后，调节“零点调整”旋钮，使光标位于标尺左方的 60 格处，将此处定为无光照时的“起始”值，读数定为“0”。注意：光电检流计的标尺分成正负 60 格，中间为零，这是为了检测正负电流的需要。在本实验中，硅光电池在衍射条纹照射下只产生正向电流，光标尺朝右方偏转，所以应将左方 60 格处定为起点。这样，检流计标尺刻度最大 120 格，如图 S45-4 所示。另外，在对检流计“调零”时，应注意用屏 P 挡住光敏接收器的通光孔径，以防止光线照射到光敏器件（硅电池）上。一般情

况下，检流计的灵敏度开关可选择在"×0.1"挡上。

为了保证检测的精度，要求当检测到单缝衍射的中央主极大的峰值时，检流计光标的偏转应"满刻度"显示，即显示值应在 100 格～120 格之间。为此，可先转动光敏接收器的鼓轮，让它先对衍射条纹作一次"扫描"，同时注意观察检流计光标的变化，当中央主极大条纹的中央部分进入光敏接收器的入射狭缝时，光标偏转应在 100 格～120 格之间，若不满足要求，可从以下两个方面作适当调整：

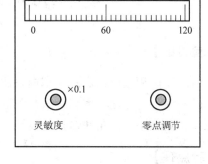

图 S45-4　检流计面板

（1）调整单缝的缝宽以改变衍射条纹的宽度，从而使条纹的光照度增加或降低。

（2）改变光敏接收器到单缝的距离，也可改变条纹的宽度使光照度增加或降低。

正式测量前还应检查衍射条纹是否与光敏接收器的通光孔径（也是一条竖直的狭缝）平行，都处于竖直状态。若不平行，应微调单缝的垂直度，使之符合要求。

测量单缝衍射的光强分布，要求完整测出 0 级、±1 级条纹的强度分布情况。为此应将测量的起点放在 −2 级亮条纹的中心处，测量的终点在 +2 级亮条纹的中心处（见图 S45-5）。为了获得满意的测量精度，要求每隔 0.1mm 的距离，记录一次光标的偏转格数，即：光敏接收器的通光狭缝从 −2 级条纹的中心出发，每次平移 0.1mm（鼓轮旋转 10 小格）取一次数据，直到 +2 级条纹的中心为止。

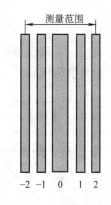

图 S45-5　单缝衍射的条纹

根据所测的一组数据，在标准坐标纸上作出 I_φ/I_0 与 x 的关系曲线，即单缝衍射的光强分布曲线，也可用实测值 I（格数）与位移值（$x = 0.1$mm）作出光强分布图。

2. 测量单缝的宽度

按上述调整好光路，以获得清晰的衍射图像。分别用肉眼和测微目镜观察衍射花样，并记录观察结果及相关数据。用测微目镜测量相邻两点的间隔 S，根据 λ、L 值，计算狭缝宽度 b，并与实际读数值进行比较。改变狭缝宽度 b，测量在该情况下的相邻两点的间隔 S，作出标准曲线。

【思考与讨论】

（1）镜焦距标称值不可靠的情况下如何用比较简单的方法进行检验和获得平行光？

（2）若室内有一强度基本固定的杂散光同时进入光敏接收器，使测量值偏大，处理数据和作图时该如何校正？

（3）理论上可以证明，硅光电池对光照度的响应曲线是非线性的。本实验中并未考虑它的影响，为什么最后作出的光强分布曲线仍然能够与理论值吻合？

（4）如果要测量发丝的直径，该实验装置应如何搭建？

实验46　利用分光计测介质折射率和色散曲线

【实验目的】

（1）了解用极限法和最小偏向角法测介质折射率的原理。

（2）掌握用分光计实现极限法测固体和液体折射率的方法。

（3）用最小偏向角法测量三棱镜的折射率并绘制色散曲线，求出柯西方程中的系数。

【实验原理】

物质的折射率与通过物质的光的波长有关。一般所指的固体和液体的折射率是对钠黄光而言的（$\lambda = 5893\text{Å}$），众所周知，当光从空气中折射到折射率为 n 的媒质分界面时要发生偏折（见图 S46-1），入射角 i 和出射角 φ 之间的遵从折射定律

$$n = \frac{\sin i}{\sin \varphi} \tag{S46-1}$$

因此，我们只要测出角度 i 和 φ，就可以确定物体的折射率 n，这样就把测量折射率的问题变为测量角度的问题了。

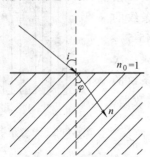

图 S46-1　入射光在媒质分界面发生偏析

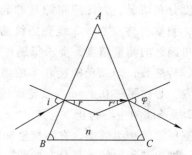

图 S46-2　将固体待测物制成三棱镜

如果待测物是固体，可以事先将它制成三棱镜（见图 S46-2），其中顶角是 A，三个面中 BC 面是非光学面（毛糙面），入射光经过 AB 面和 AC 面两次折射，出射后改变了方向，由折射定律得

$$\sin i = n \sin r$$

$$n \sin r' = \sin \varphi$$

由几何关系有

$$r + r' = A$$

由以上三式消去 r 和 r'，就有

$$n = \frac{1}{\sin A} \sqrt{\sin^2 i \sin^2 A + (\sin i \cos A + \sin \varphi)^2} \tag{S46-2}$$

该式表时，只要用分光计测出 i、φ、A 即可算出折射率 n。

但这种方法要测的量很多，不仅费时而且容易引起较大的误差，且式（S46-2）的计算也麻烦，常用的改进测量办法有两种。

1. 方法一

极限法：用平行光以 90°角掠入射，以省去 i 角的测量，但是要使平行光准确以 90°角入射并不好做，所以还要变通一下，把平行光束改为扩展光束，一般是在光源之前加一块毛玻璃，使光源成为漫反射的扩展光源，只要调节扩展光源的位置使它大致在棱镜 AB 面的延长线上，如图 S46-3 所示，那么，总可以得到以 90°角发射的光线，这光线的出射角最小，称为极限角 φ；大于 90°的光线不能进入棱镜，而小于 90°的光线其出射角必大

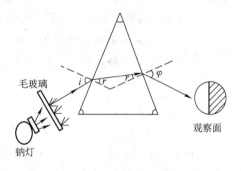

毛玻璃

钠灯

观察面

图 S46-3　使光源成为漫反射的扩展光源

于极限角 φ，这样，从 AC 面一侧向出射光望去我们将看到 $i > 90°$ 的光因不能经棱镜折射而成了暗视场；明暗视场的分界线就是 $i = 90°$ 的掠入射引起的极限角方向，利用分光计测出分界线的方向以及棱镜 AC 面的法线方向，求出这两方向之间的夹角，便求得了折射极限角 φ，这种方法就称为折射极限法。以 $i = 90°$ 代入（S46-2）式，得

$$n = \sqrt{1 + \left(\frac{\cos A + \sin\varphi}{\sin A}\right)^2} \qquad (S46-3)$$

可见，只要测出极限角 φ 角和顶角 A，就可以求出三棱镜材料的折射率 n。

液体的折射率同样可以根据折射极限法原理测得。如图（S46-4）所示，取一块顶角 A、折射率 n 都已知的三棱镜，在 AB 面上涂一薄层待测液体，上面加盖一块毛玻璃将液体夹住，扩展光源发出的光通过毛玻璃折射后进入液体，再经过液体进入棱镜，适当调整扩展光源的方位，总可以使其中一部分光线在通过液体时，传播方向平行于液体与棱镜的交界面，设待测液体的折射率为 n_x，则

毛玻璃

待测液体层

钠灯

图 S46-4　根据折射极限法原理测液体的折射率

$$n_x \sin 90° = n \sin r$$

得

$$n_x = r \cdot \sin r$$

因为

$$n \sin r' = \sin\varphi, \quad r + r' = A$$

所以

$$n_x = \sin A \sqrt{n^2 - \sin^2\varphi} \pm \cos A \cdot \sin\varphi \qquad (S46-4)$$

n 和 A 为已知，所以只要测出 φ 就可算出 n_x 来，公式中正负号的选择取决于出射光是在法线的哪一边，若在左边（见图 S46-4）就取负号，若在右边则取正号。

2. 方法二

最小偏向角法：用如图 S46-5 所示光线 DE 经 AB

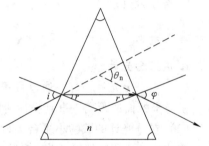

图 S46-5　用最小偏向角法测折射率

面折射后进入三棱镜，再经 AC 面折射沿 FG 方向出射。

入射光 DE 与出射光 FG 之间的夹角 θ 称为偏向角，θ 的大小随入射角 i 而改变，可以证明：$i=\varphi$ 时，偏向角 θ 具有极小值，用 θ_0 表示，此时光线 OR 与三棱镜底边 BC 平行，入射光与出射光的光路对称，棱镜的折射率 n，棱镜顶角 A 和最小偏向角 θ_0 有如下关系：

$$n = \frac{\sin \dfrac{A + \theta_0}{2}}{\sin \dfrac{A}{2}} \tag{S46-5}$$

用分光计测出 A 和 θ_0 的值，就可由式（S46-5）求得棱镜材料的折射率。

由于物质的折射率 n 是波长 λ 的函数，即 $n=f(\lambda)$。由式（S46-5）看出，当含有不同波长 λ 的复色光经三棱镜后，具有不同的折射率，因而具有不同的最小偏向角，在出射光方向将看到不同颜色的彩带，即色散现象。折射率 n 与 λ 之间的关系曲线称为色散曲线。$\mathrm{d}n/\mathrm{d}\lambda$ 称为色散率，用以描述介质的色散特性。当波长增加时，折射率和色散率都减少的色散称为正常色散，正常色散的描述由何西于 1836 年首先提出，称柯西方程，即

$$n = A + \frac{B}{\lambda^2} + \frac{C}{\lambda^4} \tag{S46-6}$$

这是一个经验公式，式中 A、B、C 为常数，决定于所研究的介质特性。对于每一种物质，这些常数都必须由实验来确定，方法是：测出至少三个已知波长的 n 值，代入式（S46-6），由多元线性回归的方法，求解 A、B、C 的数值。

当波长间隔不太大时，式（S46-6）只须取前两项就够了，即

$$n = A + \frac{B}{\lambda^2} \tag{S46-7}$$

此时，用一元线性回归法就可求出 A 和 B 的值，由式（S46-7）可以求得色散率为 $-\dfrac{b}{\lambda^3}$，它反映了棱镜的色散光谱是非均匀的。

不同介质具有不同的色散曲线。色散在不同的光学仪器中所起的作用不同。如照相机、显微镜等的镜头要求色散小，以减小色差；而摄谱仪、单色仪等仪器则要求棱镜的色散大，以使各种波长的光分得较开，以提高仪器的分辨本领。

【实验仪器】

1. 分光计；2. 三棱镜；3. 毛玻璃；4. 待测液体；5. 钠光灯；6. 平面反射镜；7. 白炽灯；8. 高压汞灯。

【实验步骤】

1. 调节分光计

（1）点亮分光计小灯，通过目镜观察望远镜坐标是否清晰，若不清晰就旋动目镜以改变目镜与坐标面的距离，直到坐标清晰可见。

（2）在分光计的载物小平台上放置三棱镜，调节小平台的水平调整螺丝以及望远镜的水平调整螺丝，让三棱镜 AC 面反射回来的十字叉丝像与坐标原点重合。然后前后伸缩望远镜的镜筒（B 筒），使十字叉丝像清晰可见，此时表明分光计的望远镜已聚焦于无穷远，载

物平台的转轴与望远镜的光轴已基本垂直，经指导教师检查以后，可进行后面的测量。

2. 测固体（三棱镜）的折射率

点亮钠光灯并将它放置在棱镜 AB 面的延长线方向上（参见图 S46-3）。然后用一块毛玻璃横加在棱镜角 B 处使之形成扩展光源，这时，把眼睛靠近 AC 面观察出射光即可发现半明半暗的视场，转动望远镜至此方向，使明暗分界线对准坐标，记下游标读数。然后转动望远镜至 AC 面法线方向，让 AC 面反射回来的十字叉丝像对准坐标，再记下游标读数，重复三次取平均值算出极限角 φ，连同 $A = 60°$ 一并代入式（S46-3）求出棱镜材料的折射率。

3. 测液体（蒸馏水）的折射率

将待测液滴一、二滴在棱镜的 AB 面上，用毛玻璃轻轻夹住（注意应使毛粗面朝液体），使之成为一均匀薄膜，参见图 S46-4。适当调节钠光源在 AB 面的延长线方向，并用望远镜在棱镜的 AC 面范围内寻找明暗视场的分界线，找到明暗分界线后，按前述的方法记录数据并算出极限角 φ，然后连同 $A = 60°$ 以及上一步求出的棱镜折射率 n 一并代入式（S46-4）求出液体折射率 n_x。（注意式中正负号的选取。）

4. 测棱镜材料的色散曲线

用高压汞灯做光源，测量 10 条（至少 3 条）谱线的最小偏向角 θ_0，操作光路如图 S46-6 所示。

（1）棱镜的放置位置如图 S46-6 所示。注意应使入射平行光尽可能多地照射到棱镜的折射面上。转动望远镜和棱镜台，直至望远镜和平行光管二光轴对称于棱镜的底边，如位置 I（见图 S46-6）。此时可从望远镜中看到汞灯的光谱线，即不同颜色的狭缝像。

（2）固定主尺，转动棱镜台，使待测谱线往入射光方向移动，此时偏向角减小。转动望远镜跟踪谱线，直至当棱镜台转到某一位置时，谱线开始向相反方向回转，即偏向角开始增大，这个转折点即为该谱线的最小偏向角位置。

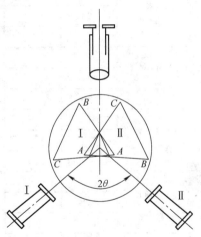

图 S46-6　测棱镜材料的色散曲线

（3）反复转动棱镜台和望远镜，找到待测谱线开始反向回转的确切位置。固定望远镜并微调望远镜，使分划板竖直线对准待测谱线的中间且无视差，记下两个窗口的读数 α_I 和 β_I。

（4）旋转棱镜台和望远镜至位置 II（图 S46-6）。用相同方法找到该谱线的最小偏向角位置，记下两窗口读数 α_{II} 和 β_{II}。此时，望远镜所转过的角度即为最小偏向角的 2 倍。

【数据处理】

1. 测固体（三棱镜）的折射率

将所测数据记录于表 S46-1 中，并计算钠光黄色谱线下棱镜材料的折射率。

表 S46-1　测固体（三棱镜）的折射率　　　　　　　　　　$A =$

谱线/nm	次数	α_I	β_I	α_{II}	β_{II}	φ	$\bar{\varphi}$	n
589.3 黄色	1							
	2							
	3							

2. 测液体（蒸馏水）的折射率

将所测数据记录于表 S46-2 中，并计算钠光黄色谱线下蒸馏水的折射率。

表 S46-2　测液体（蒸馏水）的折射率　　　　　　　　　　　　$A=$

谱线/nm	次数	α_I	β_I	α_{II}	β_{II}	φ	$\bar{\varphi}$	n_x
589.3 黄色	1							
	2							
	3							

3. 测棱镜材料的色散曲线

将所测数据记录于表 S46-3 中，做出 $n-\lambda$ 曲线（可用 Origin 软件处理数据，也可用坐标纸画出），采用多元回归算法，算出柯西方程中的 A、B、C。

表 S46-3　测棱镜材料的色散曲线　　　　　　　　　　　　$A=$

谱线/nm	次数	α_I	β_I	α_{II}	β_{II}	θ_0	$\overline{\theta_0}$	n
435.8（强）蓝紫	1							
	2							
	3							
491.6（中）蓝绿	1							
	2							
	3							
496.0（中）蓝绿	1							
	2							
	3							
546.1（强）绿	1							
	2							
	3							
577.0（强）黄	1							
	2							
	3							
607.3（弱）红	1							
	2							
	3							
612.3（弱）红	1							
	2							
	3							
623.4（中）红	1							
	2							
	3							
690.7（弱）深红	1							
	2							
	3							

【思考与讨论】

（1）用极限法测固体和液体的折射率时，为什么一定要用扩展光源？

（2）如果待测液体的折射率大于棱镜的折射率，能否用极限法测定该液体的折射率？为什么？

（3）调节分光计时，望远镜调焦至无穷远是什么含义？为什么当在望远镜视场中能看到清晰且无视差的绿十字像时，望远镜已调焦至无穷远？

（4）放置玻璃三棱镜时，小平台的高度要合适，"合适"指什么？要达到什么目的？

第9章　近代物理实验

实验 47　光电效应测普朗克常数

【实验目的】

（1）通过对实验现象的观测与分析，了解光电效应的规律和光的量子性。

（2）观测光电管的弱电流特性，找出不同光频率下的截止电压。

（3）了解光的量子理论与波动理论，并验证爱因斯坦方程进而求出普朗克常数。

【实验原理】

用一定频率的光照射在某些金属表面时，会有电子从金属表面飞逸出来，这一物理现象称为光电效应，逸出的电子称为光电子，光电子作定向运动形成的电流称为光电流。图 S47-1 是用光电管进行光电效应实验并测量普朗克常数的实验原理图。

当频率为 ν、发光强度为 P 的光照射到金属材料制成的光电管阴极 K 上时，即有光电子从阴极 K 上逸出。在 A、K 之间加上一定电压 U_{AK}，光电子从 K 到 A 的定向运动形成光电流 I_{AK}。而光电流 I_{AK}、电压 U_{AK} 与入射光频率 ν 和发光强度 P 之间有如下实验规律：

第一，饱和光电流 I_H 与发光强度成正比。I_{AK} 与光电管两端电压 U_{AK} 之间的伏安特性可由图 S47-2 表示。

第二，光电效应存在着一个截止频率 ν_0（或称阈频率）。当入射光的频率低于截止频率 ν_0 时，无论发光强度有多大，都不会产生光电效应（图 S47-3）。

第三，反向截止电压 U_S（使光电流减少为零的反向电压

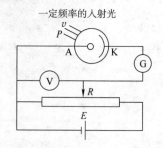

图 S47-1　光电效应实验原理图
A—光电管阳极　K—光电管阴极
G—微电流测试仪　V—电压表
R—调压电位器　E—电源

值）的存在，说明光电子逸出金属表面时有一定的最大初动能。从图 S47-3 可以看出，U_A-ν 的关系曲线为一直线。说明光电子的动能与光强无关，但与入射光的频率 ν 成线性关系。

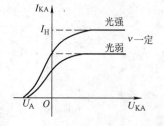

图 S47-2　光电管伏安特性曲线

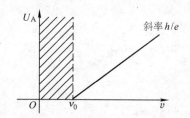

图 S47-3　截止频率 ν_0 的存在

第四，一经光照射（$\nu > \nu_0$），立即产生光电流。说明光电效应是瞬时效应。

以上这些实验规律无法用经典的光的电磁理论加以解释。1905 年，爱因斯坦受普朗克量子假设的启示，提出了"光量子"或"光子"的概念。把一束频率为 ν 的单色光看成是一束以光速 c 运动的光子流，每个微粒具有能量 $h\nu$，h 就是普朗克常数（其公认值为 $h = 6.626176 \times 10^{-34} \text{J} \cdot \text{s}$）。

按照爱因斯坦理论，光电效应的实质是光子和电子相碰撞时，光子把全部能量传给电子。电子所获得的能量，一部分用来克服金属表面对它的束缚，其余的能量则成为该光电子逸出金属表面后的动能。所以用频率为 ν 的单色光投射到金属表面（阴极 K 上）时，受到金属表面束缚的自由电子会一次性地吸收一个光子能量 $h\nu$。如果这个能量足够使它从金属表面逃逸出来，则将其中的一部分用来克服金属表面的束缚，用逸出功 A 来表示；剩余的另一部分能量成为它逸出金属表面后具有的最大初动能 $\frac{1}{2}mv_{\max}^2$。按照能量守恒定律，爱因斯坦光电效应方程为

$$h\nu = \frac{1}{2}mv_{\max}^2 + A = E_{\text{K}} + A \tag{S47-1}$$

式中，h 为普朗克常数；m 为电子的质量；v 为光电子逸出金属表面时的初速度；逸出功 A 是只与金属材料本身属性有关的一个常数。所以光电子初动能与频率 ν 成线性关系，而与光照强度无关。由 $E_{\text{K}} = h\nu - A$ 可知，要使光电效应能够产生，必须光电子初动能大于或等于零，即

$$h\nu - A > 0 \text{ 或 } \nu \geqslant \frac{A}{h}, \nu_0 = \frac{A}{h} \tag{S47-2}$$

当 $\nu < \nu_0$ 时，不可能产生光电效应。产生光电效应的最低频率是 ν_0，通常称之为光电效应的截止频率 ν_0。各种不同金属材料的逸出功 A 不同，所以不同金属材料的截止频率 ν_0 也不相同。爱因斯坦的"光量子"理论和光电效应方程圆满地解释了光电效应的实验规律。但要证明其正确性，必须经过实验验证。经过许多科学家十年的艰苦工作，最后由密立根在 1915 年验证了爱因斯坦方程的正确性，并准确测定出普朗克常数。

按照爱因斯坦理论，光的强弱取决于光量子的多少，所以光电流与入射光的强度成正比。又因一个光电子只能吸收一个光子的能量，所以光电子的能量与光强无关。由于要验证光电效应方程式并测出普朗克常数 h，就要验证光电子初动能和入射光频率 ν 成线性关系，并测出该线性关系直线的斜率。考虑到微观电子初动能的测量困难，则将此力学量转换成相关的电学量来测量。此法称为"减速电压法"。实验原理仍如图 S47-1 所示。用一个可以测量电压的电场对从 K 到 A 运动的光电子作负功，其作功的多少即可表示光电子具有的初动能大小。在阴极 K 和阳极 A 之间加上反向电压，阻止光电子从 K 到 A 的运动。反向电压越大，正向光电流越小；当反向电压增加到某一数值（截止电压 U_{A}）时，光电流降为零。表明具有最大初动能的光电子都不能从阴极 K 到达阳极 A。这时电场力作的功 $E_{U_{\text{A}}}$ 就等于逸出光电子的最大初动能。其中 e 为电子电荷量。

$$eU_{\text{A}} = \frac{1}{2}mv_{\max} = E_{\text{K}} \tag{S47-3}$$

将式（S47-1）和式（S47-2）代入式（S47-3），可得

$$U_{\text{A}} = \frac{h}{e}\nu - \frac{A}{e} = \frac{h}{e}\nu - \frac{h}{e}\nu_0 \tag{S47-4}$$

U_A-ν 的关系曲线如图 S47-3 所示。

对同一只光电管，用若干种不同频率的单色光分别照射它的阴极 K，并测得各种光照频率的伏安特性曲线，再由这些实验曲线来确定各种频率对应的截止电压 U_A，然后作 U_A-ν 关系曲线，如果它为一条直线，就验证了爱因斯坦方程，由该直线的斜率 k 则可求出普朗克常数 h 为

$$h = ek \tag{S47-5}$$

实际测量的光电管伏安特性曲线与理想的有所不同（见图 S47-4）。这主要是 A、K 之间存在反向暗电流和阳极 A 的反向发射电流的影响，使理论曲线下移的结果。

图 S47-4 中，曲线③为暗电流。这主要是无光照射光电管时，反向电压也会促使少部分电子从阳极 A 到达阴极 K。另外，常温下的热电子发射和极间漏电等都会形成反向暗电流。暗电流与反向电压值基本成线性关系。曲线④为阳极发射电流。阳极 A 上往往会溅射有阴极材料，投射于阴极上的光会散射到阳极 A 上，使阳极 A 上也逸出小部分光电子。反向电压对这部分光电子起加速作用，从而使 A、K 之间形成另一部分反向电流。当电压值达到一定数值后，形成反向饱和电流（曲线④的水平部分）。

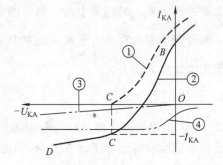

图 S47-4　光电流曲线

暗电流和阳极发射电流都是负向电流，它们都叠加在正向光电流①上，从测试仪表上反映出来。这样，在实际测量中，截止电压 U_A 并不是出现于 $I_{AK} = 0$ 的地方，而是出现于叠加以后的某一反向电流（$-I_{AK}$）的转折点 C 上。截止电压的准确判定，必须根据实测曲线②的陡峭部分（电流随电压变化较快的 BC 曲线部分）和平缓部分（电流随反向电压加大几乎不变的 CD 部分）的交汇处来确定。

【实验内容一】

1. 实验仪器

THQPC-1 型普朗克常数测定仪。

2. 实验内容及步骤

（1）测试的准备

1）安放好仪器，用随机附带的屏蔽线将测定仪的"电流输入"端和"电压输出"端分别连接至电管暗盒上的"K"、"A"端。

2）用转盘遮住光孔，接通电源，让微电流测定仪预热 20～30min，汞灯预热 5min 以上。

3）预热充分后，先调整零点，后校正满度（100μA）。

4）光源与暗盒距离取 35～45cm，并选用 φ5mm、φ10mm、φ20mm 中任意一个孔光栅。

（2）测量光电管的 I-U 特性

1）让光源射出孔对准暗盒窗口；测量放大器"倍率"旋钮置"×10^{-11}"。转动转盘选取合适的滤色片使光进入暗盒，"电压调节"从 −2V 调起，缓慢增加先观察一遍不同滤色片下的电流变化情况，记下电流明显变化的电压值以便精确测量。

2）在粗测的基础上进行精确测量。从短波长起逐次选取滤色片，仔细读出不同频率的

入射光照射下的电流。并记入表 S47-1（在电流开始变化的地方多读几个值）。

表 S47-1　测量光电管的 *I-U* 特性

距离 *L* =　　cm　　光孔 *φ* =　　mm

365nm	U_{KA}/V								
	$I_{KA}/(\times 10^{-10} A)$								
405nm	U_{KA}/V								
	$I_{KA}/(\times 10^{-10} A)$								
436nm	U_{KA}/V								
	$I_{KA}/(\times 10^{-10} A)$								
546nm	U_{KA}/V								
	$I_{KA}/(\times 10^{-10} A)$								
577nm	U_{KA}/V								
	$I_{KA}/(\times 10^{-10} A)$								

3. 数据处理

（1）作 *U-I* 关系曲线

由表 S47-1 数据，用 Excel 中的"图表向导"作出不同频率下的 *U-I* 关系曲线，并从中找出截止电压 U_A，并记入表 S47-2 中。

表 S47-2　从 *U-I* 关系曲线求截止电压 U_A

波长/nm	365	405	436	546	577
频率/（$\times 10^{14}$ Hz）	8.22	7.41	6.88	5.49	5.20
U_A/V					

（2）作 U_A-*ν* 关系曲线

由表 S47-2 的数据，用 Excel 中的"图表向导"作出不同频率下的 U_A-*ν* 关系曲线，观察其线性，并求出直线的斜率。

（3）由求出的直线的斜率，根据式（S47-5）计算出普朗克常数 *h*，并与公认的值做比较，计算其相对误差。

【实验内容二】

1. 实验仪器

GD—1 型光电效应测试仪由 5 部分组成，简介如下。

（1）GDh—45 型光电管：阳极为两块镍板，阴极为不透明锑钾铯（Te—K—Se），光窗为石英侧窗式，光谱响应范围 1900 ~ 7000Å，峰值波长为（4000 ± 200）Å，工作电压 30V 时，阴极灵敏度约为 10^{-11} A。

为了避免杂散光和外界电磁场对弱光电信号的干扰，光电管放置在铝质暗盒中，暗盒窗口的光阑孔为 *φ*16mm，可放置 *φ*36mm 的各种带通滤色片和中性减光片。暗盒的背面为接线面板，如图 S47-5 所示。

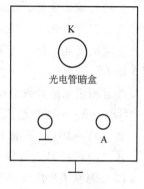

图 S47-5　光电管暗盒

（2）光源采用 GGQ—50WHg 仪器用高压汞灯。

（3）滤色片：是一组外径为 ϕ36mm 的宽带通型有色玻璃组合滤色片，具有滤选 3650Å、4047Å、4358Å、5461Å 和 5770Å 等谱线的能力。选用谱线波长及其透过率如表 S47-3 所示。

表 S47-3　滤色片性能表

型　号	NG365	NG405	NG436	NG546	NG577
选用波长/Å	3650	4047	4358	5461	5770
透过率（％）	48	40	20	30	25

（4）中性减光片：是三块一组外径为 ϕ36mm 的中性减光片。光通过减光片后，光强将减弱。在单色光为 5770Å 时，其减光率分别可达 25％、50％ 和 75％，其减光性能如表 S47-4 所示。

表 S47-4　减光片减光性能表

相对透过率　　规格 光谱波长/Å	75%	50%	25%
3650	64.4	40.1	17.6
4047	69.8	42.9	19.1
4358	70.7	44.0	19.5
5461	75.6	47.8	23.0
5770	75.8	48.7	23.9

（5）GD—1 型微电流测试仪：面板如图 S47-6 所示，电流测量范围为 0.1μA～199.9μA，分辨率为 0.1μA。机内设有稳定度≤1％，−3V～+3V，−15V～+15V，−30V～+30V 精密可调的光电管工作电源，最小分度值为 0.1V 和 1V。微电流测试仪可连续工作 10 小时以上。

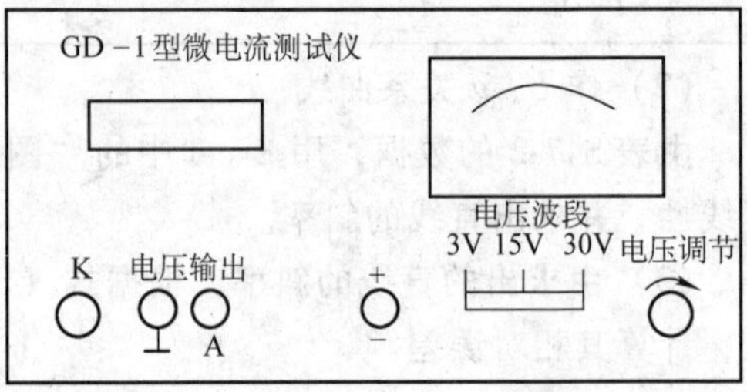

2. 实验内容及步骤

（1）测量 I-U 伏安特性曲线

图 S47-6　GD—1 型微电流测试仪面板图

将挡光盖盖住光源出光孔，把暗盒入光孔套架上挡光盖取下来，换上滤色片，再从光源出光孔上取下挡光盖，顺时针旋转"电压调节"旋钮，使电压由 −3V 逐渐升高到 30V，观察光电流的变化，记下一组 I-U 值，由短波到长波逐次换上 5 种不同波长的滤色片，这样可记 5 组 I-U 值。

注意测量点应合理分配，具体为：

①　−3V～0V，电流开始变化（急剧变化）时细测几个点（间隔 0.1V 或 0.2V）。

②　0V～10V，每隔 1V 记一个电流值。

③　10V～30V，每隔 5V 记一个电流值。

（2）测量 I-P 特性（光电特性）曲线

把 577 型滤色片装在暗盒光窗上，电压由 0V 升到 30V，记下饱和电压值，我们可视之为透光率为100%的情况，还可测出透光率分别为75%、50%和25%的三种情况，即将三块减光片分别装在光源出光口，电压都是从0V升到30V的。由此可观察饱和光电流与光的强度的关系。

3. 数据处理

（1）根据测量数据作出5种不同频率的照射光所对应的 I-U 伏安特性曲线，由此确定5种不同频率的照射光所对应的截止电压值 U_A，数据记入表 S47-5 中。

表 S47-5　不同频率的照射光所对应的截止电压值

$\lambda/\text{Å}$	3650	4047	4358	5461	5770
$\nu \times 10^{14}\,\text{Hz}$	8.22	7.41	6.88	5.49	5.20
$\mid U_A \mid /\text{V}$					

（2）数据拟合：

1）作图法

作出 U_A-ν 的实验直线，求此直线的斜率 k；计算普朗克常数 $h = ek$（与公认值进行比较，计算相对不确定度）；该直线与横轴的交点即"红限"频率 ν_0。

2）最小二乘法

根据最小二乘法求出直线方程 $U_A = a + k\nu$，普朗克常数 $h = ek$，"红限"频率 $\nu_0 = \mid a \mid /k$，计算不确定度、表达实验结果。

（3）根据测量数据作出不同照度下 I-U 伏安特性曲线和 I-P 特性（光电特性）曲线。

【实验内容三】

1. 实验仪器

GP—1A 型普朗克常数测定仪一套（包括以下四大部分：① GDh—1 型光电管、②GGQ—50WHg 型高压汞灯及配套电源、③NG 型滤色片一套、④GP—1 型微电流测量放大器一台）。

实验仪器简介：

（1）GDh—1 型光电管：阳极为镍圈，阴极为银—氧—钾（Ag—O—K）平板，光谱范围 3400～7000Å，光窗口为无铅多硼硅玻璃，最高灵敏波长是（4100±100）Å，阴极光灵敏度约 1μA/Lm，暗电流约 10^{-12} A。为了避免杂散光和外界电磁场对微弱光电流干扰，光电管安装在铝质暗盒中，暗盒窗口可以安放 ϕ5mm 的光阑孔和 ϕ36mm 的各种带通滤色片。

（2）光源采用 GGQ—50WHg 仪器用高压汞灯，在 3203～8720Å 的光谱范围内采用 5 条相对较强的谱线可供实验使用，其波长与相对强度如表 S47-6 所示。由于谱线相隔都较远，所以经过滤光片（吸收）后就可以得到相当好的单色光。

表 S47-6　谱线的波长与相对强度

波长/Å	3650	4047	4358	5461	5770
相对强度	500	300	500	200	200

（3）NG 型滤色片：是一组外径为 ϕ36mm 的宽带型有（着）色玻璃组合滤色片，它具有滤选 3650Å、4047Å、4358Å、5461Å、5770Å 等谱线的能力，它们的透光性能如表 S47-7

所示。

表 S47-7　NG 型滤色片的透光性能

型号	NG365	NG405	NG436	NG546	NG577
选通波长/Å	3650	4047	4358	5461	5770
透过率（%）	48	40	20	30	25

（4）GP—1A 型微电流测量放大器：电流测量范围在 $10^{-6} \sim 10^{-13}$A，分六挡十进变换，机后配置输出端子（满度输出 50mV）以便与了函数记录仪器配合，机内附有稳定度≤1%、$-3 \sim -3$V 精密连续可调的光电管工作电源；电压量程分 0V ~ ±1V ~ ±2V ~ ±3V 六段读数，读数精度 0.02V；为配合 X—Y 函数记录仪自动描绘出光电管的 I-U 特性曲线，机内设有幅度为 3V、周期约 50s 的锯齿波，而且锯齿波可分 $-3 \sim 0$V、$-2.5 \sim 0.5$V、$-2.0 \sim 1.0$V、$-1.5 \sim 1.5$V 等四段平移，以适应不同性能的光电管。

（5）由于高压汞灯是由 50Hz 的市电供电，所以光强是交变的，频率为 100Hz，因而光电流也以 100Hz 的频率在改变。为了避免暗电流和本底电流的影响（它们都是直流量），微电流放大器采用了交流放大器来放大光电流。

2. 实验内容及步骤

（1）预热准备

将微电子流测量放大器的各个旋钮、开关置于下列位置："倍率"置于"短路"、"电流极性"置于"－"、"工作选择"置于"DC"、"电压极性"置于"－"、"电压量程"置于"－3"、"扫描平移"任意、"电压调节"逆时针旋到最小。最后，接通微电流放大器电源和汞灯电源，让其预热 20 ~ 30min。

（2）"零点"和"满度"校正

微电流放大器充分预热后，将"倍率"开关依次拨到 $\times 10^{-2} \sim \times 10^{-5}$ 各挡，同时旋动"零点"旋钮将电流表指示调到零。然后将"倍率"开关拨到"满度"挡，再旋动"满度"旋钮将电流表指示调到 100μA 位置，多次重复上述调节，直到"零点"和"满度"指示正确时为止。

（3）测量光电管的暗电流

连接好光电管暗盒与微电流放大器之间的所有连线（即屏蔽电缆 K、阳极电源 A 和地线）。将放大器倍率开关拨到"$\times 10^{-5}$"挡，然后顺时针缓慢旋动"电压调节"旋钮并适当地改变"电压量程"和"电压极性"开关，仔细记录不同电压下的暗电流数值（电流值 = 倍率×电表读数×μA），要求在 $-3 \sim \pm 3$V 电压范围内每隔 0.5V 记录一次暗电流值，然后以 U 为横坐标，暗电流值 I_0 为纵坐标，作出 U-I_0 的函数图。

注意：测量暗电流时，光电管暗盒的入射窗口要用遮光罩盖住，以防止室内杂散光进入光电管引起暗电流增大。另外，测量过程中当"电压量程"置于"±1V"挡时，若"电压极性"开关在"－"挡，则电表指示范围为 $-1 \sim 0$V，若开关拨到"＋"挡，则电表指示范围为 $0 \sim +1$V。

（4）测量光电管的 $I \sim U$ 特性

1）粗测

让光源出射孔对准暗盒窗口，并使暗盒距光源 30 ~ 50cm，将微电流放大器的"倍率开关”拨到"×10⁻⁵"挡,"电流极性"开关拨到"+"挡,取去暗盒的遮当罩并换上滤色片。"电压调节"从 -3V 调起,缓缓增加。先观察一遍不同滤色片下的光电流变化情况;注意光电流从零开始上升时的"电流抬头点"所对应的电压值 U_A,粗略记下各种滤色片所对应的 U_A 值,以便作进一步精测。

2)细测

有了粗测结果作为基础,下面就可以进行精测记录了,首先可将"电压调节"的范围缩小到 U_A 附近 0.5V 左右,初步定出每一种滤色片所对应的电压测量范围,然后按波长顺序小心地逐次更换滤色片,仔细读出每一种波长入射光照射下的光电流,要求在设定的电压测量范围内每隔 0.1V(或 0.05V)就记录一次光电流值,然后以 U 为横坐标、I 为纵坐标,在标准坐标纸上仔细作出光电管的 I-U 特性曲线(共 5 条),从曲线中认真找出光电流从零开始增加时的"抬头点",进而精确定出与各"抬头点"对应的截止电压 U_A,然后将 U_A 值填入表 S47-8。

表 S47-8　截止电压 U_A

波长/Å	3650	4047	4358	5461	5770
频率/（×10¹⁴ Hz）	8.22	7.41	6.88	5.49	5.20
U_A/V					

(5)计算普朗克常量 h

利用表 S47-8 中的数据,以频率 ν 为横坐标、截止电压 U_A 为纵坐标,适当选取坐标刻度,在标准坐标纸上作出 U_A-ν 关系曲线。如果光电效应遵从爱因斯坦方程曲线,则 $U_A = f(\nu)$ 关系曲线应该是一根直线。求出直线的斜率 $\tan\theta = \Delta U_A / \Delta\nu$,求出普朗克常量 h,并将所得结果与公认值 $h = 6.626 \times 10^{-34}$ J·s 比较。

【思考与讨论】

(1)写出爱因斯坦方程,并说明它的物理意义。

(2)实测的光电管的伏安特性曲线与理想曲线有何不同?

(3)当加在光电管极间的电压为零时,光电流却不为零,这是为什么?

(4)实验结果的精度和误差主要取决于哪几个方面?

实验 48　阿贝成像原理和空间滤波

【实验目的】

(1)熟悉阿贝成像原理,进一步了解透镜孔径对成像的影响。

(2)加深对傅里叶光学中空间频谱和空间滤波等概念的理解。

(3)初步了解简单的空间滤波在光信息处理中的实际应用。

【实验原理】

近二十年来,波动光学的一个重要发展,就是逐步形成了一个新的光学分支——傅里叶光学。把傅里叶变换引入光学，在形式和内容上都已成为信息光学发展的起点，全息术和光学信息处理，作为傅里叶光学的实际应用发展极为迅速。

阿贝早在 1873 年研究显微镜成像原理时就指出，在相干光照明下，透镜成像可分为两个步骤：第一步是通过物的衍射光在透镜的像方焦面上形成一组衍射图标，这些衍射图标称为物的空间频谱；第二步则是各个频谱分理的再组合，使之在像平面上得到原物的像。阿贝的二次衍射成像，实质上就是两次傅里叶变换。

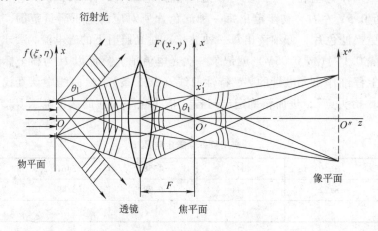

图 S48-1　阿贝成像原理图

设 $f(\zeta,\eta)$ 代表物平面上光场的复振辐分布，如图 S48-1 所示，首先，依照惠更斯-菲涅耳原理，在透镜像方焦面上的复振辐分布 $F(x,y)$ 将为 $f(\zeta,\eta)$ 的付里叶变换，即

$$F(x,y) = \iint f(\zeta,\eta)\,\mathrm{e}^{-12\pi(\nu_{xy}+r,n)}\,\mathrm{d}\zeta\mathrm{d}\eta \tag{S48-1}$$

式中

$$V_x = x/F\lambda,\ V_y = y/F\lambda \tag{S48-2}$$

为 x、y 方向的空间频率，量纲为 L^{-1}；F 为透镜的像方焦距；λ 为光波的波长。$F(x,y)$ 也称为光场的频谱函数，透镜的像方焦面则称为频谱面或付氏面，并且 $f(\zeta,\eta)$ 是 $F(x,y)$ 的逆付里叶变换，即

$$f(\zeta,\eta) = \iint_{-\infty} F(x,y)\,\mathrm{e}^{12\pi(y_x\zeta+y_x\eta)}\,\mathrm{d}\nu_x\mathrm{d}\nu_y \tag{S48-3}$$

可见它们是对同一光场分布的两种本质上等效的描述。

然后，再以频谱为物，则由于二次衍射，可以证明，在像平面上的复振辐分布 $f(\zeta^1,\mu)$ 恰为 $F(x,y)$ 的又一付里叶变换，即

$$f^1(\zeta,\eta) = \iint_{-\infty} F(x,y)\,\mathrm{e}^{12\pi(y_x\zeta+y_x\eta)}\,\mathrm{d}\nu_x\mathrm{d}\nu_y \tag{S48-4}$$

比较式（S48-4）和式（S48-3），可得

$$f^1(\zeta^1,\eta^1) = (F\lambda)^2 f(\zeta,\eta) \tag{S48-5}$$

这样，经过两次衍射过程，第一次衍射将物光场的空间分布变换成空间频谱，第二次则又经一次变换将空间的频谱分布还原为像场的空间分布；结果是物平面和像平面上共轭点的复数振辐之比是常数，亦即像平面光振动的实数振辐和相位分布和物平面上的分布完全对应，因而像与物在几何上一致（可能有放大或缩小）。

图 S48-1 显示了成像的这两个步骤。为了简便起见，假设物是一个一维光栅，光栅常量

为 d，即 $f(\zeta)$ 是一个空间的周期性函数，其空间频率为 ν_0（即 $\nu_0 = 1/d$），当波长为 λ 的单色平行光照明光栅时，则其光振辐分布可展开成级数

$$f(\zeta) = \sum_{\eta = -\infty}^{\infty} F_\eta e^{12\pi i x_\eta \zeta}$$

相应的空间频率分布为 $\nu = 0$，ν_0，2，$\nu_0 \cdots$，它们是不连续的；相当于在透镜像方焦面上形成的衍射条纹中的零级、一级、二级……主极大。这是由于经衍射后，物光波分解成许多分立的、具有不同空间频率的衍射分量，每一个分量则相应于沿一定方向传播的平行光束，经透镜聚焦后，形成衍射条纹，衍射角越大，衍射级次越高，空间频率也越高。然而当代表不同空间频率的光束又重新在像平面上叠加后，则复合构成原物（光栅）的实像。

一般说来，像和物不可能完全一样，这是由于成像透镜的孔径是有限的，总有一部分衍射角度较大的高频信息不能进入透镜而被丢弃，使像的信息少于物的信息。因此，透镜作为最简单的成像系统，就成像光束的空间频率来说，是一个低通滤波器，当物光栅很密，或透镜通光孔很小时，则物光波中相应于一级衍射极大的分量（其空间频率即为光栅的频率 ν_0）也不能通过透镜，这时像平面上将得不到物光栅的像。但是高频信息主要是反映物体的精细结构的，如果高频信息因受阻而不能到达像平面，则像无论怎样被放大，也不可能在像平面上显示出这些细节。这就是光学仪器的分辨率受到限制的根本原因。

如果在透镜像方焦面上人为地插入一些滤波器（吸收板或移相板），以改变焦平面上不同空间频率的光振辐和相应的分布，就可以根据需要改变频谱以至像的结构，这就是空间滤波。最简单的滤波器就是放置在透镜焦平面上的特种形状的光阑，它仅使一个或几个频率分量通过，而挡住其他的频率分量，从而使像质发生变化。观察这些像能使我们对空间付里叶变换和空间滤波有更明晰的概念。

【实验仪器】

1. 光具座；2. 氦氖激光器；3. 溴钨灯（12V、50W）；4. 薄透镜若干；5. 可变狭缝光阑；6. 可变圆珠笔孔光阑；7. 全息光栅三块；8. 光学物屏；9. 游标卡尺；10. 毛玻璃屏及白屏。

【实验内容及步骤】

1. 解释阿贝成像原理实验（一）

（1）共轴光路的调节，即首先调节细束激光平行于光具座导轨。

如图 S48-2 所示，将小圆孔光阑 D 插在光具座的滑块上，并靠近激光管的输出端。上、下、左、右调节激光管，使激光束能穿过小孔；然后将小孔移远，如光束偏离光阑，调节激光管的俯仰和侧转，再使激光束能穿过小孔。重新将小孔光阑移近激光管，反复调节，直至小孔光阑在光具座上平移时，激光束均能通过小孔光阑，则激光束已与光具座导轨平行。记录激光束在光屏上的照射点 O 的位置。

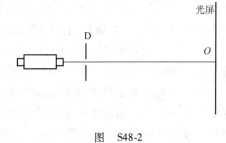

图　S48-2

在以下实验中逐个加入光学元件，使激光束通过各元件中心，即照射在光屏上的光斑中

心始终位于同一位置 O。

（2）将一个 30～50 条/mm 的一维光栅作物放在光具座上，用激光器发出的细锐光束垂直照射光栅。

（3）用一短焦距的薄透镜（焦距 6～10cm）组装一个放大的成像系统。调节透镜位置，使光栅狭缝清晰地成像在 4m 以外的白屏上，其光路如图 S48-3 所示，调节光栅，使屏上的条纹像沿竖直方向。

（4）此时物（光栅）的位置接近于透镜的物方焦面，故透镜的像方焦面就是其傅氏面，该面上的光强分布即为物的空间频谱。

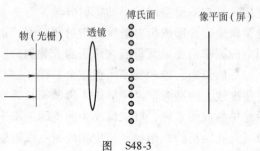

图　S48-3

将一块毛玻璃屏放在透镜像方焦面上，就可以看到水平排列的一些清晰光点，如图 S48-4a 所示，这些光点相应于光栅的 0、±1、±2、……级的衍射值大值。用尺（或游标卡尺）测出各光点与中央主极大亮点的距离 x，将 x、透镜焦距 F 及光波波长 λ 代入式（S48-2），求出这些光点相应的空间频率，并和物光栅的实际空间频率进行比较，求出它们之间的关系。

（5）在透镜方焦面处放一可调光阑作为空间滤波器。挡住 0 级以外的各光点，如图 S48-4b 所示，此时在屏上虽有足够的光强，但看不到光栅条纹像，为什么？

（6）调节光阑，使通过 0 级和 ±2 组以上的各光点，这时屏上有没有光栅条纹现象？记录所观察到现象。

（7）继续开大光阑，使 ±2 组或理解组的衍射都能通过，注意观察所成的像，并注意观察与仅有 0、±级极大值通过时所成的像的区别。

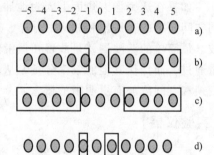

图　S48-4

（8）在傅氏面上用一光阑仅仅挡住 ±1 级，而保留 0 级以及 ±2 级以上极大值，如图 S48-4d 所示，观察屏上条纹像的宽度变换，可用游标卡尺测量 10 个条纹的宽度作比较，并说明变化的原因。

2. 解释阿贝成像原理实验（二）

（1）保留上述光路，用一个正交全息光栅代表上面的一维光栅，调节光栅，使条纹像分别处于竖直和水平的位置，这时在透镜像方焦面上可以观察到二维的分立光点阵（即正交光栅的频谱），而在像平面上则看到正交光栅的放大像，如图 S48-5a 所示。

（2）如果在透镜像方焦面上加一小的光阑作为空间滤波器，仅仅使中间轴上的光点通过，则在像平面上虽有光斑，但看不到图像，如图 S48-5b 所示。

（3）换用一可旋转的狭缝光阑作为空间滤波器，仅使竖直通过光轴的一系列光点通过，其他光点被挡住，则在像平面上只观察到水平条纹，而看不到竖直条纹，如图 S48-5c 所示。如将光阑绕轴转支 90°，则像平面上只看到竖直条纹而看不到水平条纹。

（4）再将狭缝光阑转过 45°，如图 S48-5d 所示，观察此时像平面上条纹分布的方位和条纹宽度的变化。

（5）用一圆屏光阑仅挡住中央零级光点，而使其他光点通过，观察像平面上强度分布的反转变化［与图 S48-5a 对比］。

（6）说明上述实验结果。

3. 空间滤波实验（一）

由无线电传真所得到的照片由许多有规律地排列的像元所组成，如果用放大镜仔细观察，就可看到这些像元的结构，能否去掉这些分立的像元而获得原来的图像呢？由于像元比图像要小得多，它具有更高的空间频率，因而这就成为一个高频滤波的问题，下面的实验可以显示这样一种空间滤波的可能性。

（1）将一个正交铜丝网和纸上透明的字重叠在一起，作为成像系统的物，铜丝网格密度约为 10 条/mm（或用丝绢），而字的笔划粗细约为毫米数量级，观察所得的放大像。

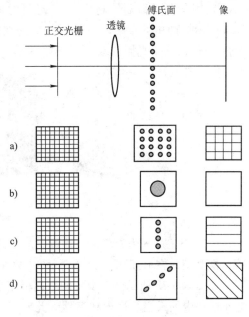

图 S48-5

（2）光路布置如图 S48-6 所示，用短焦距的扩束透镜 L_1 和准直透镜 L_2 组成倒装的望远系统，以获得截面较宽的平行光束照明物体。

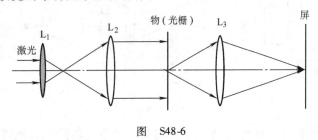

图 S48-6

如透镜 L_1 的焦距为 f_1，L_2 的焦距为 f_2，当调节 L_1 和 L_2 共焦时，其输出平行光束的截面将增大 $M = f_2/f_1$ 倍。

先调节两透镜共轴，再改变 L_2 的位置，用白屏检查，直至不论白屏移至何处，屏上光斑的大小没有变化，此时，从 L_2 输出的即为平行光束。

（3）用扩展后的激光照明物体，以透镜 L 将此物成像于较远处的屏上，则屏上出现带有网格的字样，由于网格为一周期性的空间函数，它的频谱是有规律排列的分立的点阵，而字迹是一个非周期性的低频信号，它的频谱就是连续的。

（4）将一个可变圆孔光阑放在 L 的第二焦平面上，逐步缩小光阑，直到除了光轴上一个光点以外，其他分立光点均被挡住，此时像上不再有网格，但是字迹仍然保留下来。

试从空间滤波的概念解释上述现象。

4. 空间滤波实验（二）：调制

调制就是以不同取向的光栅调制物平面上的不同部位，经过空间滤波以后，使像平面上各相应部位呈现不同的灰度（用单色光照明）或不同的色彩（用白光照明）。下面进行彩色调制实验。

（1）用全息照相方法制作一个调制的图像，即由不同取向的光栅组成的图像，如图 S48-7a 所示。图中的草地、房子、天空分别由三个不同取向的光栅组成（光栅条纹数约为 100 条/mm），三个光栅的取向各相差 60°。

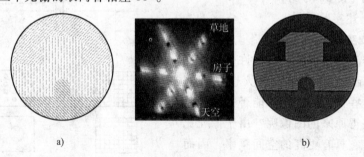

图 S48-7　θ 调制

（2）以溴钨灯 S 为光源，上述调制的图像为物，按图 S48-8 在光具座上布置光路，L_1 为聚光镜，物 P 就放在 L_1 后面，成像透镜 L_2 放在接近于傅氏面，P_2 平面上可以看到光栅的彩色衍射图，如图 S48-7b 所示。三个不同取向的衍射极大值是相应于不同取向的光栅，也就是分别相应于图像中的天空、房子和草地。此时这些衍射极大值除了 0 级没有色散以外，一级、二级、……都有色散。波长短的蓝光具有较小的衍射角，其次为绿光，而红光的衍射角最大。

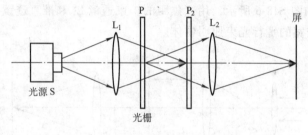

图　S48-8

（3）用小孔（或细缝）作空间滤波器，调节一对小孔在同一彩色衍射图上的位置，仅使相应于草地的一级衍射图上的绿光能透过 P_2 面，用同样办法，仅使相应于房子的一级衍射的红光和相应于天空部分的一级衍射的蓝光能透过 P_2 面，这时在屏上将出现蓝色的天空、红色的房子和绿色的草地的彩色图像。

（4）重新调整各滤波小孔在相应彩色衍射图上的位置，观察像面上图像假彩色的变化。

【思考与讨论】

（1）如何从阿贝成像原理来理解显微镜或望远镜的分辨率受限制的原因？能不能用增加放大率的办法来提高其分辨率？

（2）在解释阿贝成像原理实验（二）的步骤（5）中，用一光阑挡住二维光点阵中的 0 级光点，网格图像的强度分布为什么会发生反转变化？试解释之。

（3）如果有一张细节比较模糊的照片，能否通过空间滤波的方法加以改善？

（4）在调制实验中，物面上没有光栅的地方，原都是透明的，但像面上相应的部位却是暗黑的，为什么？

（5）要用钠光或白光进行阿贝实验，有何困难？实验光路应作何变动？

实验 49　夫兰克—赫兹实验

【实验目的】

（1）了解夫兰克—赫兹管的工作原理和使用方法。

（2）通过测定汞原子或氩原子的第一激发电位，证明原子能级的存在。

【实验原理】

玻尔发表的原子理论指出：原子只能较长久地处于一系列不连续的稳定的能量状态。在这些状态中，原子不辐射能量，也不吸收能量，具有分立的、确定的能量值，称为定态。原子的能量不论通过什么方式发生变化，它只能从一个定态跃迁到另一个定态。原子的跃迁伴随着辐射或吸收单色光波，光波的频率是一定的。当原子从一个具有较大能量 E_m 的定态跃迁到另一个较低能量 E_n 的定态时，原子辐射的单色光波的频率 ν_{nm} 由下式决定：

$$\nu_{nm} = \frac{E_m - E_n}{h} \tag{S49-1}$$

式中的 h 为普朗克量数，$h = 6.63 \times 10^{-34} \mathrm{J \cdot s}$。

原子在正常情况下处于基态（低能态），当原子吸收光波辐射或受到其他具有足够大的能量的粒子碰撞时，可由基态跃迁到能量较高的激发态。原子从基态跃迁到第一激发态所需要的能量通常称之为临界能量。

在本实验中，用具有一定能量的电子与原子相碰撞的方法进行能量交换，使原子从低能级向高能级跃迁。实验的具体做法是，将初速度为零的电子置于电位差为 U_0 的加速电场中，电子在加速电场的作用下将获得能量 eU_0。当具有这种能量的电子与稀薄气体的原子（例如汞原子）发生碰撞时，就会发生能量交换。如果以 E_1 表示汞原子在基态的能量，以 E_2 表示汞原子在第一激发态的能量，则当汞原子从电子获得的能量恰好为

$$eU_0 = E_2 - E_1 \tag{S49-2}$$

时，汞原子就会从基态跃迁到第一激发态。这时的加速电位差 U_0 称为汞原子的第一激发电位（或称汞的中肯电位）。只要在实验中测出这个电位差 U_0，就可以根据式（S49-2）求出汞原子的基态和第一激发态之间的能量差。其他元素的原子的第一激发电位也可参照这种方法进行测定。

图 S49-1 是夫兰克—赫兹实验的原理图。充有汞的夫兰克—赫兹管中，电子由热阴极 K 发出，并在阴极 K 和栅极 G 之间的加速电压 U_{GK} 的作用下做加速运动。在板极 A 和栅极 G 之间加以较小的反向电压（拒斥电压），使电子运动在此空间受到阻碍。若忽略空间电荷的分布，夫兰克—赫兹管内极间电位分布如图 S49-2 所示。

实验时要逐渐增加电压 U_{GK}，并仔细观察电流计中板极电流的变化情况。如果原子的能级确实存在，且基态和第一激发态之间确有确定的能量差，就可以做出如图 S49-3 所示的板流 I_A 随电压 U_{GK} 变化的曲线。由 I_A-U_{GK} 曲线可以看出汞原子在 KG 空间与电子进行能量交换的情况，并可找出以下规律：

（1）板极电流 I_A 不是单调上升，曲线中有若干极大值（峰值）与极小值（谷值）。

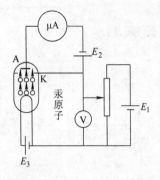

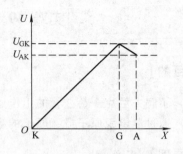

图 S49-1　夫兰克—赫兹实验原理图　　　　图 S49-2　夫兰克—赫兹管内极间电位分布

（2）相邻的两个极大值或者极小值所对应的电压 U_{GK} 的差值均为 4.9V，只有第一极大值点的电位稍大于 4.9V，这是由于夫兰克—赫兹管子的管脚与管座间存在接触电势差，使整个曲线发生平移。因此，出现峰值时对应的加速电压 U_{GK} 为

$$U_{GK} = a + nU_0 \qquad (S49\text{-}3)$$

式中 a 为接触电势差，U_0 为汞原子的第一激发电位，n 为峰序数。

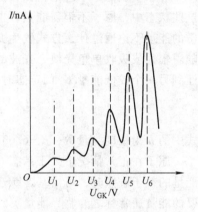

图 S49-3　I_A-U_{GK} 曲线

为什么会产生上述的规律性呢？

这是由于加速电压小于 4.9V 时，电子在 KG 空间被加速获得的能量较低，其具有的动能不足以使汞原子激发，只能与汞原子发生碰撞，碰撞后电子的能量损失很小，电子可穿过栅极 G 到达板极 A。随着 U_{GK} 的增加，这样的电子也增多，所以电流计中的电流指示单调上升。当 U_{GK} 达到 4.9V 时，那些在栅极附近与汞原子发生碰撞的电子的能量等于或大于 eU_0，能将汞原子从基态激发到第一激发态。由于发生碰撞，电子具有的动能大部分传递给了汞原子，这样的电子即使穿过了栅极也不能克服反向拒斥电场到达板极，所以板极电流明显下降，I_A-U_{GK} 曲线出现第一个谷值。

若加速电压 U_{GK} 继续增加并超过 4.9V 时，被加速的电子在没有到达栅极以前就可能有足够大能量与汞原子发生碰撞，碰撞后的电子还会被加速电压继续加速，穿过栅极并克服反向拒斥电场的作用到达板极，形成板极电流，所以电流计中的电流又显著地增加。当加速电压 $U_{GK} = 2 \times 4.9V$ 时，很多电子在 KG 空间可能与汞原子发生第二次碰撞，再次失去穿越反向拒斥电场的能力，于是板极电流出现第二次明显下降，I_A-U_{GK} 曲线出现第二个谷值。依次类推可知，凡是在 KG 空间，当加速电压 $U_{GK} = nU_0(n = 1，2，3，\cdots)$ 时，板极电流都会因电子与汞原子发生 n 次碰撞失去能量而出现下降，形成如图 S49-3 所示的 I_A-U_{GK} 曲线。从该曲线的相邻的两极大值（或极小值）之间 U_{GK} 的差值可求出汞原子的第一激发电位是 4.9V。

以上是充汞夫兰克—赫兹管内电子与汞原子的碰撞过程，若换用充有其他气体的夫兰克—赫兹管，电子与其他气体的原子碰撞过程与此完全相同。通过测绘 I_A-U_{GK} 曲线，同样可求出其他气体原子的第一激发电位。几种元素的第一激发电位见表 S49-1。

表 S49-1　几种元素的第一激发电位

元素名称	钾（K）	锂（Li）	钠（Na）	镁（Mg）	氩（Ar）	氖（Ne）	氦（He）
U_0/V	1.63	1.84	2.12	2.71	13.1	18.6	21.2

由于汞的第一激发电位较低，故在相同的 U_{GK} 范围内，I_A-U_{GK} 曲线上可得到较多的峰值，但用汞管做夫兰克—赫兹实验，需要对汞管加热，使汞滴变成汞蒸气，由于汞蒸气气压受温度影响较大，实验值也随温度的变化而变化，为了得到较好的实验结果，就必须对加热装置进行恒温控制。为了克服汞管的缺点，常采用充氖气（或氩气）的四极夫兰克—赫兹实验管来做该实验。因氖管（或氩管）在常温下管内气压变化不大，对实验值没有多大的影响，所以，可在常温下测出氖原子（或氩原子）的第一激发电位。

【实验仪器】

1. THQFH—1 型夫兰克—赫兹实验仪（含 F—H 管、扫描电源、微电流放大器等）；2. 慢扫描示波器。

（1）THQFH—1 型夫兰克—赫兹实验仪的供电

实验仪的后面板设有带保险丝管（1.5A）的 220V 单相交流电源三芯插座，另配有三芯插头电源线一根。箱内设有两只降压变压器，为电路板提供多组低压交流电源。

（2）充氩夫兰克—赫兹管（F—H 管）

此实验中 F—H 管是一只充有氩原子气体的四极管。在灯丝 F_1、F_2、阴极 K、第一栅极 G_1、第二栅极 G_2 和板极 A 间分别加有灯丝电压 $U_{F_1F_2}$（U_1）、栅极电压 U_{G_1K}（U_2）、加速电压 U_{G_2K}（U_3）和拒斥电压 U_{G_2A}（U_4）。

G_2 和 K 之间的加速电场较弱，从阴极 K 逸出的动能皆近似为零的电子只有一部分被 U_{G_2K} 加速，而大部分积聚在阴极附近。所以，在靠阴极很近的地方设置了第一栅极 G_1。当给 G_1 加上一个很小的正电压 U_{G_1K}，就可以使阴极附近的电子被 U_{G_1K} 加速而离开阴极进入 G_1 和 G_2 之间，被 U_{G_2K} 加速。G_1 和 G_2 之间的距离较大，是为了增加气体原子在常温下碰撞的几率。在氩管中，阴极发射的电子的动能随加速电压 U_{G_2K} 的增加而增加，获得能量的电子在 G_1 和 G_2 之间的空间与氩原子发生碰撞。

（3）F—H 管供电电源

1）灯丝电压 $U_{F_1F_2}$（U_1）：0.5～4V 连续可调；1A，DC。

2）第一栅极正电压 U_{G_1K}（U_2）：0～5V 连续可调，DC。

3）加速电压 U_{G_2K}（U_3）：手动扫描方式时，0～90V 连续可调，精密稳压电源，DC；自动扫描方式时，扫描电压幅度 0～90V，扫描频率 0.3Hz 左右。

4）拒斥电压 U_{G_2A}（U_4）：0～12 连续可调，DC。

（4）直流电压表

选择测量灯丝电压、栅极电压、加速电压和拒斥电压，测量范围 0～200V，电压量程分 20V、200V 两挡，用钮子开关切换，数字显示，测量数据直观精确。

（5）微电流放大器

输入输出低通滤波，微电流测量范围 10^7～10^9A，量程分 10^7A、10^8A、10^9A 三挡，用波段开关切换，读数为微电流显示值×10^9A，数字显示，测量数据直观精确。

（6）同步信号

与微电流放大器输出信号同步，频率与锯齿波相同，0.3Hz左右，接至示波器"外接输出"，用于触发微电流放大器输出信号。

【实验内容及步骤】

1. 预热

接通实验仪电源，扫描方式选择"手动"，电压测量选择 U_1，调节灯丝电压调节电位器，使 $U_1 = 3V$ 左右，按同样的方法使 $U_2 = 1.8V$、$U_3 = 80V$、$U_4 = 5V$ 左右，预热 5 ~ 10min。

2. 用"手动"测量方式测绘 I_A-U_{G_2K} 曲线

（1）扫描方式选择"手动"，调节电压 $U_1 = 3V$、$U_2 = 1.8V$、$U_3 = 0$、$U_4 = 5V$ 左右，微电流量程选择"10^9A"，调节面板上微电流调零电位器，使微电流显示值为零。缓慢调节加速电压调节电位器，增大加速电压 U_{G_2K}。并注意观察微电流放大器的电流指示，应可观察到峰、谷信号。当 U_{G_2K} 由 0 变化到 99V 左右，可观察到 6 ~ 7 个峰。在此过程中，微电流放大器的电流指示可能偏大或偏小，应适当调节灯丝电压"$U_{F_1F_2}$"，配合微电流放大器量程的选择，使电流指示适中。

（2）测量时每隔 1V 读一次数据，直到电压 U_{G_2K} 达到上限为止。把实验所得数据 I_A、U_{G_2K} 记录到自拟的表格中，但为了把峰值和谷值测准，在波峰波谷处可多测几组数据。需要注意的是，由于 F—H 管响应较慢，频率响应在 0.1 ~ 1Hz 左右，因此不可短时间内大幅度调节加速电压 U_{G_2K}，否则要等微电流显示值稳定时再读数。

3. 自动扫描方式测绘 I_A-U_{G_2K} 曲线

（1）扫描方式选择"自动"，调节电压 $U_1 = 3V$、$U_2 = 1.8V$、$U_4 = 5V$ 左右，微电流量程选择"10^9A"，用双 Q9 头连接线将"信号输出"接至示波器的"CH1"或"CH2"，"同步信号"接至示波器的"外接输入"，"扫描方式"选择"常态"，"触发源"选择"外接"，"频率调节"选择"慢扫"，选择合适的"幅度"和"频率"倍率，动态显示实验曲线形成过程，观察波浪式爬坡曲线，可观察谱峰数≥6个。如果观察到的波形不理想，如果峰谷现象不明显，可适当调节灯丝电压 U_1、栅极电压 U_2、拒斥电压 U_4，以获得理想的波形。

（2）改变灯丝电压 U_1，U_2 和 U_4 保持不变，重复实验步骤（1），分析灯丝电压对波形的影响。

（3）改变栅极电压 U_2，U_1 和 U_4 保持不变，重复实验步骤（1），分析栅极电压对波形的影响。

（4）改变拒斥电压 U_4，U_1 和 U_2 保持不变，重复实验步骤（1），分析拒斥电压对波形的影响。

【数据处理】

（1）在坐标纸上描绘 I_A-U_{G_2K} 曲线。

（2）在曲线上标出各峰、谷点对应的加速电压 U_{G_2K}，将两组数据分别用逐差法求氢原子的第一激发电位 U_0，取其平均值 $\overline{U}_0$，并与公认值 13.1V 比较，求出相对不确定度。

（3）在曲线上标出各峰值点对应的加速电压 U_{G_2K} 和峰序数 n，根据式（S49-3）用最小二乘法求氩原子的第一激发电位 U_0 及其标准偏差 S_{U_0}。

注：（2）、（3）两种方法可任选其一。

【注意事项】

（1）实验仪内含昂贵的 F—H 管，搬动时应轻拿轻放，以防损坏。

（2）若电压显示或微电流显示"溢出"，应换较大量程。

（3）实验过程中，若微电流显示值突然剧增，超过量程很多，应立即把加速电压 U_{G_2K} 降下来，以免损坏 F—H 管和微电流放大器。

（4）调节旋钮动作要慢，使仪器有足够的响应时间。

【思考与讨论】

（1）从实验曲线上可看出板流 I_A 并不突然改变，每个峰、谷都有圆滑的过渡，为什么？

（2）氩原子的第一激发电位 U_0 是 13.1V，为什么栅压 U_{G_2K} 增加到 13.1V 时，并不出现第一个峰？

（3）若电子与氩原子发生弹性碰撞，其动能为 131eV（氩原子的第一激发能量的 10 倍），它能否使氩原子激发到第一激发态？

（4）如何测定较高能级激发电势或电离电势？

实验 50　氢氘光谱

【引言】

原子光谱的观测为量子理论的建立提供了坚实的实验基础。1885 年，巴尔末（J. J. Balmer）根据人们的观测数据，总结了氢光谱线的经验公式；1925 年，海森伯（W. Heisenberg）提出的量子理论，更是建筑在原子光谱的测量之上。现在原子光谱的观察研究仍是研究原子结构的重要方法之一。

1919 年，物理学家用质谱议测得氢的原子量为 1.00778，而化学家由各种化合物测得为 1.00799，基于上述微小差异，伯奇（Birge）和门泽尔（Menzel）提出氢有同位素 ^2H（元素左上角数字代表原子量），它的质量约为 ^1H 的两倍，据此他们计算出在自然界中 ^1H 和 ^2H 的含量比大约为 4000∶1。由于里德伯（J. R. Rydberg）常量与原子的质量有关，^2H 的光谱相对于 ^1H 的光谱应该会有位移。1932 年，尤雷（H. C. Urey）将 3L 液氢在低压下细心蒸发至 1L 以提高 ^2H 的含量，然后将蒸发后的液氢注入放电管，用它拍得的光谱果然出现了相对于 ^1H 移位了的 ^2H 的光谱，从而发现了重氢，取名为氘，化学符号用 D 表示。

【实验目的】

（1）通过实验了解平面光栅摄谱仪的结构和用法、了解小型棱镜摄谱仪的结构和摄谱过程。

（2）观察原子发射光谱，学习测量物质发射光谱波长的一种方法。

（3）测量氢与氘的巴耳末线系前四条谱线的波长，学习从氢原子光谱计算里德伯常数。

（4）计算电子与质子的质量比。

方法一：氢原子光谱

【实验原理】

原子发射的光谱是线状光谱，其波长特征由发光原子的内部结构所决定，每一种元素都发出具有自己波长特征的原子光谱。氢原子结构在众多原子中最简单，因而氢原子光谱是原子光谱中最简单的一种。氢原子光谱的巴尔末线系位于可见光区（图 S50-1），其波长分布规律服从经验公式

$$\lambda = B\frac{n^2}{n^2-4} \quad n=3,4,5,\cdots \qquad (\text{S50-1})$$

其中，B 为一常数，等于 354.56nm，当 n 取正整数 3，4，5，…时，上式分别给出氢原子光谱巴尔末系各谱线的波长，与实验测量值符合得很好。上式可改写为

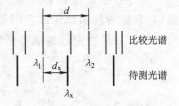

图 S50-1　氢原子巴尔末线系光谱

$$\overline{\sigma} = \frac{1}{\lambda} = R_{\mathrm{H}}\left(\frac{1}{2^2}-\frac{1}{n^2}\right) \quad n=3,4,5,\cdots \qquad (\text{S50-2})$$

式中 $\overline{\sigma}$ 为波长的倒数，即单位长度内所含波的数目，称为波数。R_{H} 称为氢的里德伯常数，是重要的物理学常数。由式（S50-2）可知，氢原子光谱线波长的倒数与波数成正比。测出氢光谱各谱线的波长，用最小二乘法进行线性拟合处理实验数据，就可以求出氢的里德伯常数 R_{H}。

图 S50-2　内插法测量谱线波长

测量氢原子光谱线波长，需要用一些已知波长的谱线作为标准进行比较，一般常用铁的谱线作为标准谱线。测量待测谱线的波长，通常用内插法。棱镜的色散不是均匀的，但在很小的波长范围（如几个 nm）内，可近似地认为色散后谱线在谱片上的位置与波长之间有线性关系，即

$$\lambda_x = \lambda_1 + \frac{k_x-k_1}{k_2-k_1}(\lambda_2-\lambda_1) = \lambda_1 + \frac{d_x}{d}(\lambda_2-\lambda_1) \qquad (\text{S50-3})$$

式中，λ_1 和 λ_2 为标准谱线波长，λ_x 为待测谱线波长，k_1 和 k_2 为标准谱线位置，k_x 为待测线位置，$d_x = k_x - k_1$，$d = k_2 - k_1$（见图 S50-2）。

【实验仪器】

1. 小型棱镜摄谱仪；2. 映谱仪；3. 读数显微镜；4. 标准铁谱图等。

1. 棱镜摄谱仪

棱镜摄谱仪是观察和拍摄光谱的仪器，其结构原理如图 S50-3 所示，主要由三部分组成。

（1）平行光管

平行光管由准直透镜和狭缝等组成。狭缝由一对特制刀片组成，狭缝宽度决定谱线的宽度和谱线的强度。狭缝由一测微螺旋调节，最小分度值为 0.005mm。狭缝结构精细，缝的质量（刀片刃口的光洁、准直程度）决定谱线的质量。因此，调节时必须非常小心，以防

损坏狭缝刃口，还应注意避免空气中的尘埃和水汽对它的侵蚀。

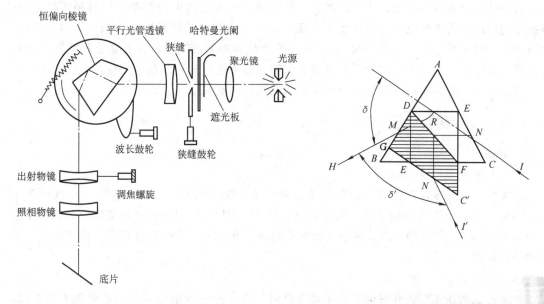

图 S50-3　小型棱镜摄谱仪　　　　　图 S50-4　恒偏向棱镜中光的偏转

狭缝前有一光阑，称为哈特曼光阑（图 S50-3）。摄谱时，使光阑板上三条刻线分别与狭缝盖边沿相切，板上三个椭圆孔依次相应地对准狭缝，可将标准谱线和待测谱线并排拍摄在同一底片上，以便于观察对比和测量。光阑前面有一薄金属片制成的遮光板，可以沿导槽插入或抽出以控制曝光时间。遮光板还兼有防尘作用，不使用时应将其关闭。

（2）恒偏向棱镜

恒偏向棱镜将入射平行光折射色散，是棱镜摄谱仪的核心。恒偏向棱镜可以看成是从三棱镜转化而来的（图 S50-4），其出射光 *MH* 和入射光 *IN'* 之间的偏转角恒为直角。旋动棱镜转角调节鼓轮（波长鼓轮），可使棱镜绕其垂直轴稍作转动，以改变成像面上谱线的位置，其中心谱线的波长可以在鼓轮上读出。

（3）摄谱照相机

摄谱照相机由照相物镜、摄谱暗箱等组成。调节调焦螺旋，可移动出射物镜的前后位置使谱线在底片上清晰成像，底片装在底片暗匣内（图 S50-5）。底片暗匣不是与出射光正好垂直，而是稍有倾斜，并可绕其一垂直边稍作前后转动，以使底片上各处的谱线都能清晰成像。

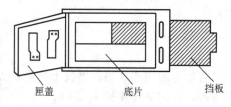

图 S50-5　底片暗匣

底片暗匣还可以沿其垂直方向升降，其高度可从暗箱右侧的标尺上读出。这样可在同一底片上拍摄多组谱线。调整摄谱仪时，底片暗匣可先插上毛玻璃供观察。

2. 映谱仪和铁光谱图

映谱仪实际上是一个投影仪，它和铁光谱图配合起来供辨认谱片和寻找谱线使用。将拍好的谱片放在映谱仪的谱片架上，经过投影放大系统将底片上的谱线放大 20 倍左右投影到白色屏上以便观察。谱片架可以通过映谱仪两侧的旋转把手上下左右移动，以观察底片上不同位置的谱线，调节成像物镜的上下位置，可获得谱线清晰的像。

铁的谱线很多而且密集，波长范围广，铁谱的每一条谱线的波长都进行过精密的测量。将拍好的纯铁光谱谱片放大，制成图片，标出每条谱线的波长就是铁光谱图，简称铁谱图。铁谱图是一把量度谱线波长的"尺子"。利用哈特曼光阑无错动地将待测光谱和纯铁光谱拍摄在同一谱片上，用映谱仪放大后在成像屏上和铁谱图进行比较，就可以估计出待测谱线的波长范围，再用前述线性内插法，即可测出待测谱线的波长。

【实验内容及步骤】

1. 摄谱

（1）仪器调整

先以低压小电珠作为光源，调整狭缝前聚光镜和光源的位置，在狭缝处，以狭缝为中心，形成一个直径约 2cm 的光斑。调节狭缝宽度为 0.010～0.015mm。调节波长鼓轮使中心波长为 435.8nm。调节调焦螺旋和照相机暗匣角度（约为 6°），使毛玻璃屏上出现明亮、清晰的光谱彩带。

（2）拍铁谱

光源换成铁弧光灯，开启电弧发生器点燃弧光灯。进一步细心调节前述聚焦成像系统，使毛玻璃上每条光谱线都达到最清晰。关闭曝光遮光板，将毛玻璃换成底片暗匣，先后改变哈特曼光阑为上、下两孔对准狭缝，每次开启遮光板 1～2s（可用手代替遮光板进行光的遮断和开启），在底片上、下拍摄两排铁光谱。（注意：电弧发生器开启时间应限制在七、八分钟以内，不得过长，以免电弧发生器过热损坏。）

（3）拍氢谱

将铁弧光灯换成氢灯，用哈特曼光阑的燕尾槽适当位置对准狭缝（使氢光谱线的两端插入铁谱，以便于比较、测量）。开启曝光遮光板 20min 到 1 个小时，在上下两排铁光谱线中间拍摄一排氢光谱线。

（4）冲洗

将底片暗匣取出，到暗室中打开取出底片，经显影、定影、清水漂洗、晾干即可得到光谱片。

2. 读谱和测量

（1）读谱

将拍得的谱片放到映谱仪上投影放大，与标准铁谱图进行对照，选取用作比较的两条标准谱线，并记下其波长 λ_1 和 λ_2。

（2）测量氢光谱线（H_α、H_β、H_γ 和 H_δ）的波长

在读数显微镜上测出氢光谱线和所选定的两条标准谱线的位置 k_x、k_1 和 k_2。每条谱线测三次，记录到事先拟好的数据表格中。

【数据处理】

（1）根据谱线位置 k_x、k_1 和 k_2，计算谱线距离 d_x、d，并由其平均值计算出各氢谱线的波长。

（2）对上述四条谱线的波长作最小二乘法线性拟合，求出里德伯常量 R_H（可将各波长

顺序输入实验室的微机进行计算）。

（3）将求得的里德伯常量 R_H 与公认值相比较，给出其相对误差。

【注意事项】

（1）摄谱用光源系高电压或强光，必须注意安全防护，避免触电和刺伤眼睛。

（2）摄谱仪和映谱仪均属精密光学仪器，操作时动作要轻缓，保持清洁，严禁用手摸和嘴吹光学表面。

（3）摄谱仪狭缝、波长鼓轮精密度极高，使用要格外小心，切不可随意扭动。

方法二：氢氘光谱

【实验原理】

原子光谱是线光谱，光谱排列的规律不同，反映出原子结构不同，研究原子结构的重要方法之一就是进行光谱分析。

氢原子光谱由许多谱线系组成，在可见光区的谱线系是巴尔末系，其代表线为 H_α、H_β、H_γ 和 H_δ 等，这些谱线的间距和强度都向着短波方向递减，在巴尔末系中，氢和氘的波数 $\tilde{\gamma}$ 和波长 λ 分别满足下列规律：

$$\tilde{\gamma}_H \equiv \frac{1}{\lambda_H} = R_H\left(\frac{1}{2^2} - \frac{1}{n^2}\right) \quad n = 3,4,5,\cdots \tag{S50-4}$$

$$\tilde{\gamma}_D \equiv \frac{1}{\lambda_D} = R_D\left(\frac{1}{2^2} - \frac{1}{n^2}\right) \quad n = 3,4,5,\cdots \tag{S50-5}$$

式中，R_H 和 R_D 分别氢和氘的里德伯常量，里德伯常量与原子的折合质量有关，氢原子只有一个电子，电子和原子核绕二者的质心运动，原子核质量的改变导致折合质量的改变，从而使得里德伯常量改变，进一步导致谱线位移。假设电子的质量为 m_e，氢核是一个质子，其质量为 m_p，氘核比氢核多一个中子，其质量近似为 $2m_p$，由量子力学理论可得氢原子和氘原子的里德伯常量分别为

$$R_H = R_\infty \frac{m_p}{m_p + m_e} \tag{S50-6}$$

$$R_D = R_\infty \frac{2m_p}{2m_p + m_e} \tag{S50-7}$$

其中 $R_\infty = \frac{2\pi^2 m e^4}{(4\pi\varepsilon_0)^2 ch^3} = 109737.31\,\text{cm}^{-1}$。对于相同的 n，由式（S50-4）~式（S50-7）可得

$$\Delta\lambda = \lambda_H - \lambda_D = \frac{\dfrac{1}{R_H} - \dfrac{1}{R_D}}{\dfrac{1}{2^2} - \dfrac{1}{n^2}} = \frac{R_\infty\left(\dfrac{1}{R_H} - \dfrac{1}{R_D}\right)}{R_\infty\left(\dfrac{1}{2^2} - \dfrac{1}{n^2}\right)}$$

考虑到 $m_p \gg m_e$，有

$$\Delta\lambda \approx \frac{\dfrac{m_p + m_e}{m_p} - \dfrac{2m_p + m_e}{2m_p}}{\dfrac{1}{\lambda}} = \frac{m_e}{2m_p}\lambda$$

其中的 λ 是用 R_∞ 代替 R_H 或 R_D 计算得到的 λ_H 或 λ_D 的近似值；使用上式时，λ 可取 λ_H 或 λ_D，由上式可得质子质量与电子质量的比

$$\frac{m_p}{m_e} \approx \frac{\lambda}{2\Delta\lambda} \qquad (S50\text{-}8)$$

因此，我们可以通过测量氢和氘谱线的波长间接测量质子质量与电子质量的比，对巴尔末系的 H_α、H_β、H_γ 和 H_δ 等谱线的波长 λ_H 或 λ_D 都可用上式计算出一个 m_p/m_e 的比值，最后可求 m_p/m_e 的平均值。

在巴尔末线系中，氢和氘原子波长的理论值见表 S50-1，其中 λ 是真空中的波长。同一光波在不同介质中波长是不同的，而我们的测量往往是在空气中进行的，所以应将空气中的波长转换成真空中的波长。空气的折射率随波长的变化见表 S50-2。

表 S50-1　氢、氘原子的巴尔末线系波长表（长度单位为埃）

元素 谱线脚标	氢（H）	氘（D）
α	6562.80	6561.00
β	4861.33	4859.99
γ	4340.47	4339.28
δ	4101.74	4100.52
ε	3970.07	3968.99
ζ	3889.06	3887.99
η	3835.40	3834.35
θ	3797.91	3796.87
ι	3770.63	3769.62
κ	3750.15	3749.15

表 S50-2　空气折射率随波长的变化（15℃　760mmHg 干燥）

λ/nm	380	420	460	500	540	580	620	660
$(n-1)\times10^7$	2829	2808	2792	2781	2773	2766	2761	2757

【实验仪器】

1. 光栅摄谱仪；2. 氢氘光谱灯；3. 电弧发生器；4. 光谱投影仪；5. 阿贝比长仪等。

【仪器介绍】

1. 801W 平面闪跃光栅摄谱仪

801W 平面闪跃光栅摄谱仪的光路原理如图 S50-6 所示。图中 M_1、M_2 是一大凹球面反射镜的下、上两个不同框形部分。光源 A 发出的光，经三透镜照明系统 L_1、L_2、L_3 后均匀照亮狭缝 S，通过 S 的光经小平面反射转向 $\pi/2$ 后射向 M_1。因 S 由 N 所成的虚像正好处在 M_1 的焦平面上，所以狭缝上一点 S 发出的光，经 M_1 反射后成了微微向上射出的平行光，并正好射到 N 后上方的平面反射光栅 G 上，光向 M_2 方向衍射，M_2 把来自不同刻纹的同一波长的平行衍射光会聚到照相胶版 B 上。

摄谱仪的主要部分简介如下：

（1）平面反射光栅的结构和分光原理

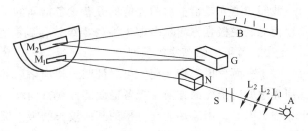

图 S50-6　光路原理示意图

平面反射光栅是在玻璃基片上镀上铝层，然后用特殊的刀具在铝层上刻制出许多平行且等间距的槽面制成。图 S50-7 为平面闪跃反射光栅在垂直于光栅刻痕面的截面轮廓图。其中衍射槽面与光栅宏观宽平面的夹角为 β，称为光栅的闪跃角；光栅刻痕的重复周期为 d，称为光栅常数；衍射槽面的宽度为 a。当平行光入射到光栅上时，由于槽面的衍射以及各槽面衍射光的相干叠加，不同方向的衍射光束强度不同，当满足光栅方程

$$d(\sin\tau \pm \sin\theta) = k\lambda \qquad k = \pm 1, \pm 2, \pm 3, \cdots \qquad (S50\text{-}9)$$

时，光强将有一极大值。式（S50-9）中的 τ 和 θ 分别是入射光和衍射光与光栅平面法线的夹角，分别称为入射角和衍射角，λ 是出现亮条纹的光的波长。公式中 τ 和 θ 在光栅平面法线的同侧时取正号，异侧时取负号。

由式（S50-9）可知，当入射角 τ 一定时，不同的波长对应不同的衍射角，从而本来混在一起的各种波长的光，经光栅衍射后按不同的方向彼此分开排列成光谱，这就是衍射光栅的分光原理。我们将成像与谱面中心的波长称为中心波长，用 λ_0 表示，对中

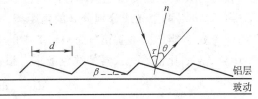

图 S50-7　平面闪跃反射光栅截面轮廓图

心波长而言，入射角与衍射角相等，即 $\tau = \theta$（见图 S50-8），因此对中心波长 λ_0 光栅方程为

$$2d\sin\tau = k\lambda_0 \qquad (S50\text{-}10)$$

所以中心波长 λ_0 和 τ 有一一对应关系。

从图 S50-8 中可看到，谱面上成像于中心波长两侧的谱线，衍射角为 $\theta = \tau \pm \delta$，正负号分别与中心波长 λ_0 的右侧和左侧对应，因此相应的光栅方程为

$$d[\sin\tau + \sin(\tau + \delta)] = k\lambda$$

一般 δ 的最大值不超过 $5°$，然而，光栅的色散能力较强，一次摄谱只能容下相差约 100nm 的波长范围，所以拍摄不同波段的光谱时，必须把光栅转到相应的 τ 角位置。光栅安装在一个金属齿盘上，盘底的轴插在机座的轴套上，盘边有一蜗杆和齿啮合，蜗杆用一连杆和机壳外的手柄联结；转动手柄就可以转动光栅，在手柄边上可以读出光栅转角 τ。

（2）光栅的闪耀

在普通物理光学实验中我们使用过多缝透射式光栅，其最大的缺点在于入射光的大部分能量均集中在没有色散的 0 级光谱上，而分散到有色散的各级的能量很小，因此，谱线的强度比具有同样分辨能力的棱镜大大地减弱了，这是透射光栅实用价值不大的原因。

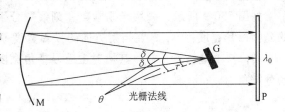

图 S50-8　光栅衍方向示意图

我们知道光栅衍射后的光能的分布是各槽间的干涉及单槽衍射的综合结果。只要我们把单缝衍射的主极强方向从多槽干涉的零级处移到有色散的各级[如 $k = \pm 1$ 的正（或负）第一级]上去，就可增强谱线的强度。

对于平面反射闪耀光栅，可以证明，槽面衍射的主极强方向，对于槽面来说正好是服从几何光学反射定律的方向。当各槽面的法线方向均一致时，衍射主极强方向就会在同一方向上加强。因此，当满足光栅方程的某一波长的某一级衍射方向正好与槽面衍射主极方向一致时，在这个方向上观察到的光谱特别亮，也就是"闪耀"发生了。

（3）光栅摄谱仪的色散

光栅摄谱仪的色散大小，是描述仪器把多色光分解为各种波长单色光的分散程度的一个物理参量。我们把经光栅衍射后的相邻两束单色光衍射角之差 $\Delta\theta$ 与波长差 $\Delta\lambda$ 之比称为光栅的角色散。当入射角 τ 一定时，对式（S50-6）的光栅方程求微分，取绝对值，有

$$\frac{\mathrm{d}\theta}{\mathrm{d}\lambda} = \frac{k}{d}\frac{1}{\cos\theta} \qquad\text{（S50-11）}$$

可见干涉级次越高或光栅常数 d 越小，角色散就越大。因此对于一刻制好的光栅，可以运用其高的级次来提高角色散率，不过应避免各级的重迭。

由于 $\Delta\theta$ 是两束光线分别分开的角距离，使用时很不方便，实际上测量的是它们在谱面上的距离 Δl，当凹面准直镜（图 S50-7 中的 M_1 和 M_2）的焦距为 f 时，显然 $\Delta l = f\Delta\theta$，我们把 Δl 与 $\Delta\lambda$ 的比值称为仪器的线色散率，根据式（S50-8）得线色散率

$$\frac{\mathrm{d}l}{\mathrm{d}\lambda} = f\frac{\mathrm{d}\theta}{\mathrm{d}\lambda} = \frac{k}{d}\frac{f}{\cos\theta} \qquad\text{（S50-12）}$$

通常使用的是线色散率的倒数，它表示谱面上单位距离对应的波长间隔，常用单位为 nm/mm，线色散率的倒数越小越好。

实际使用时的 θ 不太大，而且在谱面范围内，θ 的变化也不大，故 $\cos\theta$ 的变化很小，因此，$\dfrac{\mathrm{d}\lambda}{\mathrm{d}l}$ 接近一个常数。换言之，光栅的色散是均匀的，在谱面上得到的是近似于按波长均匀排列的光谱，这是与棱镜光谱仪十分不同的地方。

（4）光栅摄谱仪的分辨率

与棱镜摄谱仪一样，分辨率 R 定义为谱线波长 λ 与邻近的刚好可以分开的谱线波长差 $\Delta\lambda$ 的比值，即

$$R = \frac{\lambda}{\Delta\lambda} \qquad\text{（S50-13）}$$

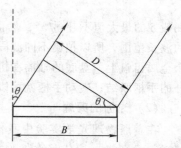

图 S50-9　衍射光栅衍射方向示意图

根据式（S50-13）可以求出光栅的理论分辨率。

如图 S50-9 所示，一块光栅常数和刻痕数分别为 d 和 N 的光栅，其宽度为 B，B 在衍射方向的投影宽度 $D = B\cos\theta = Nd\cos\theta$，与单缝衍射一样，其衍射主极强半角宽度，即最小的分辨角为

$$\Delta\theta = \frac{\lambda}{D} = \frac{\lambda}{Nd\cos\theta}$$

根据式（S50-8），如果两谱线刚好能被分开，它们的角距离应等于这个分辨角，即

$$R = \frac{\lambda}{\Delta\lambda} = kN \qquad (\text{S50-14})$$

由此可见，为了提高分辨本领，应取高级次谱线，或使用面积较大的光栅。由式（S50-10）的光栅方程解出 k 代入式（S50-14）可得

$$R = \frac{N \cdot d(\sin\tau \pm \sin\theta)}{\lambda} = \frac{\theta(\sin\tau \pm \sin\theta)}{\lambda} \qquad (\text{S50-15})$$

由于（$\sin\tau \pm \sin\theta$）的最大值为 2，因此，光栅可达到的最大分辨率为

$$R_{\max} = \frac{2\theta}{\lambda} \qquad (\text{S50-16})$$

由式（S50-12）和式（S50-13）可知，光栅的分辨率受到光栅尺寸及工作波长的限制，在大角度入射（及衍射）下工作，可以提高分辨率，但是 θ 和 τ 接近 90°时，谱线太弱，没有实用价值。理论分辨本领在实际上是达不到的，由于种种原因，如光栅表面的光学质量，刻线间距的不均匀性及其光学元件质量的限制等，在正常狭缝宽度使用时，实际分辨本领在一级光谱中只能达到理论值的 70% ~ 80% 左右，在二级光谱中为 60% 左右。

狭缝正常宽度为上述最小分辨角与准直镜焦距 f 的乘积，即

$$S_0 = f \cdot \frac{\lambda}{D} = \frac{f\lambda}{Nd\cos\theta}$$

（5）哈特曼光阑

801W 摄谱仪狭缝的全高为 10mm，狭缝前装有转盘封闭式哈特曼光阑（图 S50-10），其中有两套哈特曼光阑（标有对应光阑孔号为 A、B、C、D、E、F、G、H、I 及 J、K、I、M、N、O、P），各有 9 个方孔，每孔高 0.8mm，分别处于不同的半径上，到光阑中心的距离依次改变。转动圆盘上的光阑旋钮，即可使用相应的方孔对准狭缝。因此，不改变暗盒的位置就可拍下 9 条可做比较波长的光谱。

（6）透镜照明系统

摄谱仪照明系统的基本要求可概括为以下三点：

1）保证将光源某一确定部位的光照明到摄谱仪的入射狭缝。

2）可保证感光板上所得的谱线，沿高度分布的强度（谱线黑度）均匀。

3）可以充分利用摄谱仪的聚光本领，同时又不产生附加的杂乱光场。

图 S50-10　哈特曼光阑结构示意图

实验室中使用的三透镜照明系统，基本满足上述的三点要求，照明系统成像关系如图 S50-11 所示。

（7）板移机构

一块光谱平板，可以按不同目的拍摄若干组光谱，可以让干板上（或下）移一定板位，再继续拍摄。此"板移"动作可通过主机正面下方的手轮完成。

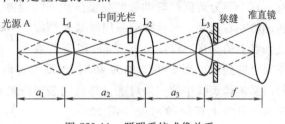

图 S50-11　照明系统成像关系

2. WPF—2 型交流电弧发生器

它是 801W 光栅摄谱仪的重要外围设备，在此它主要用来拍摄波长标尺——铁谱，它具有"交流电弧"及"电弧火花"等电路，除激发铁谱外，尚可用来激发其他样品的分析电弧，从而可进行光谱的定性及定理分析，它的使用方法参看实验室的说明书。

3. 光谱投射仪

谱板上的谱线不便于直接观察，需经放大后与波长标尺（铁谱）对照，从而找出未知的谱线，再用"线性内插法"（见图 S50-12）求出未知谱线的波长，一般均先将谱板放大 20 倍，成像在白色投影仪上，找出待测谱线，并作上记号，以便测量。

图 S50-12 线性内插法示意图

我们使用的光谱投影仪型号为 JTT。

4. 阿贝比长仪

为精确地测定谱线的波长，就需要测定未知谱线与标尺谱线的相对间隔位置。阿贝比长仪就是一种精确测定谱线位置的光学仪器，它可在 $0 \sim 200 mm$ 范围内测量，准确到 $10^{-3} mm$，可估计到 $10^{-4} mm$。

阿贝比长仪有显微镜"1"（30×）和显微镜"2"（60×）两个显微镜，均固定在支架上，载物平台可以相对显微镜作平行移动；且可通过密纹系杆作微量平移（调节旋钮在平台下右侧面）。显微镜"1"的下方放待测谱板，显微镜"2"的下面装有精密刻制的石英标尺（mm），待测谱板和标尺均固接在平台上，可随平台作同步移动。显微镜"1"中有两对刻线，用以对准待测的谱线，显微镜"2"中的目镜下有刻度，如图 S50-12 所示，用以精确读出石英尺的位置。

在图 S50-13 中，标有 45、46、47…的数字的竖直细线是石英尺上刻度的像，相邻刻度的间距为 1mm，通过调节"工作距离"，

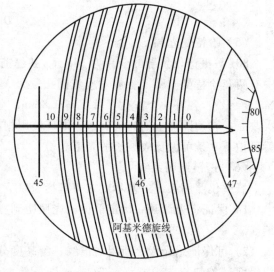

图 S50-13 阿贝比长仪的显微镜"2"中的视场

竖直细线随平台的移动而移动。带箭头的水平双线上刻有从 0 到 10 的刻度（总距离是 1mm），相邻刻度间距为 0.1mm，此双水平线不随平台的移动而移动。右边可转动的圆盘上有一百个等分刻度（转动旋钮在显微镜 2 的镜筒上），圆盘左边的阿基米德旋线随着圆盘的转动将左右移动。圆盘转动一周阿基米德旋线平移 0.1mm（水平双线上的一格），因此，通过圆盘上的刻度可以读出 $10^{-2} mm$ 以下的数字。读数时先读出在双水平线上 0 与 10 之间石英尺上的刻度（图 S50-13 中为 46），然后通过调整显微镜 2 镜筒上的旋钮，使这条竖直线与阿基米德旋线中的一条对准（即将这条竖线放在一对阿基米德旋线的中间），并读出旋线在水平双线上相应的刻度（图 S50-13 中为 3），到此可读数到 $10^{-1} mm$（图 S50-13 中为 46.3mm）。最后再通过圆盘上的刻度读出 $10^{-2} mm$ 以下的数字。图 S50-13 中的位置读数为 46.3823mm，其中最后一位"3"为估读。

【实验内容及步骤】

（1）先熟悉各个仪器的结构，了解各部件的性能及操作程序。

（2）参看实验室中备有的说明书，启动交流电弧发生器激发铁谱，并用 8 × 看谱镜在观测窗外观察铁谱的特性。

（3）依照实验室提供的拍摄条件，拟订一个拍摄程序，要求拍摄 Fe、HD 和 Fe 3 组谱线。然后按程序拍摄相应的 3 组谱线。

（4）把拍好的谱线干板拿到暗室进行冲洗。

（5）用光谱投影仪，按照识谱程序，参照标准铁谱图，在需测量的谱线附近打上记号，以便测量。

（6）用阿贝比长仪以及标准铁谱图精确测量 H、D 谱线的各个波长，要求采用用单向移测法测量。

【数据处理】

（1）用"线性内插法"计算出各条谱线的波长，并与表 S50-1 中的数据进行比较分析。

（2）计算质子质量和电子质量的比，并与目前的公认值 1836. 15275 ± 0.00070 比较。

【思考与讨论】

（1）利用式（S50-8）计算 m_p/m_e 的数值时，是否要将空气中的波长折算成真空中的波长？

（2）平面反射闪耀光栅的优点有哪些？比较以上两种方法测得氢原子光谱的精度。

实验 51　核 磁 共 振

【实验目的】

（1）了解核磁共振的基本原理。

（2）学习利用核磁共振测量 γ 因子和 g 因子的方法。

（3）观察顺磁离子对共振信号的影响。

【实验原理】

1. 核自旋和核自旋磁矩

原子核具有自旋，其自旋角动量的大小为

$$p_s = \sqrt{s(s+1)}\hbar \tag{S51-1}$$

式中，s 为核自旋量子数，$\hbar$ 为约化普朗克常量。核自旋量子数 s 为整数或半整数。当核的质子数和质量数均为偶数时，$s = 0$；当质子数为奇数而质量数为偶数时，$s = 0$，1，2，…；当质量数为奇数时，$s = n/2$（$n = 1$，3，5，…）。本实验所使用的样品为氢核 ^{1}H 和氟核 ^{19}F，s 均为 1/2。

原子核带有电荷，因而具有自旋磁矩，其大小为

$$\mu_s = g\frac{e}{2m_N}p_s = g\mu_N\sqrt{s(s+1)},\mu_N = \frac{e\hbar}{2m_N} \qquad (S51\text{-}2)$$

其中，g 称为核的郎德因子（对于质子，$g = 5.586$）；μ_N 称为核磁子（$\mu_N = 5.0509 \times 10^{-27}\text{A}\cdot\text{m}^2$）；$m_N$ 为氢原子核的质量。如果令

$$\gamma = \frac{e}{2m_N}g \qquad (S51\text{-}3)$$

则式（S51-2）的前一式可写成

$$\mu_s = \gamma p_s \qquad (S51\text{-}4)$$

其中，γ 称为核的旋磁比，单位是 Hz/T。

2. 核磁矩在外磁场中的能量

根据量子力学，在外磁场中，原子核自旋角动量 p_s 的取向是量子化的。设 z 轴沿外磁场 $\boldsymbol{B}_0$ 的方向，则 p_s 在 z 轴方向的分量只能取值

$$p_{sz} = m\hbar \qquad (m = s,\ s-1,\ \cdots,\ -s+1,\ -s) \qquad (S51\text{-}5)$$

式中 m 称为磁量子数。相应的自旋磁矩分量为

$$\mu_{sz} = \gamma p_{sz} \qquad (S51\text{-}6)$$

核磁矩在外磁场中的能量为

$$E = -\boldsymbol{\mu}_s \cdot \boldsymbol{B}_0 = -\mu_{sz}B_0 = -\gamma\hbar m B_0 \qquad (S51\text{-}7)$$

对于氢核（${}^1\text{H}$），$s = \frac{1}{2}$，$m = \pm\frac{1}{2}$，$E = \mp\frac{1}{2}\gamma\hbar B_0$，即氢核分裂为两个能级，相邻能级间的能量差为

$$\Delta E = \gamma\hbar B_0 = g\mu_N B_0 \qquad (S51\text{-}8)$$

3. 核磁共振

如果对处在外磁场 $\boldsymbol{B}_0$ 中的氢核施加一个垂直于 $\boldsymbol{B}_0$ 的射频电磁场，则当射频电磁场的能量 $h\nu_0$（ν_0 为射频电磁场的频率）恰好等于氢核的两个能级的能量差 $g\mu_N B_0$，即关系式

$$h\nu_0 = g\mu_N B_0 \qquad (S51\text{-}9)$$

成立时，氢核就会吸收射频电磁场的能量，实现能级间的跃迁，即发生核磁共振。

由式（S51-9）还可得到

$$\nu_0 = \frac{g\mu_N}{h}B_0$$

即

$$\omega_0 = \gamma B_0 \qquad (S51\text{-}10)$$

其中 $\omega_0 = 2\pi\nu_0$。式（S51-10）即为发生核磁共振的条件。发生核磁共振时，在 ω_0、γ、B_0 三者中，知道任意两个，就可求出另一个。

4. 核磁共振的观察

观察核磁共振信号的方法有两种，一是固定磁场 $\boldsymbol{B}_0$，改变射频电磁场的频率 ω_0，称为扫频法；二是固定射频电磁场的频率 ω_0，改变磁场 $\boldsymbol{B}_0$，称为扫场法。图 S51-1 为核磁共振实验装置的方框图，实验装置由永久磁铁（含扫场线圈）、边限振荡器、探头、频率计、示波器、样品等组成。永久磁铁提供稳恒磁场 $\boldsymbol{B}_0$，是整个实验装置的核心部分。

边限振荡器用以产生核磁共振所需的射频电磁场，同时兼作核磁共振吸收信号的接收

器，它具有与一般振荡器不同的输出特性，其输出幅度随外界吸收能量的轻微增加而显著下降，当吸收能量大于某一阈值时即停振，因此通常被调整到振荡和不振荡的边缘状态，故名边限振荡器。样品放在边限振荡器的振荡线圈中，振荡线圈放在稳恒磁场 B_0 中，由于边限振荡器处于振荡和不振荡的边缘状态，当样品吸收的能量不同（即线圈的 Q 值发生变化）时，振荡器的振幅将有较大的变化。发生核磁共振时，样品吸收增强，振荡变弱，经过二极管的倍压检波，就可以把反映振荡器振幅大小变化的共振吸收信号检测出来，进而用示波器显示。

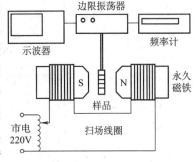

图 S51-1　核磁共振实验装置方框图

　　由于示波器适宜观察交变信号，故应使核磁共振信号交替出现，这可由扫场法实现。扫场线圈为一对亥姆霍兹线圈，通以 50Hz 的交流电（圆频率 $\omega' = 100\pi\,\text{rad/s}$），产生低频调制磁场 $\widetilde{B}$ 叠加于稳恒磁场 B_0 之上，样品所在区域的实际磁场为

$$B = B_0 + \widetilde{B} = B_0 + B_m \sin\omega' t \tag{S51-11}$$

由于调制磁场的幅值很小，总磁场的方向保持不变，只是磁场的幅值随调制频率发生周期性变化，其对应的核磁共振频率也相应地发生周期性的变化，即

$$\omega = \gamma(B_0 + B_m \sin\omega' t) \tag{S51-12}$$

这时，如果射频电磁场的频率调节到 ω 的变化范围之内，同时调制磁场扫过共振区域，即满足 $B_0 - B_m \leqslant B \leqslant B_0 + B_m$，则共振条件在调制磁场的一个周期内被满足两次，在示波器上可观察到如图 S51-2 所示的共振吸收信号，图中 B' 为对应频率 ω 时的共振磁场。此时，若仔细调节射频电磁场的频率，则吸收信号峰值将左右移动，当调节到吸收信号的峰值间距相等时（如图 S51-3 所示），说明在这个频率下的共振磁场为 B_0。

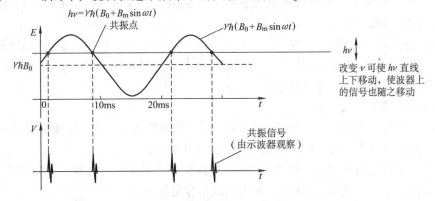

图 S51-2　不等间距共振吸收信号

　　利用上述核磁共振的特点，可由已知样品的 γ 值来标定另一样品的 γ 值：将两种样品先后放置于相同的磁场中，分别求出其共振频率 ω_1、ω_2，则根据共振条件，有

$$\frac{\omega_1}{\gamma_1} = \frac{\omega_2}{\gamma_2} \tag{S51-13}$$

　　在样品中加入少许顺磁离子（即具有电子磁矩的离子）可使共振信号变大，因为电子磁矩将产生较强的局部磁场而影响核磁共振的弛豫过程，使弛豫时间变小，共振信号变宽。

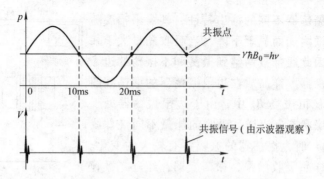

图 S51-3　等间距共振吸收信号

【实验仪器】

1. 永久磁铁（含扫场线圈）；2. 边限振荡器；3. 探头；4. 频率计；5. 示波器；6. 样品。

【实验内容及步骤】

1. 仪器连接　测量准备工作

（1）按图 S51-1 连接永久磁铁（含扫场线圈）、边限振荡器、探头、频率计、示波器。

（2）将探头旋进边限振荡器后面板的指定位置，装入样品。

（3）磁场扫描电源"扫描输出"接磁铁面板中的一组接线柱（磁铁面板上有 4 组等同的接线柱，可任接一组）。磁场扫描电源后面板与边限振荡器后面板处的接头用相关线连接。

（4）边限振荡器"共振信号输出"接示波器"CH1 通道"或"CH2 通道"，"频率输出"接频率计的 A 通道。频率计的通道选择：A 通道（即 1Hz ~ 100MHz）；FUNCTION 选择：FA；GATE TIME 选择：1s。

（5）移动边限振荡器将探头连同样品放入磁场中恰当位置，仔细调节边限振荡器机箱底部 4 个调节螺丝，使探头振荡线圈产生的射频电磁场与稳恒磁场 B_0 垂直。

（6）开启各仪器电源，准备测量。

2. 共振信号调节

实验前，根据实验室提供的氢核 ^{1}H 和氟核 ^{19}F 的旋磁比 γ_H、γ_F 及稳恒磁场 B_0 的粗略值，由核磁共振条件式（S51-10）估算 ^{1}H 和 ^{19}F 的共振频率。

（1）装入 1# 样品（$CuSO_4$ 水溶液）。磁场扫描电源"扫描输出"旋钮顺时针调节至接近最大（旋至最大后，再往回旋半圈），加大捕捉信号的范围。

（2）调节边限振荡器频率"粗调"旋钮，将频率调节到估算出的氢核 ^{1}H 的共振频率附近，然后调节频率"细调"旋钮，直至示波器上出现共振信号。

（3）调出大致共振信号后，降低磁场扫描电源扫描幅度，仔细调节频率"细调"旋钮，直至出现各峰值间距相等的共振信号，记录频率计读数。

（4）换上 3# 样品（氟碳），重复以上步骤，测量氟核 ^{19}F 的共振频率。

（5）观察 2#（$FeCl_3$ 水溶液）、4#（丙三醇）、5#（纯水）、6#（$MnSO_4$ 水溶液）的共振信号，比较顺磁离子对共振信号的影响。

【数据处理】

（1）根据氢核 ^{1}H 的旋磁比 $\gamma_H = 2.6752 \times 10^8\ \text{Hz/T}$ 和测出的共振频率，计算样品所在处稳恒磁场 B_0 的精确数值。

（2）由测出的氟核 ^{19}F 的共振频率，计算其 γ_F 因子和 g_F 因子。

【思考与讨论】

（1）核磁共振实验中，稳恒磁场 B_0 的作用是什么？由什么仪器提供？调制磁场 $\tilde{B}$ 的作用是什么？由什么仪器提供？射频电磁场的作用是什么？由什么仪器提供？

（2）发生核磁共振时，样品所在处的磁场是交变磁场，那么，判断共振磁场恰好为 B_0 的根据是什么？

实验 52　密立根油滴实验

【实验目的】

（1）学习一种测量电子电荷的方法并用油滴仪测定电子电荷。

（2）了解证明电荷量子化的实验数据分析方法。

【实验要求】

（1）弄清本实验是怎样由测定油滴所带的电荷量来求电子电荷的。

（2）怎样选择带电荷量合适的油滴？

【实验原理】

测量油滴所带的电荷量，从而确定电子的电荷量，可以用平衡测量方法，也可以用动态测量方法（平衡法实质上是动态法的一个特例），本实验采用平衡测量方法。

用喷雾器将油滴喷入两块相距为 d 的水平放置的平行极板之间，油滴由于喷射摩擦而带电。设油滴质量为 m，所带电荷量为 q，两极板间加的直流电压为 U，油滴在平行极板间同时受到重力 mg 和静电力 $qE = qU/d$ 的作用，如图 S52-1 所示。

调节电压 U 可使此两力达到平衡，有

$$mg = qU/d \qquad\qquad \text{(S52-1)}$$

为了测出油滴所带电荷量 q，除了 U 和 d 外，还需要测出油滴的质量 m。因为实验所用的油滴非常小，需要用如下特殊方法来测定。

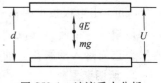

图 S52-1　油滴受力分析

设空气浮力可忽略不计，当平行极板间未加电压时，油滴空气中向下运动时，要受到空气阻力的作用，当其所受阻力 F 与重力 mg 平衡时，油滴以速度 v 匀速下降。根据斯托克斯定律可得 $F = 6\pi r \eta v = mg$，这里 γ 是油滴半径，η 是空气的黏滞系数。设油滴密度为 ρ，则 $m = 4\pi r^3 \rho / 3$（设油滴表面呈球形），由此两式可得油滴半径

$$r = \sqrt{9\eta v / 2\rho g} \qquad\qquad (\text{S52-2})$$

由于油滴太小，半径约为 10^{-6}m，这时已不能将空气看作是连续介质，斯托克斯定律应修正为

$$F = \frac{6\pi r \eta v}{1 + b/pr} \qquad\qquad (\text{S52-3})$$

式中，b 为修正系数；p 为大气压强。于是

$$r = \sqrt{\frac{9\eta m}{2\rho g} \cdot \frac{1}{1 + b/pr}} \qquad\qquad (\text{S52-4})$$

上式根号中还含油滴半径 r，但因处于修正项中，不需十分精确。修正项中的 r 可按式（S52-2）计算。由式（S52-4）得

$$m = \frac{4}{3}\pi \left[\frac{9\eta v}{2\rho g} \cdot \frac{1}{1 + b/pr} \right]^{3/2} \cdot \rho \qquad\qquad (\text{S52-5})$$

当极板间不加电压时，若油滴匀速下降距离为 l，经过的时间为 t，则油滴匀速下降速度 $v = \dfrac{l}{t}$。由式（S52-1）及式（S52-5）得

$$q = \frac{18\pi}{\sqrt{2\rho g}} \left[\frac{\eta l}{t(1 + b/pr)} \right]^{3/2} \cdot \frac{d}{U} \qquad\qquad (\text{S52-6})$$

实验发现，对于某一颗油滴，如果改变它所带的电荷量，则能够使油滴受力达到平衡的电压必须是一些特定值 U_n，并满足方程

$$q = mgd/U_n = ne \qquad\qquad (\text{S52-7})$$

式中，$n = 0$，± 1，± 2，…，而 e 是一个不变常量。由此可见，所有带电油滴所带的电荷量都是最小电荷量 e 的整数倍，这说明物体所带的电荷是量子化的，这个最小电荷量 e 就是电子的电荷值。

【实验仪器】

1. MOD—2 型油滴仪；2. 秒表；3. 钟表油；4. 喷雾器。

油滴仪由油滴盒、防风罩、照明装置、显微镜、水准仪等组或，其俯视图如图 S52-2 所示。

1. 油滴盒

结构如图 S52-3 所示，它由两块经过精磨的平行电极板等组成。两极板间距 $d = 0.500$cm，上电极板中央有一个直径为 0.4mm 的小孔，供油滴落下。整个油滴盒置于有机玻璃防风罩中，以防空气流动而影响油滴的运动。防风罩上部是油雾室，油滴由喷雾口喷入油雾室，进而落入油滴盒。油雾室底部有油雾孔开关，若不再需要油滴落下，可关闭此开关。

2. 照明装置

它包括灯室和导光玻璃杆。灯室中装有 2.2V 聚光小电珠。因其功率小，发热量少，并有导光玻璃杆隔热，可能引起的空气热对流很小，油滴比较稳定。

3. 显微镜

用以观测油滴运动路程，目镜中分划板共分 6 格，每格相当于视场中的 0.050cm，6 格相当于 0.300cm。

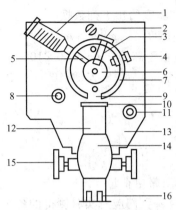

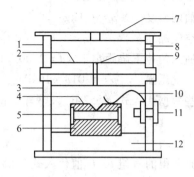

图 S52-2　MOD-2 型油滴仪　　　　　　　　　　图 S52-3　油滴盒结构示意图

1—照明灯室　2—上电极电源插孔　3—上电极压簧　4—下电
极电源插孔　5—导光杆　6—油滴盒　7—防风罩　8—水准仪
9—观察孔　10—显微物镜　11—调平螺钉　12—显微镜筒
13—座架　14—显微镜座　15—调焦手轮　16—显微目镜

1—油雾室　2—油雾孔开关　3—防风罩　4—上电
极　5—油滴盒　6—下电极　7—上盖板　8—喷雾口
9—油雾孔　10—上电极压簧　11—上电极插孔
12—油滴盒基座

4. 电源

（1）2.2V 交流电压，供聚光小电珠用。

（2）500V 直流平衡电压，可连续调节并指示量值。

（3）300V 可调直流升降电压。

有的油滴仪还装有紫外线光源，按下光源电钮，可以改变油滴的带电荷量。

【实验内容及步骤】

1. 调整仪器

首先调节平行极板水平，然后调节显微镜的调焦手轮对调焦针聚焦，最后将油从喷雾口喷入，可观察到清晰的油滴。

2. 测量练习

在平行极板上加约 300V 的平衡电压，驱走不需要的油滴，直到剩下几颗缓慢运动的油滴为止，注视其中的某一颗，仔细调节平衡电压，使其静止不动，然后去掉平衡电压，让它匀速下降（有的油滴仪视场中是上升），下降一段距离后再加上平衡电压和升降电压，使油滴上升，如此反复练习几次。然后在油滴匀速下降时用秒表测量它下降一段距离的时间，也练习几次。

3. 测量

选择一颗合适的油滴（平衡电压 200V 以上，匀速下降 2mm 时间为 20～30s 的油滴，其大小和带电荷量都较为合适），测量它在视场中匀速上升 4 格（$l = 2.00$mm）的时间，重复测量 6～10 次。

用同样方法分别对 3～5 颗油滴进行测量。

【数据处理】

（1）如果不计 ρ、η 随温度的变化，并忽略 g 和 p 随实验地点和条件的变化（这样引起

的误差约 1%，但却使实验数据的运算大大简便）由实验室给出下列数据

油的密度 $\rho = 981\,\text{kg} \cdot \text{m}^{-3}$	重力加速度 $g = 9.80\,\text{m} \cdot \text{s}^{-2}$
空气黏滞系数 $\eta = 1.83 \times 10^{-5}\,\text{Pa} \cdot \text{s}$	平行极板距离 $d = 5.00 \times 10^{-3}\,\text{m}$
油滴匀速下降距离 $l = 2.00 \times 10^{-3}\,\text{m}$	修正系数 $b = 8.226 \times 10^{-3}\,\text{m} \cdot \text{Pa}$
大气压强 $p = 1.013 \times 10^{5}\,\text{Pa}$	

将这些数据代入式（S52-6），整理可得

$$q = \frac{1.43 \times 10^{-14}}{\left[t(1 + 0.02\sqrt{t}) \right]^{3/2}} \cdot \frac{1}{U} \tag{S52-8}$$

将实验测得的各组 t、U 值代入式（S52-8），计算油滴所带电荷量 q。

（2）为了证明电荷的不连续性并求得基本电荷 e 值，我们应对实验测得的各个电荷量 q 求最大公约数，这个最大公约数即基本电荷 e 值。数据处理可用逐差法。但由于操作者实验技术不熟、测量数据不多，误差可能较大。因此，为了简便，可采取"倒过来验证"的方法进行数据处理，即用公认的电子电荷值 $e = 1.602 \times 10^{-19}\,\text{C}$ 去除实验测得的电荷量 q，得到一个接近于某一整数的数值，这个整数就是油滴所带的基本电荷数 n，再用这个 n 去除实验测得的电荷量，即得电子的电荷值 e。

（3）将计算所得的电子电荷取平均值，并与公认值比较，求百分误差，写出实验结果表达式。

【注意事项】

（1）调焦时平行极板切不可加电压，以免发生打火触电事故。调焦针可选用尼龙丝。

（2）视场不宜太亮或太暗，可略微转动照明灯座，使亮度适中，油滴清晰。

（3）喷油时手势要正确，喷一下即可。

（4）目镜镜头要插到底，否则会带来测量误差。

（5）如果油滴逐渐变得模糊，要随时微调显微镜调焦手轮，跟踪油滴，勿使丢失。

【思考与讨论】

（1）选择适当的油滴是做好本实验的关键，如果油滴太大、太小或者带电荷量太多，一般会有较大误差，试分析其原因。

（2）本实验测量的是油滴带电荷量，为什么根据油滴带电荷量能求出电子的电荷量？

（3）试考虑空气浮力对实验结果的影响。

（4）如果未调节水平螺钉，即平行极板未处于水平位置，则对实验结果有何影响？

实验 53　塞 曼 效 应

【实验目的】

（1）学习观察塞曼效应的实验方法，并将观察结果与理论进行比较。

（2）了解法布里—珀洛标准具的工作原理，并用其观察塞曼分裂。

（3）测量电子的荷质比 e/m。

【实验原理】

1. 原子的总磁矩和总角动量之间的关系

严格地讲，原子的总磁矩由电子磁矩和核磁矩两部分组成，但由于后者比前者小 3 个数量级以上，在此我们只考虑电子磁矩这一部分。原子中的电子既作轨道运动又作自旋运动，在 LS 耦合的情况下，原子中的轨道磁矩 μ_L 与轨道角动量 p_L 以及自旋磁矩 μ_s 与自旋角动量 p_s 在数值上有下列关系：

$$\mu_L = \frac{e}{2m}p_L \quad p_L = \sqrt{L(L+1)}\hbar$$

$$\mu_s = \frac{e}{m}p_s \quad p_s = \sqrt{S(S+1)}\hbar$$

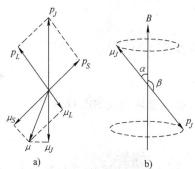

图 S53-1　磁矩和角动量
a）磁矩和角动量矢量图
b）角动量的旋进

其中 e 和 m 分别表示电子的电荷和质量；$\hbar$ 是普朗克常数除以 2π；L、S 分别表示轨道量子数和自旋量子数。轨道磁矩 μ_L 和自旋磁矩 μ_s 合成总磁矩 μ，轨道角动量 p_L 与自旋角动量 p_s 合成总角动量 p_J，如图 S53-1 所示。由于 μ_s/p_s 的比值是 μ_L/p_L 的比值的两倍，总轨道磁矩 μ 不在总角动量 p_J 的方向上，但由于 μ 绕 p_J 进动，只有 μ 在 p_J 方向的投影 μ_J 对外平均效果不为零，按照图 S53-1a 进行矢量计算，可以得到 μ_J 和 p_J 的数值关系：

$$\mu_J = g\frac{e}{2m}p_J \quad p_J = \sqrt{J(J+1)}\hbar \tag{S53-1}$$

其中，g 称为朗德因子，它表征了原子的总磁矩与总角动量之间的关系，并且决定了分裂后的能级在磁场中的裂距。在 LS 耦合的情况下，有

$$g = 1 + \frac{J(J+1) - L(L+1) + S(S+1)}{2J(J+1)} \tag{S53-2}$$

2. 外场对原子能级的影响

原子总磁矩在外磁场 $\boldsymbol{B}$ 中受力矩 $\boldsymbol{L} = \boldsymbol{\mu}_J \times \boldsymbol{B}$ 的作用，在力矩作用下总角动量发生旋进，如图 S53-2 所示，旋进的附加能量为 $\Delta E = -\mu_J B\cos\alpha$，结合式（S53-1）并注意到 α、β 互为补角（见图 S53-1b），旋进引起的附加能量为

$$\Delta E = g\frac{e}{2m}p_J B\cos\beta \tag{S53-3}$$

其中 p_J 在磁场中的取向是量子化的，并满足

$$p_J\cos\beta = M\hbar \quad M = J, J-1, \cdots, -J \tag{S53-4}$$

式中，磁量子数 M 共有 $2J+1$ 个，将式（S53-4）代入式（S53-3），得

$$\Delta E = Mg\frac{e\hbar}{2m}B \tag{S53-5}$$

这样，无外场时的一个能级在外场的作用下变成了 $2J+1$ 个能级。由式（S53-5）决定的附加能量的大小与外磁场 B 和材料 g 因子成正比。

3. 塞曼能级跃迁的选择定则

无外场时，对应于能级 E_2 和 E_1 之间的跃迁，光谱线的频率 ν 满足

$$\nu = \frac{1}{h}(E_2 - E_1)$$

有外场时，上下能级分别分裂为 $2J_2 + 1$ 和 $2J_1 + 1$ 个能级，附加能级分别为 ΔE_2 和 ΔE_1，新光谱线的频率 ν' 满足

$$\nu' = \frac{1}{h}\left[(E_2 + \Delta E_2) - (E_1 + \Delta E_1)\right]$$

分裂前后谱线的频率差为

$$\Delta\nu = \frac{1}{h}(\Delta E_2 - \Delta E_1)$$

结合式（S53-4），上式变为

$$\Delta\nu = (M_2 g_2 - M_1 g_1)\frac{eB}{4\pi m}$$

则分裂前后谱线的波数差为

$$\Delta\tilde{\nu} = (M_2 g_2 - M_1 g_1)\frac{eB}{4\pi mc} \tag{S53-6}$$

令 $\Delta\tilde{L} = \frac{eB}{4\pi mc}$，称为洛仑兹单位，若 B 采用高斯单位，则 $\Delta\tilde{L} = 0.467B$（cm^{-1}）。

能级跃迁必须满足以下选择定则

$$\Delta M = (M_2 - M_1) = 0, \pm 1$$

其中当 $\Delta J = 0$ 时，从 $M_2 = 0$ 到 $M_1 = 0$ 的跃迁不存在。一般按 ΔM 值的不同，将谱线分为 π 线和 σ 线，其中：

（1）当 $\Delta M = 0$ 时，产生 π 线，π 线是光振动方向平行于磁场方向的线偏振光，沿垂直于磁场方向能观察到 π 线偏振光，沿平行于磁场方向观察，π 成分不存在。

（2）当 $\Delta M = \pm 1$ 时，产生 σ 线，一般将 $\Delta M = +1$ 对应的 σ 线称为 σ^+ 线，$\Delta M = -1$ 对应的 σ 线称为 σ^- 线，沿垂直于磁场的方向观察到的 σ 线全是光振动方向垂直于磁场的线偏振光；沿平行于磁场方向观察到的 σ 线是圆偏振光，圆偏振光的转动方向依赖于 ΔM 的正负，迎着磁场方向观察到的左旋圆偏振光是 σ^+ 线，右旋圆偏振光是 σ^- 线（由于光源必须置于电磁铁两磁极之间，为了在沿磁场的方向上观察塞曼效应，必须在磁极上镗孔）。

4. 汞绿线（5461 Å）在外磁场中的反常塞曼效应

早年，人们将无外场时物质的 1 条谱线在外场中变成 3 条谱线，且裂距正好等于 1 个洛仑兹单位的现象称为正常塞曼效应，正常塞曼效应是原子内纯电子轨道运动的塞曼效应，用经典理论就能给予解释。但事实上，大多数物质的谱线在磁场中分裂的谱线多余 3 条，子谱线的裂距大于或小于 1 个洛仑兹单位，人们称这种现象为反常塞曼效应。反常塞曼效应必须用量子理论才能给出满意的解释。

本实验中所观察的汞绿线（5461 Å）对应于 $6s7s\,^3S_1 \rightarrow 6s6p\,^3P_2$ 的跃迁，该跃迁对应的上下能级量子数 L、J、S 和 M 的取值如表 S53-1 所示。

将表 S53-1 中的数据代入式（S53-2），得到上下能级 g 因子分别为 2 和 2/3，磁场中能级分裂的大小和可能的跃迁如图 S53-2a 所示，相应谱线的强度如图 S53-2b 所示。由图可见，汞绿线在外磁场中上下能级分别分裂成 3 个和 5 个子能级；满足选择定则允许的 9 种跃迁，其中中间 3 条是 π 线，分别用 π^-、π^0 和 π^+ 表示，π 线左右两边的分别是 3 条 σ^- 线和 3 条

表 S53-1 $6s7s\,^3S_1 \rightarrow 6s6p\,^3P_2$ 跃迁对应的上下能级量子数的取值

状态	L	J	S	M
初态$^3S_1$	0	1	1	1，0，-1
末态$^3P_2$	1	2	1	2，1，0，-1，-2

σ^+ 线；跃迁相应的谱线的波数从左到右等量增加；谱线的强度从中（π^0 线）向外依次减弱。

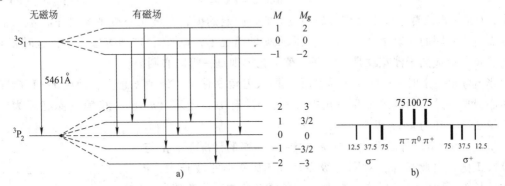

图 S53-2 汞绿线（5461 Å）塞曼分裂

a）汞绿线（5461 Å）塞曼分裂示意图 b）谱线的相对强度

【实验仪器】

1. 电磁铁；2. 水银辉光放电管（光源）；3. 聚光镜（2 个）；4. F—P（法布里—珀洛）标准具；5. 滤色片（透过波长峰值为 5461 Å）；6. 偏振片、高斯计等。

【仪器介绍】

若用 0.5T 的磁场观察塞曼分裂，1 个洛仑兹单位约为 $0.2\,\mathrm{cm^{-1}}$。一般光谱线最大的塞曼效应仅有几个洛仑兹单位，因此要观察波数间隔仅为 $0.1 \sim 1.0\,\mathrm{cm^{-1}}$ 这么窄的光谱线，用一般的棱镜光谱仪是困难的，必须采用分辨本领高的分光仪器，本实验采用法布里—珀洛标准具，简称 F—P 标准具。用 F—P 标准具测量微小波长差的原理简介如下：

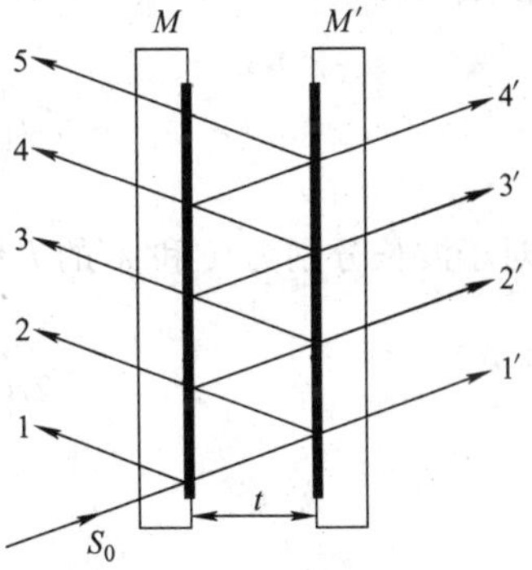

F—P 标准具由两块平行平面玻璃板和夹在中间的一个间隔圈组成。平面玻璃板内表面必须是平整的，其加工精度要求优于 1/20 中心波长。内表面上镀有高反射膜，膜的反射率高于 90%。间隔圈用膨胀系数很小的熔融石英材料制作，精加工成一定的厚度，用来保证两块平面玻璃板之间有很高的平行度和稳定的间距。架座上有 4 个调节螺钉，用于调节标准具的上下、左右、俯仰、倾斜和紧，出射窗口外有 3 个螺钉，它们分别位于标准具出射窗口外的正上方、左下方和右下〔　〕用于调节两平镜间的平行度。

图 S53-3 标准具的光路图

标准具的光路图如图 S53-3 所示。当单色平行光束 S_0 以某一小角度入射到标准具〔　〕

平面上时，光束在 M 和 M' 二表面时光内经过多次反射和透射，分别形成一系列相互平行的反射光束 1，2，3…及透射光束 1′，2′，3′…，任何相邻光束间的光程差 $\Delta\delta$ 是一样的，即

$$\Delta\delta = 2nt\cos\theta$$

式中，t 为两平行板之间的距离；θ 为光束折射率；n 为平行板间介质的折射率，在空气中使用标准具时可取 $n=1$。这一系列互相平行并有一定光程差的光束将在无限远处或者一会聚透镜的焦平面上发生干涉，形成亮条纹的条件为

$$2t\cos\theta = k\lambda \tag{S53-7}$$

其中，k 是干涉级数。由于标准具的间隔 t 是一固定的值，在波长不变的条件下，不同干涉级数 k 对应不同的入射角 θ，在扩展光源照明的情况下，F—P 将产生等倾干涉，这时相同 θ 角的光束所形成的干涉花纹是一圆环，整个花样则是一组同心圆环。

当 t 与 λ 一定时，k 与 $\cos\theta$ 成正比，即入射角 θ 越小，级数 k 越大，因此 F—P 标准具的中心级次是最高的级次（高序在中心）。若没有中心亮斑（k 级），则第一圈亮环为 $k-1$ 级，第二圈亮环为 $k-2$ 级…。

从式（S53-6）可以看出，在 k 一定、t 不变的情况下，λ 与 $\cos\theta$ 成正比，由此可知，对同一级亮环而言，θ 小的波长大，θ 大的波长小，即低频（长波）靠中心，高频（短波）靠边缘。

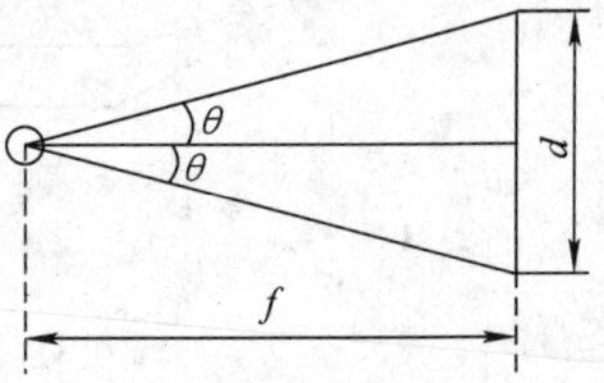

设波长差为 $\Delta\lambda$ 的两束光，通过 F—P 标准具后，干涉条纹成像于透镜的焦平面上（见图 S53-4），得到与两波长对应的两套同心圆的干涉条纹（图 S53-5）。由图 S53-4 可见

图 S53-4 干涉条纹成像于透镜的焦平面上

$$d = 2f\tan\theta \tag{S53-8}$$

式中，d 为圆环直径；f 为透镜的焦距。对于近中心的圆环式（S53-7）和式（S53-8）分别近似为

$$2t\cos\theta \approx 2t\left(1 - \theta^2/2\right) = k\lambda \tag{S53-9}$$

$$d \approx 2f\theta \tag{S53-10}$$

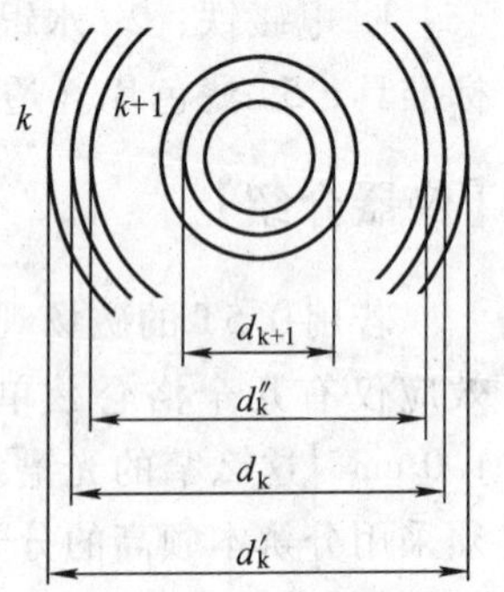

由式（S53-9）和式（S53-10）可得

$$2t\left(1 - \frac{d^2}{8f^2}\right) = k\lambda \tag{S53-11}$$

图 S53-5 两套同心圆的干涉条纹

对于波长分别为 λ 和 λ' 的 k 级干涉圆环，由上式得

$$2t\left(1 - \frac{d_k^2}{8f^2}\right) = k\lambda$$

$$2t\left(1 - \frac{d_k'^2}{8f^2}\right) = k\lambda'$$

波长 λ 的第 k 级圆环直径，d' 为波长 λ' 的第 k 级圆环直径，上面两式相减得

$$\Delta\lambda = \lambda - \lambda' = \frac{t\left(d_k'^2 - d_k^2\right)}{4f^2 k} \tag{S53-12}$$

分别为 k 和 $k+1$ 的干涉圆环，由式（S53-12）得

$$2t\left(1 - \frac{d_k^2}{8f^2}\right) = k\lambda$$

$$2t\left(1 - \frac{d_{k+1}^2}{8f^2}\right) = (k+1)\lambda$$

其中 d_k 为波长 λ 的第 k 级圆环直径，d_{k+1} 为波长 λ 的第 $k+1$ 级圆环直径，将上两式相减得

$$d_k^2 - d_{k+1}^2 = \frac{4f^2\lambda}{t} \tag{S53-13}$$

将式（S53-13）代入式（S53-12），得

$$\Delta\lambda = \left(\frac{d_k'^2 - d_k^2}{d_k^2 - d_{k+1}^2}\right)\frac{\lambda}{k} \tag{S53-14}$$

对于近中心的圆环，将式（S53-7）代入上式可以近似得

$$\Delta\lambda = \left(\frac{d_k'^2 - d_k^2}{d_k^2 - d_{k+1}^2}\right)\frac{\lambda^2}{2t} \tag{S53-15}$$

由此可见，对于已知的 t 和 λ，通过测量各圆环的直径便可算出两波的波长差。

将磁场 B 作用于光源，使波长为 5461Å 的谱线发生塞曼分裂，根据式（S53-6）可得分裂前后谱线的波长差为

$$\Delta\lambda = \frac{\lambda^2 eB}{4\pi mc}(M_2 g_2 - M_1 g_1) \tag{S53-16}$$

将式（S53-15）代入式（S53-16）整理后得电子荷质比为

$$\frac{e}{m} = \frac{2\pi c}{tB(M_2 g_2 - M_1 g_1)}\frac{d_k'^2 - d_k^2}{d_k^2 - d_{k+1}^2} \text{ 或 } \frac{e}{m} = \frac{2\pi c}{tB(M_2 g_2 - M_1 g_1)}\frac{d_k^2 - d_k''^2}{d_k^2 - d_{k+1}^2} \tag{S53-17}$$

研究塞曼效应的实验装置如图 S53-6 所示。

N 和 S 为电磁铁。电源用交流 220V，通过一自耦变压器接硒整流器，其直流输出供给电磁铁作励磁电流。自耦变压器用来控制和调节励磁电流。

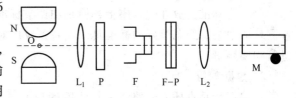

图 S53-6　塞曼效应实验装置示意图

O 为水银辉光放电管，用作光源。电源用交流 220V，通过另一自耦变压器接霓虹灯变压器，将电压升到 10000V 左右点燃放电管。自耦变压器用来调节放电管的电流强度。

L_1 为聚光镜，用来获得平行光束，照亮标准具。

P 为偏振片，在垂直于磁场方向观察时用以鉴别 π 成分和 σ 成分；在沿磁场方向观察时与 1/4 波片一起用于鉴别左或右圆偏振光。

F 为干涉滤色片，透过波长峰值为 5461Å。

F—P 为法布里—珀洛标准具，间隔圈厚度（t）为 2.5mm。

L_2 为会聚透镜，作用是使 F—P 标准具的干涉花样成像在 L_2 的焦平面上。

M 为读数显微镜，将其调焦于干涉花样后即可对花纹进行观测。

【实验内容及步骤】

1. 调节法布里—珀罗标准具

标准具的调节是对标准具中两镜片平行度的调整，它是通过改变标准具出射窗口外的 3 个螺钉的压力来实现的。将会聚光镜 L_1 向 F—P 标准具靠拢，打开光源（调节时可采用钠光灯作光源），从标准具的出射窗口看整个视场被照亮，这时可观察到一组同心干涉圆环，当观察者的眼睛分别沿着标准具出射窗口的圆心到 3 个螺钉的连线方向移动时，如果圆环的直径不随眼睛的移动而变化，即中心没有吞吐现象，则表明标准具两个内表面是严格平行的（即各处的厚度 t 相等）；当眼睛沿某个方向移动时，如果圆环的直径变大，即中心有亮斑吐出来，则表明两个内表面间成楔形（楔角很小），且这个方向 t 大，需把此方向的螺钉拎紧，或把相反方向的螺钉放松。相反，当眼睛沿某个方向移动时，如果圆环的直径变小，即中心有亮斑吞进去，则表明这个方向 t 小，需把此方向的螺钉放松，或把相反方向的螺钉拎紧。若 3 个方向都有不同程度的吞吐现象，首先调节变化最明显的那个方向的螺钉，经过反复观察调节，直到 3 个方向都无吞吐现象为止（标准具是精密光学部件，调节时不要将螺钉拧得太紧）。

2. 调整光路

调整光路的要求是使光路上各元件共轴。

（1）点燃汞灯，检查汞灯是否放在磁场的几何位置的中心（这是获得均匀磁场的必要条件），若不在中心，小心移动汞灯到磁场的几何中心。

（2）将透镜 L_1 引入光路，调共轴并产生平行光或近似平行光，使从显微镜中观察到的光亮而均匀。

（3）将滤色片引入光路，并调共轴。

（4）将 L_2 引入光路，调节共轴，使从显微镜中观看时，通过 L_2 后的光束尽可能地强。

（5）将标准具放在光具座上，检查和调节标准具的位置，使在读数显微镜中可观察到干涉圆环的中央。经调节好的标准具，左右条纹应对称并且有四个或更多的环足够明亮，以便进行观察测量。

3. 数据测量

把偏振片垂直插入光路，磁场线圈通以直流电，逐渐加大磁场，旋转偏振片分别取 π 成分和 σ 成分，并记下偏振片的转度。

取出 π 成分，将励磁电流从 0 慢慢升到 4A，观察现象。然后在励磁电流分别为 3A、3.5A 和 4A 时测量中心附近的第 k 级 π^0 和 π^+ 子谱线及第 $k+1$ 级 π^0 子谱线的圆环直径（分别对应于图 S53-5 中的 d_k、d_k' 及 d_{k+1}）。注意用单向移测法测量。

熄灭汞灯，并取下放好，把高斯计的霍尔片垂直插入磁场中心位置，将励磁电流分别调到 3A、3.5A 和 4A，转动霍尔片，记录高斯计上显示的磁感应强度的最大值。

【数据处理】

将测量所得的第 k 级子谱线 π^0 和 π^+ 及第 $k+1$ 级子谱线 π^0 的圆环直径 d_k、d_k' 及 d_{k+1} 代入式（S53-15），算出谱线分裂前后的波长差，再由公式（S53-17）求出电子的荷质比，将实验结果与理论值比较。

【思考与讨论】

（1）如何用偏振片取 π 成分和 σ 成分？

（2）如何判别左旋圆偏振光和右旋圆偏振光？

（3）能否用第 k 级子谱线 π^0 和 π^- 及第 $k+1$ 级子谱线 π^0 的圆环直径 d_k、d_k'' 及 d_{k+1} 计算谱线分裂前后的波长差？如果能请写出计算公式。

（4）用高斯计测量磁感应强度时，为什么要转动霍尔片取高斯计上显示的磁感应强度的最大值？

实验 54　金属电子逸出功的测定

【实验目的】

（1）了解有关热电子发射的基本规律。

（2）用里查逊直线法测定钨丝的电子逸出电位 φ。

（3）进一步学习数据处理方法。

【实验原理】

在高真空（10^{-4} Pa 以下）的电子管中，一个由被测金属丝做成的阴极 K，通过电流 I_f 加热，在阳极上加上正电压时，在连接这两个电极的外电路中将有电流 I_a 通过，如图 S54-1 所示，这种现象称为热电子发射。通过对热电子发射规律的研究，可以测定阴极材料的逸出功，以选择合适的阴极材料。

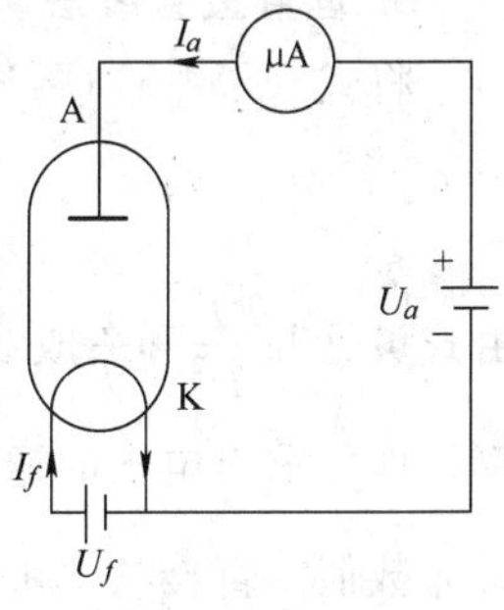

1. 电子的逸出功、逸出电位

根据固体物理中金属电子理论，金属中的传导电子能量的分布是按费米—狄拉克（Fermi-Dirac）分布，即

$$f(E) = \frac{dN}{dE} = \frac{4\pi}{h^3}(2m)^{3/2} E^{1/2} \left[\left(\exp\left(\frac{E - E_f}{kT}\right) + 1\right) \right]^{-1} \quad (S54\text{-}1)$$

式中，h 为普朗克常量；E_f 为费米能级；k 为玻尔兹曼常数；m 为电子质量；T 为热力学温度。

在绝对零度（$T = 0$K）时能量分布如图 S54-2 中实线（1）所示。此时，能量大的电子数比能量小的电子数多，电子具有最大动能 E_f。当温度升高（$T > 0$K）时，电子能量分布曲线如图 S54-2 中虚线（2）所示。其中能量较大的少数电子具有比 E_f 更高的能量，且具有这种能量的电子数随能量的增加而指数递减。

在通常温度下，由于金属表面存在一个厚约 10^{-10} m 左右的电子—正电荷的偶电层，它的电场阻碍电子从金属表面逸出，也就是说金属表面与外界（真空）之间存在一个势垒 E_b。因此，电子要从金属中逸

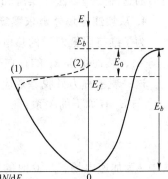

图 S54-1　热电子的发射

图 S54-2　电子能量分布曲线

出，至少必须具有 E_b 的能量。从图 S54-2 可见，在绝对零度时，电子逸出金属至少要从外界得到的能量为 E_0，即必须克服偶电层的阻力作功

$$E_0 = E_b - E_f = e\varphi \tag{S54-2}$$

E_0（或 $e\varphi$）称为金属电子的逸出功，常用单位为电子伏特（eV），它表征要使处于绝对零度下的金属中具有最大能量的电子逸出金属表面时，所需要给予的能量。φ 则称为电子的逸出电位，其数值等于以电子伏特为单位的电子逸出功。可以用各种方式为金属表面的电子提供能量，加热就是其中一种。当金属被加热到较高温度时，由图 S54-2 的虚线所示的电子分布可知，有一部分电子的动能可以超过势垒高度，从金属中逸出，形成热电子发射。

2. 热电子发射公式

根据费米—狄拉克能量分布公式（S54-1），可以导出热电子发射的理查逊—杜西曼（Richardson-Dustlman）公式

$$I = AST^2 \exp\left(-\frac{e\varphi}{kT} \right) \tag{S54-3}$$

式中，I 是热电子发射的电流强度，单位为 A；A 是和阴极表面化学纯度有关的系数，单位为 $A \cdot m^{-2} \cdot K^{-2}$；$S$ 是阴极的有效发射面积，单位为 m^2；T 是发射热电子的阴极的热力学温度，单位为 K；$k = 1.38 \times 10^{-23} J \cdot K^{-1}$，为玻尔兹曼常数。

原则上只要测定 I、S、A 和 T，就可以根据式（S54-3）计算出阴极材料的逸出功 $e\varphi$，但因 A 和 S 这两个量是难以直接测定的，所以在实际测量中常用下述的理查逊直线法，来避开 A 和 S 的测量。

3. 理查逊直线法

将式（S54-3）两边除以 T^2，再取对数得

$$\lg \frac{I}{T^2} = \lg AS - \frac{e\varphi}{2.30kT} = \lg AS - 5.04 \times 10^3 \varphi \cdot \frac{1}{T} \tag{S54-4}$$

由式可见 $\lg \dfrac{I}{T^2}$ 和 $\dfrac{1}{T}$ 成线性关系，若以 $\lg \dfrac{I}{T^2}$ 为纵坐标、以 $\dfrac{1}{T}$ 为横坐标作图，从所得直线的斜率，即可求出电子的逸出功 $e\varphi$。该方法叫理查逊直线法，其好处是可以不必求出 A 和 S 的具体数值，直接从 I 和 T 就可以得出 $e\varphi$ 的值，A 和 S 的影响只是使 $\lg \dfrac{I}{T^2}$ $\dfrac{1}{T}$ 直线产生平移，类似的这种处理方法在实验和科研中很有用处。

4. 从加速电场外延求零场电流

为了维持阴极发射的热电子能连续不断地飞向阳极，必须在阴极和阳极间外加一个加速电场 E_a，然而由于 E_a 的存在会使阴极表面的势垒 E_b 降低，因而逸出功减小，发射电流增大，这一现象称为肖脱基效应。可以证明，在阴极表面加速电场 E_a 的作用下，阴极发射电流 I_a 与 E_a 有如下的关系：

$$I_a = I \exp\left(\frac{0.439 \sqrt{E_a}}{T} \right) \tag{S54-5}$$

式中 I 为加速电场 $E_a = 0$ 时的发射电流，对式（S54-5）取对数，得

$$\lg I_a = \lg I + \frac{0.439}{2.30T} \sqrt{E_a} \tag{S54-6}$$

如果把阴极和阳极做成共轴圆柱形，并忽略接触电位差和其他影响，则加速电场可表示为

$$E_a = \frac{U_a}{r_1 \ln \dfrac{r_2}{r_1}} \tag{S54-7}$$

式中，r_1 和 r_2 分别为阴极和阳极的半径，U_a 为阳极电压。将式（S54-7）代入式（S54-6）得

$$\lg I_a = \lg I + \frac{0.439}{2.30T} \frac{1}{\sqrt{r_1 \ln \dfrac{r_2}{r_1}}} \sqrt{U_a} \tag{S54-8}$$

由式可见，对于一定尺寸的二极管，当阴极的温度 T 一定时，$\lg I_a$ 和 $\sqrt{U_a}$ 成线性关系，如果以 $\lg I_a$ 为纵坐标、以 $\sqrt{U_a}$ 为横坐标作图，如图 S54-3 所示，这些直线的延长线与纵坐标的交点为 $\lg I$，由此即可求出在一定温度下加速电场为零时的发射电流 I。

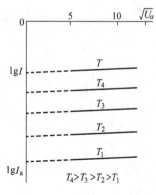

图 S54-3　$\lg I_a \sqrt{U_a}$ 曲线

5. 温度的测量

从热电子发射式（S54-3）中可以看出，灯丝温度 T 对发射电流 I 的影响很大。因此，准确测量温度对于减小逸出功 $e\varphi$ 的测量误差十分重要。灯丝温度可用光学高温计进行测量。本实验根据灯丝电流 I_f 由表 S54-1 查出相应的灯丝温度 T。

表 S54-1　理想二极管灯丝电流与温度关系

I_f/ A	0.50	0.55	0.60	0.65	0.70	0.75	0.80
T/ ($\times 10^3$K)	1.72	1.80	1.88	1.96	2.04	2.12	2.20

总之，测定电子逸出功的过程是：首先由灯丝电流 I_f 值查表得灯丝温度 T 值后，由一定的阳极电压 U_a 测得阳极电流 I_a，然后根据式（S54-8）作 $\lg I_a - \sqrt{U_a}$ 图线，用外延法由 $\lg I_a - \sqrt{U_a}$ 图线求得零场电流 I，最后根据式（S54-4）作 $\lg \dfrac{I}{T^2} - \dfrac{1}{T}$ 图线，由直线斜率求出逸出功 $e\varphi$。

【实验仪器】

1. THQYC—1 型金属电子逸出功测定仪；2. 理想二极管。

1. 理想二级管

其结构如图 S54-4 所示，阴极 K 由纯钨丝制成，呈直线形，阳极为圆筒形，与阴极共轴。阳极筒壁开有小孔（辐射孔），通过它可以看到阴极，以使用光测高温计测量阴极温度。所谓"理想"的含义是把待测的阴极发射面积限制在温度均匀的一定长度内和近似地能把电极看成是无限长的，即无边缘效应的理想状态。为了避免阴极的冷端效应（两端温度较低）和边缘电场不均匀等边缘效应，在阳极两端各装一个保护电极，两保护电极在管内连在一起后引出管外，但和阳极绝缘。使用时保护电极和阳极加相同电压，但其电流并不附加在阳极电流中。

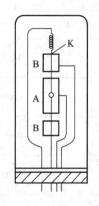

图 S54-4　理想二极管

2. 实验电路

根据实验原理，实验电路如图 S54-5 所示。

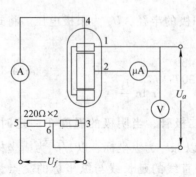

图 S54-5　实验电路

【实验内容及步骤】

（1）熟悉仪器装置，并连接好线路，接通电源，预热 10min。

（2）取理想二极管灯丝电流 I_f，从 0.55~0.75A 每间隔 0.05A 进行一次测量。对应每一灯丝电流，在阳极上加 16，25，36，49，64，…，121V 诸电压，各测出一组阳极电流 I_a，记录数据于表 S54-2，并换算至表 S54-3。

（3）根据表 S54-3 的数据，作出 $\lg I_a - \sqrt{U_a}$ 曲线，求出截距 $\lg I$，即可得到在不同的阴极温度时的零场热电子发射电流 I，并换算成表 S54-4。

（4）根据表 S54-4 的数据，作出 $\lg \dfrac{I}{T^2} - \dfrac{1}{T}$ 图线，从直线斜率求出钨的逸出功 $e\varphi$。

【数据处理】

表 S54-2　实验数据记录表

$I_a/(10^{-6}\text{A})$ $\diagdown$ U_a/V I_f/A	16	25	36	49	64	81	100	121
0.55								
0.60								
0.65								
0.70								
0.75								

表 S54-3　数据处理（一）

$\sqrt{U_a}$ lgI_a $T/$（10^3K）	4.0	5.0	6.0	7.0	8.0	9.0	10.0	11.0

表 S54-4　数据处理（二）

$T/$（10^3K）							
lg$I$							
lg$\dfrac{I}{T^2}$							
$\dfrac{1}{T}$							

直线斜率 M =　　　　　　　　　　　　　逸出功 $e\varphi$ =　　eV

金属钨的逸出功公认值 $U_{e\varphi}$ = 4.54eV　　　　相对误差 E_r =　　%

【注意事项】

（1）理想二极管的灯丝性脆，使用时应轻拿轻放，加温与降温以缓慢为宜，灯丝炽热后尤其应避免强烈振动。

（2）实验过程中灯丝电流应严格控制在给出的 0.55~0.75A 范围内进行，不得超过，以免烧毁灯丝或缩短理想二极管的寿命。

（3）测量时每改变一次灯丝电流 I_f 值后要等几分钟再测数据，在实验过程中应使 I_f 稳定在所需的数值上，并随时注意调整。

【思考与讨论】

（1）本实验中是怎样来测量灯丝温度的？

（2）改变一次灯丝电流 I_f 值后，为什么要等几分钟再测数据？

附　录

附录 A　常用物理基本常数

物理常数	符号	最佳实验值	供计算用值
真空中光速	c	$299792458 \pm 1.2 \, \mathrm{m \cdot s^{-1}}$	$3.00 \times 10^8 \, \mathrm{m \cdot s^{-1}}$
引力常量	G	$(6.6720 \pm 0.0041) \times 10^{-11} \, \mathrm{m^3 \cdot kg^{-1} \cdot s^{-2}}$	$6.67 \times 10^{-11} \, \mathrm{m^3 \cdot kg^{-1} \cdot s^{-2}}$
阿伏加德罗（Avogadro）常数	N_A	$(6.022045 \pm 0.000031) \times 10^{23} \, \mathrm{mol^{-1}}$	$6.02 \times 10^{23} \, \mathrm{mol^{-1}}$
摩尔气体常数	R	$(8.31441 \pm 0.00026) \, \mathrm{J \cdot mol^{-1} \cdot K^{-1}}$	$8.31 \, \mathrm{J \cdot mol^{-1} \cdot K^{-1}}$
玻耳兹曼（Boltzmann）常数	k	$(1.380662 \pm 0.000041) \times 10^{-23} \, \mathrm{J \cdot K^{-1}}$	$1.38 \times 10^{-23} \, \mathrm{J \cdot K^{-1}}$
理想气体摩尔体积	V_m	$(22.41383 \pm 0.00070) \times 10^{-3}$	$22.4 \times 10^{-3} \, \mathrm{m^3 \cdot mol^{-1}}$
元电荷	e	$(1.6021892 \pm 0.0000046) \times 10^{-19} \, \mathrm{C}$	$1.602 \times 10^{-19} \, \mathrm{C}$
原子质量单位	u	$(1.6605655 \pm 0.0000086) \times 10^{-27} \, \mathrm{kg}$	$1.66 \times 10^{-27} \, \mathrm{kg}$
电子静止质量	m_e	$(9.109534 \pm 0.000047) \times 10^{-31} \, \mathrm{kg}$	$9.11 \times 10^{-31} \, \mathrm{kg}$
电子荷质比	e/m_e	$(1.7588047 \pm 0.0000049) \times 10^{-11} \, \mathrm{C \cdot kg^{-2}}$	$1.76 \times 10^{-11} \, \mathrm{C \cdot kg^{-2}}$
质子静止质量	m_p	$(1.6726485 \pm 0.0000086) \times 10^{-27} \, \mathrm{kg}$	$1.673 \times 10^{-27} \, \mathrm{kg}$
中子静止质量	m_n	$(1.6749543 \pm 0.0000086) \times 10^{-27} \, \mathrm{kg}$	$1.675 \times 10^{-27} \, \mathrm{kg}$
法拉第常数	F	$(9.648456 \pm 0.000027) \, \mathrm{C \cdot mol^{-1}}$	$96500 \, \mathrm{C \cdot mol^{-1}}$
真空电容率	ε_0	$(8.854187818 \pm 0.000000071) \times 10^{-12} \, \mathrm{F \cdot m^{-2}}$	$8.85 \times 10^{-12} \, \mathrm{F \cdot m^{-2}}$
真空磁导率	μ_0	$12.5663706144 \times 10^{-7} \, \mathrm{H \cdot m^{-1}}$	$4\pi \, \mathrm{H \cdot m^{-1}}$
电子磁矩	μ_e	$(9.284832 \pm 0.000036) \times 10^{-24} \, \mathrm{J \cdot T^{-1}}$	$9.28 \times 10^{-24} \, \mathrm{J \cdot T^{-1}}$
质子磁矩	μ_p	$(1.4106171 \pm 0.0000055) \times 10^{-23} \, \mathrm{J \cdot T^{-1}}$	$1.41 \times 10^{-23} \, \mathrm{J \cdot T^{-1}}$
玻尔（Bohr）半径	α_0	$(5.2917706 \pm 0.0000044) \times 10^{-11} \, \mathrm{m}$	$5.29 \times 10^{-11} \, \mathrm{m}$
玻尔（Bohr）磁子	μ_B	$(9.274078 \pm 0.000036) \times 10^{-24} \, \mathrm{J \cdot T^{-1}}$	$9.27 \times 10^{-24} \, \mathrm{J \cdot T^{-1}}$
核磁子	μ_N	$(5.059824 \pm 0.000020) \times 10^{-27} \, \mathrm{J \cdot T^{-1}}$	$5.05 \times 10^{-27} \, \mathrm{J \cdot T^{-1}}$
普朗克（Planck）常量	h	$(6.626176 \pm 0.000036) \times 10^{-34} \, \mathrm{J \cdot s}$	$6.63 \times 10^{-34} \, \mathrm{J \cdot s}$
精细结构常数	a	$7.2973506(60) \times 10^{-3}$	
里德伯（Rydberg）常数	R	$1.097373177(83) \times 10^7 \, \mathrm{m^{-1}}$	
电子康普顿（Compton）波长		$2.4263089(40) \times 10^{-12} \, \mathrm{m}$	
质子康普顿（Compton）波长		$1.3214099(22) \times 10^{-15} \, \mathrm{m}$	
质子电子质量比	m_p/m_e	1836.1515	

附录 B　常用物理量的符号、SI 单位及量纲

量的名称	量的符号	单位的关系式	单位的中文符号	单位的国际符号	单位的量纲
长度	l、r、x 等	基本单位	米	m	m
时间	t	基本单位	秒	s	s
位置矢量(矢径)	$\boldsymbol{r}$		米	m	m
单位矢量	$\boldsymbol{e}_r$、$\boldsymbol{e}_x$ 等	$\boldsymbol{e}_r = \boldsymbol{r}/r, \boldsymbol{e}_x = \boldsymbol{x}/x$	1	1	1
平面角	α、θ、φ 等	$\theta = l/R$	弧度	rad	1
速度	v、u、c	$v = \dfrac{\mathrm{d}x}{\mathrm{d}t}$	米/秒	m/s	$\mathrm{m \cdot s^{-1}}$
加速度	a	$a = \dfrac{\mathrm{d}v}{\mathrm{d}t}$	米/秒^2	m/s^2	$\mathrm{m \cdot s^{-2}}$
质量	m	基本单位	千克	kg	kg
力	F	$F = ma$	牛	N	$\mathrm{m \cdot kg \cdot s^{-2}}$
冲量	I	$I = Ft$	牛·秒	N·s	$\mathrm{m \cdot kg \cdot s^{-1}}$
动量	p	$p = mv$	千克·米/秒	kg·m/s	$\mathrm{m \cdot kg \cdot s^{-1}}$
功	A	$A = Fs$	焦	J	$\mathrm{m^2 \cdot kg \cdot s^{-2}}$
动能	E_k	$E_k = mv^2/2$			
势能	E_p	$E_p = E_g + E_s$			
重力势能	E_g	$E_g = mgh$			
弹性势能	E_s	$E_s = kx^2/2$			
功率	P	$P = \dfrac{\mathrm{d}A}{\mathrm{d}t}$	瓦	W	$\mathrm{m^2 \cdot kg \cdot s^{-3}}$
弹簧的劲度系数	k	$F = -kx$	牛/米	N/m	$\mathrm{kg \cdot s^{-2}}$
引力常量	G	$F = Gm_1 m_2/r^2$	牛·米^2/千克^2	N·m^2/kg^2	$\mathrm{m^3 \cdot kg^{-1} \cdot s^{-2}}$
角速度	ω	$\omega = \dfrac{\mathrm{d}\theta}{\mathrm{d}t}$	弧度/秒	rad/s	$\mathrm{s^{-1}}$
角加速度	β	$\beta = \dfrac{\mathrm{d}\omega}{\mathrm{d}t}$	弧度/秒^2	rad/s^2	$\mathrm{s^{-2}}$
力矩	M	$M = Fd$	牛·米	N·m	$\mathrm{m^2 \cdot kg \cdot s^{-2}}$
转动惯量	I	$\mathrm{d}I = R^2\,\mathrm{d}m$	千克·米^2	kg·m^2	$\mathrm{m^2 \cdot kg}$
角动量(动量矩)	L	$L = I\omega, L = Rmv$	千克·米^2/秒	kg·m^2/s	$\mathrm{m^2 \cdot kg \cdot s^{-1}}$
面积	S		米^2	m^2	m^2
体积	V		米^3	m^3	m^3
密度	ρ	$\rho = m/V$	千克/米^3	kg/m^3	$\mathrm{m^{-3} \cdot kg}$
线密度	λ	$\lambda = m/l$	千克/米	kg/m	$\mathrm{m^{-1} \cdot kg}$
洛仑兹变换式的系数	γ	$\gamma = 1/\sqrt{1 - v^2/c^2}$	1	1	1

参考文献

[1] 劳令耳,黄英才. 大学物理实验[M]. 贵阳:贵州科技出版社,2005.

[2] 周定伯,马云魁,程文林等. 物理学实验技术[M]. 沈阳:沈阳农业大学出版社,1993.

[3] 陶纯匡,王银峰,汪涛等. 大学物理实验[M]. 北京:机械工业出版社,2007.

[4] 吴平. 大学物理实验教程[M]. 北京:机械工业出版社,2007.

[5] 张雄,王黎智. 物理实验设计与研究[M]. 北京:科学出版社,2001.

[6] 陈早生,任才贵. 大学物理实验[M]. 上海:华东理工大学出版社,2003.

[7] 陈守川. 大学物理实验教程[M]. 杭州:浙江大学出版社,2000.

[8] 吕斯骅,段家怃. 基础物理实验[M]. 北京:北京大学出版社,2002.

[9] 丁慎训,张连芳. 物理实验教程[M]. 北京:清华大学出版社,2002.

[10] 曹正东,何雨华,孙文光. 大学物理实验[M]. 上海:同济大学出版社,2003.

[11] 谢行恕,康士秀,霍剑青. 大学物理实验:第二册[M]. 北京:高等教育出版社,2002.

[12] 任良隆,谷正骐,物理实验[M]. 天津:天津大学出版社,2003.

[13] 李相银. 大学物理实验[M]. 北京:高等教育出版社,2004.

[14] 张奕林. 大学物理实验[M]. 北京:中国石化出版社,2008.

[15] 陈玉林,李传起. 大学物理实验[M]. 北京:科学出版社,2007.

[16] 潘元胜,冯璧华,于瑶,大学物理实验[M]. 2版. 南京:南京大学出版社,2004.